SCIENCE FICTION

Herausgegeben
von Wolfgang Jeschke

Von **Elisabeth Vonarburg** erschien in der Reihe
HEYNE SCIENCE FICTION & FANTASY:

Die schweigende Stadt · 0605644
Die Maerlande Chroniken · 0605888 (in Vorb.)

ELISABETH VONARBURG

Die schweigende Stadt

Roman

Aus dem
kanadischen Französisch übersetzt von
USCH KIAUSCH

Deutsche Erstausgabe

WILHELM HEYNE VERLAG
MÜNCHEN

HEYNE SCIENCE FICTION & FANTASY
Band 0605644

Titel der französischen Originalausgabe
LE SILENCE DE LA CITÉ
Deutsche Übersetzung von Usch Kiausch
Das Umschlagbild malte Ilene Meyer

Redaktion: Wolfgang Jeschke

Umschlaggestaltung: Atelier Ingrid Schütz, München
Technische Betreuung: M. Spinola
Satz: Schaber Satz- und Datentechnik, Wels
Druck und Bindung: Elsnerdruck, Berlin

ISBN 3-453-11911-8

Für Jean-Joël,
der etwas zum Lesen wollte

ERSTER TEIL

1

Sie wußte nicht, daß er sterben konnte.

Er hatte dunkle, wettergegerbte Haut, eine Mähne wirren weißen Haars und braune Augen, die aus einem Netz von Fältchen heraus stets lächelten. Vielleicht waren es auch diese Fältchen, die stets lächelten. Man konnte es nicht erkennen, wenn man nur seinen Mund ansah: Sein Schnurrbart war zu dick. Großvater. Sie nannte ihn Großvater.

Sie wußte nicht, daß er eine Maschine war.

Sie brauchte ihr Kommunikationsarmband fast nie zu benutzen. Wenn sie ihre Puppe verlor oder hinfiel, wenn Gil und Marianne ihr beim Spielen weh taten oder wenn sie sich stritten, war er zur Stelle, noch ehe sie losheulte. Manchmal erzählte er etwas, manchmal sagte er nicht viel. Aber er war da, wenn sie ihn wirklich brauchte. Sie hätte nicht sagen können, warum, aber wenn er nach Tabak oder nach frischem Gras roch und sein Bart ganz gelb aussah, war er mehr … *da*. Dann konnte sie spüren, ob er fröhlich, ernst oder mit seinen Gedanken woanders war. Und spüren, wie sehr er sie liebte. *Großvater.*

Sie konnte sich nicht erinnern, je seinen Namen erfahren zu haben. Oder ihren eigenen. Er war Großvater und nichts sonst, und sie war Elisa. Alle Namen, die sie gelernt hatte, gehörten anderen Leuten: Papa, Serena, Sybille, Mario, Max, John, Christine, Gil, Marianne, Andreas, Peter, Sandra. Abends vor dem Schlafengehen sagte sie die Namen von allen auf, die sie in der STADT kannte. Manchmal antworteten Stimmen, die im Schatten der großen, schwach erleuchteten Säule in der Zimmermitte schwebten. Sie nahm sie wie Glücksbringer mit in ihren Schlaf.

Aber Großvater sagte sie nicht auf diese Weise

gute Nacht. Er war immer derjenige, der sie zu Bett brachte.

Mit der Zeit – erst später rechnete sie in Jahren: »Ich war drei«, »Ich war fünf« – verstummten manche dieser Stimmen, und ihre Eigentümer verschwanden aus der Stadtlandschaft. Mario. John. Christine.

»Sie sind fortgegangen«, sagte Großvater.

Nach kurzem Schweigen fand Elisa den Mut zu fragen: »Kommen sie wieder?«

Großvater wirkte an jenem Tag traurig. Er schien zu zögern. Seine Augen verzogen sich zu einem Lächeln, aber er antwortete, ohne zu lächeln. »Nein, sie kommen nicht wieder.«

Er hatte ihr nicht gesagt, daß auch er fortgehen würde.

2

Der Wachposten macht keinen Versuch, den Ommach aufzuhalten. Mit einem erstickten Schrei wirft er sich zu Boden und schützt seinen Kopf mit den Armen. Metall schlägt gegen Metall, als er in das Gehäuse des hydraulischen Baggers kracht, an dem er Wache gestanden hat. Der Lärm alarmiert die anderen. Die Stimmen verstummen. Man hört ein lautes Zischen, als Wasser bei der Berührung mit der heißen Asche verdampft. Der Feuerschein erlischt. Aber die Infrarotsicht des Ommach funktioniert. Immer noch kann er die Umrisse der Männer erkennen, die kampfbereit mit gezückten Waffen dastehen. Und die Silhouetten der Frauen und Kinder, die ohne jeden Laut Deckung suchen.

Frontscheinwerfer an! Volle Stärke! Jetzt! Das aggressive weiße Licht läßt einen Augenblick lang alle Silhouetten erstarren. Vorne steht ein kleiner, untersetzter Mann, der sich einen Arm vor die Augen hält. Das grelle Licht wird abgedimmt. Immer noch geblendet senken die Männer ihre Waffen. Aus dem Hintergrund tritt ein älterer Mann nach vorn und macht das Zeichen der Unterwerfung: Eine Lanze liegt waagerecht auf zwei offen ausgestreckten Handflächen.

Hand weiter nach vorne, auf den Ärmel legen! Die Muskeln an den dünnen, ausgestreckten Armen des alten Mannes beben, sein Gesicht verkrampft sich. *Sachte, sachte jetzt. Auch wenn für Ommachs eine feste Hand keine schlechte Sache ist.*

Das Auge des Ommach sucht die Runde ab. Die Männer, es sind schätzungsweise zwölf, haben sich zur Gruppe der Frauen und Kinder zurückgezogen. Die Waffen sind verschwunden. Vom gelöschten Feuer steigt eine dicke Dampfwolke hoch. *Laser.* Der Dampf wird erst stärker, dann löst er sich auf. Das frisch getrocknete Holz geht in Flammen auf. Die Männer und Frauen kauern sich enger aneinander.

»Was will der Ommach?« Der alte Führer versucht das Zittern in seiner Stimme zu unterdrücken.

»Holt die Kinder zusammen!«

Der alte Mann starrt ihn an. Einen Augenblick lang verharrt er vollkommen still. *Stärkeres Scheinwerferlicht vorne. Außerdem ein bißchen Rot in die Augen da unten.* Der alte Mann senkt den Kopf und wendet sich zum Rest seines Stammes: »Holt die Kinder!«

Einige Frauen rücken vor. Mit hängenden Schultern ziehen und schubsen sie die Kinder, die sich an ihren Kitteln festklammern. Kein einziger Schrei. Kein Gewimmer. Nur drei Babies, die auf dem Rücken ihrer Mutter schlafen. *Acht Kinder. Nein, elf mit den Babies. Nicht schlecht. Nur dreißig Frauen, schätzungsweise. Anscheinend eliminieren sie die überzähligen Mädchen. Das greift wohl mehr und mehr um sich.*

Die kleine Gruppe schweigender Frauen und Kinder beobachtet mit entsetzten Augen, wie der Ommach näherkommt. Das jüngste Kind muß vier sein, das älteste ungefähr zehn.

»Zieht sie aus!«

Ohne ihre Augen vom Ommach zu lösen, lassen sich die Kinder von den Älteren entkleiden. Wie Stoffpuppen. Einmal hört man, wie Tuch zerreißt. Wie ein Kind aufmuckt. Einen Klaps. *Drei Jungen. Anscheinend normal. Diese Frauen aus dem Norden werfen gute Erträge ab. Aber wieviele Mädchen sind eliminiert worden? Und wieviele Mißgeburten waren dabei? Ihr Anteil wächst und wächst. Die Auswirkungen des Virus machen keinerlei Anstalten zu verschwinden. Stabilisierungspunkt – daß ich nicht lache! Desprats muß Halluzinationen haben. Wir sind noch nicht einmal am Tiefpunkt der Kurve angekommen.*

Der erste Junge schreit vor Schmerz und Überraschung auf, als der Fingernagel des Ommach seine Stirnhaut aufschlitzt. Seine Hand fährt hoch zum Gesicht. Als sie herunterkommt, ist sie rot. Das Gejammer steigert sich zu höherer Tonlage. Eine Frau gibt ihm einen Klaps auf den Mund. Das zweite Kind ist ein Mädchen. Auch sie heult los, als der Nagel ihre Stirn ritzt. Als letzter ist der älteste Junge dran. Er hebt den Kopf und blickt den Ommach fest an. Er schlägt seine Augen auch nicht nieder, als sich der scharfe Finger auf seine Stirn zubewegt. Einige Kinder versuchen das Blut wegzuwischen, das inzwischen in ihre Augen strömt.

»Nein!« Der Nachdruck in der Stimme des Ommach läßt sie hochfahren. Ihre Hände senken sich. Nach einer Minute hört bei den meisten Kindern das Bluten auf. Beim jüngsten Jungen und bei drei Mädchen gerinnt das Blut bereits. *Ausgezeichnet.*

»Wasser!« Hastig kommt eine Frau dem Befehl nach und kehrt mit einem nassen Stoffetzen zurück. Mit gesenkten Augen hält sie dem Ommach das Tuch hin. Bei zwei Mädchen weist die Stirn einen sauberen Einschnitt auf, der erneut ein wenig zu bluten beginnt. Bei den übrigen Kindern, einem Jungen und einem Mädchen, haben sich die Wunden schon geschlossen. Ein schnelles Abtasten mit dem Scanner zeigt, daß die Zellen sich bereits erneuern.

»Wer sind die Mütter dieser Kinder?«

Die Frauen ziehen sich hastig von einer aus ihrer Mitte zurück und halten Abstand. *Mutter von beiden? Bruder und Schwester. So ein Pech.*

»Und der Vater?«

»Hanse!« ruft der alte Führer. Ein Mann tritt nach vorne. Obwohl er weißes Haar hat, kann er nicht viel älter als fünfundzwanzig sein. *Die Kinder haben dunkles Haar. Degeneration beim Vater? Wir müssen diese Spur verfolgen.* Der Ommach dreht sich zu den beiden Kindern um, die sich eng aneinander geschmiegt haben. Beiden gibt er eine Spurenkapsel. »Schluckt das!« Mit großen Augen gehorchen sie. Der Ommach registriert das Pfeifsignal, das anzeigt, daß sich die Kapsel mit der Magenwand verbunden hat.

»Hanse und die Frau kommen mit mir.« Die Frau wird von den anderen nach vorne gestoßen. Der Mann zögert, er hat seine Lanze schon halbwegs gezückt. »Es wird nicht lange dauern.«

Der Ommach verschwindet mit dem Mann und der Frau. Der Stamm rührt sich nicht. Eines der Kinder beginnt zu weinen, als es seine Mutter fortgehen sieht. Niemand macht einen Beruhigungsversuch. Am Moddex angekommen, schnallt der Ommach den Mann und die Frau am Sitz fest, schläfert sie ein und hebt ab.

Paul stellt das System auf Automatik und läßt sich mit einem Seufzer zurücksinken, als sich die Schirme verdunkeln. In einer Stunde werden diese Musterexemplare in der STADT sein.

Einen Augenblick lang liegt Paul bewegungslos unter dem Netz von Drähten, das seinen Kopf und Körper bedeckt. Dann löst er nach und nach alle Elektroden. Die Augen des Roboters. Seine Nase. Seine Ohren. Stimme. Hände. Beine. Abgeschnitten von einem Körper, der stärker ist, als seiner je sein wird, der mit Empfindungsmöglichkeiten ausgestattet ist, die Paul nie haben wird, fühlt er sich – wie immer – irgendwie leer und schwach. In solchen Momenten kann er beinahe verstehen, warum manche Leute in der STADT nur noch durch Roboter leben. Er steht auf und streckt sich. Wie viele Stammesmenschen glauben wirklich daran, daß die Ommachs übernatürliche Wesen sind? Im Laufe einer Zeit, die das Gedächtnis einer toten Zivilisation auslöschte, wuchs ihre Zahl vermutlich. Humanoide Maschinen. Humachs. Ommachs. Wieviele kannten noch die ursprüngliche Bedeutung dieses Namens, den ihre besser durchblickenden Vorfahren den Robotern der unterirdischen STÄDTE gegeben hatten?

Mit besserem Durchblick. Wirklich? Paul lächelt seinem blassen Spiegelbild im leeren Plexiglas der Bildschirme zu. »Maschinen.« Beruhigender Quatsch. Dazu da, die Angst in Schach zu halten. Nein, die primitiven Stämme der Gegenwart haben den besseren Durchblick. Vielleicht erkennen sie den lebendig gewordenen Alptraum des Verfalls als das, was er wirklich ist. Vielleicht sehen sie hinter dem technischen Schnickschnack die rohe Gewalt, die Gier nach blutiger Macht, die man inzwischen zum Kult erhoben hat. *In spirituellen Dingen kennt sich der primitive Verstand aus wie kein anderer. Er erfaßt das Wesentliche. Spürt das Zeichen schon Meilen voraus.*

»Na Paul, haben die Götter mal wieder die Sterblichen heimgesucht?«

Ohne sich umzudrehen, zieht Paul die letzten Drähte heraus. Er weiß, diese Frage ist sowieso nur rhetorisch. Marquande hat alles von Anfang bis Schluß auf ihren eigenen Bildschirmen verfolgt. Sonst wäre sie gar nicht da. In der Absicht, ihn wieder mal anzumachen. Die Stimme kommt näher.

»Wieviele sind's jetzt, seit du die ersten gefunden hast? Vierzehn? Fünfzehn? Du suchst also immer noch nach dem perfekten Mutanten?« Marquande schwingt einen Schenkel auf die Konsole und lehnt sich hinüber, um eine Haarsträhne von Pauls Stirn zu streichen. Angestrengt hält er still. »Ach ja, die Jugend! Jugend! So ein schöner wissenschaftlicher Wahnsinn!«

Hat sie getrunken? Nein. Sie ist so nah, daß er ihren Atem riechen kann. Er ist süß und schwer, aber jede Spur von Alkohol fehlt. Drogen? Nein. Ihre Augen wirken normal. Als sie sein Haar streichelt, starrt Paul sie an, nimmt die feine aristokratische Blässe ihrer Haut über der zarten Knochenstruktur wahr. Keine ultravioletten Strahlen für Marquande de Styx. Sie ist stolz darauf, in der STADT zu leben. Sie *ist* die STADT. Sie bestimmt die Moden, erklärt sie für veraltet, führt sie wieder ein. Noch eine andere, weniger wichtige Macht übt sie hin und wieder ganz gern aus: politische Macht. Sie herrscht über die STADT, höchstpersönlich oder auch mit Hilfe ihrer Liebhaber. Und das macht sie schon seit … ja, seit wann?

»Seit ewig«, antwortet sie lachend. Sie schaut hoch und begegnet Pauls Blick. Ihre Augenlider flattern, als habe er sie auf frischer Tat ertappt. Ihre Hand fällt nach unten, und für den Bruchteil einer Sekunde löst sich die Maske auf. Paul sieht zu, wie Augen und Mund eine grausige Zerbrechlichkeit annehmen, die ihn wohl rühren soll. Statt dessen ekelt er sich. Er weiß genau wie sie, daß dieser perfekte Körper nur noch eine fadenscheinige Hülle ist. Verschlissen von zu vielen Verjüngungskuren. Eine Lackschicht, die bei der ersten Erschütterung bröckelt. Darunter liegen die Schrecken des künstlich hinausgezögerten Verfalls schon in Wartestellung.

Eines Tages werde ich wie sie sein. Nein. Lieber bringe ich mich vorher um!

Er lächelt über seine melodramatischen Gedankenflüge. Selbstmord ist gar nicht nötig. Das sollte er inzwischen eigentlich wissen. Er kann ganz einfach die Verjüngungsbehandlungen verweigern, überhaupt wirken die nur noch halb so gut, wenn man die Vierzig überschritten hat. *Für diese Entscheidung kannst du dir noch zehn Jahre Zeit lassen, alter Heuchler.*

Marquande deutet sein Lächeln falsch und küßt ihn auf die Wange, nahe an seinem Mund. Zu nah. »Hat mein großer Junge nachts nichts Besseres zu tun, als wilde Muties zu jagen?« Darauf also läuft es hinaus. Er fragt sich, was diesen plötzlichen Ausbruch mütterlicher Zärtlichkeit wohl verursacht haben mag. Die Mutie-Frau und ihre Kinder gerade eben? Oder hat Marquande etwas anderes auf einem der Schirme gesehen, die ständig die STADT bespitzeln? Sie schlingt Paul ihren Arm um den Hals und wiederholt die Frage mit heiserer, drängender Stimme. Pflichtbewußt faßt Paul sie um die Taille. Mit einer Mischung aus Ironie und böser Ahnung fragt er sich, ob er das Kommende überhaupt durchstehen kann. Aber eine Marquande de Styx weist man nicht ab. Schon gar nicht, wenn man ihr Sohn ist.

3

Es geschah kurz nachdem Serena fortgegangen war. Großvater erzählte Elisa gerade eine Geschichte. Sie saß zusammengekuschelt auf seinem Schoß und hatte ihren Kopf in seiner Halsbeuge vergraben. Sie spürte den Hall seiner Stimme an ihrer Stirn. Ihre Augen waren fest geschlossen, und beim Erzählen schaukelte er sie sanft. Sie kannte die Geschichte auswendig. Sie handelte von einem kleinen Mädchen. Das lebte in einem verzauberten Schloß, und alle Leute im Schloß schliefen fest. Nur die Maschinen waren wach. Die Maschinen taten zwar alles, was das kleine Mädchen wollte, aber es waren eben doch nur Maschinen. Eines Tages standen die Maschinen einfach still. Das kleine Mädchen sah, wie sich ein großes Tor öffnete. Da ging sie in die *Außenwelt.*

Wenn sie zu dieser Stelle kamen, erzählte Großvater eigentlich gar keine Geschichte mehr. Er stellte Fragen. Und wenn Elisa sie nicht beantworten konnte, drückte er auf die Steuerknöpfe. Dann leuchteten die Bildschirme auf und zeigten Bilder von der *Außenwelt* (er nannte es auch das *Draußen* oder die *Oberfläche)*. Es war riesig und ganz grün oder blau, schwarz oder weiß, manchmal auch voller Rot und Braun – *Frühling, Sommer, Winter und Herbst*. Überall gab es Tiere, genau wie im Park, und es gab Wasser. Aber dort waren viel mehr Tiere als im Park, und das Wasser schwoll an, stürzte hinab und schäumte auf (und im Winter hingen ungeheuer große Vorhänge aus *Eis* vor den Wasserfällen). Manchmal waren *Wolken* am Himmel. Menschen gab es auch, aber die waren immer weit weg. Dann hielt Großvater das Bild an und sagte: »Aber das kleine Mädchen ist noch nicht groß genug, um die Leute besuchen zu gehen.« Wenn er das sagte, wußte Elisa mit einer Mischung aus Angst und Vorfreude, daß das kleine Mädchen Elisa heißen mußte und die Geschichte eigentlich gar keine Geschichte war.

Eines Tages würde Großvater ihr alles erklären, da war sie ganz sicher. Elisa mochte diese Geschichte auch deswegen so gern, weil sie ein Geheimnis war, das Großvater und sie teilten. »Es ist eine Geschichte, die nur uns gehört«, sagte er. Immer fing er mit diesen Worten an. Das kam noch vor dem »Es war einmal ...« »Du darfst niemand davon erzählen«, ging das Ritual weiter. »Nicht einmal Papa?« Und die rituelle Antwort hieß: »Besonders Papa nicht.«

»Sonderspapanich, Sonderspapanich«, sang Elisa gern, als sie noch sehr klein war. Und Großvater sagte es ihr ins Ohr, als wolle er sie mit dem Schnurrbart kitzeln. Der bewegte sich immer so witzig, wenn er diese Worte sagte. Eines Tages fragte sie: »Warum nicht Papa?«

»Weil es eine *Überraschung* ist!« flüsterte er, und Elisa

war zufrieden. Es würde Spaß machen, zur Abwechslung mal Papa zu überraschen. Papa kam nicht oft. Einmal im Monat verbrachte er immer den ganzen Tag mit ihr. Elisa lernte, die Tage zu zählen, damit sie wußte, wann sie mit ihm rechnen konnte. Aber er kam nie am gleichen Tag. Immer war es eine Überraschung, auch wenn der Tag stets mit demselben seltsamen Spiel begann: Papa setzte Elisa eine Art Drahthut auf, und dann ritzte er ihre Fingerspitze. Das tat weh, aber nicht lange. Jedenfalls ging es bei diesem Spiel darum, daß es aufhören sollte wehzutun und so schnell wie möglich heilte. Alles, was man tun mußte, war, das Bluten zum Stillstand bringen und die Schnittwunde zu schließen. Das erklärte er ihr und sagte, sie könne es schaffen, wenn sie nur wolle. Und sie schaffte es. Mit der Zeit wurden die Schnitte tiefer, reichten bis an den Knochen. Papa sorgte jetzt dafür, daß Elisas Finger einschlief, dann tat es nicht so weh (»Anästhesie« – diesen Namen hatte sie ihrer Puppe mit den Schlafaugen gegeben). Aber das Spiel war immer noch das gleiche: Schließ den Schnitt so schnell wie möglich. Wenn es vorbei war, gratulierte Papa ihr und war für den Rest des Tages sehr lieb. Er nahm sie mit zum Spielplatz im Park, wo sie Karussell fahren konnte. Er erzählte ihr Märchen von Feen und Prinzessinnen, so ähnlich wie die von Großvater, aber irgendwie auch wieder anders.

Es hätte ja auch nicht so viel Spaß gemacht, wenn ihre beiden liebsten Menschen die ganze Zeit dasselbe gemacht hätten. Es gab Großvaters Welt, und es gab Papas Welt. Großvater war für sie der Alltag mit den vertrauten Tätigkeiten: Waschen, anziehen, essen. Die wirkliche Welt, die reibungslos und sicher funktionierte. Papa dagegen war die Phantasie, das Unerwartete, der Traum – trotz der streng geordneten Wissenschaftlichkeit seines Labors, in dem das erste Spiel des Tages stattfand. Jeden Tag wartete sie auf die Überraschung und begrüßte Papa mit aufgeregter Vorfreude und Dankbarkeit, wenn er auftauchte. Obwohl er nicht oft so *da* war wie Großvater. Obwohl sie bei Papa, anders als beim Geruch von Großvaters Tabak oder der Wärme seiner Gegenwart nicht spüren konnte, daß er gern mit ihr zusammen war und sie liebte.

An jenem Tag (ja, Serena war drei Tage zuvor fortgegangen) gab es keine Fragen, keine Bilder. Großvater wollte anscheinend nicht einmal die Geschichte erzählen. Als er sagte »Sonderspapanich«, klang seine Stimme komisch, so als sei er sehr verärgert. Egal, was dahintersteckte, er war nicht wirklich da. Elisa war schläfrig und hörte ihm nur halb zu. Die ganze Welt schlief, die Maschinen standen still, und das kleine Mädchen war auf dem Weg in die *Außenwelt.* Aber Großvaters Tonfall war anders als sonst. Zornig. Die Burgstadt war kein verzauberter Ort mehr. Sie war leer, erstarrt, stumm. Sie machte Angst. Und die Leute, die dort schliefen, würden niemals mehr aufwachen. Niemals.

In diesem Augenblick gab Großvater ein merkwürdiges Geräusch von sich, als würde er ersticken. Seine Arme spannten sich fester um Elisa, er zog sie grob an seine Brust. Dann bewegte er sich nicht mehr, sprach nicht mehr. Elisa wollte ihm ins Gesicht sehen, aber eine seiner Hände hatte sich in ihrem Haar verfangen, und sie konnte ihren Kopf nicht drehen.

»Großvater, hör auf!«

Keine Antwort. Elisa hatte dieses Spiel jetzt wirklich satt. »Großvater, hör auf!« sagte sie noch einmal in dem Jammerton, der normalerweise Tränen vorausgeht. Aber diesmal hatte das übliche Signal anscheinend keine Wirkung. Großvater blieb vollkommen stumm, vollkommen still.

Elisa hatte plötzlich panische Angst und schlug wild um sich. Vergeblich. Die steifen Arme drückten sie fest gegen die harte Brust. Sie schrie.

Nach langer Zeit kam Papa zu ihr. Er berührte Großvater an der Schulter: »Richard?« Ohne jeden Versuch, Elisa zu befreien, ging er hinüber zur nächsten Kommunikationssäule und drückte ein paar Knöpfe. Auf den Schirmen blinkten jetzt Bilder, die Elisa nur verschwommen wahrnahm. Papa kam zurück, und sie weinte wieder. Papa war wirklich *da*, aber er war so wütend, so traurig. Und er hatte sie im Moment wohl auch nicht besonders lieb. Er griff nach Großvaters Armen und versuchte vergeblich, sie auseinanderzuzerren. Dann murmelte er irgend etwas vor sich hin und verschwand aus ihrem Blickfeld. Als er zurückkam, hatte er eine Art Stock in der Hand, aus dessen Spitze eine kalte blaue Flamme schlug. Er fing an, mitten durch Großvaters rechten Arm zu schneiden.

Er machte diese gräßliche Sache so ruhig, und der Geruch, der von Großvater ausging, war so merkwürdig, so entsetzlich, daß Elisa aufhörte zu weinen. Es roch wie brennender Kunststoff und überhaupt nicht wie Großvaters Tabak. Papa schnitt durch den ganzen Arm, löste die Hand aus Elisas Haar und nahm Elisa in die Arme. Aber sie hatte nur Augen für das Ding am Boden und Großvaters klaffenden Schulterstumpf voller Drähte und zusammengeschmolzener Flüssigkeit.

Papa war sehr wütend. Vielleicht auch nur verstört. Als Elisa an der Säule vorbeiging, deren Schirme noch immer leuchteten, sah sie einen braunen alten Mann mit weißem Haar und einem gelblichen Schnurrbart. Die Bildschirme zeigten sein Gesicht von vorn, sein Profil und seinen Rücken. Bewegungslos saß er in einen Sessel zurückgelehnt, auf seinem Kopf trug er einen Hut mit Drähten. Seine Augen blickten starr, seine hochgezogenen Lippen enthüllten die gelblichen Zähne. Zuerst erkannte sie ihn gar nicht.

4

Das Baby schreit nicht. Seine Arme und Beine schwingen langsam vor und zurück, als schwämme es noch in der amniotischen Flüssigkeit hinter der durchscheinenden Wand der künstlichen Gebärmutter. Im Rhythmus der winzigen Fäuste verkrampft sich sein Gesicht und entspannt sich wieder. Paul, der die rosige Haut trockengerieben hat, beginnt jetzt mit seiner Untersuchung. Er zwingt sich dazu, ruhig und behutsam vorzugehen. Zuerst die Reflexe. Normal. Wie sollte es auch anders sein? Schließlich hat es Jahre gedauert, die nicht erwünschten Erbfaktoren zu eliminieren und dieses Musterexemplar heranzuzüchten. EEG normal. Klar doch.

Plötzlich macht die Kurve auf dem Bildschirm einen Sprung nach oben. Das Baby fängt zu zappeln an, sein Gesicht rötet sich. Paul beugt sich hinüber und murmelt sinnlose, beruhigende Worte. Die Linie glättet sich. Jetzt der letzte Test. Er greift zum Skalpell. Über dem kleinen, rundlichen Körper zögert seine Hand einen Augenblick. Er hat diesen Test schon ein paarmal an einem Embryo in vitro durchgeführt, aber das ist nicht vergleichbar. Dieses Fleisch ist so glatt, so fest. Mit seiner anderen Hand hat er das Baby umfaßt, damit es stillhält. Der feste Griff geht in eine Liebkosung über, als er seine Finger über den Brustkorb gleiten läßt, über den leicht eingefallenen Bauch, über den kleinen Venushügel mit seiner winzigen Vertiefung am Ende der engen Spalte, an der die Schenkel zuammentreffen. Das Baby windet sich unter seiner Liebkosung. Paul hebt eine der Zwergenhände hoch und schaut zu, wie sie sich um seinen Zeigefinger schließt und ein bißchen an ihm herumzerrt. Für so winzige Finger ein fester Griff. *Du sitzt hier in keinem Baum. Du sitzt am anderen Ende der Evolution. Weißt du das, du technogenetisches Wunder? Nein, natürlich weißt du's nicht.*

Paul lächelt. Eigentlich ist es gar kein Test, eher ein symbolischer Akt. Die Signatur des Künstlers. Sanft berührt sein Skalpell die Bauchdecke oberhalb des Nabels. Eine feine rote Linie zeichnet sich ab, nicht dicker als ein Haar. Paul stellt den Zeitmesser ein. Nach fünf bis sechs Hundertstelsekunden ist die Linie verschwunden. Das Baby hat nicht mal geweint. Paul schwenkt es mit einem übermütigen Lachen durch die Luft. »Du bist aus dem richtigen Holz geschnitzt, meine Tochter!« Das Baby schreit los. Natürlich. Paul drückt es eng an sich und murmelt: »Sch, Sch!« Er wickelt das Baby und holt die im thermostatischen Bad vorgewärmte Flasche. Gierig beginnt das Baby zu saugen.

Ein buntes Mandala läuft wellenförmig über einen der Schirme. Paul unterdrückt eine gereizte Grimasse. *Desprats. Hab wohl wieder mal vergessen, den Störer einzustöpseln.*

»Uns ist ein Kind geboren«, singt eine weiche, aber leicht brüchige Stimme. »Gratuliere, Paul. Ich bewundere deine großartige Hingabe an deine Arbeit. Hast du vor, dieses Exemplar auch aufzuschneiden?«

Paul zuckt die Achseln. »Nein. Ich werde es behalten.«

»Klar, ist ja auch ein Mädchen«, sagt die Stimme nach kurzer Pause. »Interessant.« Ein trockenes Lachen. »Die Freude und Stütze unseres Alters. Setzt du demnächst noch weitere in die Welt?«

»Das dauert noch. Die erste Phase ist abgeschlossen. Jetzt muß ich Schritt für Schritt die Entwicklung dieses Wesens untersuchen.«

Längere Zeit füllt die stumme Wellenbewegung des Mandala den Bildschirm. Paul denkt schon, Desprats wolle die Verbindung kappen. Aber die alte Stimme meldet sich wieder: »Wie wirst du sie nennen?«

Darüber hat er noch nicht nachgedacht. Sein Blick fällt auf das Identifikationszeichen, das in den Halter für das thermostatische Bad eingeprägt ist: EL-I. Eli. Elise.

»Elisa.«

»Wirst du sie taufen?« Desprats lacht. »Ich will Taufpate sein. Immerhin habe ich ja wirklich ein bißchen geholfen. Weißt du was? Es wäre eine tolle Gelegenheit, alle mal wieder zusammenzuholen. Wir bringen Geschenke mit. Das ist eine ehrenwerte Tradition. Die Gaben der Weisen aus dem Morgenland. Aschenputtels zwölf gute Feen. Nein, das war ja Schneewittchen, oder? Jedenfalls zwölf gute und eine böse. Wenn es dir recht ist, kümmere ich mich um die Einladungen.«

Paul will schon die Achseln zucken, aber dann überlegt er sich's anders. Warum eigentlich nicht? Bei dieser Gelegenheit könnte man erfahren, wer in der STADT noch am Leben ist. Und in welcher gesundheitlichen Verfassung. Und sich mit Serena treffen.

»In Ordnung.«

Sofort leuchten zwei Bildschirme auf. »Welch entzückende Idee! Ich sorge für das Essen, Paul«, ereifert sich die scharfe Stimme von Sybille Horner hinter dem Wirbel aggressiver Farben, die sie als ihr Erkennungszeichen benutzt. Und Alghieris Stimme fällt ein: »Ich brauche ungefähr drei Wochen, um alles zu organisieren.«

Aber auch ein vierter Schirm leuchtet auf, und Serenas Gesicht lächelt Paul zu. »Bis zum 25. Dezember ist es noch ein Monat. Warum nicht bis dahin warten?«

Paul mustert sie mit einem Vergnügen, das er gar nicht zu verbergen sucht. Sie ist die einzige, die keine Angst hat, sich zu zeigen. Und das mit gutem Grund. Es geht ihr gut. Perfekte Haut, leuchtende grüne Augen, keine Falten – sie weiß sich ins rechte Licht zu rücken. Zum ersten Mal seit ihrem letzten Streit redet sie wieder mit ihm. Wann hatten sie den Wortwechsel? Vor sechs Monaten? Es fällt ihm im Augenblick nicht ein. Ist auch nicht so wichtig. Er zählt die Tage nicht mehr so wie am Anfang. Aber er freut sich, sie zu sehen. Sie hat einen guten Moment dafür gewählt, das Kriegsbeil zu begraben. (Ihr Kriegsbeil. Ich hab Besseres zu tun!) Am 25. Dezember hat er Geburtstag. Seinen hundertundfünfzehnten.

Paul lächelt Serena an. Gleichzeitig denkt er daran, daß am 25. Dezember ein weiterer Geburtstag stattfindet: der seines Projekts.

Hatte er es von Anfang an so genannt? Ehrlich gesagt, nein. Zuerst war es eher ein Hobby. Oder eine Laune. Oder eine Art Witz. Als er am Tag seines 26. Geburtstags zusah, wie das Blut langsam aus seinen aufgeschlitzten Handgelenken heraussickerte, hatte er plötzlich an die rudimentär entwickelte Fähigkeit zur Autoregeneration gedacht, die man zufällig bei den Mutanten der *Außenwelt* entdeckt hatte. Damals hatte er sich dazu entschlossen, mit ihnen eine neue Rasse zu begründen. Wenn das kein Zeichen von Humor war!

Als er das Blut aus seinen Handgelenken sickern sah. Vielleicht hatte es doch nichts mit Humor zu tun. In jenen Tagen hatte er nicht viel Humor. In der Rückschau wirkte diese Sache einfach nur noch grotesk und lächerlich. Hatte er wirklich versucht, sich auf diese Weise umzubringen? Allmählich versteht er inzwischen Marquandes Reaktion, als sie in sein Zimmer kam und ihn bluten sah.

An ihrer Stelle hätte er auch gelacht.

5

Elisa brauchte nicht lange, bis sie begriff, was passiert war. Großvaters Geschichten hatten sie darauf vorbereitet. Großvater war eine Maschine. Auch Gil, Marianne, Peter, Sandra, alle waren sie Maschinen. Sogar Papa war eine Maschine.

Ein bißchen länger brauchte Elisa zur Einsicht, daß es

richtige Maschinen gab, so wie Gil, Marianne und ihre übrigen Spielgefährten, aber auch *Maschinenmenschen* so wie Großvater, Sybille und Papa. Eine Maschine mit jemand drin, nein, mit jemand dahinter. Also gut, eine Maschine jedenfalls, die mit irgend jemand Lebendigem, einem wirklichen Menschen, irgendwo in der STADT verbunden war.

Und Großvater war *tot.* Er würde niemals wiederkommen.

Hieß das, daß auch die anderen tot waren? Mario, John, Serena?

»Ja«, sagte Papa und zuckte die Achseln. An diesem Tag war er wirklich *da,* und Elisa konnte spüren, daß er über diese Dinge nicht reden wollte. Inzwischen bemerkte sie den Unterschied, weil sie wußte, daß es ihn gab. Wenn es sich um eine Maschine handelte, dann war die Person nicht *da,* und sie empfand nichts.

»Und wirst du auch sterben?« murmelte sie den Tränen nahe. Lange Zeit sah er sie nicht an, zu erschüttert, um darauf einzugehen. Schließlich nahm er Elisa in die Arme. Sie begann zu weinen, weil er so traurig war und sie in diesem Moment so lieb hatte. »Ich sterbe noch lange nicht, mein Liebes. Noch lange, lange nicht. Und du auch nicht.«

(Später würde sie diese Szene und viele, viele weitere sehen, aufgezeichnet von den allgegenwärtigen Zensoren der STADT. Sie würde das junge alte Gesicht von Paul anschauen und sich an die Emotionen erinnern, die sie damals in ihm zu verspüren geglaubt hatte. Jene Verzweiflung. Jene Liebe. Und sie würde sich sagen, daß sie nichts verstanden hatte. Noch später, viel, viel später, würde sie diese Szenen noch einmal betrachten und wieder ganz anders sehen.)

6

Es geht alles sehr schnell. Der Sarg rückt auf dem Fließband vor, stößt die Schwingtüren auf und schaukelt ins Leere. Keine Flammen. *Ich hätte gern Flammen gehabt. Das Symbol. Sie hätte das auch gemocht. Die Hölle.*

Aber Sarg und Leichnam der Marquande de Styx sind inzwischen Moleküle, die die STADT eingespeichert oder schon umgestaltet hat. *Wann werden wir dich essen, Mutter? Wie sehr sie diesen Namen verabscheut hatte.*

Paul dreht sich um, er will gehen.

Zuerst sieht er nur ihre Augen. Grüne Augen, wirklich grüne, in der Farbe von Gras. Von synthetischem Gras natürlich. Wahrscheinlich Kontaktlinsen, sagt er sich. Oder aber sie ist eine Maschine. Die ironische Reaktion nützt ihm jedoch nichts. Er ist vollkommen überrascht und findet sie schön. Warum soll er sich das nicht einfach eingestehen? Und sie ist keine Maschine, sie ganz bestimmt nicht. Einen Augenblick lang sucht er nach Worten, dann hat er Angst, sie könne reden. Was sie sagt, wird seinen Erwartungen sicher nicht entsprechen, zumindest nicht ihrer Schönheit, ihrer Jugend, dem Versprechen dieses jungen Körpers unter dem leichten Stoff ihrer Kleidung: *Ich bin lebendig. Du bist lebendig.*

Sie nimmt seinen Arm, und sie machen einen langen Spaziergang durch die STADT, ohne daß sie jemandem begegnen. Er weiß nicht genau, wer wen führt, aber das ist eigentlich auch egal. Träge Gedanken gehen ihm im Kopf herum. *Serena Desprats. Das kleine Mädchen ist erwachsen geworden. Serena. Welch ein perfekter Name für sie. Das letzte kleine Mädchen der STADT auf der Beerdigung der letzten Frau, die den Niedergang überlebt hat. Nein, nicht ›Beerdigung‹, Marquande hätte das gehaßt. Verwesung…* Das Wort stellt sich wie ein Felsen seiner Gedankenflut entgegen. Er kommt nicht davon los. Er merkt, wie er im Geist das Wort wiederholt, wie sich dabei gegen seinen Willen eine klaffende Höhle auftut. Das Wort ist wie ein höllisches Sesam-öffne-dich, hinter dem das Nichts lauert.

Serena bleibt stehen. Sie sehen einander an. Paul weiß nicht, ob er sie schlagen oder umarmen möchte. Die grünen Augen betrachten ihn nachdenklich, ohne jedes Blinzeln, und er empfindet eine Schockwelle nackten Schreckens, als gähne in ihm ein riesiger Abgrund weißen Feuers. Schwindelgefühl schüttelt ihn. Er streckt die Hände aus, berührt die Haut, das Fleisch. Einen Augenblick lang verharren sie ganz ruhig und klammern sich aneinander. Das Denken setzt wieder ein, eine Mischung aus Bestürzung, Zorn, schließlich Scham. Was ist nur über mich gekommen? Ich habe Angst. *Ich habe Angst!*

Er versucht, der Stimme in seinem Innern zu entfliehen, indem er der Erregung nachgibt. Dem Körper, der sich so mühelos in seinen einpaßt. Dem Duft des schwarzen Haars an seinem Mund. Der Körper löst sich von seinem, die grünen Augen blicken ihn fest an. »Du hast auch Angst?« sagt die klare junge Stimme.

(Später wird er oft sagen, er habe sich in diesem Moment in Serena verliebt. Noch später, sehr viel später – jetzt sind sie nicht mehr verliebt, ihre Liebe hat sich gewandelt – wird er sagen, diese Fessel binde sie immer noch aneinander. Jener Augenblick. Die Erinnerung an jenen Augenblick. Oder die Illusion jenes Augenblicks, jenes sehr kurzen, intensiven Augenblicks, als er sich ihr gegenüber völlig entblößt fühlte. Und als er sich plötzlich nicht mehr schämte, weil auch sie ganz nackt dastand. Er überwand die Angst genau in dem Moment, als er zugab: Ja, auch er habe Angst.)

Jetzt jedoch hört er sich selbst nur »Ja« sagen. Er ist erstaunt, überrascht. Er küßt sie. Sie suchen nach einem Ort, an dem sie sich lieben können. Der ist in diesem verlassenen Teil der STADT nicht schwer zu finden. Als er merkt, daß es für sie das erste Mal ist, hat er sich schon hoffnungslos und herrlich in dieser Liebe verloren. Danach fragt er sie: »Weshalb bist du gekommen?« Sie antwortet ausweichend: »Schließlich sind wir die Letzten, oder?«

Die letzten Kinder, ja. Er ist sechsunddreißig, sie ist siebzehn. Aber er weiß, auf was sie hinauswill.

»Ich hab mich gefreut, als Sernikov vor zwei Jahren den Anschlag auf die Genbank gemacht hat«, sagt sie.

»Ich auch«, sagt Paul nicht ganz ehrlich. Immerhin hat der Sabotageakt seine Forschungen erheblich zurückgeworfen. Damals jedoch hatte auch er sich gefreut. Er versteht, was sie meint.

Nach kurzem Schweigen fragt sie: »Hast du sie immer noch gehaßt?« Er wundert sich, wie genau ihre Frage ins Schwarze trifft und will schon sagen, »eigentlich nicht«, aber plötzlich überschwemmt ihn bei der Erinnerung an Marquande eine Welle des Hasses, und er ändert seine Antwort in ein trostloses »nicht immer«.

Sie stützt sich auf einem Ellbogen auf und sieht Paul direkt in die Augen. »Du hast keinen Vater, ich keine Mutter. Aus einer Laune raus sind sie zur Genbank gegangen und haben sich ein Kind bestellt.« Sie kuschelt sich wieder an ihn. »Ich bin froh, daß Sernikov alles zerstört hat.«

Er ist froh, daß Sernikov nicht alles zerstört hat. Nicht die Inkubatoren, nicht die genetischen Labors. Aber das will er Serena nicht sagen. Jetzt nicht. Eine verzweifelte Zärtlichkeit überwältigt ihn bei diesem ersten kleinen Verrat. Er wird es ihr später sagen, von seinen Forschungen erzählen, von seinem Projekt. Sie wird es verstehen. Eine neue Rasse. Fähig, in einer veränderten Welt zu überleben. Menschliche Wesen, die keine Angst vor Verletzungen, Krankheit, Verstrahlungen haben werden. Zellenregeneration. Und letztendlich die völlige Kontrolle über den Lebensprozeß. Unsterblichkeit wohl kaum. Der üble Traum der STÄDTE wird mit ihren letzten Einwohnern sterben. Aber ein langes, gesundes Leben, ein Tod, dem keine Altersschwäche vorangeht – das ist möglich. Serena wird die Größe des Projekts und die Notwendigkeit von Opfern begreifen. Wahrscheinlich hat sie sich gegen die Verjüngungsbehandlungen entschieden, eine Entscheidung, die er schon vor Jahren getroffen hat. Aber sie wird verstehen, daß sie Zeit brauchen. Sie wird erwachsen werden. Plötzlich wird ihm klar, daß er denkt: *Sie ist jung.* Er findet es zum Lachen und gleichzeitig zum Heulen, daß auch er jetzt in solchen Klischees denkt. Aber es ist trotzdem wahr. Er hat das Erwachsenwerden hinter sich. Er kennt alle Stationen des Weges, den sie vor sich hat. Er wird ihr helfen.

7

Jetzt war die STADT so ausgestorben wie in Großvaters Geschichte. Keiner war mehr da. Oh, natürlich gab es immer noch Gil und Marianne und die anderen, aber das waren Maschinen. Sogar Sybille und Max tauchten nie persönlich auf. *Sie sind zu alt,* erklärte Papa. Er erklärte auch viele andere Dinge. Sachen, die Großvater Elisa nie erzählt hatte. Hohes Alter war für die Leute in der STADT kein normales hohes Alter. Sie konnten ganz, ganz lange leben, aber irgendwann holte der Körper die Zeit wieder ein, und dann alterte er sehr schnell. Die Leute mußten dann zu Hause bleiben, bei ihren Drähten und Röhren und den Maschinen, die sie am Leben erhielten. So konnten sie noch lange weitermachen. Während sie fast immer schliefen, lebten die Maschinen, die so aussahen wie sie, an ihrer Stelle in der STADT.

Und die STADT war ausgestorben. Elisa hatte immer geglaubt, es gäbe noch Menschen draußen auf den anderen Ebenen, jenseits des ewig gleichen Kreises ihrer Spaziergänge mit Großvater oder Papa. Andere kleine

Mädchen. Andere Großväter. Inzwischen war ihr klar, daß niemand das je behauptet hatte. Sie hatte es sich bloß eingebildet. In Wirklichkeit existierten nur Papa, Sybille, Max und sie selbst. Über Sybille und Max wußte sie eigentlich gar nichts, bisher waren die beiden ihr ja nur in Form ihrer Maschinen begegnet, wie sich jetzt herausstellte. Die Maschinen waren jung, wie Papa. Sybille war blond und rosa, Max hatte dunkle Haare und war ziemlich dick. Aber wie mochten sie in Wirklichkeit aussehen?

Eines Nachts hatte Elisa einen Traum. Sie ging in der STADT umher, weiter und weiter, durch ein endloses Labyrinth von Rampen, Treppen, Gängen und Fußwegen. Sie ging und ging und kam von einer Ebene zur anderen. Auf einer der Ebenen waren große dunkle Zimmer, in denen riesige Maschinen leise Selbstgespräche führten. Elisa verstand die Worte nicht. Auf einer anderen Ebene stieß sie auf den Park, aber keines der Tiere war mehr da. Und über allem lag gleißendes Licht und tiefe Stille. Nachdem sie lange Zeit so gegangen war, gelangte sie in ein Stadtviertel, das ganz anders aussah als alle, die sie kannte. Es sah aus wie die *Außenwelt,* die alte *Außenwelt,* die Großvater ihr manchmal auf den Schirmen gezeigt hatte.

Da waren *Straßen* mit gestutzten Bäumen, die in kleinen, mit Gitter umzäunten Erdhügeln wuchsen. Und an allen *Straßen* standen Häuser, neben den *Bürgersteigen* parkten *Autos,* und die Rasen wirkten genauso gepflegt wie die Bäume, überall hatte das Gras die gleiche Länge, und in den Beeten blühten kleine Blumen.

Elisa hatte große Angst vor diesen Häusern und den Autos und den gepflegten Bäumen. Sie würden alle *sterben.* Sie waren schon tot. Als sie genau hinsah, merkte sie, daß alles flach war. Es war nur ein Bild, und noch nicht einmal ein besonders gutes. Elisa wollte weggehen, aber gegen ihren Willen drängte es sie gleichzeitig, die Rückseite des Bildes anzugucken. Wie?

Sie faßte einen gemalten Türgriff an einer gemalten Tür an und drückte ihn nach unten. Die Tür ging auf. Dahinter lag ein Gang mit vielen weiteren Türen. Elisas Angst wurde immer größer, aber sie mußte weitermachen. Sie kam zur ersten Tür, einer richtigen Tür mit richtigem Griff, und öffnete sie. Dabei hatte sie die ganze Zeit den verzweifelten Wunsch, die Tür geschlossen zu lassen.

Lichter in allen möglichen Farben waren in die Wände eingelassen. Auf den schrägen Tischen blitzten Schalttafeln, Knöpfe und Hebel, genau wie in Papas Labor. Alles blinkte, knackte, summte. In der Zimmermitte lag, umgeben von Drähten und Röhren, ein riesiger rosa Klumpen in einem Lehnsessel, ein rotgeäderter, glänzender, blubbernder Klumpen, der sich mit einem Glucksen langsam aufrichtete und wieder zusammenzog. Das Ding sprach. *Komm mit,* sagte es zu Elisa, *ich erzähl dir eine Geschichte.* Es war Großvater!

Elisa schaffte es, sich umzudrehen und wegzulaufen. Aber jetzt mußte sie die weiteren Türen öffnen, die vom Gang abgingen. Und in jedem Zimmer waren rosa Klumpen, die sie anlächelten und ansprachen, und ihre Stimmen gehörten Mario, Serena und … Die Klumpen hatten keine Augen, keine Münder, keine Gesichter, aber sie lebten. Lebten! Der letzte hatte die Stimme von Papa, und Elisa konnte nicht anders, sie mußte sich diesem pulsierenden Klumpen nähern, in ihn eindringen, so daß ihre Hände, ihre Beine, ihr Kopf, der ganze Körper dahinschmolzen und sich mit der rosa Masse vermischten.

Schreiend wachte Elisa auf.

War sie wirklich wach? Sie merkte, wie aus ihrem Körper eine weiche rosa Masse auf das Bett leckte. Sie schloß die Augen, die ja gar nicht mehr da waren, und zwang sich verzweifelt zum Aufwachen. Als sie sah, wie sich der Maschinenpapa über sie beugte, schrie sie noch lauter.

Als der wirkliche Papa endlich kam, brauchte Elisa Stunden, bis sie ihm ihren Traum endlich erzählt hatte. Vor allem, bis sie erklärt hatte, wie sie den Unterschied zwischen Maschinen und Menschen herausspüren konnte. Papa schien überrascht. Sie hatte den Eindruck, daß er ihr nicht ganz glaubte. Aber nach dieser Nacht verschwand der Maschinenpapa auf Nimmerwiedersehen. Auf den wirklichen Papa mußte sie länger warten, wenn sie nach ihm rief, und oft mußte sie sich mit seiner Gegenwart auf dem Bildschirm begnügen, aber das war allemal besser als die Maschine.

Elisa hätte es gern gesehen, wenn alle Maschinen verschwunden wären; aber ihr war klar, daß Papa an die Maschinen gewöhnt war und sie vermißt hätte. Außerdem beruhigte es ihn, wenn er sie in Obhut der Maschinen wußte.

»Aber das sind doch keine richtigen Menschen!« protestierte Elisa. »Das denken sie zwar, aber ich weiß, daß es nicht stimmt!«

»Soll ich ihnen das Wissen einprogrammieren, daß sie Maschinen sind? Wäre dir das lieber?«

Nach längerem Nachdenken entschied Elisa: Ja, das sei ihr lieber.

8

Am Morgen der Party findet Paul ein pseudo-mittelalterliches Gewand in der Garderobe seines Apartments. Verärgert und gleichzeitig amüsiert zieht er es an. Was haben die alten Kindsköpfe sich jetzt wieder ausgedacht? Auf den Bildschirmen seiner Kommunikationssäulen blinken, ebenso wie auf den anderen, die man alle paar Meter auf dem Gang sieht, Richtungsweiser auf. Am Eingang des angegebenen Zimmers zögert er kurz, verdutzt über den Lärm. Hin- und hergerissen zwischen Lachen und wachsendem Ärger mischt er sich schließlich ins Gedränge. Alghieri muß wieder mal alle Roboter der STADT in Gang gesetzt haben. Im Zimmer sieht es aus wie in einem Schloß, kein Detail wurde ausgelassen: Säulen, Gobelins, Rüstungen, ein riesiger Kamin, in dem ein künstliches Feuer flackert, Butzenscheiben, die das Licht in Regenbogenfarben brechen, haben das Zimmer total verwandelt. In der Zimmermitte ist ein großer runder Tisch aufgebaut, an dem hochlehnige geschnitzte Stühle stehen.

»Ah, Sir Lanzelot!« krächzt eine Stimme in Pauls Rücken. Krone und Brokatgewand sind wahrhaft königlich, die Stimme ist die von Richard Desprats. Ein kurzer rötlichblonder Bart umrahmt das Gesicht, das dem Desprats einer längst vergangenen Zeit gehört. Eine synthetische Maske. Und darunter? Mensch oder Maschine? Ein zufriedenes Lächeln blitzt in den braunen Augen. Paul bewundert das ausdrucksvolle Spiel des künstlichen Fleisches. Er kann nicht sagen, ob hinter der Maske der wirkliche Desprats steckt. Eigentlich wird erwartet, daß man solche Zusammenkünfte wie diese in *persona* besucht. Aber das letzte Treffen liegt schon lange Zeit zurück.

»Sind die anderen schon da?«

»Die meisten. Lady Genevra wartet darauf, daß Ihr Eure Aufwartung macht, Sir Lanzelot!«

Paul sieht in die entsprechende Richtung. Serena – wunderschön in Grün und Gold gewandet – steht inmitten einer Gruppe von Männern und Frauen, die einander an Großartigkeit schier überbieten. Er schüttelt den Kopf. »Also wirklich, Richard!«

»Arthur. Nicht Richard!« Desprats droht mit dem Zeigefinger und zieht die Augenbrauen arrogant hoch. »Bringt Eure Könige nicht durcheinander, Sir Lanzelot!«

Die Ritter der Tafelrunde. Also war es wohl Desprats, der dieser Party ihr Motto gegeben hat. König Arthur. Lanzelot. Genevra. Das berühmte Dreiecksverhältnis. Ja, das paßt. Er kann nicht umhin, die pikante Rollenverteilung zu bewundern. Desprats war lange Marquandes Favorit im Bett. Noch heute besteht er darauf, Paul bei passenden Gelegenheiten ›Sohn‹ zu nennen – obwohl er in Pauls Alter ist, höchstens zehn Jahre drüber oder drunter, und bei seiner Zeugung wahrhaftig keine Hand im Spiel hatte. Offensichtlich zielt sein Scherz auf Serena-Genevra ab, Pauls Ehefrau, und Desprats' Tochter. Vor dreißig Jahren hätte man das kaum als Scherz verstehen können, aber die Zeit hat Desprats außer Gefecht gesetzt. Inzwischen sind seine inzestuösen Neigungen wohl im wahrsten Sinne des Wortes versiegt. Oder er hat das Image des weisen alten Mannes schon so kultiviert, daß er sich keinen öffentlichen Ausrutscher leisten mag. Wer weiß, vielleicht ist er inzwischen wirklich ein weiser alter Mann. Das allerdings wäre Desprats' größter Witz!

Serena schreitet in wahrhaft königlicher Haltung auf Paul zu, und er verneigt sich zur zeremoniellen Verbeugung. Als sie lacht, ist es das Lachen der Sybille Horner. Paul richtet sich auf und zwingt sich zu stoischer Miene. Das also ist die Pointe: ein Abend der vertauschten Köpfe. Paul ist zweifellos der einzige, der seinen eigenen Kopf auf den Schultern trägt. Desprats hatte immer schon eine Vorliebe für makabre Scherze. Hinter diesem künstlich-jugendlichen Gesicht lacht er sich innerlich bestimmt halbtot.

Egal. Laß ihnen ihre blöden Spiele, sie gönnen sich ja sonst nichts. Jeder trägt also eine Maske; grandiose Idee! Alle tragen seit Jahren Masken. Masken hinter Masken hinter Masken, das heißt die Lüge auf die Spitze treiben. Das ist besser als ein gutes Party-Motto, es ist die Wahrheit ihres Lebens.

Von jeher hatten sich die STÄDTE getarnt. Zuerst nannte man sie ›Beobachtungsposten‹ oder ›temporäre Schutzräume‹, obwohl ihre Gründer genau wußten, daß es draußen nichts mehr zu beobachten gab und ›temporär‹ längst ›auf immer und ewig‹ hieß. Später wurden die Posten und Schutzräume als STÄDTE getarnt, perfekt getarnt, von den künstlichen Parks unter dem künstlichen Himmel, aus dem künstlicher Regen strömte, bis zu den künstlichen Kommunalwahlen. Ganz real allerdings war die Unterdrückung der Normalbürger, die hier zu Hunderten Zuflucht gesucht und gefunden hatten. Das verdankten sie einem plötzlichen Einfall der legitimen Eigentümer der STADT, der politischen, militärischen und wissenschaftlichen Elite samt ein paar Millionären, die sich ihre Residenz hier zu astronomischen Preisen erkauft hatten. Tüpfelchen auf dem i waren die Lüge von der ›Unsterblichkeit‹ und die Farce einer ›demokratischen‹ Lotterie, bei der angeblich jeder das Los der Unsterblichkeit ziehen konnte. In Wirklichkeit hing die Selektion ausschließlich von der Laune der Herrschenden ab. Oder, jedenfalls langfristig gesehen, von der Laune der eigenen Gene. Letztendlich entschieden sie darüber, ob die Verjüngungsbehandlungen überhaupt ›anschlugen‹. Aber das Wolfsgesetz der Evolution hatte voll gegriffen: Nach fast 300 Jahren hatten nur die Fähigsten, die am besten Angepaßten überlebt.

Wie viele dieser Supermenschen waren überhaupt hier?

Paul sieht sich um und versucht, bekannte Gesichter auszumachen. Aber er weiß, daß keines echt ist. Es sind die Toten, die sich hier treffen und unterhalten. Wer weiß, vielleicht sind manche Maschinen auch verkleidete Menschen, auch das würde passen.

Er nimmt ein Glas Champagner – so ein Anachronismus! – vom Tablett. Als er es ausgetrunken hat, lächelt die Welt ihm wieder zu. Komisch, daß er sich über solche Dinge immer noch so aufregen kann. Aber irgendwie auch tröstlich. Nicht ärgern, nur wundern. Desprats würde sich darüber amüsieren. Er *ist* amüsiert, so wie er dasteht, mitten in einer Diskussion mit einem großen Mann in Schwarz, der Paul den Rücken zudreht. Desprats erwidert Pauls Blick und zwinkert ihm zu. Der Mann in Schwarz wendet sich um: Alghieri. Genauso, wie Paul ihn in Erinnerung hat. Alghieri hat seine satanische Erscheinung bis in die Spitze seines Blaubarts kultiviert. Paul geht hinüber und gibt ihm einen herzlichen Klaps auf den Rücken. (Ja, es ist eine Maschine. Massiver als ein menschlicher Körper. So ein Schlag juckt ihn gar nicht.) »Du hast dich selbst übertroffen, Mario.«

Der Ommach verbeugt sich und bleckt die Zähne in dem Haifischlächeln, das Alghieri eigen ist. Eine Halluzination, wahrhaftig! Desprats und Alghieri haben die rein funktionellen Modelle, die Paul immer noch benutzt, erstaunlich verfeinert und perfektioniert, wie es scheint. Das sagt Paul ihnen auch, dann läßt er sich von Gruppe zu Gruppe treiben. Er erkennt einige Gesichter seiner Jugend und der Zeit danach wieder, aber es ist ihm im Grunde egal, wer dahintersteckt. Von Serena jedoch keine Spur. Auch von Marquande nicht. Zweifellos erwarten ihn weitere Überraschungen. Geschickte Jongleure, Bodenturner und Akrobaten wirbeln durch den Raum, angefeuert von bewundernden Zuschauern. Sogar dressierte Tiere werden vorgeführt, künstliche natürlich.

Auf dem runden Tisch funkeln Gold, Silber, Kristall und feines Porzellan. Hier hat Alghieri anscheinend einen Stilbruch mit dem Mittelalter in Kauf genommen. Paul glaubt, Sybilles Regie zu erkennen. Der Tisch ist für achtzehn Personen gedeckt. Haben tatsächlich so viele überlebt? Möglicherweise hat Desprats bewußt alles so arrangiert, daß die wirkliche Zahl nicht bekannt wird.

Fanfaren schmettern. In Begleitung der Pseudo-Serena schreiten König Arthur und König Blaubart zu Tisch. Paul schließt sich an. Vier Diener treten ein. Auf einem Schild tragen sie einen riesigen vergoldeten Pokal, den sie auf den Tisch stellen. In seinem Innern schläft das Baby auf einem purpurroten Kissen. Ebenso überrascht wie wütend schnauft Paul auf.

»Findet Ihr den Heiligen Gral etwa komisch, Sir Lanzelot?« fragt Desprats.

»Es war nicht Lanzelot, der den Gral gefunden hat, Richard«, antwortet Paul. »Entschuldigung, ich meine natürlich Euer Majestät.«

»Du hast recht, es war sein Sohn.« Alghieri grinst. »Wir tun unser Bestes. Jedenfalls haben wir nicht behauptet, daß du den Heiligen Gral gefunden hast.«

Paul hält seinen Zorn unter Kontrolle und den Mund. Die Fanfaren schmettern. Was, das ganze noch einmal? Langsam wird es lächerlich.

Frauen in fließenden, glänzenden Gewändern, in den Händen Zauberstäbe, schweben in den Raum. Es sind zwölf. Die Feen. Sie gleiten auf Paul zu. Ihm fällt auf, daß sie – bis auf Augen- und Haarfarbe – alle genau gleich aussehen. Jede trägt das Gesicht der Annette Schwartz. Typisch Desprats, die Patenschaft für Elisa zwölf identischen Feen anzutragen, deren Prototyp vor 150 Jahren die STADT in die Luft sprengen wollte. Vielleicht, denkt Paul widerwillig, ist diese Idee doch nicht auf Desprats' Mist gewachsen. Denn es ist Serenas Stimme, die sagt: »Sie soll über die Ommachs der STADT herrschen.« Die zweite Fee berührt den Pokal – die Wiege der Prinzessin – mit dem Zauberstab. Wieder ist es Serenas Stimme, die spricht: »Sie soll so schön sein wie die Nacht!«

»Und so still wie ein Hologramm«, stimmt die dritte Fee in den Singsang ein.

Und so geht es weiter, bis die elfte Frau an der Reihe ist und spricht: »Sie soll kein Kind gebären, aber es sollen alles Mädchen werden.«

Blitz und Donner. Eine zarte Silhouette, in Gold und Schwarz gewandet, nimmt neben dem Tisch Gestalt an, während das Baby ungerührt weiterschläft. Die Idioten müssen es wohl betäubt haben, denkt Paul wütend. Es sei denn, auch das Baby ist nicht echt. Er schaut sich das Hologramm näher an: Marquande natürlich.

»Wie ich sehe, habt Ihr vergessen, mich einzuladen«, sagt die vertraute Stimme, sie klingt etwas brüchiger als Paul sie in Erinnerung hat. »Trotzdem habe ich der kleinen Prinzessin ein Geschenk mitgebracht. An ihrem 20. Geburtstag wird sie sich in den Finger stechen und fortan ewig leben.«

Die Silhouette löst sich in einem weiteren Blitz auf, während Feen und Zuschauerschar der Ommachs ein Jammergeschrei anstimmen. Die letzte Fee, eine dunkelhaarige, grünäugige Version der Annette Schwartz, hat noch nicht gesprochen. Jetzt tritt sie an den Tisch: »Was meine ältere Schwester getan hat, kann ich nicht rückgängig machen. Aber ich kann das Unglück mildern. An ihrem 20. Geburtstag wird sich Elisa in den Finger stechen, aber sie wird nicht länger leben als 280 Jahre, sieben Monate und drei Tage.«

Alle klatschen und nehmen Platz zum Essen, während die Diener den Pokal vom Tisch entfernen und in der Nähe abstellen.

Selbstverständlich findet Paul sich an der Seite der grünäugigen Fee wieder. »Wenn ich mich recht erinnere«, sagt er zu seiner Tischnachbarin, »hört im Schloß mit der Prinzessin alles auf. Tröstlich zu wissen, daß die STADT nicht mehr lange leben wird.«

»Ich hätte gerne eine noch kürzere Zeitspanne festgesetzt«, antwortet Serenas Stimme, »aber meine Künste als Fee sind noch ziemlich rudimentär.«

Paul blickt in die grünen Augen. »Bist du in deiner zweiten Pubertät, oder was?« wirft er ihr an den Kopf.

»Ach komm schon, Paul. Sei doch nicht so ein alter Miesepeter. Du armer Wissenschaftler, so besessen von deiner Forschung und unfähig, die einfachen Freuden des Lebens mit anderen Menschen zu teilen!«

»Einfach? Menschlich?« Paul zieht die Augenbrauen in übertriebener Verwunderung hoch.

»Ach Gott, sind wir heute wieder so moralisch!« mokiert sich Serena.

»Egal, jedenfalls halte ich deine Prognose für falsch«, antwortet Paul in versöhnlicherem Ton und spürt dabei den Blick von Desprats, der ihnen genau gegenüber sitzt. »Verjüngungsbehandlungen für das Baby standen nie zur Debatte.«

»Ich bin eigentlich auch nicht davon ausgegangen, daß sich meine Prophezeiung genau erfüllen wird«, murmelt Serena.

Während des Essens beobachtet Paul die anderen Gäste. Außer Sybille und Desprats bedienen sich von den Speisen nur drei der Annette-Versionen und ein Mann, der das Gesicht Jean Renauds hat.

»Wer steckt in der Haut von Renaud?« fragt Paul im Versuch, das Gespräch in ein weniger stürmisches Fahrwasser zu steuern.

»Christine. Aber eigentlich soll man's erraten, so lautet die Spielregel.«

Christine Hoembecke im Körper ihres Ex-Lovers, darauf hätte er auch gleich kommen können. »Und die Annettes?«

»Dreimal darfst du raten.«

»Ist das der ganze Rest?«

»Sei kein Spielverderber, Paul. Mach einfach beim Raten mit.«

»Nur acht Überlebende, und du findest das lustig?«

Der Ausdruck in den grünen Augen verhärtet sich. »Ja, weil wir beide immer noch dazugehören.«

»Ach ja!« Denkt sie also immer noch an diesen kindischen Selbstmord-Pakt. Aber es war ihr nicht die Mühe wert gewesen, ihn an den Stichtag zu erinnern.

»Du hast recht«, sagt er und ißt weiter. »Es ist schon ziemlich komisch.«

»Hast du vor, noch mehr solche zu produzieren?« fragt Serena nach kurzer Pause. Paul zeigt seinen Ärger nicht. Fängt sie jetzt wieder damit an!

»Ich muß bei dieser Sache so viele Daten wie möglich sammeln.«

»Fünfzehn, zwanzig weitere Jahre Forschung also.«

»Mindestens. Alghieri kann ziemlich echt wirkende Spielgefährten für sie konstruieren, wenn man das heutige Niveau seiner Maschinen in Betracht zieht. Dieses kleine Mädchen wird wahrscheinlich eine weitaus normalere Kindheit als wir haben, Serena. Und sowieso ...«

»Und sowieso gibt's derzeit wichtigere Probleme, nicht wahr? Dieses Kind ist nur ein Modell.«

»Ganz genau.«

Paul stochert heftig in seinen Hors-d'œuvres herum. Immer dieselbe alte Leier. Diesmal will er sich auf keinen Fall auf diesen Streit einlassen, den sie schon einmal vor sechs Monaten (oder waren es zwölf? – jedenfalls ist es lange her) vom Zaun gebrochen hat.

»Warum sollte sie hier nicht glücklich sein, Serena? Du mußt doch zugeben, daß es uns gar nicht so schlecht gegangen ist. Und du weißt genau, daß ich sie wie ein menschliches Wesen behandeln werde, ich bin doch kein Barbar.«

»Wenn ich nur das sehen würde, was du im Moment machst, würde ich dir vielleicht auf den Leim gehen«, zischt Serena böse. »Aber deine ersten Mutanten ... kein Problem für dich, oder? Dein wirkliches Problem besteht darin, daß du dich inzwischen daran gewöhnt hast, Gott zu spielen. Es macht dir Spaß, nicht wahr?«

»Das ist gelogen, das weißt du ganz genau!« zischt Paul zurück. Er bemerkt, wie Desprats sich ihnen zuwendet und ringt um Beherrschung. »Ich will das verbessern, was bereits existiert. Es gab mal eine Zeit, da hast du meine Ideen geteilt.«

»In Wirklichkeit willst du überhaupt nichts verbessern. Du hast nur eine gute Ausrede dafür gefunden, weiterzuleben.«

»Das Leben geht draußen weiter, Serena, und wir schulden ihm etwas.«

»Das Leben muß aber nicht hier in der STADT weitergehen!«

»Elisas Kinder und die anderen werden die STADT verlassen.«

»Und natürlich wirst du ihnen dabei zusehen!«

»Wenn möglich, ja!«

Desprats hebt besänftigend die Hand. »Lanzelot, mit Feen darf man nicht streiten, sonst kann es übel ausgehen. Sag uns lieber, was du dir für deine Tochter wünschst.«

»Sie ist nicht meine Tochter, und ich wünsche mir, daß sie lebensfähig und funktionstüchtig ist.«

Paul sieht sich am Tisch um, sieht in die täuschend echten Gesichter, die aufmerksam und spöttisch lächeln. Plötzlich hat er die Nase voll. Er knallt Messer und Gabel auf den Tisch, steht auf, hebt das Baby aus seiner lächerlichen goldenen Wiege. Es ist wirklich das echte Baby, das Gewicht stimmt. Dann verläßt er hastig den Raum. Aber nicht hastig genug: Desprats kann noch einen letzten Schuß abfeuern.

»Paul, du wirst alt.«

9

Elisa feiert ihren siebten, neunten, zehnten Geburtstag. Elisa lernt, sich direkt mit dem Computer zu unterhalten, den Papa die STADT nennt. Elisa seziert zum ersten Mal: eine Maus. Elisa arbeitet mit Papa im Labor.

Elisa arbeitet mit *Paul* im Labor. Sie ist zwölf, und er hat ihr gerade erzählt, daß er in Wirklichkeit gar nicht ihr Vater ist. Aber er war es, der sie in die Welt gesetzt hat, und er hat sie genauso lieb wie ein richtiger Vater.

»Du bist nicht das letzte Kind der STADT, Elisa, du bist die erste einer neuen Rasse. Du hast eine einzigartige Gabe, die bald diese verrückten STÄDTE überflüssig machen wird. Du wirst lange leben, mein Liebes, und du wirst dazu keine Maschinen brauchen. Und es wird andere wie dich geben. Eines Tages werdet ihr die STADT verlassen.«

Elisa lächelt. Das ist Großvaters Geschichte. Sie erzählt Paul die Geschichte im Glauben, er müsse hocherfreut sein, daß sie schon Bescheid weiß. Aber er sieht verärgert aus, und sie fragt ängstlich, was sie denn Falsches gesagt habe.

»Darum geht es nicht«, sagt Papa (Paul). »Aber dein Großvater, der ebensowenig dein richtiger Großvater war wie ich dein richtiger Vater, hatte ziemlich seltsame Vorstellungen von der STADT.«

Mit Erleichterung merkt Elisa, daß Pauls Wut nicht gegen sie gerichtet ist, sondern gegen Großvater – nein, er nennt ihn ja Richard Desprats.

Paul geht vor ihr in die Hocke. Er ist so groß! »Wenn ich sage: Ihr werdet fortgehen, meine ich nicht dich, Liebes. Auch nicht deine Kinder, denn du wirst Kinder haben, weißt du. Viele Kinder. Nein, ich spreche von den Menschen deiner Rasse. In bestimmter Hinsicht wirst du Teil von ihnen sein, weil sie deine Nachkommen sind und dieselbe Gabe wie du haben werden. Verstehst du das?«

Sie verstehe sehr gut, meint sie. Ihre ersten Genetik-Lektionen bei Paul hat sie schon hinter sich. Eigentlich macht es ihr sowieso nichts aus, in der STADT zu bleiben. Dann muß sie wenigstens nicht weg von Papa – Paul. Ganz allein da draußen hätte sie bestimmt Angst. Es ist dort zu groß. Sie hat's kapiert: Sie und ihre Rasse werden die STADT wieder bevölkern. Und wenn genügend Leute da sind, werden sie die STADT verlassen.

Nein? Stimmt das nicht?

»Du hast doch gesehen, wie die Außenwelt aussieht, oder? Das Leben ist dort ganz anders. Die Leute dort sind immer noch Wilde. Ich hab dir doch erklärt, woran das liegt.«

Auch Großvater – Desprats – hat es ihr erklärt. Oft genug. Eine Reihe *atomarer Katastrophen. Vergiftung der Umwelt. Überall kleinere Kriege. Überbevölkerung. Zu wenig Essen, um alle zu ernähren. Die Erde selbst hatte sich aufgelehnt und ihren Zorn gezeigt: mit Erdbeben, Vulkanausbrüchen, klimatischen Veränderungen, Hungersnöten, Epidemien und zuletzt in den großen Fluten, die die Kontinente verwandelten.* Sie kannte diese Worte schon. Papa half ihr, sie besser zu verstehen.

»Ich weiß nicht, ob es die Erde war, die zornig wurde«, erwidert Papa lächelnd. »Desprats jedenfalls glaubte es. Aber es läuft auf dasselbe hinaus: Wir müssen warten, bis sie draußen bereit sind. Wir in den STÄDTEN sind die Treuhänder eines großen Schatzes, Elisa. Dieser Schatz ist das Wissen, sind die Wissenschaften, die Künste, die Weisheiten vergangener Epochen. Wir sind die Wächter. Du wirst ein Auge auf die Menschen der Außenwelt haben und meine Forschungen weiterführen. Das ist sehr wichtig. Du mußt vieles lernen, dir vieles erarbeiten, Liebes. Weißt du, warum?«

»Weil sie in der Außenwelt mehr Mädchen als Jungen machen«, sagt Elisa und zeigt, daß sie ihre Lektion gelernt hat. Pauls zufriedenes Strahlen ist ihre Belohnung.

»Genau. So lange sie mehr Mädchen als Jungen haben, kannst du nicht nach draußen gehen. Wir werden deine Fähigkeit hier in der STADT entwickeln müssen. Wenn wir das Problem der überzähligen Mädchen gelöst haben und die Leute in der Außenwelt besser vorbereitet sind, dann übergeben wir ihnen den Schatz der STÄDTE. Du und ich, Elisa.« Er lacht fröhlich. »Wir erschaffen die Welt noch mal neu, klar?«

»Alles klar!« sagt sie lachend. Natürlich neckt er sie, aber gleichzeitig ist es ihm ernst, das merkt sie. Warum auch nicht: Er ist allmächtig. Er wird die Welt neu erschaffen. Elisa beschließt, sich künftig doppelt anzustrengen, damit sie seine Erwartungen erfüllen und sein Vertrauen verdienen kann.

Elisa arbeitet. Sie taucht in ein Schwefelsäurebad ein. In ein Bad mit flüssigem Sauerstoff. In einen Vakuumbehälter. Paul kontrolliert die Instrumente und mißt Elisas Reaktionen.

Elisa und Paul gucken zu, wie Elisas Finger, den Paul amputiert hat, von Tag zu Tag nachwächst.

Elisa und Paul gucken zu, wie Elisas Finger, den Paul amputiert hat, von Stunde zu Stunde nachwächst.

Elisa ist fünfzehn und schaut sich alle diese früheren Elisas auf dem Monitor an. Heute hat Paul ihr feierlich einen eigenen Zugangscode zur STADT gewährt, der ihr die direkte Nutzung der Datenspeicher ermöglicht. Aber nicht alle ihre Anfragen, so entdeckt sie später, werden beantwortet. Nach einigem Nachdenken kommt sie zu der Auffassung, daß daran nichts Ungewöhnliches ist.

(Die allgegenwärtige STADT hat weitere Bilder aufgezeichnet, die Elisa allerdings erst viel später abrufen wird: Elisa, wie sie nackt vor dem Spiegel steht und neugierig ihre gerade erst entwickelten kleinen Brüste betastet. Elisa, wie sie zwei nackte Körper beobachtet, die auf einem Bett miteinander kämpfen. Elisa, wie sie zwei nackte Körper beobachtet, die auf einem Bett miteinander *schlafen*. Elisa, wie sie entdeckt, daß es ihr Lust bereitet, wenn sie sich an bestimmten Stellen berührt.)

Die sechzehnjährige Elisa steht nackt vor dem Spiegel und streichelt ihre Brüste. Dabei fragt sie sich, ob Paul sie eigentlich beachtet.

10

Paul will sie gerade rufen, aber als das Bild auf seinem Schirm erscheint, unterbricht er die Verbindung. Eine Zeitlang bleibt er wie angewurzelt vor dem leeren Bildschirm sitzen, in dem sich jetzt sein eigenes Gesicht mit den vertrauten, unveränderten Zügen spiegelt.

Unverändert… In einem richtigen Spiegel wäre er jetzt mit einem Gesicht konfrontiert, das allmählich erschlafft, dessen Spannkraft allgemein nachläßt, dessen Konturen schon ein wenig verschwimmen. Ein Prozeß, der sich so unmerklich vollzieht, daß weniger geübte Augen ihn gar nicht wahrnehmen würden. Denn trotz allem ist er noch ausgezeichnet in Form. Die Ergebnisse der jüngsten Untersuchung haben das bestätigt: Im Vergleich mit früheren Werten hat seine Leistungsfähigkeit höchstens um ein Hundertstel Prozent nachgelassen. Seine Erektionsfähigkeit ist so gut wie eh und je. Halb belustigt, halb verärgert über sich selbst steht er auf. Seine Libido weiß sehr genau, daß er sich mal wieder mit der altbekannten Sorge herumschlägt. Sie läßt sich nicht überlisten. *Also wirklich, Paul Kramer, an was denkst du da!*

An glatte Haut, die in der Dämmerung schimmert, an kleine, spitze Brüste…

Gedankenverloren spielt er an den Steuerungen herum, holt verschiedene Detailansichten der STADT auf den Bildschirm: die Gartenroboter im Park. Eine Rolltreppe, die stillsteht. Ein anderer Winkel des Parks, nahe am Wasserfall. Das Genlabor. Eine Ansicht der Zentrifuge. Ein Brutapparat. *Das Baby ist schnell großgeworden. Zeit, die nächste Generation in die Welt zu setzen. Ihre Menstruation hat sehr spät eingesetzt, erst mit fünfzehn, muß mich bei der nächsten Generation darum kümmern. Hätte sie ihre Blutung zum Stillstand gebracht, wenn sie nicht gewußt hätte, daß die Menstruation eine ganz nor-*

male Sache ist? Was, wenn sie die Menstruation für eine Krankheit gehalten hätte? Auch darum muß ich mich bei den anderen kümmern. Ganz offensichtlich kann sie sich selbst inzwischen immer besser steuern, bewußt steuern. Elisa geht ihm nicht aus dem Kopf. Er denkt an Elisa. Und die Elisa, an die er denkt, ist nicht die Testperson eines Laborexperiments. *Die Torschlußpanik des mittleren Alters. So ein Quatsch.*

Über die Bildschirme gleiten in schneller Folge verschiedene Ansichten der STADT. Er sieht kaum hin. Die große Halle auf Ebene 3. Ein Luftschacht irgendwo. Eine Reihe von Steuerungspulten, die nicht in Betrieb sind. Der Ausschnitt einer blauen Wand, im Vordergrund ein Stück Bett und ein zerfleddertes Buch. Wieder der Park. Der kahle, rosige Schädel von Max unter einem Netz von Röhren und Drähten, vor Max die eingeschalteten Bildschirme.

Eingeschaltete Bildschirme: Weiße Körper ausgestreckt auf dem Boden. Derselbe Körper aus verschiedenen Perspektiven. Der rechte Arm bewegt sich vor und zurück zwischen den angezogenen Oberschenkeln, der Kopf rollt von rechts nach links. Auch das lockige Haar schwingt nach vorn und wieder zurück und enthüllt und verhüllt dabei abwechselnd die geschlossenen Augen, den halb geöffneten zittrig atmenden Mund: »Paul, o Paul!«

Paul erstarrt. Dann läßt er seine Hand auf die Tastatur knallen, die Bildschirme werden dunkel.

»Na, Paul, immer noch der alte Puritaner?« sagt die ironische Reibeisenstimme Sybille Horners.

Er drückt auf den Störer, läßt sich in den Sessel fallen und stützt seinen Kopf auf die verschränkten Arme. Störer. Er muß einen Störer in Elisas Wohnung installieren. Das hätte er schon früher tun sollen. Er hört sein Herz unregelmäßig schlagen, fast ist er selbst erschreckt über die Intensität seiner Wut. Diese zwei ... Nachtgespenster, die nichts Besseres zu tun haben, als Elisa hinterherzuspionieren!

Er muß mit ihr reden. Er kann sie so nicht weitermachen lassen.

Er hebt den Kopf, und das Spiegelbild auf dem Bildschirm vor ihm bewegt sich mit. Weitermachen lassen womit? Mit der sexuellen Selbstbefriedigung? Die ist ihr gutes Recht. Mit den sexuellen Phantasien? Wie soll er sie daran hindern? Es gibt niemand anderen als ihn. Daran hätte er denken müssen. Wie hatte er das übersehen können? Als er wußte, daß sie lebensfähig war, hätte er irgendein männliches Wesen auftreiben müssen. Oder nicht irgendeines, sondern einen weiteren Mutanten. Oder ihr Neutralisierer geben. Das hätte er tun sollen. Aber er hat es nicht getan. Und was jetzt?

Mit ihr reden. Auf jeden Fall offen darüber reden. Und dann? Sie ist jetzt eine Frau. Hat er überhaupt das Recht, sich ihr zu verweigern? Eigentlich würde er ihr ja einen Gefallen tun. Und es wäre bestimmt ganz interessant zu erfahren, inwieweit sie ihren Körper unter diesen Bedingungen steuern kann.

Außerdem willst du es.

Also gut, er will. Na und? Das heißt nur, daß er immer noch höchst lebendig ist. Er legt seine Hand auf seinen harten Penis und lacht los. Und sie will es auch. Die ursprüngliche biologische Reaktion, die älteste Bestätigung der Ewigkeit. Hat er sich nicht genau dieser Aufgabe verschrieben: der Fortsetzung des Lebens? Aber erst muß er einen Störer in ihrer Wohnung installieren. Dann muß er sie sanft auf den Übergang von der Phantasie zur Realität vorbereiten. *Ich werde es zu einem unvergeßlichen Erlebnis machen. Du wirst schon sehen, Elisa.*

Auch er hat sein erstes Mal nie vergessen, allerdings aus ganz anderen Gründen. Marquande war nicht gerade feinfühlig vorgegangen, als sie ihn in ihr Bett gezerrt und sich auf ihn geschwungen hatte.

11

Im Park. Im Moment stellt er eine japanische Landschaft dar: rosa Kirschbäume, Gingkos, Zwergkiefern, zierliche Brücken, weißer Kies. Der morgendliche Regen ist noch nicht verdunstet und glitzert unter dem Licht der Strahler. Unsichtbare Vögel zwitschern. Am Teich zeichnen sich die Silhouetten der Gartenroboter ab, die neue Beete anlegen.

»Man sollte den Park vergrößern«, sagt Elisas Stimme aus den Off. »Alles in einen Park verwandeln.«

Sie taucht jetzt neben Paul auf dem Bildschirm auf. Sie gehen langsam Seite an Seite. Elisa trägt ein sehr kurzes rotweißes Kleid. Ihre braunen Locken stehen um ihren Kopf wie ein Heiligenschein. Paul, ganz in Weiß, hat Shorts und ein Tennishemd an. Beide halten Tennisschläger in den Händen. Sie gehen am Kameraobjektiv vorbei, das kurz ihre Rücken erfaßt, bis die nächsten Sensoren wieder eine Frontalansicht der beiden bringen.

»Man könnte es machen«, sagt Paul.

»Alles, was wir nicht nutzen …«

»Ja. Es würde ein bißchen Zeit brauchen, aber man könnte es machen.«

»Also, dann laß es uns machen, wenn es doch möglich ist!«

»Muß man etwas unbedingt tun, nur weil es möglich ist?«

»Warum nicht?« entgegnet Elisa aufmümpfig. »So hat die Menschheit das doch immer schon gehandhabt, oder etwa nicht?«

Pauls Lächeln verschwindet, er antwortet nicht gleich. Dann sagt er leise: »Man kann nicht gerade sagen, daß es der Menschheit gut bekommen ist. Aber wir werden sehen.«

Jetzt ist es Elisa, die ihn aus den Augenwinkeln nachdenklich mustert.

Elisa und Paul am Teich. Elisa im weißen Bikini. Sie kommt aus dem Wasser. Paul liegt auf dem Bauch und hat sein Kinn auf die Arme gestützt. Sie läuft auf ihn zu, schüttelt ihr Haar und bespritzt ihn. Er rollt sich schimpfend auf die andere Seite, packt ihre Knie, wirft sie ins Gras, reißt ein paar Grasbüschel aus und reibt sie ihr ins Gesicht. Sie wehrt sich und versucht ihn zu kitzeln. Er hält sie fest, halb liegt er auf ihr, sein Gesicht ganz nah an ihrem. Sie lachen jetzt nicht mehr. Elisa hebt den Kopf und drückt ihre Lippen auf Pauls Mund. Er läßt sie los und richtet sich auf. »Kleines Mädchen…«

»Nein!« zischt Elisa wütend mit geschlossenen Augen.

Er lächelt leicht. »Ich weiß.«

Sie öffnet die Augen, Pauls Lächeln verschwindet sofort. Sie sieht ihn einen Augenblick direkt an, dann schlingt sie ihm die Arme um den Hals.

»Du und ich. Was sonst? Du weißt es ganz genau. Du mußt es wissen!« murmelt sie.

Mit abwesendem, vielleicht auch traurigem Blick streichelt er ihre Wange.

»Und du«, sagt er leise, »was weißt du?«

»Daß es normal ist. Daß es gut ist«, sagt Elisa nachdrücklich und runzelt die Stirn.

Er schüttelt den Kopf. »Trotzdem bist du noch ein kleines Mädchen.«

Sie beißt sich auf die Lippe. »Na und? Du warst ja auch mal klein.«

»Das ist lange her.«

»Das ist mir völlig egal!«

Er sieht sie lange an, dann verzieht sich sein Gesicht wieder zu dem leisen Lächeln. Er beugt sich über sie und streift mit seinem Mund leicht über ihre Lippen. »Mir auch, meine Schöne, mir auch.«

Er steht auf und streckt ihr eine Hand hin, um ihr hochzuhelfen. Dann schaut er mit boshaftem Grinsen direkt in die nächste Kamera. »Aber zuerst gehen wir nach Hause.«

12

Elisa und Paul kommen aus dem Theater. Elisas tief ausgeschnittenes, eng anliegendes Abendkleid glitzert wie flüssiger Stahl. Paul trägt eine Kombination aus Schwarz und Lila.

»Ich weiß zwar immer noch nicht, welchen Anteil Garfields Interpretation an dem Stück hat, aber er ist mit Sicherheit ein großartiger Schauspieler.«

»Aber wenn Orestes schwul war, bekommt doch alles eine ganz andere Bedeutung. Seine Beziehung zu Elektra, der Mord an seiner Mutter ...«

Paul schüttelt amüsiert den Kopf. »Also wirklich, wie sie heute mit den Klassikern umspringen und sie uminterpretieren ...«

»Aber es ist doch alles schon bei Euripides enthalten, das hast du selbst gesagt. Es ist doch ihr gutes Recht, einen ganz bestimmten Aspekt zu wählen.«

»Und alle anderen Aspekte dürfen einfach unter den Tisch fallen?«

»Um diesen einen Aspekt herauszustellen und den Zuschauern vorzuführen, ja.«

»Aber das Leben ist keine Vorführung, Elisa. Alle Werte existieren neben- und miteinander. Letztendlich kann man gar nichts beweisen, das ist nur eine ästhetische Illusion. In Wirklichkeit hat Orestes mindestens drei Dutzend gleich gute oder gleich schlechte Gründe zu lieben und zu hassen. Seine Mutter, seinen Vater, seine Schwester und sich selbst zu lieben und zu hassen. Im wirklichen Leben bringt so ein Typ wie Orestes deshalb auch keinen um, und das Leben geht weiter wie immer.«

»Und den Mord aus Leidenschaft gibt es dann wohl gar nicht?!« wendet Elisa entrüstet ein.

»O doch. Aber das tun nur Menschen, die Angst vor der Komplexität des Lebens haben. Ein typischer Akt der Vereinfachung.«

»Also ein typisch ästhetischer Akt«, bemerkt Elisa altklug.

Paul muß lachen. »Auch die Ästhetik ist nicht eindimensional. Da gibt es beispielsweise die Ästhetik der Leere und die Ästhetik der Fülle. Ich persönlich ziehe die letztere vor, auch wenn das ein bißchen chaotisch sein kann.«

»Das Leben?«

»Aber ja.«

Elisa sieht Paul durchdringend an, aber sein Blick ist abwesend. Als er weitergeht, liegt ein leicht trauriges Lächeln auf seinem Gesicht. Sie umarmt ihn und legt ihren Kopf an seine Schulter. »Du hast es gern kompliziert.«

»Elisa, es *ist* kompliziert«, sagt Paul lachend und legt den Arm um ihre Schultern. »Mir wär's auch lieber, wenn alles ganz einfach wäre.«

»Manche Dinge sind einfach.«

»Manche Dinge sehen einfach aus.«

»Freude, Lust, Liebe!« protestiert Elisa. Paul schüttelt lachend den Kopf, einen Augenblick schweigen beide, während sie weitergehen.

»Freude, Lust, Liebe«, wiederholt Paul schließlich. »Ja, aus einem bestimmten Blickwinkel sieht das alles ganz einfach aus. Aber es gibt so viele Arten der Freude. Und die Liebe hat viele Wege.«

»Ich finde die Liebe ganz einfach«, sagt Elisa schmollend.

Paul nimmt sie in die Arme. »An manchen Tagen ist sie das auch, mein Liebling.«

Max stirbt an diesem Morgen.

Im Labor ist Paul nicht bei der Sache, er hängt seinen eigenen Gedanken nach. Elisa bekommt auf ihre Fragen nur schroffe Antworten. Als sie später unglücklich und besorgt in ihrer Ecke arbeitet, geht er zu ihr hinüber. »Max ist heute morgen gestorben.« Sie sehen einander an. Er umarmt sie – oder sie ihn. Sie weiß nicht genau, wer den ersten Schritt getan hat. Als sie sich an ihn drückt, fühlt sie seinen Kummer, seine Trauer. So wie damals, vor langer Zeit, als sie noch ein kleines Mädchen war. Auch als Großvater starb, hatte sie diese Mutlosigkeit in ihm gespürt. Jetzt versteht sie besser, was in ihm vorgeht: Er hat Angst. Sie streichelt seine blonden, schon leicht ausgeblichenen Locken und küßt sein Gesicht mit den winzigen Falten, die nicht mehr verschwinden wollen. Sie liebt ihn mit jeder Faser ihres Herzens, ihre Liebe ist verzweifelt und macht sie verletzlich. Jetzt ist sie kein kleines Mädchen mehr: Sie weiß, er wird sterben. Sie weiß, sie wird ohne ihn weiterleben müssen.

Sie ist zwanzig.

Es klopft an der Tür. Paul sagt: »Komm herein«, und dreht sich um. Eine Frau tritt ins Zimmer. Er kann ihr Gesicht nicht gleich erkennen, aber er weiß, es ist nicht Elisa.

»Serena?«

Er freut sich wie wahnsinnig, rennt auf sie zu. Sie lächelt und breitet die Arme aus. Er berührt sie: Ja, es ist Serena. Sie läßt sich aufs Bett ziehen und betrachtet ihn mit dem vertrauten halben Lächeln. Ihre Augen strahlen, die rechte Augenbraue ist ein bißchen hochgezogen. Aber als er sich über sie beugen will, legt sie ihm einen Finger auf die Lippen: »Jetzt nicht, Paul.«

Eben noch hat er sich furchtbar gefreut, augenblicklich ist er furchtbar wütend. Fängt sie schon wieder damit an?!

Sie lächelt leicht wehmütig. »Du kannst nicht, Paul. Dazu muß man tot sein.«

Sein Ärger schwindet so schnell, wie er gekommen ist. Warum soll er nicht versuchen, sie bei Laune zu halten? Immerhin ist sie zu ihm zurückgekommen. Er streckt sich neben ihr auf dem Bett aus und atmet ganz leicht, so daß sich sein Brustkorb kaum hebt. Er konzentriert sich auf den Gedanken, daß er tot ist. Er hört ihr leises Lachen und das Geräusch fallender Kleider. Gegen seinen Willen bekommt er eine Erektion. Bis eben war ihm seine Nacktheit gar nicht bewußt, aber jetzt hat Serena ihre Hand auf seinen Bauch gelegt und läßt sie weiter nach unten gleiten, während sie leise mahnt: »Nein, nein, man muß tot sein.« Gleichzeitig streichelt sie sein Glied, die Lust ist kaum noch auszuhalten. Paul will denken: Ich bin tot, aber er kann die aufsteigende Erregung nicht unterdrücken. Als er erschrocken die Augen aufmacht, schwebt Serenas Gesicht über ihm. Aber es ist ein unzugängliches Gesicht, das nichts preisgibt. Die Zeit scheint stillzustehen, so wie er selbst kurz vor dem Orgasmus erstarrt ist. Die Spannung, die sich von seinem Penis bis zum Brustkorb ausgebreitet und sich um sein Herz gelegt hat, tut inzwischen schon weh. Serena lächelt. »Man muß tot sein, Paul.«

»Nein!«

Paul erwacht mit trockener Kehle und Herzklopfen. Er muß wach sein: Im Dämmerlicht erkennt er das vertraute Zimmer. Er dreht sich zu Elisa, will sie an sich ziehen, sich in ihrem warmen Fleisch verlieren ... Es ist nicht Elisa! Im schwachen Licht der Kommunikationssäule kann er die Gesichtszüge der Frau klar erkennen. Serena! Plötzlich hat er panische Angst – bis er sich sagt, daß dies immer noch zum Traum gehören muß. Wieder streckt er sich mit geschlossenen Augen aus. Wenn er sie wieder aufmacht, wird Elisa da sein, ganz sicher! Als er den Wachtraum wenig später verkraftet hat, schaut er wieder neben sich: Elisa! Erleichtert dreht er sich auf die andere Seite. Er hat seinen Traum unter Kontrolle. Er zwingt sich, an nichts mehr zu denken und wieder zu schlafen.

13

Das muß einmal das Foyer einer Bank oder großen Firma gewesen sein. Ein hoher, weitläufiger Raum in der Form eines Hexagons. Die Schalter sind verschwunden, in die Wände hat man Fenster eingelassen, hohe, schmale Fenster mit dickem, fast undurchsichtigem Glas. Der Raum wird nur von Öllampen und großen Kerzenleuchtern erhellt. An der Rückwand des Foyers ist ein riesiges Mosaik angebracht, dessen Farben ganz gut erhalten sind. Es zeigt eine ländliche Szene: Frauen bei der Ernte. Blonde, rotbackige Frauen in pastellfarbenen Kitteln holen goldene Garben ein. Hinter dem blauen Horizont die Silhouette einer STADT, Wolkenkratzer, Denkmäler, Kirchen, Fabrikschornsteine. Über der Ernteszene flattert eine Fahne in den Himmel, aber das Mosaik ihrer Inschrift – wahrscheinlich der Name der Bank oder irgendein Leitspruch – hat man sorgfältig herausgekratzt.

Inzwischen wird das Foyer als Thronsaal und Audienzhalle genutzt, wie man an der ehrfürchtigen Menge sehen kann, die sich im Halbkreis vor der Mosaikwand aufgestellt hat. Genauer gesagt: vor dem Thronsessel auf dem Podest, zu dem fünf große Stufen führen. Die Betonquader des Podests bilden einen schroffen, unangemessenen Kontrast zu den glatten Schwarz-Weiß-Fliesen des Fußbodens. Offensichtlich ist das jemandem aufgefallen, denn ein Großteil des Betons ist unter Teppichläufern und Fellen verschwunden.

Auch der Thron ist teilweise mit Pelzen bedeckt. Der Mann, der darauf sitzt, ist in den Vierzigern. Er trägt eine fahle, reich bestickte Ledertunika und weite Hosen, die in kniehohen, schwarzglänzenden Schnürstiefeln stecken. Auf seinem Schoß ruht ein kurzer Säbel in einer kostbaren Metallscheide, offensichtlich nur eine symbolische Waffe, denn sein Griff ist mit bunten Edelsteinen geschmückt. Auf beiden Seiten des

Throns und an zahlreichen strategisch wichtigen Punkten des Saales sind Wächter postiert. Sie tragen Gewehre und schwere Munitionsgürtel, die sie sich kreuzweise über die Brust gelegt haben. Die Menschenmenge – es sind ausschließlich Männer – ist anscheinend nicht bewaffnet.

Die Szene wird aus einem Winkel links vom Thron übertragen, die Kamera ist ungefähr zehn Meter von Kurtess entfernt. »Geh ein bißchen näher ran«, murmelt Elisa, »ich will das genauer sehen.«

Der Mann auf dem Thron rückt näher ins Bild, die Einzelheiten sind jetzt deutlicher zu erkennen: ein vierschrötiges Gesicht, das von einem blonden Vollbart umrahmt wird. Dickes, ziemlich verfilztes Haar. Eine fleischige Nase. Blaue, mandelförmige Augen unter zusammengezogenen Brauen. Die Maske eines Löwen.

»Er sieht nicht gerade freundlich aus, dieser Kurtess.«

»Kein Wunder. Er weiß inzwischen, daß es kein Kinderspiel ist, sich an der Macht zu halten. Jetzt, wo sich die erste Euphorie des Staatsstreiches gelegt hat und die Säuberungen erledigt sind, muß er wieder an die Alltagsgeschäfte denken. Wirklich ziemlich langweilig. Normalerweise brechen sie hier oder da einen Krieg einfach deshalb vom Zaun, weil sie nicht einschlafen wollen. Aber Kurtess ist ein bißchen anders als die übrigen Kriegsherren. Er hat eine gewisse Erziehung genossen und ist auf seine Art höchst intelligent.«

Der Mann auf dem Bildschirm hat seine Ansprache beendet. In seiner Rede hatte er Pferde erwähnt, die man als Tribut abgeben sollte, und die nordöstlichen Regionen. Die Sprache ist schwer verständlich, ein merkwürdiges Gemisch aus deutschen und russischen Brocken. Kurtess will zum nächsten Tagesordnungspunkt übergehen und wendet sich jetzt an den Berater, der am Fuß der Treppe bei der Menge steht. Als der seinen Kopf dreht, begegnen seine Augen den Kameralinsen, und die Spur eines Lächelns huscht über sein Gesicht.

»Er hat dich direkt angesehen!«

»Klar, ich bin doch sein alter Kumpel, der treue rechte Arm. Diesen Ommach hab ich vor mehr als fünf Jahren losgeschickt.«

»Paul! Schau mal auf den rotköpfigen Mann ganz vorne, nahe bei der Wache!«

Die Kamera schwenkt über mehr oder weniger junge, mehr oder weniger bärtige, mehr oder weniger gelangweilte Köpfe. Nahaufnahme eines jungen Mannes mit lockigem roten Haar. Ein messerscharf geschnittenes Gesicht, aufmerksam und angespannt, zusammengepreßte Lippen. Während er zum Thron sieht, bewegt sich sein rechter Arm, als suche er etwas in seiner Kleidung. Das Bild verschwimmt, der Kameraschwenk ist zu schnell. Ganz kurz ist Kurtess zu sehen, der sich vom Thronsessel erhebt. Nahaufnahme seines überraschten Gesichts, dann tauchen eine Hand und ein Arm auf dem Bildschirm auf, die Kurtess niederschlagen. Schreie. Explosionen.

»Paul!«

Elisa rennt hinüber zu Paul, der starren Blicks im Sessel zusammengesackt ist. Sie zerrt die Drähte heraus, die ihn mit dem Ommach verbinden. Er bewegt sich ganz leicht und murmelt schwach: »Warte, es ist nichts … warte.«

Sie ist besorgt und schaut ihn prüfend an. Er ist so weiß wie ein Laken, fast schon blau, seine Nasenflügel sind eng, sein Mund steht offen, er schnappt nach Luft.

»Ich sage dir doch, es ist nichts … versuche … die Verbindung wiederherzustellen.«

Elisa zögert, dann geht sie zurück ans Steuerpult. Über den Bildschirm flimmert nur Schnee, aber man hört ein Knacken, das Gemurmel einer Menge, scharfe Befehle. »Alle raus hier! Raus!« Durch das Chaos ist jetzt die Stimme von Kurtess zu hören: »Garnier? Garnier?« Eine andere Stimme, weiter entfernt: »Er blutet ja gar nicht.«

Paul stößt Elisa vom Steuerpult weg. Anscheinend hat er sich erholt, seine Haut hat nicht mehr die beängstigend blaue Färbung.

»Bist du sicher, daß es dir wieder gut geht?«

Ungeduldig schüttelt er den Kopf und beschäftigt sich mit den Steuerungen, um das Schadensausmaß einzuschätzen. »Ja, verdammt noch mal! Ihn hat's am Kopf und in der Brust erwischt. Er ist hinüber. Ich hätte ihn stärker machen sollen.«

Eine entfernte Stimme ruft: »Wo, zum Teufel, bleibt der Doktor!«

Die scharfe Stimme von Kurtess mischt sich darunter: »Ich glaube nicht, daß er einen Arzt braucht.«

»Ich kann ihn jedenfalls nicht per Sprengung hopsgehen lassen«, murmelt Paul mit zusammengebissenen Zähnen. »Jeder im Umkreis von hundert Metern würde mit draufgehen. Verdammt! Was ist bloß in mich gefahren? Ich hätte einfach zulassen sollen, daß man Kurtess abknallt, dann wäre das Problem ein für allemal vom Tisch gewesen.«

Eine andere Stimme, sehr nah: »Mein Gott, ist der schwer.«

Plötzlich bricht der Ton ab, die Bildschirme sind leer. Selbst der elektronische Schnee ist verschwunden. Paul schaltet die Steuerungen ab und läßt sich zurück in den Sessel fallen.

»Kaputt.«

Elisa setzt sich auf den nächsten Sessel und verzichtet darauf, sich noch einmal nach seinem Befinden zu erkundigen. In letzter Zeit regt er sich immer so schnell auf, wenn sie sich um seine Gesundheit sorgt, selbst wenn er müde ist. Um das Gespräch nicht versiegen zu lassen, sagt sie: »Sie werden ihn untersuchen.«

»Das ist doch wohl klar.«

»Aber glaubst du, sie bemerken …«

»Metall und Plastik? Sie sind ja nicht die totalen Höhlenmenschen. Und irgend jemand wird die Verbindung zu den alten Sagen herstellen. Kurtess.«

»Aber glaubst du, er kann daraus auf unsere Existenz schließen?«

»Warum wohl hat die STADT mich speziell auf ihn aufmerksam gemacht? Warum wohl habe ich mir die Mühe gemacht, ihm einen Ommach unterzujubeln? Was glaubst du denn? Dieser Kurtess ist gefährlich. Er hat schon mal Kontakt mit einer STADT gehabt, oder zumindest mit Dokumenten, in denen die STÄDTE erwähnt sind.«

Elisa findet Pauls Erregung beängstigend. Es muß der Schock sein. Er hat die Wucht der Geschosse unmittelbar gespürt. Als er sich ein bißchen beruhigt hat, fragt sie ihn sanft: »Was kann er uns denn antun?«

»Uns antun? Nicht viel, will ich meinen.«

»Ja, aber warum sollten wir uns dann Sorgen machen?«

Paul atmet ein paarmal tief durch, dann dreht er sich zu ihr um. Offensichtlich ist er jetzt wieder ganz der alte. »Du hast recht«, sagt er mit einem Lächeln. »Aber mir wäre lieber, es wäre nicht passiert.« Er steht unsicher auf und hält sich am Sesselrücken fest. Alarmiert faßt Elisa nach seinem Arm, aber er schüttelt sie ab.

»Wir müssen einen anderen Ommach hinschicken«, sagt er ärgerlich. »Einen, der bluten kann.«

»Vielleicht solltest du dich ein bißchen ausruhen«, entfährt es Elisa. Sie sieht, wie sich seine Kiefermuskeln anspannen und dann mühsam wieder entspannen.

»Ich hab dir doch gesagt, es ist nichts.«

Elisa kann nicht mehr. Sie zieht ihn an sich und birgt ihr Gesicht an seiner Brust. »Ich hab Angst gehabt, das ist alles«, sagt sie mit Kleinmädchenstimme. Sie merkt, wie Paul sie in die Arme nimmt, mit seinem Mund ihr Haar, ihre Stirn berührt. Aber sie merkt auch, daß er irgendwie verwirrt, geistig abwesend ist, und löst sich aus seiner Umarmung, ehe er sie behutsam wegschieben kann.

Elisa betrachtet die Ergebnisse auf dem Bildschirm. Wieder eine Sackgasse. Lähmend. Drei Monate Arbeit, Hunderte von Berechnungen, ein komplettes Programm – komplette Verschwendung. Sie werden wieder ganz von vorn anfangen müssen. Wieder einmal. Paul wird das gar nicht passen.

Eigentlich müßte sie jetzt gleich mit einer neuen Versuchsreihe anfangen. Statt dessen wirft sie sich zurück in den Sessel und seufzt. Im Moment kann sie einfach nichts bringen. Sie braucht Zeit. Zeit, über diesen neuen Fehlschlag nachzudenken. Zeit, ihn zu verdauen. Zeit, um die Ursachen und Folgen genauer zu analysieren, so daß sie die künftigen Forschungsschwerpunkte festlegen kann. Aber was sie eigentlich am meisten braucht, ist einen Ortswechsel.

Soll sie Paul anrufen? Nein, er arbeitet. Und allein die Vorstellung, ihn nur deshalb zu stören, um von ihrer neuen Niederlage zu berichten … Wieder einmal fragt sie sich, ob sie im letzten Jahr nicht hätte darauf bestehen sollen, ein Kind zu bekommen. Trotz aller Probleme. Nein – sie weist die Vorstellung sofort zurück. Sie hat kein Recht darauf. Pauls Gegenargumente sind völlig einleuchtend: daß sie ihre Erbmasse nicht auf ein Kind von ihm verschwenden soll, es würde nicht die Fähigkeit zur Regeneration besitzen. Es wäre ein Rückschritt. Und die Vorstellung, ein Kind der Außenwelt zu haben, ist, na ja … Sie erinnert sich an Pauls resignierten Gesichtsausdruck, als er sagte: »Elisa, ich muß dir beichten, daß ich das Experiment schon hinter mir habe.« Paul hatte für sie die Grafiken und Diagramme auf dem Bildschirm interpretiert: Wenn man Elisas Erbmasse mit der von Mutanten der Außenwelt kreuzte, deren Embryos ebenfalls die besondere Fähigkeit zur Regeneration aufwiesen, dann würden die Kinder zumindest eine *bestimmte* Regenerationspotenz haben.

Davon war Paul jedenfalls ausgegangen. »Aber ihre Lebenserwartung hat sich um zwei Drittel verkürzt, Elisa.« In der Außenwelt waren – aus welchen Gründen auch immer – die Gene, die die Zellregeneration bewirkten, an ein Gen gekoppelt, das ein vorzeitiges Altern mit sich brachte. »Sobald ich merkte, was los war, habe ich die Embryos eliminiert, Elisa.«

Selbstverständlich hatte sie nicht das Recht, einem unschuldigen Kind eine solche Erblast aufzubürden. Seit einem Jahr schon hatte sie – ohne Erfolg – nach einer Lösung gesucht. Jeder Versuch, die unerwünschten Erbfaktoren auszuschalten, war fehlgeschlagen. Manchmal schien es ihr so, als fehlten ihr die nötigen Unterlagen, als habe sie etwas übersehen. Aber Paul hatte nur die Achseln gezuckt, als sie es erwähnt hatte. »Du weißt alles, was du wissen mußt. Ich hab dich diese ganzen Jahre doch hoffentlich nicht für die Katz ausgebildet?!« Und er hatte aufgelegt.

Wieder seufzt Elisa und läßt ihre Hände über die Tastatur wandern. Ohne nachzudenken, gibt sie einen Code ein.

Die Bildschirme leuchten auf, jetzt erscheint eine vertraute Ansicht. Ein kleines Dorf irgendwo im Süden, weit weg von der STADT, bei den Seen jenseits der Berge. Sie ist damals per Zufall auf diese Szenerie gestoßen. Zuerst war sie sich nicht im klaren darüber gewesen, ob es sich um eine Ansicht aus der Vergangenheit handelte, die die STADT aufgezeichnet und konserviert hatte, oder ob die Sensoren etwas erfaßt hatten, das heute noch so existierte. Inzwischen weiß sie, daß es eine Szenerie aus der Gegenwart ist, daß sie in ein sehr altes Überwachungsprogramm für diese Region der Außenwelt geraten ist. Richard Desprats hat das Programm seinerzeit entwickelt, und es wurde nie abgebrochen.

»Elisa!«

Sie erschrickt. Pauls wütendes Gesicht erscheint auf dem Bildschirm und löscht die Dorfansicht aus.

»Hast du nichts Besseres zu tun?«

»Nein. Im Augenblick nicht!« schnappt sie zurück. Ihr Gesicht rötet sich vor Zorn. Kann sie sich nicht einmal fünf Minuten ohne Schuldgefühle entspannen? Sie berichtet ihm, daß der Versuch fehlgeschlagen ist, und übermittelt ihm die Ergebnisse.

Mit hochgezogenen Brauen geht er die Daten durch. »Hast du irgendeine Erklärung?«

»Nein, noch nicht.«

»Also, auf was wartest du dann? Ich will sie bis morgen!«

Er kappt die Verbindung. Vor dem leeren Bildschirm ist Elisa sich selbst überlassen, ihre Wangen brennen, ihre Kehle ist ihr eng. Sie schluckt. Nein, ich werde nicht weinen, redet sie sich selber zu. Ich werde nicht weinen.

»Die Flitterwochen sind offensichtlich vorbei«, sagt eine Stimme, die gleichzeitig amüsiert und ein bißchen traurig klingt. Elisa braucht einen Augenblick, bis sie den Farbenwirbel auf den Bildschirmen erkennt. Sybille Horner? Es ist schon so lange her.

»Er ist müde«, sagt Elisa mehr zu ihrer eigenen Beruhigung als zur unsichtbaren Sybille. »Und dieses Forschungsprojekt ist wirklich sehr wichtig.«

»Ich fürchte, es könnte mehr sein als nur Müdigkeit«, antwortet Sybille. »Und was das Projekt betrifft … was erzählt er dir eigentlich über *seine* Versuche?«

Elisa will gerade sagen, daß Paul ihr keine Rechenschaft schuldet, als Pauls Stimme sich wieder meldet, obwohl die Bildschirme nicht aufleuchten.

»Laß Elisa in Ruhe, Sybille. Sie muß arbeiten.« Sybilles Erkennungslogo verschwindet. »Sie wird dich nicht mehr stören«, sagt der unsichtbare Paul. »Denk dran, ich will den Bericht bis morgen.«

Elisa möchte ihn gern fragen, ob sie nicht zusammen zu Abend essen können, aber er hat schon aufgelegt.

14

Nach einer praktisch schlaflos verbrachten Nacht geht Elisa am nächsten Morgen durch den Park. Sie ist auf dem Weg ins Labor. Am Teich bleibt sie kurz stehen. Schließlich ist es ja erst acht Uhr. Die Gartenroboter haben die kleine Insel an eine andere Stelle verlegt, aber die blaugrünen Enten umkreisen sie immer noch ungerührt, ihre unsichtbaren Schwimmflossen treiben sie wie kleine Propeller an. So drehen sie eine Runde nach der anderen. Diese Kombination aus Beharrungsvermögen und Beweglichkeit hat Elisa von jeher fasziniert.

An diesem Morgen scheint es ihr so, als sei genau das auch typisch für die STADT: die Bewegung durch die Zeit, ohne daß sich jemals etwas ändert. Sie kann sich nicht an die Träume ihres unruhigen Schlafs erinnern, aber immer noch lastet die gestrige Niederlage schwer auf ihr, obwohl ihr die Gründe dafür inzwischen klar sind.

Als sie weitergehen will, sieht sie eine Gestalt auf sich zukommen. Überrascht hält sie inne. Es ist nicht Paul, sondern eine Frau in weißen Hosen und einem bunten Kittel. Sie hat strubbelige blonde Haare und ein katzenähnliches Gesicht. Sybille natürlich. Die Maschinen-Sybille. Was ist passiert? Sybille ist seit Jahren nicht herausgekommen, zumindest nicht in Elisas oder Pauls Nähe.

Die Maschine hält neben Elisa an und lächelt, sagt aber nichts. Elisa beobachtet sie neugierig. Seit langem hat sie keinen Ommach mehr aus der Nähe gesehen. Sie hat fast vergessen, wie echt sie wirken. Die Gartenroboter erkennt man sofort als Maschinen: Auf Elisas Befehl hin hat man ihnen schon vor geraumer Zeit die falschen menschlichen Gesichter genommen. Aber die Maschinen-Sybille sieht der wirklichen Sybille unglaublich ähnlich (der wirklichen Sybille, allerdings einer Sybille der Vergangenheit, vielleicht auch einer ganz anderen Person. Schließlich hat Elisa die wirkliche Sybille nie gesehen). Und dieser Gesichtsausdruck: halb amüsiert, halb verlegen. Warum sollte Sybille verlegen sein?

»Hast du deinen Bericht schon fertig?« fragt die Maschine schließlich. Auch die Stimme ist perfekt, wie Elisa ohne Überraschung feststellt. Irgendwo existieren Brustkorb, Lungen, Kehlkopf, die dieses Wunder möglich machen. Die Maschine transformiert das alles lediglich in eine angenehme junge Stimme.

»Ja«, antwortet Elisa und entfernt sich vom Teich. Die Maschine folgt ihr.

»Ich hoffe, ihr habt euch nicht meinetwegen gestritten. Paul muß furchtbar böse sein. Er hat mich völlig von eurem Labor abgeschnitten.« Die Maschine kichert. »Sehr grob von ihm, finde ich. In den alten Zeiten wäre so etwas nie passiert. Dieses Forschungsprojekt muß ihm wirklich sehr am Herzen liegen, daß er sich derart unhöflich benimmt.«

Elisa weiß nicht, ob und was sie antworten soll. Sie ist es nicht mehr gewöhnt, sich mit jemandem außer Paul oder der STADT zu unterhalten. Der Maschine scheint das egal zu sein. Wie auch immer: Sybille ist, wie es aussieht, sehr gut darüber informiert, an was sie im Moment arbeiten.

»Du siehst etwas mitgenommen aus«, sagt die Maschine – oder Sybille – kurz darauf. »Warum erholst du dich nicht mal ein bißchen? Du solltest Sport treiben und aufhören, an diesem verrückten Ort zu arbeiten. Und für jemanden, der noch wächst, ist es auch nicht gerade das Wahre, immer nur an belegten Broten herumzuknabbern.«

Elisa sieht die Maschinen-Sybille erstaunt an.

»Ist doch wahr«, sagt Sybille. »Du bist gerade erst zweiundzwanzig, auch wenn du dich für wahnsinnig erwachsen hältst.«

Elisa bricht in schallendes Gelächter aus. »Sybille, bist du das wirklich? Du klingst wie jemand aus einer alten Seifenoper. Wie eine besorgte mütterliche Glucke.«

Die Maschinen-Sybille grinst. »Ich könnte ja auch sehr gut deine Mutter sein, sogar deine Großmutter oder Urgroßmutter, wenn du so willst.« Das Grinsen verschwindet. »Und ich mache mir wirklich Sorgen. Merkst du eigentlich nicht, wie dünn du geworden bist? Früher hattest du so hübsche Kurven. Jetzt siehst du wieder aus wie ein Teenager, nur noch Ecken und Kanten. Ich weiß, daß Paul im Moment ... äh ... anderweitig beschäftigt ist, offen gesagt sogar asketisch lebt, aber ...«

Elisa ist eigentlich nicht besonders schockiert. Sie weiß, daß man in der STADT nichts geheimhalten kann. Am Anfang ihrer Liebesbeziehung mit Paul war sie froh, daß ihre beiden Apartments durch Störer geschützt waren. Inzwischen ist es ihr gleichgültig. Im Moment gibt es sowieso nicht vieles, das man verheimlichen müßte.

»Du wirst doch nicht noch Jahre so weitermachen wollen, oder?« fragt Sybille. »Wann hast du Paul überhaupt zuletzt gesehen?«

»Vor drei Wochen. So lange er sein Forschungsproblem nicht gelöst hat, kann Paul kaum an anderes denken, das müßtest du ja eigentlich wissen. Schließlich kennst du ihn besser als ich.«

Erst als die Worte draußen sind, merkt Elisa, was sie da gesagt hat. Es ist wahr: Sybille kennt Paul besser. Oder nicht besser, aber länger. Und auch Sybille kennt ihn *auf diese Weise,* da ist sich Elisa sicher, ohne eifersüchtig zu sein. Schließlich war Sybille schon vor Elisas Geburt aus dem Rennen.

Sybille hat wohl ähnliche Gedankengänge verfolgt.

»Jedenfalls schon länger als du«, sagt sie mit leichtem Lächeln. Schweigend gehen sie nebeneinander her.

Dann nimmt die Maschinen-Sybille Elisa beim Arm. Die synthetische Haut ist warm und weich. Beim Gedanken daran, daß seit drei Wochen niemand sie berührt hat, schauert Elisa leicht zusammen. Seit Jahren hat nur Paul sie berührt. Warum findet sie das plötzlich so merkwürdig?

»Elisa, ich will ganz offen mit dir sein. Ich mache mir Sorgen um dich.« Sybilles Stimme klingt rauh, und die Maschine lächelt verlegen. »Ja, ich weiß. Ich hab mich nicht oft blicken lassen. Aber ich bin trotzdem da und mische mich ab und zu ein. Und mache mir meine Gedanken.« Ihr leises Lachen hat einen traurigen Unterton. »Ich hab ja auch sonst nicht viel zu tun, weißt du.«

Elisa denkt an den unbeweglichen Körper, der die Maschine aus weiter Entfernung steuert. Die Situation ist ihr nicht geheuer, aber sie hat großes Mitleid mit Sybille.

»Was hast du mit deinem Leben vor, Elisa?«

Sie zuckt die Achseln. »Weiter arbeiten. Weiter lernen. Die nächste Generation großziehen, wenn wir das Problem der Kurzlebigkeit gelöst haben. Pauls Forschungen über das T-Virus fortsetzen ...«

»Aber ohne Paul.«

Elisa antwortet nicht gleich. Sybilles Bemerkung hat einen wunden Punkt berührt. Nach Möglichkeit verdrängt Elisa alle Gedanken daran, aber unterschwellig ist das Problem immer da. Besonders seit den letzten Wochen. Seit Paul sich so distanziert verhält, so besorgt aussieht und sein Gesicht von Mal zu Mal mehr Falten zeigt, wenn er auf dem Bildschirm auftaucht. Elisa hat unbestimmte Schuldgefühle, wie immer, wenn dieses Thema angeschnitten wird.

»Elisa, weißt du, wie alt Paul ist?«

»Nein. Na und?« Daß sie es tatsächlich nicht weiß, macht ihr schwer zu schaffen. Elisa geht in Verteidigungsstellung.

»Allmählich wird's Zeit, daß du Bescheid weißt,

meinst du nicht?« Die Maschinen-Sybille hat Elisas Arm immer noch fest im Griff. In der Stimme schwingen Traurigkeit und Drängen mit. »Ich bin hundertdreiundfünfzig, Mädchen. Paul und ich sind fast gleichaltrig. Er ist hundertsiebenunddreißig, Elisa.«

Hundertsiebenunddreißig, wiederholt Elisa im Kopf. Es hat keinerlei Bedeutung. Mit plötzlicher, wilder Sehnsucht, die sie selbst überrascht, denkt sie an Pauls Körper, an sein Lächeln. Der Körper ist dreißig, höchstens fünfunddreißig. Einhundertsiebenunddreißig Jahre bedeuten nichts. Was heißt in dieser STADT schon Zeit?

»Bei deiner Geburt war er hundertfünfzehn. Die STADT existierte damals schon dreihundertfünfunddreißig Jahre lang und hatte sich seit dreihundertundzwanzig Jahren von der Außenwelt abgeschnitten. Die ersten Verjüngungsbehandlungen hatten gerade begonnen. Unsere Großeltern haben noch die letzten großen Fluten miterlebt, Elisa, den endgültigen Niedergang. Draußen sind inzwischen mehr als zehn Generationen geboren und gestorben. Mehr als zehn Generationen, Elisa, von primitiven Stämmen bis zu den feudalen Kriegsherren.«

»Na und!« unterbricht Elisa. Sie will nichts mehr davon hören, will nicht, daß die Jahre sich als Spanne realer Zeit zu erkennen geben, als konkrete Geschichte hinter abstrakten Jahreszahlen.

Die Maschinen-Sybille bleibt stehen und sieht sie kurz an. Das Gesicht zeigt Mitgefühl. »Paul ist *alt*, Elisa. Bald werden die Behandlungen nicht mehr wirken.«

Elisa rückt von ihr ab, aber die drängende Stimme wird sie nicht los. »Du mußt der Wirklichkeit ins Auge sehen, Elisa. Das war mal Pauls Lieblingsmotto. Ich mußte mich vor ungefähr dreißig Jahren ... äh ... zurückziehen. Paul hält sich bemerkenswert gut, das gebe ich gern zu. Bei ihm liegt's in der Familie, auch seine Mutter hielt sich sehr lange gut. Aber ...«

»Aber was?«

Die Maschine geht weiter, Elisa folgt ihr nach kurzem Zögern.

»Bei den meisten Menschen verfällt zuerst der Körper. Anscheinend haben die Zellen nur eine begrenzte Fähigkeit zur Regeneration. Aber bei manchen Menschen läuft es auch anders. Sie verlieren zuerst den Verstand.«

Elisa zuckt die Achseln, aber Sybille läßt sich nicht bremsen. »Ja. Natürlich ist das Gehirn Teil des Körpers. Wie ich sehe, hat dich Paul zu seinem stoischen Pragmatismus bekehrt. Hat er dich den Alterungsprozeß und die Wirkung der Behandlungen analysieren lassen?«

»Natürlich.«

»Dann weißt du auch, daß sie vor allem auf die Nervenzellen wirken, insbesondere auf die Gehirnzellen. Wenn unsere Körper dahinsiechen, ja, sogar wenn wir sterben (war da ein kurzes Stocken in dieser pedantischen Stimme?), sind unsere Gehirne noch ein paar Jahre lang intakt. Kurz nach der Gründung der STÄDTE hat man ja auch große Hoffnungen in die Gehirntransplantation gesetzt. Anders ausgedrückt: Man wollte das Gehirn einem fremdem Körper aufpfropfen – einem künstlichen oder natürlichen. Aber es ging schief.« Sybille schüttelt traurig den Kopf. »Vieles ging schief. Auch vom Clonen hatten wir uns so viel versprochen, aber ...«

»Zu viele Variable«, murmelt Elisa.

»Vor allem zu wenig Handlungsbedarf. Wir hatten ja eine andere Möglichkeit gefunden, das Leben zu verlängern, die Verjüngungsbehandlungen – darauf haben wir fortan die ganze Forschung konzentriert. Die alternativen Möglichkeiten wurden gar nicht mehr weiter verfolgt, nachdem wir dabei auf scheinbar unüberwindliche Schwierigkeiten gestoßen waren. Jedenfalls kümmerte sich niemand um die Grundlagenforschung.

Die Wissenschaft war nicht viel mehr als ein Zeitvertreib. Paul allerdings hat das immer schon anders gesehen.«

»Weil er ans Leben glaubte?«

»Weil er immer so gelebt hat, als könne er niemals sterben. Irgendwie war er von jeher verrückter als wir anderen.«

»Paul ist nicht verrückt!«

»Das behaupte ich ja auch gar nicht, Mädchen. Er hat großartige, ehrenwerte Pläne für die Zukunft der Menschheit. Ich bin zwar nicht mit allem einverstanden, was er treibt, aber ich respektiere und schätze seine Hingabe an die Forschung. Nein, ich will auf etwas anderes hinaus: Paul hat die Angst vor dem Tod immer unterdrückt, weil sie seinem Ziel im Weg war. Zweifellos erreichen die Menschen manchmal gerade dadurch Großartiges, indem sie den Tod leugnen. Aber die totale Verdrängung ist bestimmt nicht gut, gerade wenn die Zeit so knapp wird.« Wieder hält die Maschine an und starrt Elisa aus braunen Augen an. »Paul ist alt, Elisa. Bei manchen Menschen lassen zuerst die körperlichen Kräfte nach, bei anderen der Verstand. Bei Marquande de Styx reagierte der Körper immer noch auf die Behandlungen, als sie geistig schon längst weggetreten war. Hat Paul dir davon erzählt?«

»Nein«, flüstert Elisa. Sie räuspert sich und wiederholt deutlicher: »Nein.«

»Offensichtlich hat er dir auch nicht erzählt, wie sie gestorben ist. Es gibt eine Menge Dinge, die du nicht weißt«, sagt die freundliche Maschinenstimme, die Sybille ist. »Dinge, die die STADT betreffen, aber auch dich und Paul. Hast du ihn je gefragt, warum er dir nur beschränkten Zugang zum Datenspeicher der STADT gewährt hat?«

»Spionage interessiert mich nicht«, antwortet Elisa kurz angebunden.

»Ts, ts, ts. Ich bitte um etwas mehr Nachsicht, junge

Dame. In der STADT ist nun mal wenig los. Wenn du so wie ich ein Theaterstück oder einen Film zum tausendstenmal gesehen hast... Seit ewigen Zeiten ist unsere einzige Wirklichkeit das Leben in der unmittelbaren Nachbarschaft. Es ist das einzige, das sich dauernd verändert und manchmal sogar Überraschungen in petto hat.«

»Es gibt auch noch die Außenwelt.«

»Ja ja, die Außenwelt. Hin und wieder ist sie ganz amüsant, sogar interessant. Aber die Menschen dort sind einfach zu andersartig. Es ist schwer, wirkliches Interesse für sie aufzubringen. Komm schon, wolltest du denn wirklich nie wissen, wie Paul vor deiner Geburt gelebt hat? Und sei es nur, um ihn besser verstehen und lieben zu können?«

»Wenn es so wäre, würde ich ihn fragen. Egal, ich muß jetzt weiter arbeiten, Sybille.«

»Ich weiß, ich weiß«, sagt Sybille und hält mit ihr Schritt. »Aber gibt er dir immer Antwort auf deine Fragen? Und erzählt er dir alles? Er erzählt dir doch nur das, was du wissen sollst.«

»Und weiter?«

»Anscheinend vertraust du darauf, daß er immer weiß, was am besten für dich ist. Elisa, du bist doch kein zehnjähriges Kind mehr! Paul ist nicht der allmächtige, allwissende Gottvater! Er ist ein menschliches Wesen mit all seinen Irrtümern und Schwächen, er ist jemand, der Fehler machen kann. Er weiß nicht immer, was für dich gut ist – oder auch für ihn selbst. Wenn die Entwicklung so läuft, wie ich befürchte ...«

Die Maschine greift nach Elisas Arm und zwingt sie zum Stehenbleiben. »Du liebst ihn doch, oder? Wenn die Situation kritisch wird, braucht er dich ganz besonders. Nur so kann er erfahren, wer und was er wirklich ist. Denk drüber nach, Elisa.«

Schweigend gehen sie weiter. Aus den Augenwinkeln beobachtet Elisa die Maschine, die gedankenverloren, mit abwesendem Blick neben ihr hergeht. Man könnte sie fast für Sybille halten, aber Elisa spürt die Stille, die Leere, die Gleichgültigkeit, die das ersetzt, was wirkliche Menschen ausmacht: Ausstrahlung, Wärme, Schwingungen, die sich dem anderen mitteilen.

»Was kann ich denn tun?« murmelt Elisa völlig verwirrt.

Die Maschinen-Sybille fingert ein gefaltetes Blatt Papier aus der Tasche und reicht es Elisa.

»Du kannst Paul jederzeit um den vollständigen Zugangscode zur STADT bitten. Falls er dir den jedoch verweigert, kannst du meinen Code benutzen.«

Im Kopf probiert Elisa verschiedene Möglichkeiten aus, wie sie Paul am besten unauffällig nach dem Total-Access-Code fragen kann. Plötzlich wird ihr bewußt, was sie da tut. Was ist nur los? Welchen Floh hat ihr Sybille da ins Ohr gesetzt? Beschämt ruft sie Paul an und fällt gleich mit der Tür ins Haus: »Paul, ich möchte einen eigenen vollständigen Zugangscode zur STADT.«

Paul runzelt die Stirn. »Mein Gott, warum denn das? Hast du deinen Bericht fertig?«

»Ja.«

»Überspiel ihn mir.«

»Ich wollte ... ich hatte eigentlich vor, ihn heute nachmittag persönlich vorbeizubringen. Vielleicht könnten wir auch zusammen essen? Es ist drei Wochen her, daß wir uns wirklich gesehen haben, Paul. Laß uns einen Kurzurlaub machen, ja?« Ihre Stimme wird zärtlich, ihr Überredungsversuch ist ihr selbst peinlich. *O Paul, was ist bloß mit uns passiert?*

Funkstille. Immer noch ist Pauls Stirn verzogen, dann scheint sich seine Miene zu lockern. »Ja«, antwortet Paul und bricht die Kommunikation ab.

Elisa wendet das Blatt Papier, das Sybille ihr gegeben hat, lange Zeit hin und her. Nein. Nein. Zuerst muß sie mit Paul reden. Aber was ist, wenn Sybille recht hat? Was ist, wenn Paul ihre Hilfe braucht, aber sie ihm nicht helfen kann, nur weil sie nicht Bescheid weiß?

Nur ein einziges Mal. Nur eine einzige Anfrage. Sie gibt Sybilles Code ein und fordert die Daten an, die den Tod von Marquande de Styx betreffen.

Als auf dem Schirm nur noch weißes Rauschen ist, sitzt sie immer noch wie angewurzelt. Später ruft sie Sybille an. Keine Antwort. Ach ja, Paul hat die Leitung zwischen Labor und Sybilles Wohnung gekappt, wie ihr jetzt einfällt. Was soll sie nur tun? Die Maschine ist die Lösung! Sie gibt der STADT den Befehl ein, den Kontakt zu Sybille über die Maschine herzustellen. Blond und Rosa füllt den Bildschirm, jede Gemütsbewegung fehlt, bis Sybille die Kontrolle über den Apparat übernommen hat. »Jetzt nicht«, sagt sie, noch ehe Elisa zu Wort gekommen ist. »In zehn Minuten in deiner Wohnung.«

Als Elisa ankommt, wartet die Maschine schon. Sie will den Störer an ihrem Terminal einschalten, aber er ist bereits aktiviert. Sie sieht die Maschinen-Sybille an, die schweigend nickt.

Elisa läßt sich in einen Sessel fallen.

»Glaubst du, daß er in eine Untersuchung einwilligt?« fragt Sybille gelassen.

Elisa betrachtet ihre Hände. »Ich weiß nicht«, flüstert sie schließlich, als begehe sie einen Verrat.

»Er hat dir den Code also nicht gegeben?«

»Ich habe eigentlich auch gar nicht darum gebeten«, wendet Elisa mit schwachem Protest ein, aber beim letzten Wort versagt ihr die Stimme. Die Maschinen-Sybille zieht sich einen Stuhl heran, nimmt darauf Platz, lehnt sich zu Elisa hinüber und nimmt ihre Hand: »Ich weiß, meine Liebe, es ist schwer.«

»Aber was kann ich tun, Sybille?«

»Bring so viel wie möglich über ihn in Erfahrung. Je

besser du ihn verstehst, desto leichter kannst du ihm auch beibringen, daß er sich untersuchen lassen muß. Es ist ja überhaupt nicht gesagt, daß es bei ihm so verläuft wie bei seiner Mutter. Im Moment zeigt er gewisse Symptome von … – na ja, er ist müde, überarbeitet, er macht sich Sorgen um eure Forschung. Und er ist allein, Elisa.« Elisa will protestieren, aber die Maschine legt einen Finger an die Lippen. »Denk mal nach. Seit Max tot ist, bin ich die einzige, die weiß, wie er wirklich ist. Die seine Erinnerungen teilt. Für dich wollte er immer der Starke und Weise sein. Er liebt dich und wollte allen Kummer von dir fernhalten. Aber das ist auch eine schreckliche Last, Elisa, immer diesem Bild vom Ritter ohne Fehl und Tadel zu entsprechen, der er ja für dich sein wollte. Besonders jetzt ist das schwer, wo eure Forschung in einer Sackgasse gelandet ist. Und wenn er sein Alter spürt, seine Müdigkeit, all diese aufgestauten Ängste, die ihn nie mehr verlassen, dann …«

Elisa schüttelt deprimiert den Kopf. Wieder sieht sie Pauls Gesicht – sein Gesicht aus längst vergangener Zeit, allerdings kaum jünger als das Gesicht, das sie kennt –, sieht, wie Paul dem Sarg seiner Mutter nachblickt, der langsam ins Vergessen rollt. Sieht seine Augen, sieht den Ausdruck nackter Furcht. Sieht, wie der junge Paul die junge Serena in seine Arme nimmt. Sieht, wie die Angst ihn verläßt, als Serena fragt: »Hast du auch Angst?«

Ja, er braucht sie. Er braucht jemanden, mit dem er die Last der Furcht und die Bürde zu vieler Erinnerungen teilen kann.

15

Elisa beobachtet Pauls Labor. Paul sitzt vor dem Zentralrechner. Die Wandterminals zeigen den Inkubationsraum aus unterschiedlichen Perspektiven. Die Bildschirme direkt vor Paul projizieren – über Temperaturmesser, Scanner und EDV-gesteuerte Rekonstruktion – Nahaufnahmen aus dem Innern einer künstlichen Gebärmutter. Paul nutzt die verschiedenen Möglichkeiten, die transparente Membrane zu durchdringen.

Das Embryo ist menschlich und ein paar Monate alt.

Neben Paul steht Richard Desprats, der sich jetzt vorbeugt, um besser sehen zu können. Der Maschinen-Desprats? Das kann nicht sein. Dieser Desprats ist viel jünger als die Maschine, mit der Elisa es zu tun hatte. Sein Haar wird gerade erst grau, und sein Bart sieht anders aus als die weiße Bürste, an die sich Elisa aus ihrer Kindheit erinnert. Die beiden Männer mustern das Embryo auf den Schirmen. Die Bilder verändern sich, manche unmerklich, andere, wie die der Temperaturmessungen, mit eindrucksvollem Effekt. Über andere Schirme laufen die statistischen Tabellen. Schließlich stabilisieren sich die angezeigten Werte, nur gelegentlich ändern sich ein paar Variable.

»Siehst du, wie gut sie auf äußere Stimuli reagiert? Bis jetzt«, sagt Paul, »ist die Entwicklung absolut normal, alle Merkmale der Art sind in ihrem genetischen Code enthalten.«

»Aber auf die geschlechtsspezifische Differenzierung reagiert ihr Körper wie auf eine krankhafte Veränderung«, stellt Desprats fest. »Interessant. Schlägst du eine Hormonbehandlung vor?«

»Ihr Organismus reagiert darauf wie auf eine Virusattacke. Sie wird schon selbst damit fertig werden.«

Desprats setzt sich auf den Stuhl neben Paul, zieht seine Pfeife heraus und stopft sie sorgfältig, ohne Pauls verärgerten Blick zu beachten.

»Und du glaubst, es handelt sich um eine Mutation des T-Virus?«

»Scheint doch plausibel, oder? Das *T* verfälscht die Zufallsverteilung der Geschlechter dahingehend, daß mehr Mädchen als Jungen geboren werden. Die Polygene, diese Gruppe besonderer Erbfaktoren, die ich bei meinen Mutanten ›herausfiltern‹ konnte, wirken aber der geschlechtsspezifischen Differenzierung entgegen, verhindern also auch die Ausprägung weiblicher Geschlechtsmerkmale.«

»Und stellen somit die Ausgangssituation wieder her. Wie nennst du deine Polygene? Anscheinend gehören sie zum Typus derjenigen, die eine sexuelle Neutralisierung induzieren. Erstaunlich, daß sich die Träger dieser Erbsubstanzen überhaupt fortgepflanzt haben. Denn Funktion dieser Polygene ist es ja gerade, den Organismus in völliger *Stasis* zu halten.«

»Wahrscheinlich waren die Versuchspersonen, die mir das genetische Material geliefert haben, selbst schon Ergebnis einer polygenetischen Mutation, nennen wir sie *N*.«

Desprats lächelt hinter seinem Rauchvorhang. »Allmählich verstehe ich deine Probleme und warum es bis zu diesem Punkt so lange gedauert hat. Entweder entwickelt sich der Träger der Erbsubstanz geschlechtlich normal: Dann ist der autoregenerative Faktor, die Fähigkeit zur Selbstheilung offensichtlich gleich Null. Oder aber der autoregenerative Faktor hat sich durchgesetzt: Dann kann sich der Organismus ab einer bestimmten Stufe nicht weiterentwickeln, weil er die geschlechtsspezifische Differenzierung wie eine Krankheit abwehrt. Philosophisch betrachtet eine schöne Analogie zur Entropie: Wachsen heißt gleichzeitig sich verausgaben und dem Tod näher kommen. Aber ohne Entwicklung auf den Tod hin nur Stillstand. Ohne Tod kein Leben.«

»Ich hab keineswegs vor, Unsterbliche in die Welt zu setzen, Richard. Nur Menschen, die lange und ohne technische Krücken leben können.«

»Aber wie willst du diese Forschung ohne die Ressourcen der STADT weiterführen, Paul? Gerade das, was du abschaffen willst, verfügt möglicherweise über die Mittel, die du zum Erfolg brauchst. Ganz schön paradox!«

Paul zuckt die Achseln. »Und nicht gerade neu.«

»Nichts Neues unter unserer künstlichen Sonne«, murmelt Desprats. »Aber was machst du mit den Embryos, die die geschlechtliche Differenzierung nicht mitmachen?«

»Weiter forschen, natürlich, bis ich auch dieses Problem gelöst habe.«

»Geht dir nicht allmählich das Material aus?«

»Doch. Höchste Zeit für eine kleine Expedition in die Außenwelt.«

Desprats zieht an seiner Pfeife, während er auf die Schirme starrt. »Draußen entwickelt sich die Mutation nicht mehr weiter?«

»Anscheinend nicht. Glücklicherweise, kann ich nur sagen. Sonst müßten wir ja noch weitere unerwünschte Abweichungen korrigieren oder eliminieren. Zwischen meinen *N* und denen draußen liegen etliche Generationen. Ich muß jetzt schon jede Menge Berechnungen anstellen. Aber das ist Routine.«

Elisa schaltet den Schirm ab. *Routine.* Ein Gespräch, das vor 50, 60 Jahren stattfand. Seine Konsequenz: Ein Mann und eine Frau, seit ihrer Kindheit wie Vieh gebrandmarkt, werden gefangengenommen, unter Drogen gesetzt, in die STADT verschleppt und zurück in die Außenwelt geschickt. Vorher hat Paul bei der Frau Gewebeproben der Eierstöcke entnommen, beim Mann Sperma. Die beiden haben keine Erinnerung an das, was ihnen zugestoßen ist. Die Frau wird nie wieder Kinder gebären. Man wird sie versklaven, vielleicht auch töten, falls sie zu einem primitiven Stamm gehört. Sollte sie in zivilisierteren Regionen zu Hause sein, wird sie als Schandfleck und Ausgestoßene des Stammes weiterleben.

Routine. Wie es auch Routine war (ist?), ausgewählte Versuchspersonen so schnell wie möglich zu schwängern (nach der Geburt würde man die Eierstöcke entfernen) und ihre Kinder zu kennzeichnen. So konnte man ihren Weg – und später den Weg all derer, die Träger ihrer Erbsubstanz waren – in der Außenwelt verfolgen und sich auch für die Zukunft das Untersuchungsmaterial sichern. Routine. Inzwischen empfindet Elisa nur noch dumpfen Schmerz. Kein Entsetzen, keine Verzweiflung, statt dessen tiefe Resignation. Irgendwie versteht sie sogar, daß Paul nicht anders handeln konnte.

Wirklich? Hunderte von Embryos geopfert. Dutzende von Frauen zur Sterilität verdammt. Vielleicht auch zum Tod, wenn sie für ihr plötzliches Verschwinden und Wiederauftauchen keine Erklärung parat hatten. Aber ist Paul schuld daran, wenn Barbaren sich wie Barbaren verhalten? Zumindest waren die Embryos noch keine menschlichen Wesen.

Ach nein? Aus einem der Embryos wurde später ... Elisa. Am gravierendsten aber erscheint ihr die Tatsache, daß auch andere Embryos lebensfähig gewesen wären, wenn Paul ihre Entwicklung zugelassen hätte. Schon vor Jahrzehnten hatte er es in der Hand, die STADT wieder zu bevölkern. Er hatte sie schlicht angelogen. Wie konnte er nur? Und warum hatte sie nichts gemerkt? Er kannte ihr Einfühlungsvermögen. Irgendwie mußte er gelernt haben, die körperlichen Reaktionen, die mit Emotionen einhergehen, zu unterdrücken. Denn diese Reaktionen durchschaute sie. Kein Wunder, daß er mit ihr lieber über das Datennetz als persönlich verkehrte. So fiel ihm das Lügen leichter.

Er hat gelogen. Alles Lüge, was er über das Experiment erzählt hat, bei dem man angeblich ihre Gene mit Genen der Außenwelt gekreuzt hat. Er hat sie mit Genen gekreuzt, die ihm Mutanten aus der SCHLIMMEN ZONE geliefert haben. Ausgerechnet aus der SCHLIMMEN ZONE! Keineswegs hat er es mit Mutanten der genetischen Reihe versucht, die er so sorgfältig über Jahrzehnte hinweg kultiviert hat. Dabei waren doch gerade bei dieser genetischen Reihe alle Faktoren eliminiert worden, die das vorzeitige Altern bewirken konnten. Man hätte sie also wunderbar mit Elisas Erblinie verbinden können. Man hätte Kinder in die Welt setzen können, die alle Elisas besondere Fähigkeiten geerbt hätten. Warum nur hat er anders entschieden? Warum? Weil er scheitern *wollte?* Weil er einen Grund brauchte, das Projekt – den Plan, Elisas Gene auf die Außenwelt loszulassen – auf den St. Nimmerleinstag zu verschieben? Hat er einen Grund gesucht, am Leben zu bleiben?

Elisa läßt sich deprimiert in den Sessel fallen. Lügen, nichts als Lügen. Was er über sich selbst, über andere, über sie gesagt hat: Lügen. Sie ist kein Restposten aus der Genbank der STADT. Sie ist kein Resultat der Mutation, die man zufällig im letzten kleinen Mädchen der STADT entdeckt hat. Spielt das überhaupt eine Rolle? Spielt es eine Rolle, ob sie statt dessen das Ergebnis jahrzehntelanger Forschung, jahrzehntelanger Experimente ist? Immerhin hat er sie *gewollt.*

Warum? Weil sie Versuchsperson in einem laufenden Experiment ist.

Versuchsperson. Experiment.

Aber er kann doch unmöglich die ganze Zeit gelogen haben! Er *hat* nicht immer gelogen. Wenn sie zusammen waren, miteinander ins Bett gingen, konnte sie doch spüren, daß er sie wirklich liebte. Das konnte doch unmöglich nur ein Selbstbetrug sein!

Die Liebe hat viele Wege, sie erinnert sich an Pauls Worte. Was wußte sie schon von der Liebe. Sie erinnert sich an Großvaters Liebe. Aber Liebe zwischen Mann und Frau – was weiß sie schon darüber, außer aus Büchern, Filmen und den Aufzeichnungen der STADT. Sie kennt nur Pauls Liebe, das Gefühl, das sie in ihm gespürt und immer für Liebe gehalten hat. Dieselbe Liebe, die sie umgekehrt auch für ihn empfindet.

Aber es muß nicht unbedingt dieselbe Art von Liebe

sein. Vielleicht hat er sie in der Weise lieb, wie sie als Kind ihre Puppe oder die Schmusetierchen. Oder so, wie sie ihre Arbeit im Labor liebt, wenn sie gut vorangeht.

Sie möchte nicht weiter darüber nachdenken, es tut zu weh. Sie schaltet den Bildschirm wieder ein und taucht erneut in Pauls Erinnerungen, seine Geheimnisse, seine Lügen.

Der fünfzehnjährige Paul in Marquandes Armen. Paul, wie er vor Wut weint und sich wieder und wieder abschrubbt, nachdem sie gegangen ist. Paul, wie er in seinem Schlafzimmer auf und ab geht: Seine erste Verjüngungsbehandlung steht ihm bevor, die Verjüngungsbehandlung, die er seit Jahrzehnten abgelehnt hat. Paul und Serena, die einander in den Armen liegen und sich schwören, zusammen Selbstmord zu begehen. Paul am Leichnam von Serena, die sich nach einem schrecklichen Streit mit ihm umgebracht hat. Paul. Pauls Erinnerungen, Geheimnisse, Lügen, Fehler. Pauls Verrat. Aber auch sein Leiden. Alles, was diesen Unbekannten ausmacht, der Paul heißt.

Paul betrachtet Elisa, wie sie Paul betrachtet. Inzwischen hat sich seine Wut ein bißchen gelegt. Sie erfährt jetzt alles. Na und? Um so besser! Er hätte ihr schon früher den vollständigen Zugang zur Datenbank der STADT gewähren sollen. All die Energie, die ihn das Lügen gekostet hat! Er wird ihr alles erklären, sie werden darüber reden, sie wird es verstehen. Er wird dafür sorgen, daß sie es versteht. Sie ist sein Geschöpf, er hat sie gemacht und geprägt, sie wird es verstehen. Nein, er wird sie nicht bestrafen. Sie hat ein Recht darauf, alles zu wissen. Er wollte es ihr ja sowieso bald sagen. Ja, er hätte es ihr bestimmt erzählt. Aber Sybille… es muß Sybille gewesen sein, die ihr den Total-Access-Code gegeben hat. Sybille. Eine Welle heißen Zorns steigt in ihm hoch. Seine Schläfen pochen, die Kehle wird ihm eng, seine Hände verkrampfen sich.

16

Auf den Bildschirmen weißes Rauschen. Elisa ist eingeschlafen, ohne sie abzuschalten. Paul schnippt mit dem Finger und kappt die Verbindung. Dann beugt er sich über Elisa, streichelt ihr Haar und ihre Stirn und küßt sie zärtlich. Armes kleines Mädchen.

»Elisa? Wach auf, mein Liebling.«

Sie schrickt auf und öffnet die Augen. Als sie ihn erkennt, verkrampft sie sich. Er lächelt in ihr angespanntes Gesicht und wartet. Na also, sie merkt, daß er die Ruhe selbst ist, und wird auch ruhiger.

»Weißt du, ich hatte sowieso vor, dir deinen TA-Code zu geben«, sagt er sanft und legt einen Finger beschwichtigend auf ihre Lippen. »Nein, sag jetzt nichts. Ich hätte dir schon früher alles erzählen sollen. Es ist gut, daß du jetzt die Wahrheit kennst, die ganze Wahrheit.«

Sie sieht ihn verstört an, weiß nicht, was sie sagen soll, wirft sich schließlich in seine Arme. Er drückt sie an sich, wiegt sie hin und her und lächelt.

»Du verstehst das doch, nicht wahr?« murmelt er in ihr Haar. »Ein Leben, dies Leben ist so furchtbar lang. Vielleicht wollte ich nur einiges vergessen. Vergessen, um mit dir noch mal von vorn anzufangen. Als ganz neuer Mensch, so wie du. Ich wollte dich nicht mit meinen Erinnerungen belasten oder verletzen. Ich wollte dir den Code geben, aber immer ist irgendwas dazwischengekommen, und ich hab's auf den nächsten Tag verschoben. Du bist mir doch nicht böse, oder? Du verstehst das doch?«

Sie weint heftig und kuschelt sich an ihn, als sei sie wieder das kleine Mädchen. Sie hat solche Angst gehabt. Angst, daß er sie gar nicht liebt. Aber er liebt sie doch, und wie er sie in diesem Augenblick liebt! »Ich liebe dich«, sagt er, während sie gleichzeitig weint und lacht, und er lacht mit ihr.

Als sie sich ein bißchen beruhigt hat, nimmt er sie mit zu sich nach Hause. Alles ist so, wie er es bestellt hat: der Tisch gedeckt, das Licht gedämpft. Musik. Blumen. Paul lacht über Elisas überraschtes Gesicht.

»Du mußt halb verhungert sein, wo du doch den ganzen Tag und die halbe Nacht am Bildschirm geklebt hast. Setz dich. Ich hab all deine Lieblingsgerichte bestellt. Aber zuerst...«, sagt er und greift nach zwei Sektkelchen, die der automatische Kellner gerade gefüllt hat, »Champagner. Wir müssen feiern! Keine Geheimnisse mehr, Elisa! Ich kann dir gar nicht sagen, wie erleichtert ich bin, daß die Katze aus dem Sack ist. Jetzt sind wir wirklich zusammen, oder? Wirklich zusammen!« Er hebt sein Glas. »Auf die Wahrheit, Elisa. Und auf die Liebe. Auf die langen gemeinsamen Jahre, die wir noch vor uns haben. Auf unseren Erfolg!«

Mit halb erhobenem Glas sieht sie ihn an, immer noch verwirrt. Er lächelt. »Auf dich, Elisa.« Er trinkt, ohne sie aus den Augen zu lassen. Auch sie trinkt.

Sie setzen sich, und Paul verteilt die Hors d'œuvres. Elisa bedient sich, ißt aber nicht.

»Wie hast du's herausbekommen?« fragt sie endlich. »Der Störer in meinem Zimmer war doch...«

»Also wirklich, Elisa. Störer gelten für andere, aber doch nicht für mich. Und jetzt brauchen wir sowieso keine Störer mehr. Aber – pst! – reden wir nicht mehr davon. Das ist alles aus und vorbei.«

Sie sieht ihn unsicher an, dann senkt sie den Kopf. An ihrem Essen nippt sie nur. Er merkt, daß sie den Schock immer noch nicht überwunden hat und streichelt ihr zärtlich über die Wange.

»Wir reden später darüber, Elisa. Nicht jetzt.« Der zärtliche Ton tut ihr gut, wie er merkt. Sie beruhigt sich und lächelt ihm schüchtern zu. Er wußte, sie würde alles verstehen. Vor allem, daß nichts und niemand auf der Welt sie trennen kann. »Laß uns lieber an die Zukunft denken. An deine Kinder, Elisa. *Unsere*

Kinder. Wieviele wünschst du dir? Du kannst so viele haben, wie du willst. Dutzende. Hunderte! Eine ganze STADT voller Kinder, Elisa. Kannst du dir das vorstellen?«

Er füllt die leeren Gläser nach. Elisa hört auf zu essen und starrt ihn an. Er lehnt sich zu ihr hinüber und streichelt ihre Hand. »Wir schaffen es, Liebste, mach dir keine Sorgen. Bis jetzt hat es doch noch immer geklappt, oder?!«

Sie trinkt ihr Glas in einem Zug aus und hält es ihm zum Nachschenken hin. Paul lacht triumphierend, als er sie bedient. So gut ist es ihm seit Monaten nicht mehr gegangen. Das ewige Lügen hat ihn mehr mitgenommen, als er selbst wahrhaben wollte. Arme Elisa. Soviel Kummer hat er ihr gemacht. Aber er wird alles wieder gutmachen, das verspricht er.

Sie hebt den Kopf und begegnet seinem Blick. Er lacht ihr zärtlich zu.

»Paul.«

»Ja, mein Liebling.«

»Du mußt dich jetzt mal ein bißchen erholen. In der letzten Zeit hast du vor lauter Arbeit nie an dich gedacht.«

»Natürlich erholen wir uns. Gemeinsam, wie früher, weißt du noch? Nur wir beide. Wir machen mal ganz was anderes. Erinnerst du dich noch an Kurtess? Wir könnten uns um ihn kümmern. Dafür sorgen, daß er die STADT für immer vergißt. Und uns die kleinen Königreiche angucken, die im Südwesten überall aus dem Boden schießen. Schließlich müssen wir doch wissen, was da los ist. Damit wir entscheiden können, wer unsere Hilfe wirklich verdient.«

Er muß sie auf andere Gedanken bringen. Arme Kleine. Er füllt ihre leeren Gläser nach.

Sie tritt ein. Im Morgenlicht sieht er sie ganz deutlich: ihren fragenden Blick, das halbe Lächeln, die Kaskade schwarzen Haars auf ihren nackten Schultern. Er streckt die Arme nach ihr aus und lacht, vom Glück überwältigt. Sie geht auf das Bett zu. Er weiß schon, was jetzt kommt, legt sich nieder, schließt die Augen, hört, wie sie sich auszieht. Ein Finger streichelt seinen Penis, der wie ein aufgeschrecktes kleines Tier zusammenzuckt, obwohl er die Berührung erwartet hat. Dann schließt sich die Hand mit sanftem Nachdruck. Er kennt dieses Spiel und stellt sich tot, während sie ihn mit leisem Murmeln streichelt, bis er zum Höhepunkt kommt. Aber heute hat er keine Angst, er weiß, es ist nur ein Traum. Er fühlt sich stark, ruhig, weil er weiß, daß er diesen Traum steuern kann.

Er probiert es aus, indem er eine Hand auf die ihre legt und das Streicheln abwehrt. Er macht die Augen auf und begegnet ihrem Blick, einem Blick aus grasgrünen Augen. »Jetzt bist du dran mit dem Totstellen, Serena«, sagt er lachend. »Du bist doch tot, oder? Du mußt tot sein.«

Sie lächelt gelassen und legt sich mit geschlossenen Augen aufs Bett. Als er sie streichelt, kann er ihren Atem kaum spüren.

So zart, so weich, so fest. Welch ein Traum. So schön wie noch nie.

Er läßt seine Hand über ihren reglosen Körper gleiten und überläßt sich seinen Empfindungen. Wie realistisch sie sind. Das Gehirn ist wirklich ein merkwürdiger Apparat. Aber er darf nicht zu lange nachdenken, sonst verschwindet der Traum. Er beugt sich über sie und küßt die geschlossenen Augen, die Wange, die warmen Lippen, während seine Hand im gekräuselten Haar ihres Venushügels zur Ruhe kommt. Er weiß, wie er ihr Lust geben kann. Als könnte er das jemals vergessen! Sie wird bald von den Toten erwachen.

Da, unwillkürlich bewegt sie sich, seufzt, schlägt die Augen auf und murmelt »Paul?« Er schließt ihren Mund mit einem Kuß und legt sich auf sie, findet sofort den vertrauten Rhythmus, der sie beide davonträgt. Wirklich ein schöner Traum. Wunderschön.

Er hat ein bißchen Angst, daß er vor dem Höhepunkt aufwacht, aber nein. Er hört, wie sie unter ihm seufzt und ein letztes Mal lustvoll stöhnt. Er streicht ihr eine schwarze Haarsträhne aus der Stirn und küßt sie. Sie öffnet die Augen, lächelt ihn an und dreht ihren Kopf so, daß er die warme kleine Mulde an ihrem Hals küssen kann. Plötzlich versteift sie sich in seinen Armen. Er hebt den Kopf und sieht, daß sie mit einem Ausdruck von ..., ja, von Bestürzung zur Decke blickt. Der große Spiegel zeigt ihre verschlungenen Körper. Und Serenas Gesicht.

Sie wandelt sich. Als er das Gesicht unter sich betrachtet, ist es ein anderes, nicht mehr das von Serena. Lockige Haare, braune Augen, eine kürzere Nase. Der Mund ... die Backenknochen ... er erschrickt. Er hat die Kontrolle über seinen Traum verloren, das ist nicht mehr Serena, es ist Elisa. Resigniert schließt er die Augen, legt sich wieder hin, fest entschlossen, endlich aufzuwachen.

Eine Hand schüttelt ihn. »Paul!« Es ist Elisas Stimme, so wie es Elisas erschrockenes Gesicht ist, in das er jetzt blickt. Er muß wohl wach sein. Aber was hat sie denn bloß? Was zerrt sie so aufgeregt an ihm herum? »Paul, was ist passiert? Das war nicht ich.« Ihre Stimme überschlägt sich fast. *»Das war nicht ich!«*

»Sch, sch, es war doch nur ein Traum.« Paul will sie in die Arme nehmen, aber sie macht sich steif, ihre Muskeln spannen sich, und ihr Körper zittert.

»Ich war's nicht. Ich war's nicht!« wiederholt sie.

»Nein«, sagt er beruhigend, »es war Serena. Aber es war nur ein Traum.«

Sie scheint nicht zu hören. »Wir haben miteinander geschlafen«, flüstert sie. »Das hab ich doch nicht geträumt. Wir haben miteinander geschlafen und ...«

Er nimmt sie bei der Schulter und wiegt sie sanft.

»Ich habe von Serena geträumt, das ist alles. Es ist vorbei.«

Sie starrt ihn an. »Du hast geträumt, daß du mit Serena geschlafen hast?«

»Ja, es war ein Traum. Du weißt doch, wie Träume sind.«

»Aber du hast gar nicht geschlafen, Paul. Ich hab doch gemerkt, wie du mich gestreichelt hast. Davon bin ich doch aufgewacht. Du hast nicht geschlafen. Ich hab dich angesehen, deine Augen waren offen. Das da im Spiegel war ich nicht. Aber trotzdem hast du *mit mir* geschlafen!«

Er schüttelt verärgert, aber doch leicht verunsichert den Kopf. Es war alles so realistisch. Kein Wunder, schließlich hat er von Serena geträumt.

»Alles geträumt«, wiederholt er.

Elisa schaut ihn immer noch an, ohne sich zu rühren. »Ach Paul«, seufzt sie mit merkwürdigem Unterton.

»Was ist? Hältst du mich etwa für einen Schlafwandler?«

Ohne ihn anzusehen, setzt sie sich und zieht ihre Knie fest aneinander. Ja, tatsächlich, er nimmt den Geruch von Liebe an ihr wahr. Und die Laken sind zerknüllt. Aber was heißt das schon. Sie haben sich vor dem Einschlafen geliebt.

»Ich weiß nicht«, murmelt sie, »ich weiß nicht …« Sie dreht sich ihm zu. »Aber wenn es ein Traum war, Paul, ja selbst, wenn es eine Anwandlung von …«

»Es war ein Traum!«

»Aber warum habe ich es dann gesehen? Ich hab doch nicht geträumt! Ich war wach und sah … Serena. Ich hab sie erkannt. Ich war wach. Ich bin doch nicht verrückt.«

Langsam reicht es ihm, er verliert die Geduld, greift nach ihrem Arm und schüttelt sie: »Also bin ich wohl derjenige, der verrückt ist, was? Du verstehst überhaupt nichts. Es war ein Traum, sag ich dir, ein TRAUM!«

Er hört auf, sie zu schütteln, weil es seinen Kopf zum Vibrieren bringt. Blöde Kuh! Zeitverschwendung, sich überhaupt mit ihr abzugeben. Sie hält ihn für verrückt. Ihn! Offensichtlich glaubt sie alles, was Sybille, die alte Nutte, ihr erzählt hat. Blöde Kuh! Wenn man daran denkt, wieviel Zeit er mit ihr verplempert hat. Undankbares verzogenes Balg! Er ist viel zu schade für sie.

Als sie ihn umarmen will, stößt er sie grob weg. Er hat Besseres zu tun, als sich mit diesem hysterischen Jammerlappen abzugeben. Im Labor wartet Arbeit auf ihn.

17

Elisa zieht sich mit langsamen Bewegungen an. Ein Teil von ihr würde am liebsten alles verdrängen. Wie hatte es nur soweit kommen können? Paul hatte sie doch geliebt, sie hatte es gespürt, das konnte doch kein Selbstbetrug gewesen sein. Aber er war tatsächlich verrückt, auch das hatte sie gespürt. Alles, was er sagte, klang zwar einigermaßen normal, aber unterschwellig schwang Verwirrung mit – wie eine schwache Begleitmelodie, die man nur bei genauem Hinhören erkennen konnte. Gestern abend (war es wirklich erst gestern abend gewesen?) hatte man es beim Essen eigentlich gar nicht so gemerkt, zeitweilig sogar überhaupt nicht. Dann wirkte Paul ganz wie der alte, wie der Paul, den sie kannte und der sie liebte. In anderen Momenten jedoch wirkte er total verwirrt, so als vollziehe sich in seinem Innern ganz allmählich ein Persönlichkeitswechsel. Ein sehr langsamer, aber nichtsdestoweniger bedrohlicher Prozeß. So als gerate ein Eisberg allmählich ins Wanken.

Was war passiert? Er hatte einen Traum gehabt, und sie war irgendwie hineingeraten. Aber sie war wach gewesen, als sie Serena im Spiegel gesehen hatte. Und auch er hatte nicht geschlafen. Haben Schlafwandler die Augen offen? Und kann das Schlafwandeln so lange dauern?

Was sollte sie nur tun?

Sie würde sich um ihn kümmern, ihm helfen müssen. Aber wie, wenn nicht mit Gewalt? Ihm Roboter schicken? Sie mußte unbedingt mit Sybille reden, sie würde ihr raten können. Elisa geht zum Computerterminal und tippt Sybilles Code ein. Nichts. Hat Paul auch diese Verbindung gekappt? Über die STADT fordert Elisa eine Leitung zur Maschinen-Sybille an.

»Apparat außer Betrieb«, meldet sich die STADT.

»Außer Betrieb? Seit wann?«

»Ausfall aller Funktionen um 21 Uhr 04.«

Elisa fühlt sich, als habe man ihr einen Schlag auf den Kopf versetzt.

»Und Sybille Horner?«

»Ausfall aller Funktionen um 21 Uhr 04.«

Mit weichen Knien schleppt sich Elisa zum Bett. Es ist ihr völlig egal, ob der Bildschirm eingeschaltet ist oder nicht. Sie ist allein. Sie ist jetzt ganz allein mit Paul. Sie allein muß entscheiden, was zu tun ist. Sie muß irgend etwas tun. Sie geht zurück zum Terminal und gibt Pauls Code ein. Ganz kurz begegnet sie seinem prüfenden Blick, dann bricht er den Kontakt mit gereizter Geste ab.

Jetzt kommt sie auch nicht mehr über die STADT an ihn heran. Pauls Anweisung.

Lange sitzt Elisa wie erstarrt. In ihrem Kopf dreht sich alles. Ihre Glieder sind schwer wie Blei. Schon das Atmen kostet sie ungeheure Anstrengung, zum Denken fehlt ihr jede Energie. Irgendwo in ihrem Hirn will ein Gedanke Gestalt annehmen. Elisa versucht ihn zu fassen, aber immer wieder entgleitet er ihr. Paul und die STADT. Er kennt die STADT besser als sie. Er kennt sich mit ihrem Datennetz besser aus, kann es besser nutzen … sie muß … sie kann … nichts tun, bis sie mehr … alle Vorteile sind auf seiner Seite.

Sie kehrt zum Terminal zurück. »Hat irgend jemand ...« – wie soll sie sich ausdrücken – »hat irgend jemand sich um Sybille Horner gekümmert?«

»Nein.«

»Wo genau wohnt sie?«

Auf der 4. Ebene, mitten in der STADT. Elisa verläßt Pauls Wohnung. Die künstliche Sonne steht am künstlichen blauen Himmel, im Park gehen Roboter ihrer täglichen Gartenarbeit nach. Die Vögel zwitschern. Elisa nimmt kaum wahr, was sie sieht. Wie durch einen Nebel bewegt sie sich auf Rolltreppen und rollenden Gehwegen vorwärts, läßt Gänge und Passagen hinter sich. Da sie ihr Kommunikationsarmband in Pauls Wohnung gelassen hat, muß sie ab und zu an einem Terminal haltmachen und sich nach dem Weg erkundigen.

Sie ist schon fast am Ziel, als vor ihr in einer Passage eine Silhouette auftaucht. Mit beklommenem Herzen geht sie auf die Gestalt zu, die sich nicht rührt. Es ist die Maschinen-Sybille – in seltsamer Körperhaltung erstarrt.

Der Stillstand hat sie in dem Moment erwischt, als sie sich halb zu jemandem umgedreht hat. Die Arme hält sie schützend vor den Kopf. Und der Gesichtsausdruck! Ihre Augen sind aus den Höhlen getreten, die Züge haben sich zu einer entsetzten Grimasse verzerrt. Elisa schreckt zurück und macht einen weiten Bogen um den Maschinen-Leichnam, als sie weiterhastet, fast schon rennt.

Sybilles Rollstuhl steht mit dem Rücken halb zur Tür. Auf der linken Armlehne liegt eine starre, offen ausgestreckte Hand. Die Hand einer alten Frau. Wände und Kontrollschirme glitzern feucht. Blut. Nichts als Blut und das weiße Rauschen der leeren, stummen Schirme. Elisa flieht. Diesmal rennt sie wirklich.

18

Als sie anhält und sich umsieht, überwältigt sie das unheimliche Gefühl, das sie aus Träumen kennt: das Gefühl, an einem seltsamen Ort zu sein und ihn wiederzuerkennen. Déja-vu. Im nächsten Augenblick hört sie eine Stimme. Wird sie jetzt auch verrückt? Erneut ruft die Stimme. »Elisa!« Es ist die Stimme von Richard Desprats. Elisa sieht sich um. Jetzt weiß sie, wo sie ist. Hier ist sie aufgewachsen, in der 1. Ebene der STADT. Nichts hat sich verändert, sie erkennt alles wieder: das kleine makellose Gärtchen, das Vogelhaus mit den Vögeln, das komische Holzhaus mit den Terrassen am Ende des Gartens. Und dort, am Gartentor, steht die Kommunikationssäule, wie damals als Baum getarnt. Von hier kommt die Stimme, die jetzt zum drittenmal ruft: »Elisa!«

Als sie hinübergeht, fühlt sie sich wie in einem Traum. Der Traum ist nicht unangenehm. Vom Bildschirm blickt Richard Desprats Elisa besorgt an. Die Toten sind lebendig, die Lebenden sind tot. Ganz logisch. Gleichzeitig, auf einer anderen Ebene ihres Bewußtseins, denkt Elisa, daß sie beim Eindringen in den Garten wohl einen Alarm ausgelöst haben muß. Das Gesicht von Richard Desprats ist eine elektronische Simulation, ein EDV-Programm, das plötzlich reaktiviert worden ist. Elisa fühlt sich auf einmal ruhig, völlig losgelöst von allem, ganz wie in einem Traum. Und mit traumwandlerischer Sicherheit weiß sie jetzt, was sie machen muß. Nichts und niemand kann ihr etwas anhaben. »Hallo, Großvater. Paul ist durchgedreht«, sagt sie und wartet. Der elektronische Geist nickt.

»Ich weiß. Er hat Sybille umgebracht. Das hat mich aufgeweckt.«

Elisa setzt sich erschöpft auf die kleine Rundbank am Baum und lehnt ihren Kopf gegen die künstliche Rinde. »Aufgeweckt?«

»Ich hab so etwas kommen sehen, deshalb hab ich bei allen Leuten besondere Sensoren angebracht. Die STADT war darauf programmiert, mich im Falle eines unnatürlichen Todes zu wecken.«

»Aber Großvater, du bist doch tot.«

Elisas vernünftiger Einwand bringt das Phantom zum Lachen. »Natürlich. Aber meine Computersimulation funktioniert immer noch und hat seit meinem Tod die Daten verschiedener Programme eingespeichert. Übrigens auch Daten und Programme, die dich betreffen.«

Elisa hat plötzlich den unwiderstehlichen Drang zu lachen. »Gibt es Programme über mich? Anscheinend hat eine gute Fee jahrelang im Labyrinth des elektronischen Netzes geschlafen, und passenderweise wacht sie genau in dem Moment auf, als es fünf vor zwölf ist! Wirklich ein hübsches Märchen!«

»Du bist sehr müde«, sagt das Phantom. Elisa schrickt zusammen, als sich plötzlich ein kleiner gesichtsloser Roboter vor ihr aufbaut. Das Spiel des Lichts auf der weichen, polierten Oberfläche läßt ihn fast menschlich erscheinen. Der Roboter hält ihr ein kleines, rundes Tablett hin, auf dem ein großes Glas weißer Flüssigkeit steht.

»Trink deine Milch – Zeit zum Schlafengehen!«

Wie gut Elisa diesen Satz, der mit liebevollem und gleichzeitig strengem Ton gesprochen werden muß, aus ihrer Kindheit kennt! Genau wie früher gehorcht sie Großvater, leert das Glas und folgt dem Roboter ins Haus. Nach ein paar Schritten gähnt sie. Sie streckt sich auf dem Bett im vertrauten kleinen Schlafzimmer aus (wie alles geschrumpft ist!) und schläft sofort ein.

»Elisa, ich muß dir ein paar Bilder zeigen«, sagt die gelassene Stimme von Desprats am nächsten Morgen. Schweigend fügt sie sich. Von zwölf Schirmen blicken plötzlich und gleichzeitig zwölf starre Gesichter: Serena. Marquande de Styx. Desprats. Und andere Männer und Frauen, die Elisa nicht eindeutig identifizieren kann. Am Bildrand sind jeweils Datum und Uhrzeit der Aufzeichnung zu erkennen.

»Es ist immer abends passiert«, stellt die Stimme fest, »und nur dann, wenn du mit Paul zusammen warst.« Langsam verändern sich die Bilder, verwandeln sich in das Bild Elisas. Einer Elisa, die fest schläft. »Du hast sicher die besondere Helligkeit im Moment der Metamorphose bemerkt.« Weitere Infrarotbilder erscheinen. »Offensichtlich regt die Verwandlung den Stoffwechsel stark an. Der Energieverbrauch steigert sich ganz enorm, die Werte sind vergleichbar mit denen, die bei dir während der Zellregeneration auftreten. Sogar die Zeitspanne ist beinah identisch. Allerdings scheint *dieser* Prozeß an Pauls Person gebunden zu sein.«

Elisa fischt immer noch im Trüben, aber irgend etwas drängt jetzt an die Oberfläche.

»Ich muß dir noch was anderes zeigen, Elisa«, sagt die Simulation. Nur noch ein Bildschirm ist eingeschaltet, auf dem jetzt ein rosa Klumpen erscheint, der sich langsam hin und her bewegt. Ein siedender, brodelnder Klumpen, der sich in ein leise schluchzendes kleines Mädchen verwandelt. Leise, weil kein Ton mitläuft.

Der Ton, der jetzt zu hören ist, ist ein Schrei, und er kommt von der Elisa im Sessel, die ihre Hände in die Lehnen gekrallt hat. Irgend etwas sticht tief in ihrem Innern. Dann wird alles grau, löst sich im Nichts des weißen Rauschens auf.

Die Bewegung wird schneller, aus dem Seufzen wird ein Stöhnen, dann ein Schreien, das schließlich verebbt. Paul stützt sich auf den Ellbogen auf, unter ihm taucht ein schwarzer Haarschopf auf. Die Frau öffnet die Augen, grasgrüne Augen. Ein Fächer langer schwarzer Haarsträhnen auf dem Laken. Ein Lächeln. Der Kopf dreht sich leicht nach links, jetzt blicken die grünen Augen direkt in die Kamera. Einen Moment lang bleibt das Lächeln stehen, dann verschwindet es. Zeitlupe: Die Augen starren, die Augenbrauen ziehen sich langsam hoch, der Mund ist ein gähnendes Loch.

Über diesen Ausdruck von Bestürzung legt sich einen Augenblick lang Pauls fragendes Gesicht, das sich der Kamera zuwendet. Das ganze noch mal in Zeitlupe, Bild für Bild: Zuerst verwischen sich die Gesichtszüge ganz leicht, so als spiegelten sie sich in windgekräuseltem Wasser. Dann werden die Details schärfer: Ebenso wie das Hautgewebe ändern sich die Augen in Kontur und Farbe; Nase, Backenknochen und Kinn scheinen zusammenzuschrumpfen; die schwarzen Haarsträhnen verblassen zu einem fahlen Braun; das Haar bewegt sich auf dem Laken, verkürzt und kräuselt sich, als führe es ein Eigenleben.

Elisa hält das Bild an und erkennt sich selbst auf dem Bildschirm. Dann spult sie zurück, bis es wieder das Gesicht mit den grünen Augen ist, hält erneut an, betrachtet Serena. Mit ihrer Hand fegt sie über die Tastatur, als könne sie alles auslöschen. Aber die Tatsache läßt sich nicht auslöschen. Die Tatsache, daß die STADT keine Halluzinationen oder Träume aufzeichnet.

»Als du noch klein warst, nach meinem Tod, hattest du diesen Alptraum Dutzende Male.« Die simulierte Stimme von Desprats klingt gelassen, warm und aufmerksam – eine bemerkenswerte Programmierleistung. »Jedes Mal hast du dich beim Aufwachen sehr schnell zurückverwandelt. Paul war nicht da, wenn du erwachtest, er war immer erst später da.«

Als Elisa ihre Stimme wieder unter Kontrolle hat, sagt sie: »Doch er war da. In meinem Traum. Er kam in meinem Traum vor. Er war das Ding – das rosa Ding. Ihr alle saht so aus. Ich ging zu ihm und er – saugte mich auf.«

»Ach«, sagt die Stimme, »aber was ist mit Serena und den anderen? Nicht du hast von ihnen geträumt, das muß Paul gewesen sein. Es gibt allerdings eine Konstante: das Träumen.«

»Ich hatte das völlig vergessen…«, sagt Elisa mit zitternder Stimme.

»Oder völlig verdrängt, Elisa?«

Sie verschränkt die Arme und runzelt die Stirn. »Du meinst den Traum?« sagt sie mit zusammengepreßten Lippen. »Ja… Aber warum? Und wie? Und wieso ist Paul nie dahintergekommen?«

»Vor allem deshalb nicht, weil er an eine solche Möglichkeit nie gedacht hat. Du ja auch nicht, oder? Ich glaube, das ist auch der Grund dafür, daß du dich nie im Wachzustand verwandelt hast. Dein Unterbewußtsein kannte deine Fähigkeit zur Metamorphose, aber dein rationales Ich wußte von nichts.«

»Aber jetzt weiß ich's!« Sie streckt ihre Hand aus: »Verwandle dich! – Siehst du, es passiert gar nichts.«

Das nachsichtige kleine Lachen ist wirklich gut simuliert. »Du *weißt* es jetzt, aber in deinem tiefsten Innern *glaubst* du es nicht. Vergleich's doch mal mit dem Prozeß der Regeneration: Dabei erledigt dein Körper die ganze Arbeit. Von sich aus. Du gibst ihm nicht bewußt die Anweisung: Erneuere diese oder jene Teile meiner Anatomie, korrigiere diese oder jene Abweichung von der Norm. Dein Körper weiß von sich aus, was die Norm ist, und stellt sie ganz automatisch wieder her. Was du bewußt steuerst, ist einzig und allein die Geschwindigkeit der Regeneration. Die Beschleunigung des Prozesses ist ein bewußter Akt. Aber in diesem Fall funktioniert es anders, es geht dabei ja auch nicht um deine Gesundheit. Hier handelt es sich um eine völlige Verwandlung deiner physischen Grundsubstanz. Ich bin mir sicher, daß es nicht nur deine Haut und Muskeln betrifft. Anscheinend hast du die Fähigkeit zur totalen Metamorphose, wenn man das Ergebnis deines Alptraums betrachtet. Die Verwandlung reicht von der Haut bis zur Blutgruppe, es scheint keinerlei Grenzen zu geben, mal abgesehen von der Körpermasse, und selbst die …«

Elisa betrachtet ihre Hände, das Hautgewebe, die Linien auf ihren Handflächen, die Fingerspitzen. Einzigartig. Ganz und gar individuell. Aber die Handlinien verändern sich im Laufe der Zeit. Das hängt mit der körperlichen Entwicklung zusammen, mit dem Alterungsprozeß, mit physischen Traumata. Und anderen Faktoren, wenn man den Wahrsagern glauben will. Angeblich geben die ›Lebenslinien‹ der Hand Aufschluß über Vergangenheit, Gegenwart und Zukunft. Vergangenheit – das ist plausibel. Aber Zukunft? Na ja, zumindest, soweit es die unmittelbare Zukunft des Körpers betrifft, kann das stimmen. Schließlich sendet der Körper ja die ganze Zeit Signale über seinen Zustand aus. Von jeher haben gute Ärzte die Warnsignale als Grundlage ihrer Diagnosen genutzt. Körperliche Veränderungen, klar, sind ganz normal. Aber die totale Metamorphose?

»Du hast viel darüber nachgedacht, nicht wahr«, stellt Elisa fest. Ihr ist klar, daß sie mit der Desprats-Simulation wie mit einem lebendigen Wesen spricht, aber was bleibt ihr anderes übrig? Wenn man einen Menschen dadurch definiert, daß er Daten speichert, Korrelationen herstellt, Schlußfolgerungen zieht, auf Stimuli reagiert, dann ist dieser Desprats tatsächlich eine reale Person.

»Ja«, antwortet die Stimme ruhig.

»Aber warum hat Paul nichts gemerkt?«

»Das hab ich dir doch schon gesagt. Er hat so etwas gar nicht für möglich gehalten. Weißt du, in gewisser Hinsicht ist sein Denken sehr beschränkt, hoffnungslos positivistisch. Deine Fähigkeit zur Regeneration ist nichts anderes als eine normale, allerdings ungeheuer potenzierte Körperfunktion, damit hatte Paul keine

Probleme. Der Gedanke allerdings, du könntest das Tempo der Regeneration bis zu einem gewissen Grad steuern, war ihm immer irgendwie unheimlich. Die Frage der Geschwindigkeit hat er nie besonders betont, oder? Die Vorstellung, du könntest deine ganze Anatomie bewußt verändern, ist ihm schlicht nie in den Sinn gekommen.«

»Aber es gab doch die Videoaufzeichnungen.«

»Die hat er nie gesehen.«

»Aber er hätte doch zumindest per Zufall darauf...« Elisa runzelt die Stirn. »Im Klartext: Du hast alles so arrangiert, daß er nichts davon mitbekommen hat.«

»Meine vordringliche Aufgabe ist es, dich zu beschützen«, antwortet der simulierte Desprats und übergeht ihre letzte Bemerkung.

»Aber wie kommst du auf die Idee, er...« Elisa bricht ab, weil ihr gerade Pauls Experimente mit den ersten Mutanten eingefallen sind, die sie per Zufall entdeckt hat. Aber das war doch ganz was anderes, oder? Und zumindest hatte er die Mutanten nicht leiden lassen. Er hatte sie nur... getötet. Aber doch nicht sie! Paul würde ihr doch nie weh tun! Sie steht auf und geht unruhig auf und ab. Sie hat sich hinter ihren verschränkten Armen verschanzt und fühlt sich total deprimiert. Sie kann sich also verwandeln, wenn sie träumt. Wirklich großartig. Oder auch, wenn Paul neben ihr träumt. Aber sie kann sich nicht daran erinnern, je seine Träume mit ihm geteilt zu haben. Ist ihr Einfühlungsvermögen, wenn sie schläft, zehnmal stärker als sonst? Fast schon telepathisch?

Sie setzt sich wieder. Immer noch besser, dem Computerprogramm Fragen zu stellen, als sich ewig im Kreis dieser gräßlichen Gedanken zu drehen.

»Warum hat meine Phantasie gerade diese Bilder produziert? Und warum nicht jedesmal, wenn ich schlief?«

»Es muß wohl einen ganz bestimmten emotionalen

Anreiz geben, der diesen Prozeß auslöst«, antwortet die ruhige Stimme. »Einen gemeinsamen Nenner für deinen immer wiederkehrenden Traum vom rosa Klumpen und für Pauls Träume. Dieser rosa Klumpen hat dir doch Alpträume bereitet, oder?«

»O ja«, murmelt Elisa. Dann kapiert sie, worauf die Desprats-Simulation hinauswill: Auch Pauls Träume waren Alpträume. Serena. Marquande. Serena, die sich umgebracht hat. Marquande, die in geistiger Umnachtung gestorben ist. Der Stoff, aus dem die Alpträume sind. Plausibel. Aber was ist mit den anderen Leuten, den Menschen, die sie nicht einmal kennt?

Auch sie sind tot.

Tot.

Aber Paul hat davon geträumt, mit Serena zu *schlafen!*

Eine schreckliche Angst steigt in ihr auf. Tod. Liebe. Der rosa Klumpen, der sie ohne Mund angelächelt hat. Das Ding, das sie ohne Arme an sich gezogen hat. Tod? War es der Tod, der die Verwandlung ausgelöst hat? Die Vorstellung vom Tod? Die Furcht vor dem Tod? Verwandlung. Der Tod als Verwandlung des Lebendigen. Das, was tot ist, wird wieder lebendig. Der Tod selbst ist lebendig.

Sie will nicht sterben. *Sie will nicht sterben!*

»Elisa?« meldet sich das Computerprogramm von weit her. Elisa macht die Augen auf. Neben ihr steht der kleine Roboter, in den Händen ein Injektionsgerät. Elisa will schreien, aber statt dessen merkt sie, wie sie langsam entschwebt, sich immer weiter von ihrem Körper entfernt. Um sie herum wird alles schwarz.

Elisas nackter Körper liegt ausgestreckt auf einem hohen, schmalen Tisch. Kleine bunte Stoffetzen kennzeichnen die angeschlossenen Elektroden. Ringsum an den Wänden sind Bildschirme angebracht. Einige zeigen Elisas Körper aus unterschiedlichen Perspektiven, andere zeigen die EDV-gestützten Analysen und Simulationen, die auf den von den Sensoren gelieferten Messungen basieren. Graphische Darstellungen der lebenswichtigen Körperfunktionen sind auf weiteren Schirmen zu sehen. Offensichtlich ist der Körper völlig entspannt, der Atem regelmäßig und tief. Die Messung der Gehirnströme bestätigt, daß der Körper in tiefer Trance ist. Eine Stimme, die Stimme Desprats', zählt langsam »acht... neun... zehn«.

Jetzt spielen Werte und Darstellungen auf den Bildschirmen verrückt. Der Körper auf dem Tisch verwandelt sich nach und nach. Die Haut wird dunkler, die Muskeln spannen sich, das Fleisch strafft sich, der Körper wird schlank und geschmeidig: Es ist der Körper eines Heranwachsenden. Auch die Gesichtskonturen ändern sich, nehmen stark negroide Züge an. Das Haar ist inzwischen kurz, schwarz und kraus.

Die Bilder auf den Bildschirmen beruhigen sich.

»Ich zähle jetzt rückwärts«, sagt die Stimme. »Wenn ich bei Null angekommen bin, wird dein Körper wieder seine ursprüngliche Form annehmen. Zehn... neun... acht... sieben.« Bei Null geraten die graphischen Darstellungen erneut ins Rotieren. Langsam nimmt der Körper sein früheres Aussehen an.

19

Du mußt fortgehen, Elisa.«

»Ich weiß.« Elisa sitzt auf der Bank am Baum-Terminal und blickt auf den Garten. Zum zehnten Mal schon hört sie die Aufforderung, zum zehnten Mal antwortet sie mit demselben Satz. Sie fühlt sich wie gelähmt. Aus der Stadt fortgehen...

»Irgendwann wird er dich finden, Elisa. Er kann mit

Computern fast so gut umgehen wie ich. Wir dürfen das Risiko nicht eingehen.«

»Und was soll passieren, wenn er mich wirklich findet? Meinst du, er macht dann Hackfleisch aus mir oder was?« kontert sie mit einem Anflug von Sarkasmus.

»Er ist verrückt, Elisa, hoffnungslos verrückt, und du weißt es. Du hast doch Marquande gesehen. Und er zeigt dieselben Symptome.«

»Wir hätten ja zumindest versuchen können, ihm zu helfen«, sagt sie bissig.

»Um ihm ein paar weitere Monate der Qual zu geben? Elisa, du mußt ihn seinem Schicksal überlassen. Er stellt für uns eine Bedrohung dar. Wir können nur darüber spekulieren, was er im Moment vorhat, aber nach allem, was wir wissen, ist es bestimmt nichts Gutes. Du mußt fortgehen.«

»Ich bin noch nicht so weit«, wendet sie hilflos ein.

»Du wirst niemals so weit sein, wenn nicht jetzt. Was auch passiert, ich werde bei dir sein.«

»Und wenn sie dir mißtrauen?«

»Inzwischen haben sie die Ommachs vergessen, so wie sie auch die STÄDTE schon vor langer Zeit vergessen haben.«

Wenn das wahr ist, warum will er dann die STÄDTE um jeden Preis vernichten? Immer wieder hat er ihr das Projekt erklärt: Es geht darum, die von Menschen oder (inzwischen mehrheitlich) nur von Automaten betriebenen STÄDTE auf der Landmasse, die einst Europa hieß, zum Stillstand zu bringen, außer Gefecht zu setzen. Und nicht nur die STÄDTE in Europa, sondern überall in der Welt. Sogar die Unterwasser-STÄDTE, sogar die STÄDTE, die inzwischen von Gletscher- oder Erdmassen bedeckt waren. Man mußte STADT für STADT ausschalten, ganz zuletzt auch diese STADT, die letzte aller STÄDTE. Bis dahin würde Paul tot sein, und die STADT vollkommen verlassen. So wie in der alten Geschichte: »Das kleine Mädchen wird die STADT zum Stillstand bringen und dann für immer fortgehen.«

»Die STÄDTE sind ein Relikt der Vergangenheit«, hat die Computersimulation wieder und immer wieder betont. »Einer katastrophalen Vergangenheit. Die STÄDTE gehören auf den Müllhaufen der Geschichte, Elisa. Die Menschen, die jetzt leben, kommen ohne die STÄDTE aus. Sie haben jedes Recht, ihr eigenes Leben zu leben und über ihr Schicksal selbst zu entscheiden. Manchmal kann ein Vermächtnis einen auch erschlagen!«

Wie überzeugend die simulierte Stimme klingt. Richard Desprats hat sein geistiges Testament bis ins Detail so ausgearbeitet, daß es die verbleibende Zeitspanne überbrückt. Er hat für alles gesorgt, auch dafür, daß Elisa da sein würde, um sein Testament entgegenzunehmen. Er hat alles vorhergesehen. Sie kann sich jetzt vorstellen, wie er vorgegangen ist. Er hat sie als Schachfigur in seinem Spiel benutzt. So wie sie auch in Sybilles kompliziertem Spiel mit (oder gegen?) Paul nur eine Schachfigur gewesen ist. So wie sie in Pauls Strategie gegen ... – ja, gegen wen? Gegen Phantome? Gegen sich selbst? – gegen weiß Gott wen eine Schachfigur gewesen ist. Eine Schachfigur. Das Bauernopfer.

Wirklich? Desprats hat sie doch geliebt. Vielleicht hat sogar Sybille sie auf ihre seltsame Art geliebt. Genau wie Paul. Wie soll sie dieses komplizierte Beziehungsgeflecht entwirren, das lange vor ihrer Geburt gesponnen wurde? Bei diesem Gespinst aus Liebe, Eifersucht, Haß und Rache haben schon vor langer Zeit Leute die Fäden gezogen, die sie so gut wie gar nicht kennt. Ja, natürlich kennt sie diese Menschen aus den Videos. Die STADT hat ihre Bilder aufgezeichnet – aber nicht das Leben, das sie geführt haben. Nicht die Beweggründe ihres Handelns.

Allmählich versteht sie, was Paul gemeint hat, als er sagte: Das menschliche Handeln ist immer Summe einer ganzen Reihe von Beweggründen. Wenn man kaum seine eigenen Beweggründe versteht, wie kann man dann die der anderen verstehen – zumal man sie ja immer nur von außen sieht? Was sie wahrgenommen hat, war lediglich die Reflektion einer Reflektion. Wie naiv von ihr, sich alles so einfach vorzustellen. Im Augenblick bleibt ihr nichts anderes übrig, als die eigene Phantasie spielen zu lassen, Beziehungsmuster zu konstruieren, plausible Geschichten zu erfinden, die alle mit den Worten anfangen: Nehmen wir mal an, daß ...

Sie darf nicht vergessen, daß sich manchmal sehr widersprüchliche Motivationen in einer Person vereinigen. Desprats hat sie geliebt und gleichzeitig benutzt (vielleicht benutzt er sie auch jetzt) – nicht anders als Sybille und Paul. Stimmt das wirklich? Schließlich hatte sie sich ja auch benutzen lassen, war mehr als einverstanden gewesen, Pauls Experimente mitzumachen. Und hatte sie nicht auch ihrerseits daran gedacht, Paul *zu seinem eigenen Besten* zu manipulieren? Aus Liebe? Und handelt es sich auch dann um Manipulation, wenn die Tat auf Gegenseitigkeit, auf bewußter Entscheidung, auf freiem Willen beruht? Oder auf Liebe ...

Was wußte sie schon von Liebe! So gut wie nichts. Sie ist ja kaum dem Kindesalter entwachsen, hat keine Erfahrung. Zweiundzwanzig Jahre ist sie alt, zweiundzwanzig Jahre hat sie in einem künstlichen Universum verbracht. Und was würde sie in der Außenwelt lernen? Das Lügen.

Sie betrachtet ihre Hände, das Hautgewebe, die Lebenslinien, die Fingerspitzen. *Einzigartig. Ganz und gar individuell.* An die kräftigen Handgelenke, die langen, knochigen Finger hat sie sich noch immer nicht gewöhnt. Sie berührt Backenknochen, Nase und Kinn –

Konturen, die ihr nach wie vor fremd sind. Sie muß sich bald wieder rasieren. Erneut kämpft sie mit dem Zweifel. Wie soll sie diesen männlichen Körper auf Dauer zu ihrem eigenen machen, wenn sie sich innerlich weiter als Frau fühlt? Verdammt noch mal, sie *ist* eine Frau. Auch wenn die post-hypnotische Suggestion ihr anderes weisgemacht hat, unmerklich Millionen chemischer Reaktionen, Millionen von Zellveränderungen induziert hat. Jetzt wächst ihr ein Bart, ihre Stimme klingt tiefer, und ihre Hoden produzieren Sperma.

Skeptisch befühlt sie ihren Penis. Wann wird sie sich endlich an diese seltsame Gerätschaft zwischen ihren Schenkeln gewöhnen. Wann – wenn überhaupt – wird sich ihr Gehirn entsprechend umstellen? Wann wird ihr Ego, diese hypothetische, diffuse Vorstellung vom *Selbst,* dies alles akzeptieren? Wer weiß, vielleicht gewöhnt sie sich mit der Zeit so an ihr neues Ich, daß der Penis tatsächlich all seine Möglichkeiten nutzt? Diese Vorstellung amüsiert sie und stößt sie gleichzeitig ab: Wieder mit jemandem schlafen? Wird sie künftig mit Frauen schlafen? Im Moment kann sie sich das überhaupt nicht vorstellen. Vielleicht später einmal. Wenn sie sich an ihre Männlichkeit gewöhnt hat. Sie muß sich daran gewöhnen.

Das wird sie nie schaffen, solange sie in der STADT bleibt. Sagt jedenfalls das Computerprogramm, und vielleicht hat es recht. Sie muß zur Außenwelt gehen. Die Leute dort werden einem jungen Mann namens Hanse begegnen. Welcher Körper, welcher Name könnte besser passen als der des unbekannten Mannes, der vor so langer Zeit verschwunden ist? Ihr Vorfahr. Sie hat sogar sein seltsames weißes Haar.

»Auch im Wachzustand geht die Interaktion weiter«, sagt das Programm. »Erinnerst du dich daran, wie sich dein Körper verändert hat, als du drei Wochen lang von Paul getrennt warst? Er mochte ja immer üppige Frauen, und wenn ihr zusammenwart, hast du seinem Idealbild entsprochen. Aber wenn du allein warst, nahmst du wieder deine eigentliche Gestalt an, wurdest wieder schlank und ziemlich knochig. Wenn du dich unter Leuten bewegst, die dich für einen Mann halten und sonst nichts von dir wissen, wird sich die posthypnotische Suggestion mit Sicherheit wieder verstärken. Es kann überhaupt nichts passieren!«

Ich werde zu dem Mann, den sie sehen. Ich stelle einen Mann dar. Aber ich werde *kein Mann sein!*

Ich kann alles mögliche sein. Ich bin jedermann. Ich bin niemand.

Ihr Innerstes lehnt sich plötzlich auf. Warum nicht Elisa bleiben? Warum die Lüge akzeptieren? Resigniert zuckt sie die Achseln. Ehrlichkeit ist in der Außenwelt fehl am Platz. Es gibt dort zu viele Frauen. Sie zählen nicht viel in dieser Welt, in der die Männer das Sagen haben. Männer, diese seltenen Exemplare, diese kostbaren Garanten der Fortpflanzung. Bestenfalls sind die Frauen hier Haremssklavinnen, schlimmstenfalls Küchenmägde oder Zwangsarbeiterinnen auf den Feldern oder in den Bergwerken. In der Außenwelt kommt eine Frau nicht weit, selbst dann nicht, wenn ihr ein Mann zur Seite steht. Selbst wenn dieser Mann eine kraftvolle Maschine ist, bereit, sie jederzeit zu verteidigen. Aber dann käme heraus, was doch verheimlicht werden muß: die Existenz der STÄDTE. Erst wenn es die STÄDTE nicht mehr gibt, wird es auch kein Geheimnis mehr geben.

Und dann? Dieses ›dann‹ ist zu weit weg, Elisa kann und will es sich nicht vorstellen.

»Du mußt gehen.« Der Ommach steht vor ihr. Er sieht Richard Desprats nicht ähnlich. Sie wollten das Risiko vermeiden, daß Paul ihn zufällig, während einer Routineüberprüfung der Außenwelt, erkennen könnte. Aber es ist Desprats' Stimme, die spricht. Praktisch ist es Desprats. Er zwingt Elisa nicht zu dieser Entscheidung. Er wiederholt nur immer wieder die gleichen Worte und wartet darauf, daß sie endlich ihre Entscheidung trifft.

Als sie aufsteht, um ihm zu folgen, weiß sie kaum, warum. Aber sie geht jetzt fort. Jetzt.

Zweiter Teil

1

Einst waren diese Ruinen eine Stadt gewesen, zumindest ein großer Stadtteil. Zum Norden und Osten hin war das Straßennetz noch auszumachen, hier und da waren auch noch ein paar Gebäude erhalten. Aber im Süden und Westen ging die Stadt in Felder über, die man dem Schutt abgerungen hatte – dem Schutt, der für den endlosen Wiederaufbau benötigt wurde.

Mitten in einem Gebiet, das von Trümmern weitgehend befreit ist, ragt eine imposante Masse auf: ein Dreieck aus identischen, offensichtlich noch intakten Türmen, dreißig Stockwerke hoch, wahrscheinlich ein ehemaliger Einkaufs- oder Wohnkomplex. Die oberen Fenster fehlen, aber in einem der drei Gebäude deutet ein schwacher Lichtschein im Erdgeschoß und ersten Stock auf die Gegenwart von Menschen hin.

Merkwürdig. Es ist doch Sommer, die Leute sollten draußen sein und die erste Kühle der Dämmerung genießen. Statt dessen haben sich alle ins Innere zurückgezogen. Menschen wie Tiere. Es ist kein Wachposten zu sehen, nicht einmal ein Wachhund.

Genau wie in der anderen Ortschaft, sagt Elisa. Automatisch hat sie die stimmlose Kommunikation über ihre Implantate benutzt. Ostrer antwortet nicht gleich. Er sondiert die Lage. Die Nacht bricht herein. Alle seine Sensoren sind alarmbereit.

»Jedenfalls keine Ommachs hier«, sagt er schließlich. *»Und keine Überwachungssensoren.«*

Wirklich seltsam, diese Konzentration von Ommachs in einer Ortschaft rund fünfzig Kilometer westlich von hier. Und danach nichts mehr. Nur hier und da vereinzelte Siedlungen mit fest verrammelten Häusern. Und jetzt diese große Ortschaft ohne jede Bewachung, ohne Ommachs.

Die freie Fläche zwischen den drei Gebäuden, die in der Finsternis kaum auszumachen ist, muß früher wohl ein großer öffentlicher Platz gewesen sein. Gelegentlich hallen ihre Schritte auf Steinplatten wider. Inzwischen dient der Platz als Lagerraum. Elisa folgt dem Ommach und seiner Infrarotsicht durch ein Labyrinth aus Heuhaufen, Holzstapeln, Maschinen und anderem Gerümpel. Schließlich erreichen sie die bewohnten Gebäude und suchen die Wände nach einem Eingang ab. Hin und wieder werfen sie einen Blick auf die Fenster. Längst hat man die Rundumverglasung einer früheren Epoche durch ein paar hohe, schmale Fenster ersetzt, in die plumpes Milchglas eingepaßt ist. Zusätzlich schirmen schwere Vorhänge die Räume ab und filtern das Licht, so daß es von außen in der Dämmerung kaum zu erkennen ist.

Schließlich stoßen sie auf einen Eingang. Es muß schon lange her sein, daß man die Glastüren ausgetauscht hat. Die Türfüllungen sind aus Metall und zusätzlich durch Bretter verstärkt. In dieses Bollwerk ist eine kleine, aber massive Holztür eingelassen. Als Ostrer klopft, hallt das Echo dumpf nach.

Keine Reaktion. Elisa geht zum nächsten Fenster und schlägt mit der Faust gegen das Glas. Sofort erlischt das schwache Licht.

»Wir sind Reisende«, schreit Elisa und drückt sich nahe ans Glas.

»Wir sind nur zu zweit.« Sie hat eine Idee: »Ihr könnt uns doch nicht draußen in der Dunkelheit lassen!« fleht sie mit ängstlicher Stimme.

Kurz darauf ist hinter der Tür ein Geräusch zu hören, ein kleines Guckloch öffnet sich, durch das ein Lichtstrahl nach draußen dringt. »Kommt näher«, sagt eine männliche Stimme. Elisa gehorcht und kneift die Augen zusammen, als sie ins Licht tritt. Die Furcht hinter dieser Tür ist so stark, daß Elisa sie sogar durch das schwere Holz hindurch spüren kann. Der Mann, der durch das Guckloch späht, sieht einen großen jungen Mann mit weißen Haaren. Wird er sie abweisen, weil er Angst hat, sie könnten Mutanten sein? Ein paarmal ist das schon passiert, vor allem im Nordosten. Und dies ist die letzte Ortschaft vor der *Schlimmen Zone.* Vor der STADT.

»Streck deine Hand durch das Holztürchen«, sagt die Stimme. Elisa tut's und zieht sie aufkreischend zurück. Im Zeigefinger ist ein Schnitt.

»Oh«, sagt Ostrer, *»ich hab dir ja gesagt, daß wir auf den Fall des Falles vorbereitet sein müssen.«* Jetzt ist er an der Reihe, seine Hand durch die Öffnung zu strecken. Er zieht sie zurück und zeigt den Beobachtern hinter der Tür sein künstliches Blut.

Hinter der Tür wird beratschlagt. Schließlich drehen sich Schlüssel, gleiten Riegel zurück, und die Tür öffnet sich einen Spalt weit. Elisa und Ostrer schlüpfen hinein, mit dumpfem Knallen fällt hinter ihnen die schwere Tür ins Schloß.

Wir machen's wie immer, sagt Ostrer. *Du übernimmst das Reden, ich die Sensoren.*

Elisa sieht sich um. Die Luft ist heiß und stickig, die Furcht mit Händen zu greifen. Ein Dutzend Männer, bewaffnet mit Gewehren, Äxten und langen Messern, hat sich im Halbkreis um die Tür herum aufgebaut. Im Hintergrund erkennt sie zwanzig weitere Gestalten in Alarmbereitschaft, zwanzig waffenstarrende, ebenso verängstigte Männer.

Diese Eingangshalle muß einst zu einem riesigen Einkaufszentrum gehört haben. Hinter den Männern sieht Elisa ein erhöhtes Viereck, das von Betonbänken mit blauem Mosaik-Dekor umrahmt wird: ein alter Zierbrunnen. Jetzt enthält er kein Wasser mehr, sondern Sand und Kinderspielzeug – alte Holz- und verblichene Plastikteilchen, Bälle und Dosen.

Ein untersetzter rothaariger Mann tritt mit griesgrämiger Miene vor, seine Bewegung versetzt Elisa sofort wieder in die Gegenwart mitsamt ihren Problemen.

»Wer seid ihr, und woher kommt ihr?« Elisa erkennt den Mann, der das Holztürchen aufgemacht hat.

»Ich bin Hanse«, antwortet Elisa und saugt demonstrativ an ihrem Zeigefinger. »Und das ist Ostrer. Wir sind Reisende und kommen aus dem Süden. Wir suchen nur einen Schlafplatz, etwas zu essen, vielleicht auch etwas Reiseproviant. Wir sind stark, wir wollen als Gegenleistung arbeiten.«

Immer noch leicht mißtrauisch mustert der Mann sie von oben bis unten. Schließlich sagt er verlegen: »Ich bin Carlo Vietelli. Herzlich willkommen.«

Erleichtert senken die anderen Männer die Waffen.

»Manche Leute sind hier wohl nicht so willkommen«, stellt Elisa nachdrücklich fest.

Der Mann nickt. »Entschuldigt diesen Empfang. Die Vietelli-Sippe hat den Ruf, gastfreundlich zu sein, und normalerweise enttäuschen wir auch niemanden.«

Mehr sagt er nicht. Statt dessen bedeutet er Elisa und Ostrer, ihm zu folgen. Die meisten Männer haben sich schon auf die großen Gänge verteilt, die zur Eingangshalle führen. Das übrige Dutzend folgt den Reisenden auf den Fersen.

Nachdem sie gegessen und getrunken hat – ein junges Mädchen mit blonden Haaren und riesigen neugierigen Augen hat sie versorgt – wischt Elisa sich den Mund mit dem Handrücken ab und macht Bestandsaufnahme: Mehr als fünfzig Menschen drängen sich in dem großen, fensterlosen Saal, der der Sippe offensichtlich als eine Art Gemeinschaftsraum dient. Mindestens ebenso viele stehen draußen und werden von denen, die etwas mitbekommen, auf dem laufenden gehalten. Wie üblich sehr viele weibliche Gesichter, von den Babies bis zu den ganz Alten. Davor das Dutzend Männer, das offensichtlich den Kern der Vietelli-

Sippe bildet. Die anderen Männer müssen wohl zu Familien gehören, die den Vietellis Loyalität gelobt haben. Ziemlich viele. Die Vietellis verdienen ihr Vertrauen. Eine tapfere, wenn auch etwas naive Familie. Zwar ist die Eingangstür massiv, aber einem entschlossenen Ommach würde sie nicht lange standhalten.

»Kommt ihr von sehr weit südlich?« fragt Carlo Vietelli. Ganz selbstverständlich richtet er seine Worte an Ostrer als den älteren der beiden Reisenden.

»Mein Freund kann nicht sprechen«, sagt Elisa in dem besonderen Ton, der allgemein verstanden wird, allerdings unterschiedliche Reaktionen auslöst. Glücklicherweise ist es in diesem Fall Mitgefühl. Weiter im Norden oder Osten lösen Gebrechen mitunter Anfälle von Exorzismus aus. Nach der üblichen kleinen Pause – sie gibt Vietelli die Gelegenheit, die Machtverteilung bei diesem seltsamen Paar neu einzuschätzen – wendet er sich an Hanse: »Wir haben hier nicht oft Reisende.«

»Wir sind von der Küste gekommen, weil wir von Hauptmann Malverde gehört haben und ihn besuchen wollten. Er ist ein großer Feldherr. Sogar Kaiser Kurtess soll Angst vor ihm haben.«

Man kann die Spannung fast mit Händen greifen, eine Mischung aus Haß und Furcht schlägt ihnen jetzt entgegen.

»Ja, er ist ein großer Führer«, stimmt Vietelli mit ausweichendem Blick zu.

»Er hat es geschafft, viele Männer in seiner Armee zu vereinen«, sagt Elisa aufs Geratewohl. Das beredte Schweigen bestätigt ihren ursprünglichen Eindruck von Haß, Furcht, Widerwillen. »Der Herr muß eure Gegend hier gesegnet haben«, fährt sie mit Bedacht fort. »Ihr habt so viele Jungen.«

Vietelli blickt ebenso wie Elisa in die Runde: Frauen, Jugendliche, kleine Mädchen. Es sind jetzt noch mehr

Kinder da, anscheinend hat man sie geweckt. Aber nur wenige Jungen. Wie überall.

»Wir danken dem Herrn für alle Leben, die er uns gegeben hat«, sagt Vietelli, und die Versammelten ergänzen die Liturgie durch ein gemurmeltes »Amen«.

Nicht gerade sehr gesprächig. Soll ich deutlicher werden?

Gib ihnen erstmal Zeit, sich an uns zu gewöhnen. Du willst sie doch nicht vor den Kopf stoßen.

»Vielleicht können wir morgen ausführlicher darüber reden«, sagt Elisa. »Wir hatten eine lange Reise.«

Das blonde Mädchen, das sie beim Abendessen bedient hat, führt sie auf ihr Zimmer. Bis auf zwei Matratzen ist es leer. Sie zeigt ihnen das Bad – *he, Ostrer, das Klo funktioniert sogar!*

Freut mich für dich, Elisa – und wünscht eine gute Nacht.

Elisa kann nicht einschlafen. Die allgegenwärtige Spannung in dieser Gemeinschaft ist ihr aufs Gemüt geschlagen. Die meisten Leute hier sind noch wach. Nach einer Stunde gibt sie auf.

Vor unserer Tür haben sie eine Wache postiert, warnt Ostrer, *und alle Männer sind wach.*

Hast du die Sensoren schon angebracht? Ich hab's diesmal gar nicht gemerkt.

Er muß sich beeilt haben, ihr Gespräch mit Vietelli nach dem Abendessen hat nicht lange gedauert.

Ich werde immer besser.

Elisa grinst und geht aus dem Zimmer. Der Wächter fährt überrascht hoch und lächelt sie verlegen an.

»Es ist einfach zu heiß«, sagt sie. »Laßt ihr die Fenster im Sommer immer geschlossen?«

Der Mann wischt sich mit dem Ärmel über die Stirn, auch ihm ist heiß, seine verschwitzten Locken kleben am Kopf. Er ist noch ziemlich jung, keine Dreißig, und Carlo Vietelli wie aus dem Gesicht geschnitten. Nur ist er größer, fast so groß wie Elisa. In der Außenwelt sind die Menschen von Generation zu Generation geschrumpft. Eine Elisa in Frauengestalt hätte den Wächter wegen ihrer Größe ganz sicher irritiert. Aber er sieht nur Hanse, einen fast gleichaltrigen jungen Mann, und entspannt sich nach kurzem Zögern.

»Nein.«

Elisa hält ihm ihren Zeigefinger mit der Wunde hin, die sie bewußt offengelassen hat. »Ich nehme an, es hat hiermit zu tun«, sagt sie mit verschwörerischem Unterton. Mit ein bißchen Glück wird er annehmen, daß sie mehr weiß, als sie tatsächlich ahnt. Er nickt, starke Emotionen – Haß, Verzweiflung – sind dabei zu spüren.

»Gestern haben sie zwei Frauen verschleppt.«

»Malverdes Männer?«

»*Männer?* Malverdes Dämonen!« Er spuckt auf den Boden.

»Konntet ihr sie nicht daran hindern?«

Er übergeht, was er doch als Beleidigung auffassen muß. »Wir sehen nie, wie sie es anstellen.«

»Wie könnt ihr dann wissen, daß es Malverde ist?«

»Jeder weiß doch, daß er mit dem Teufel im Bunde ist.«

Hast du das gehört, Ostrer?

»Er gibt ihm unsere Frauen. Im Austausch kriegt er Dämonen für seine Armee.«

Ostrer, kann es sein, daß es hier in der Nähe eine STADT *gibt, von der du nichts weißt?*

Es gibt nur eine, Elisa.

Aber Paul muß tot sein!

Frag ihn, was der Teufel mit den Frauen macht.

Elisa bemüht sich, Ruhe zu bewahren, und fragt nach kurzem Schweigen: »Die Frauen – kommen sie niemals wieder?«

Der junge Mann antwortet nicht gleich. Er schluckt. »Wir finden … ihre Leichen«, bringt er mit heiserer Stimme hervor. »Manche sind völlig …« Seine Stimme bricht, er senkt den Kopf.

Mit eisigem Schrecken starrt Elisa den jungen Vietelli an. Sie ignoriert Ostrers körperlose Stimme, die sich im Implantat hinter ihrem Ohr meldet. Nach mehr als vier Jahren? Paul? Lebt er noch?

»Könnt ihr denn nichts tun?« fragt sie, als sie ihre Stimme wiedergefunden hat.

Der junge Mann zuckt die Achseln und wischt sich nochmals über die Stirn. »Als uns klar wurde, was da gespielt wird, war es bereits zu spät. Malverde hatte schon zu viele Dämonen in seiner Armee. Diejenigen, die einen Angriff riskiert haben... wir haben schnell gemerkt, daß es hoffnungslos ist.«

»Wie lange geht das schon so?«

»Ungefähr drei Jahre. Vielleicht ein bißchen länger.«

Ja, sagt Ostrer, *das könnte zeitlich zu Malverdes Machtergreifung passen. Irgend jemand zieht im Südosten die politischen und militärischen Fäden.*

Aber das muß nicht Paul sein!

Elisa, wir haben alle anderen STÄDTE *außer Gefecht gesetzt!*

Vielleicht gibt es STÄDTE, *von denen du nichts weißt!*

Ostrer spart sich die Mühe einer Antwort.

»Habt ihr mit Malverde gesprochen?«

»Er hat es allen, die es versucht haben, schlicht und einfach verweigert. Statt dessen hat er dann ihre Steuern erhöht. Schließlich haben die Leute resigniert und sich mit der Situation arrangiert. Wir haben hier jetzt Ordnung, die Stämme der *Schlimmen Zone* wagen uns nicht mehr anzugreifen. Der Handel läuft gut. Manche hätten ganz gern Dämonen, die an ihrer Stelle die Kämpfe austragen. Wenn der Preis dafür ein paar Frauen sind, na und...«

Klar. Was machen schon ein paar Frauen aus, wenn es so viele gibt? Aber der junge Mann reibt mit abwesendem Blick und zusammengebissen Zähnen über die Sicherung seines Gewehrs.

»Du scheinst diese Meinung aber nicht zu teilen«,

sagt Elisa und blickt ihn an. Der Kummer, der sich auf seinem Gesicht abzeichnet, gibt ihr recht.

»Sie haben eine meiner Frauen mitgenommen«, murmelt er.

Eine Frau, die er vielleicht geliebt hat. In dieser Region gibt es immer noch Männer und Frauen, die gut miteinander auskommen. Anders als im Norden und Osten.

»Unsere Frauen bedeuten uns viel«, sagt er trotzig.

»Das verstehe ich.« Sein Kummer rührt Elisa.

Kurzes Schweigen. Neugierig sieht er Elisa an, offensichtlich hat er seine Trauer für den Augenblick vergessen. »Und ihr beide … habt ihr irgendwo ein Zuhause?«

Ah ja, natürlich. Das mußte ja kommen. Die Frauen. Männer ohne Frauen. Anderswo wäre das ein Skandal, wenn nicht gar ein Verbrechen. Hier gilt es als zumindest sehr sonderbar.

»Ja«, lügt Elisa. Eigentlich ist es ja auch nur halb gelogen.

»Und hast du deine Frauen dort zurückgelassen?«

Da haben wir's mal wieder. Elisa verzieht das Gesicht zu einem angemessen traurigen Ausdruck und schweigt einen Augenblick lang. Dann sagt sie mit abgewandten Augen: »Weder mein Freund noch ich können Kinder zeugen. Wir sind zu nah an der *Schlimmen Zone* geboren.« Sogar in dieser Lüge steckt ein Körnchen Wahrheit. Die STADT liegt unterhalb eines Gebiets mit hoher Mutationsrate.

»Oh«, sagt der junge Mann und zieht sich ein bißchen zurück. Dann schüttelt er den Kopf und murmelt voller Mitgefühl: »Verflucht sei das Übel.«

Elisa ergänzt die vertraute Litanei: »*Verflucht sei das Übel, das über die Menschen gekommen ist.*« Er scheint die Worte zu erkennen. Offensichtlich teilen die Leute hier die Mythen des Südens. *Der Teufel hat sein Reich bis in die Erdtiefen ausgedehnt, und eines Tages brach die Hölle los. Das Übel wandelte auf der Erde und führte die Menschen in*

Versuchung. Da ließ Gott in seinem Zorn die Erde erbeben und sich wider den Teufel und seine Jünger erheben, auf daß die Hölle erneut unter der Lava der Vulkane und den Wassern der Meere begraben werde und die Menschen heimgesucht würden bis zu den Kindeskindern der Kindeskinder der Kindeskinder.

Warum nicht? Auch das ist eine Deutung der Ereignisse – wenn auch eine, die die Verantwortlichkeiten ein bißchen durcheinander wirft und die Tatsachen auf den Kopf stellt: Die meisten der Übel haben die Menschen selbst in die Welt gesetzt, seine letzte Gestalt nahm das Böse in Form der unterirdischen STÄDTE an. – Aber zumindest verleiht der Mythos diesem gräßlichen Durcheinander einen tieferen Sinn. Die Menschheit kehrt zurück in die Obhut eines göttlichen Wesens, das weiß, was es tut.

Und Paul ist der Teufel.

Elisa will diesen Gedanken gar nicht erst hochkommen lassen und fragt: »Und was unternehmen die Priester dagegen?«

»Sie beten, genau wie wir.« Vielleicht merkt Vietelli junior selbst, wie respektlos das klingt, denn sofort ergänzt er: »Am Ende wird uns der Herr helfen. Der Teufel kann nicht siegen.«

Elisa, sag ihm, daß der Herr ihnen schneller helfen wird, als er denkt.

Elisa zieht die Augenbrauen hoch, dann legt sie dem jungen Mann eine Hand auf die Schulter: »Der Herr wird Euch schneller helfen, als Ihr gedacht habt.« Er starrt sie verwundert an. Sie sieht ihm ohne zu lächeln in die Augen, dann dreht sie sich um und will gehen.

»Eh, warte!« Sie wendet sich zu ihm um, er sieht verwirrt aus. »Ich… ich heiße Manilo. Manilo Vietelli«, sagt er schließlich. Das ist ganz bestimmt nicht das, was er sagen wollte. Elisa nickt und zieht sich in ihr Schlafzimmer zurück.

War es wirklich nötig, wieder die Gesandten Gottes zu spielen?

Diese Leute sind tief religiös, Elisa. Sie werden eher bereit sein, uns zu helfen, falls es hart auf hart kommt, wenn sie glauben, daß wir höheren Orts Freunde haben.

Warum sagen wir nicht einfach die Wahrheit?

Weil sie nicht die Vorstellungskraft haben, um es zu begreifen. Es würde viel zu lange dauern, alles zu erklären. Wir müssen jetzt schnell handeln, glaubst du nicht?

Aber ihren Aberglauben auch noch bestärken …

Lieber abergläubisch als tot, oder?

Darauf gibt es offensichtlich nichts zu entgegnen. Sie zieht ihren kurzen Kittel aus und legt sich auf den Rücken, die Arme hat sie unter ihrem Kopf verschränkt. Ihre Nasenlöcher weiten sich unwillkürlich, als sie den männlichen Geruch ihres Körpers wahrnimmt. Im Gemeinschaftsraum hat sie, genau wie alle anderen, ziemlich geschwitzt, um nicht aufzufallen. Sie reibt mit einem Finger über ihre Brust: Das Haar ist klebrig. Morgen braucht sie ein ausgiebiges Bad! Sie legt ihre Hände in gutem Abstand von ihrem Körper auf die Matratze und versucht sich zu entspannen, während sie wieder die Kontrolle über ihre Körpertemperatur übernimmt.

Morgen müssen wir einen Aufklärungsflug zur STADT *machen,* sagt Ostrer.

Mit dem Moddex? Er wird uns aufspüren.

Vielleicht hat er das schon.

Als sie neulich abend Malverdes Festung überflogen … – aber vielleicht waren ja auch keine Sensoren auf den Himmel gerichtet gewesen. Schließlich war Paul mehr als drei Jahre auf keinerlei Widerstand gestoßen, warum also sollte er jetzt Verdacht geschöpft haben? Gut möglich, daß er sie sogar völlig vergessen hatte. Trotzdem war es besser, das Schlimmste anzunehmen: Daß er sie nicht vergessen hatte. Daß er Ausschau nach ihnen hielt, auf ihre Rückkehr wartete. Daß er sehr wohl wußte, wer die anderen STÄDTE ausgeschaltet hatte. Daß er sie bereits lokalisiert hatte. Nicht zu vergessen: Sie hatten es mit einem Verrückten zu tun, einem hoffnungslos Verrückten. (Gräßlich verrückt, daran konnte es keinen Zweifel geben. »Wenn man Leichen findet, sind sie völlig ...« – Manilo hatte seinen Satz nicht vollendet, aber Elisa konnte sich den Rest zusammenreimen).

Elisa setzt sich auf, stützt ihr Kinn auf die Knie und beobachtet Ostrer, der im Dunkeln mit dem Moddex kommuniziert. Von seinem Körper geht ein schwaches Strahlen aus. Paul, immer noch am Leben? Aber in welchem Zustand? Sie hatte auf eine traurige, aber friedliche Rückkehr zur STADT gehofft. Nach mehr als vier Jahren war es ihr endlich gelungen, mit einer Art inneren Ruhe an Paul zu denken: Paul mußte tot sein, er war tot. Aber jetzt war er wieder lebendig, und sein Leben war schlimmer als jeder Tod. Er lebte und mordete. Man mußte *ihn* ausschalten, nicht nur die STADT. Ihn ausschalten.

Aber wie? *Ihn töten?* Elisas ganzer Körper wehrt sich gegen diese Vorstellung, aber sie zwingt sich, den Tatsachen ins Auge zu sehen. *Mit Sicherheit wird es nicht ohne Kampf abgehen. Er wird sich verteidigen und versuchen, uns zu töten Falls er uns schon lokalisiert hat, will er uns bestimmt so schnell wie möglich aus dem Weg räumen.*

Ostrer ...

Nicht sprechen, sagt Ostrer, und einen Moment lang fragt sie sich verwirrt, ob Ostrer plötzlich Gedanken lesen kann. Aber dann wird ihr klar, daß sie Ostrer ihre Gedanken und Ängste stimmlos, über das Implantat an ihrem Kehlkopf, mitgeteilt hat.

Spannend zu sehen, was er macht, wenn er uns lokalisiert hat, fährt Ostrer fort. *Auch wenn er gar nichts macht, heißt das nicht, daß er uns nicht gesehen hat. Wir müssen herausfinden, wie weit er gehen will und wie weit seine Krankheit fortgeschritten ist. Nach den Berechnungen des Moddex müßte er jetzt das letzte Stadium erreicht haben. Wie es aussieht, hat er sich bemerkenswert lange gehalten. Sogar jetzt hat er nur vorübergehende Anfälle von mörderischem Wahnsinn. In der übrigen Zeit hat er seine Paranoia anscheinend ganz gut unter Kontrolle, jedenfalls so gut, daß er komplizierte Unternehmungen durchführen kann, etwa die mit Malverde.*

In der Stimme, die der Sensor hinter Elisas Ohr überträgt, ist kaum eine Modulation erkennbar. Mit einer Mischung aus Faszination und Entsetzen hört Elisa Ostrers sachlichen Kommentaren zu. Wahrscheinlich, denkt sie, würde er selbst dann keine Gefühle äußern, wenn er laut spräche. Wie unmenschlich, künstlich die von Desprats entwickelte Simulation ist, merkt sie immer dann, wenn sie es mit richtigen Menschen zu tun hat.

Warum sollte er sich auch mit Emotionen belasten? Er ist darauf programmiert, Gefühle nur dann zu zeigen, wenn es unbedingt nötig ist. Und im Moment ist es nicht nötig. Tatsachen zusammentragen und bewerten, Schlüsse daraus ziehen und dann handeln – das ist jetzt nötig.

Du wirst morgen allein gehen, sagt Ostrer. *Es hat keinen Sinn, alles auf eine Karte zu setzen.*

Er fügt nichts mehr hinzu, statt dessen streckt er sich auf der Matratze aus und wartet. Das schwache Licht, das von seinem Körper ausstrahlt, verblaßt, erlischt beinah. Wieder einmal geht Elisa flüchtig der Gedanke durch den Kopf, daß man ihn, wenn er so daliegt, tatsächlich für einen schlafenden Menschen halten könnte. Aber innerlich spürt sie den Unterschied.

Morgen wird sie zum Aufklärungsflug starten. Klar. Vom Moddex aus kann sie sich verteidigen, falls die STADT angreift. Falls *Paul* angreift. Ostrer kann sich selbst und möglicherweise die Vietellis verteidigen, falls es zum Angriff auf die Gemeinschaft kommt. Andersrum würde es nicht klappen. Sie ist diejenige, die nachsehen muß, ob die STADT inzwischen auf die Abwehr unliebsamer Besucher programmiert ist.

Sie legt sich wieder hin, aber Angst und innere Spannung halten sie wach. Natürlich wäre ihr Körper in der Lage, diese Gefühle zu unterdrücken, aber das wäre Selbstbetrug. Nein, sie muß die eigene Angst akzeptieren und ihre Ursachen analysieren, sich zugestehen, daß sie auch nur ein Mensch ist. Wie bei hundert anderen Gelegenheiten in den letzten vier Jahren.

2

Nach ihrer Rückkehr aus der STADT läßt Elisa das Moddex auf dem kleinen See im Westen der Ortschaft und macht sich zu Fuß auf den Weg zu den Vietellis. Als sie näherkommt, runzelt sie erstaunt die Stirn: Auf dem Platz zwischen den Türmen hat sich eine große Menschenmenge versammelt. Je näher sie kommt, desto stärker spürt sie die Trauer, die diese Menschen wie eine dichte Nebelwolke umhüllt.

Trauer und Furcht.

Ostrer?

Aber sie ist noch zu weit weg, um über die Implantate Kontakt mit ihm aufzunehmen. Sie hastet weiter. Es müssen an die hundert Menschen sein, die ganze Gemeinschaft. Sie hört erstickte Schluchzer, aber keine Worte. Während ihres Aufklärungsflugs in die Umgebung der STADT hat sie via Moddex Kontakt mit Ostrer gehalten. Da war noch alles in Ordnung. Vom See hatte sie eine knappe Stunde bis hierher gebraucht. Was war in der Zwischenzeit passiert?

Ostrer.

Sie haben die Frauen gefunden. Du hast auf dem Weg hierher nichts gesehen?

Nein. – Tot?

Sehr.

Sie rennt auf die Versammlung zu. Köpfe drehen sich nach ihr um, als sie sich einen Weg durch die Menge bahnt. Schweigend läßt man sie durch. Auf dem Boden hat sich ein großer, dunkler Fleck ausgebreitet, eine Decke ist über zwei formlose Körper gebreitet. Sie hebt die Decke hoch und sieht zwei rote Klumpen. Einen Augenblick fühlt sie gar nichts und kann nichts mit diesen Klumpen verbinden. Dann wird sie von einer Welle der Übelkeit überschwemmt. Automatisch versucht sie, das Würgen zu unterdrücken. Wieder ist sie in dem blutbespritzten kleinen Zimmer. Wieder sieht sie das Ding im Rollstuhl, sieht den Boden, die Computerterminals, die Bildschirme. Sieht alles. »Sybille«, sagt sie laut.

Elisa, nimm dich zusammen! sagt Ostrer und faßt sie an der Schulter.

Diesmal gelingt es ihr, den Körper bewußt zu kontrollieren. Sie senkt ihren Adrenalinspiegel, verlangsamt ihren Herzschlag und sondert beruhigende Flüssigkeiten ab. Dann legt sie die Decke über die verstümmelten Körper und steht auf. In bewußt eisigem Ton fragt sie: »Wann? Wer hat sie zurückgebracht?«

Vor einer halben Stunde, setzt Ostrer an, aber jetzt meldet sich Carlo Vietellis dumpfe, traurige Stimme.

»Vor einer halben Stunde. Fast alle haben auf den Feldern gearbeitet. Nur ein Dutzend Frauen war hier. Sie sagen, erst war da gar nichts ... und dann plötzlich ... das da.«

Wahrscheinlich unter Drogen gesetzt, sagt Ostrer. *Ich war auch auf den Feldern. Die Sensoren sind mindestens zwanzig Minuten lang ausgefallen. Ich hab Vietelli gedrängt, nach Hause zu gehen, aber wir haben bei der Diskussion Zeit verloren und waren sowieso mehr als fünfzehn Minuten von der Siedlung weg. Sie wurden auf der Stelle umgebracht und verstümmelt. Alles in allem hat das weniger als zwanzig Minuten gedauert.*

Elisa blickt in die bleiernen Gesichter der Umstehenden und sieht ganz vorne Manilo stehen. Seine Augen sind geschlossen, sein Mund bewegt sich tonlos. Zwei Frauen knien neben ihm, eine dritte steht dabei – die junge Frau, die Elisa und Ostrer am Vorabend bedient hat. Sie starrt auf die blutdurchtränkte Decke. Ihr Gesicht ist sehr blaß, aber zeigt weder Furcht noch Abscheu, statt dessen starken, fast wahnsinnigen Zorn. Sie schaut hoch, als habe sie Elisas Blick gespürt.

Jetzt ist es Elisa, die wegblickt. In ihr steigt dieselbe Wut hoch, die sie in dem Mädchen verspürt.

Er weiß, daß wir hier sind, nicht?

Der Zeitpunkt und die Begleitumstände der Tat deuten darauf hin. Er hat uns eine Botschaft zukommen lassen. Ich glaube, es ist Zeit, ein Wunder zu vollbringen, Elisa.

Sie widerspricht nicht, sondern beginnt sofort damit, ihr Hautgewebe so zu verändern, daß es das von Ostrer ausstrahlende Licht reflektiert. Jemand bemerkt es, schreit halb auf und deutet mit dem Finger auf Elisa. Jetzt sind alle Augen auf sie und Ostrer gerichtet. Und sie spricht:

»Das Ende aller Übel ist gekommen. Dies sind die letzten Opferlämmer. Gott hat Eure Gebete erhört und uns zu Euch gesandt.«

Sie spürt die Hoffnung, die sie bei den Umstehenden weckt, spürt das Echo ihrer ehrlich gemeinten Worte in ihren Herzen. Es spielt keine Rolle, daß sie hier einen Schwindel inszeniert.

Das Moddex ist hier, sagt Ostrer. Ohne jedes Geräusch schwebt das Moddex über den Platz und glitzert wie eine zweite Sonne, eine Sonne, die nicht blendet.

»Der Herr hat seine Hand über Euch ausgestreckt«, sagt Elisa und zeigt nach oben. Atemlos hebt die Menge die Augen zum Himmel und fällt vor der Blutlache, die sich immer weiter ausgebreitet hat, auf die Knie.

Nur eine schaut nicht himmelwärts. Elisa begegnet ihrem intensiven Blick. Die Wut ist immer noch da, aber jetzt hat sie sich mit einer Bewunderung vermischt, die in ihrer Leidenschaft ähnlich beängstigend wirkt.

Die Bluttaufe, sagt Ostrers körperlose Stimme. *Sie werden sie brauchen. Wir müssen Malverde ablenken, während wir uns um die* STADT *kümmern.*

Sie brauchen einige Stunden, um den Vietellis zu erklären, was sie von ihnen erwarten. Schließlich dürfen sie ihre Glaubwürdigkeit als Gesandte Gottes nicht aufs Spiel setzen. Sie müssen die Sippe dazu bringen, gegen Malverde in den Krieg zu ziehen.

Als die Nacht hereinbricht, werden schließlich Kuriere damit beauftragt, die Nachbardörfer zu informieren. Sie haben die Anweisung, ihre Botschaften in gebührendem Abstand zu den Überwachungssensoren abzuliefern. Ostrer rüstet sie mit Detektoren aus, die aufleuchten, wenn Sensoren in der Nähe sind. Die Boten nehmen die ›unsichtbaren Dämonen‹, wie Elisa die kleinen Geräte nennt, bereitwillig entgegen: Sie halten sie für geweihte Amulette, weitere Erklärungen erübrigen sich.

Paul weiß auf jeden Fall, daß wir hier sind, gesteht Elisa sich ein. Er weiß, daß wir etwas vorhaben, wahrscheinlich sogar, was: die STADT ausschalten. Aber er weiß nichts über das WANN und WIE. In der Nähe der Sensoren sollen die Kuriere irreführende Bemerkungen fallen lassen, so daß Paul von einer gewaltsamen, selbstmörderischen Attacke gegen die STADT ausgehen muß. Vielleicht ist er verrückt genug, uns eine so sinnlose, dumme Operation zuzutrauen.

Aber bei dieser Rechnung gibt es mehrere unbekannte Variable: Bis zu welchem Grad ist Pauls Wahnsinn fortgeschritten? Hat er immer noch lichte Momente? Nach den Berechnungen des Moddex hat diese Ablenkungsstrategie – das Manöver gegen Malverde –

noch die beste Aussicht auf Erfolg. Die Frage des Zeitpunkts ist entscheidend. Malverdes Ommachs werden von der STADT gesteuert. Elisa und Ostrer müssen die STADT ausschalten, ehe es zu einem gräßlichen Massaker kommt.

Elisa wälzt sich auf ihrer Matratze hin und her. Die Hälfte dieser Menschen ist dem Tod geweiht. Sie wissen das so gut wie sie selbst, aber ihr Glaube gibt ihnen Kraft, und Rachelust treibt sie an. Nur sie hat nichts, was ihr Halt geben könnte, nichts als die Wahrheit: Gott und der Teufel, die morgen ihre Schlacht miteinander austragen, sind Menschen. Oder nicht einmal das. Gott ist das elektronische Gedächtnis eines Menschen, das man einer Maschine eingegeben hat.

Und sie selbst? Zumindest ist sie ein menschliches Wesen, wenn auch weder Mann noch Frau. Aber sie macht sich nichts vor: In diesem Spiel hat sie nur eine Nebenrolle. Auch ohne sie hätte Ostrer/Desprats Mittel und Wege gefunden, sein Ziel zu erreichen. Sowieso war es nicht ihre Idee gewesen, die STÄDTE auszuschalten, auch wenn sie den Plan jetzt zur eigenen Mission gemacht hat und bei dieser letzten STADT völlig mit Ostrer übereinstimmt.

Je näher das letzte Ziel rückt, desto dringlicher wird die Frage, was *danach* passieren soll. In der Außenwelt leben? Auf immer und ewig mit der Lüge leben? Unmöglich, als Frau in der Außenwelt zu leben, so viel ist ihr inzwischen klar. Alles, was sie in dieser Hinsicht in den letzten vier Jahren erlebt hat, konnte ihre Angst, ihren Ekel, ihre Wut nur bestärken. Was soll sie tun? In der Außenwelt kann sie nicht als Frau leben, aber mit ihrem männlichen Körper kommt sie nach wie vor nicht klar.

Wir haben Besuch, sagt Ostrer.

Kurz darauf klopft es an der Tür: Es ist die junge Frau, die ihr schon am Nachmittag so aufgefallen ist. Judith, Manilos jüngste Frau. Sie hat ihr blondes Haar gelöst und trägt ein lockeres Hemd. In der Hand hat sie eine Flasche und drei Weingläser.

Elisa beobachtet sie verblüfft, registriert das Gefühlschaos, dessen Ursachen schwer auszumachen sind. Zum einen ist da immer noch die Wut ... offensichtlich typisch für Judith. Aber es schwingt noch anderes mit. Elisa weiß, daß sie feine Gefühlsnuancen nicht intuitiv erfassen kann. Ihre Fähigkeit beschränkt sich darauf, die großen universellen Gefühle aufzuspüren: Freude, Schmerz, Sehnsucht, Angst, Liebe, Haß. Aber alles Subtile, alles Individuelle, das die eigentliche Persönlichkeit eines Menschen ausmacht, entgeht ihr. Eines ist jedoch nicht zu übersehen: Judith ist furchtbar nervös, trotz der Gelassenheit, die sie zur Schau trägt.

»Was ist passiert, Judith?« fragt Elisa vorsichtig.

Ohne Antwort zu geben, stellt die junge Frau die Gläser auf den Boden und schenkt ein.

»Du hast doch was auf dem Herzen!«

Judith schrickt auf und blickt Elisa an. Im flackernden Kerzenlicht sehen ihre Pupillen riesig aus, ihre Augen wirken sehr dunkel in dem zarten, ovalen Gesicht mit der hohen Stirn und den vollen Lippen. Der Gesichtsausdruck läßt sie älter erscheinen, als sie wirklich ist. Sie sagt nichts. Statt dessen hält sie Elisa, die automatisch zugreift, ein Glas hin und reicht auch Ostrer eines, das er nach kurzem Zögern annimmt.

»Auf alle, die bald sterben werden.« Judith hebt ihr Glas, stürzt es mit einem Zug hinunter und sieht Elisa an. »Morgen werden viele sterben, nicht wahr?« Ist das als Vorwurf gedacht?

»Das ist den Männern vom Schicksal auferlegt«, murmelt Elisa nicht sehr überzeugend.

»Nicht nur den Männern!« Judith hat sich auf die Fersen gehockt und die Fäuste geballt. »Auch wir können sterben! Auch wir können töten! Sag ihnen, sie sollen uns morgen kämpfen lassen – jede Frau, die will. Wenn wir stark genug sind, Steine zu schleppen und auf den Feldern zu arbeiten, dann sind wir auch stark genug zu kämpfen!«

Durchaus eine Idee, sagt Ostrer. *Je mehr Leute, desto besser.*

Äxte und Messer gegen eine ausgeklügelte Tötungsmaschinerie!

Es macht dir ja anscheinend auch nichts aus, daß die Männer kämpfen. Und die sind für die Gemeinschaft viel wichtiger als die Frauen. Wenn die Frauen unbedingt wollen – warum denn nicht?

Sprachlos starrt Elisa Ostrer an. Mit glühenden Wangen leert sie ihr Glas. Was ist nur mit ihr los? Ostrer hat völlig recht. Je größer die Zahl der Angreifer, desto glaubwürdiger das Ablenkungsmanöver. Aber *Frauen* in den Kampf ziehen lassen … warum eigentlich nicht? Auch Judith hat recht. Ganz sicher können sie mit ähnlicher Energie wie die Männer kämpfen, selbst wenn sie weniger Erfahrung haben. Sie können sich genauso wie die Männer *abschlachten* lassen!

Ist es das, was sie an diesem Vorschlag so abstößt? Warum reagiert sie dann anders, wenn Männer betroffen sind? Was soll das? Hat sie sich schon so an ihren männlichen Körper gewöhnt, daß sie jetzt auch schon so denkt wie die Männer der Außenwelt? Die Vietellis haben nie daran gedacht, Frauen in den Kampf zu schicken, es geht gegen ihre Tradition. Auch ihr selbst ist es nicht in den Sinn gekommen, so hat sie sich mit den Einstellungen und Vorurteilen der Sippe identifiziert. Dabei hat nicht die Sippe recht, sondern Ostrer: Auf Frauen kann man verzichten. Auf Männer nicht.

Warum lassen die Männer der Außenwelt ihre Frauen nicht in den Krieg ziehen? Es muß nicht unbedingt an ihrer ›ritterlichen‹ Haltung liegen. Sklavinnen gibt man keine Waffen, sie könnten sonst auf ›dumme Gedanken‹ kommen. Denn auch in dieser Region gelten die Frauen als minderwertig, wenn sie auch besser behandelt werden als im Norden oder Westen, wo man sie für die Katastrophen verantwortlich macht, wo man behauptet, sie seien mit dem Teufel im Bunde. Gottes Fluch, so glaubt man dort, hat nicht die ganze Menschheit, sondern nur die Frauen getroffen. Die Frauen und ihre Nachkommen. Als die Zeit der Übel anbrach, so heißt es in den Neuen Evangelien, weigerten sich die Frauen, der Menschheit neues Leben zu schenken, denn sie wollten sein wie die Männer. Also strafte sie der gerechte Gott und verurteilte sie dazu, eine Überzahl von Mädchen zu gebären. Und sie gebaren Sklavinnen, wie sie auch selbst als Sklavinnen dienen mußten.

Besonders militant waren die frauenfeindlichen Aktionen im Norden und Westen. Dort hatten auch die ersten Massaker stattgefunden, als Europa seinen gesellschaftlichen und wirtschaftlichen Zusammenbruch erlebte.

Aber was nützt es ihr, dem überlieferten Mythos und seinen Wurzeln nachzuspüren? Was zählt, ist die Realität. Sie hat es jetzt mit einer Frau zu tun, die Tag für Tag die höchst realen Konsequenzen am eigenen Leib erfährt – wenn die Lage der Frauen hier im Süden auch anders ist als im Norden und Westen. Das liegt nicht zuletzt daran, daß der Feminismus in dieser Region nie richtig Fuß gefaßt hat. In der Mythologie heißt es dazu: Die Frauen, die ihre Sünden bereuten, halfen den Männern, gegen den Teufel zu kämpfen.

Aber selbst wenn man zugesteht, daß ihre Lebensbedingungen hier nicht ganz so gräßlich sind wie im Norden, bleiben die Frauen doch Sklavinnen. »Ich befahl meiner Dienerin ›Komm her!‹, und sie kam; ›geh!‹, und sie ging«, heißt es in der Neuen Bibel. *Diener* kommen in den neuen Evangelien gar nicht mehr vor, selbst das Wort ist aus der Bibel verschwunden. Frauen gelten als minderwertig, als Objekte, mit denen man so umspringen kann, wie man gerade Lust hat.

»Eine gute Idee«, hört Elisa sich selbst sagen.

Eine gute Idee? Noch mehr Menschen in den Tod schicken? Ja, wenn es das ist, was sie wollen. Wenigstens einmal im Leben sollen alle, die es können, ihr Schicksal selbst bestimmen. Wer weiß? Vielleicht bringt die gemeinschaftliche Bluttaufe das Verhältnis der Geschlechter in Bewegung?

Mit glänzenden Augen richtet Judith sich auf. »Sagst du es ihnen?«

»Morgen früh. Und wir schicken die Botschaft auch in die anderen Dörfer.«

Ja. Als Befehl des Herrn, dem ohne Widerrede zu gehorchen ist.

Einen Augenblick lang bleibt Judith wie angewurzelt sitzen, dann greift sie zur Flasche und füllt die Gläser nach.

»Willst du sterben, Judith?« fragt Elisa sanft, nachdem sie – diesmal ohne Trinkspruch – angestoßen und getrunken haben.

»Nein.« Sie betrachtet ihr leeres Glas. »Aber wenn wir Malverde und seine Dämonen nicht angreifen, werde ich auf jeden Fall sterben. Lieber sterbe ich im Kampf als … ich will nicht wie Carla oder Sentina sterben.« Ein Schauer fährt durch ihren Körper. Jetzt wirkt sie nicht mehr aufgeregt, sondern sehr verletzlich, sehr jung.

Elisa faßt sie an der Schulter. Bei der Berührung hat sie seltsame, aber nicht unangenehme Empfindungen.

»Du wirst nicht sterben, Judith.«

Wie will sie das wissen? Plötzlich würde sie alles darum geben, das Leben dieses Mädchens zu beschützen. Sie kann sie nicht gegen Malverde kämpfen lassen. Sie wird Judith mit ins Moddex nehmen. Von brennendem Mitleid überwältigt, das ihr Tränen in die Augen schießen läßt, streichelt sie Judiths Schulter. So jung, so schön. Sie *ist* schön, wie sie da mit ihrem glatten langen Haar, mit ihren entblößten Schultern vor ihr sitzt.

Ostrer steht auf.

»Wo gehst du hin, Ostrer?«

Ich laß euch allein.

Was hat er denn? Nichts. Er ist eine Maschine mit dem Gehirn einer Maschine. Judith dagegen ist sehr real, sehr menschlich. Elisa merkt, daß ihre Hand immer noch auf Judiths Schulter liegt und zieht sie zurück. Sie muß sich zusammenreißen, ihr Mund ist trocken, ihre Muskeln angespannt. Was ist mit ihr los?

Eine Erektion!

Sie lacht hysterisch los, sie kann nicht anders. Eine Erektion! Ausgerechnet jetzt! Gut angepaßt an die Männerwelt, weiß Gott! Wenn das kein Beweis ist. Abrupt dreht sie sich weg, sie ist wütend.

Judith starrt sie an. »Manilo hat's erlaubt«, murmelt sie. »Wenn Reisende kommen, ist es bei uns so üblich.«

Selbstverständlich. Es erweitert ja auch die genetische Basis.

»Hat Manilo dir nicht gesagt, daß ich keine Kinder haben kann?« Wieder muß Elisa lachen. »Jedenfalls habt ihr wohl beide übersehen, daß ich kein Mann bin.« Wirklich zu komisch. Zum ersten Mal ist sie völlig ehrlich, und Judith faßt es ganz anders auf.

»O doch, ihr seid Männer«, entgegnet Judith mit eigensinnigem Lächeln.

»Wir haben nur männliche Gestalt angenommen«, sagt Elisa feierlich. In gewisser Hinsicht ist sie froh, daß sie jetzt wieder in die Rolle des göttlichen Boten schlüpfen kann.

»Nein. Es gibt keinen Gott«, sagt Judith trotzig, aber ihr Gesicht straft ihre Dreistigkeit Lügen. Elisa mustert sie, ohne etwas entgegenzusetzen. Einerseits ist die Situation nicht ohne Komik, andererseits empfindet sie Judiths körperliche Nähe als beunruhigend. Trotz all ihrer Bemühungen ist die Erektion immer noch da. Daß sie ihren Körper kaum noch unter Kontrolle hat, sollte eigentlich Grund zur Sorge sein. Aber sie kann nur an Judith denken.

»Siehst du? Wenn es einen Gott gäbe, hätte mich jetzt der Blitz getroffen«, stellt Judith fest, klingt aber auch irgendwie erleichtert. Elisa muß wieder lachen. Wie alt ist das Mädchen? Achtzehn? Zwanzig? Wahrscheinlich sogar jünger. Sie will gegen den Teufel kämpfen und glaubt nicht an Gott. Das Mädchen hat wirklich Nerven!

Judith grinst und streichelt Elisas Wange. »Es gibt keinen Gott«, wiederholt sie leise. »Und ihr seid keine Boten Gottes. Ihr beide seid Männer. Auch Malverdes Dämonen sind Männer, ist doch klar. Allerdings haben sie Fähigkeiten und Waffen, mit denen wir nicht vertraut sind. Mehr steckt nicht dahinter. Ihr müßt wohl ähnlich ausgerüstet sein, wenn ihr das Übel mit der Wurzel ausrotten könnt, wie ihr behauptet. Aber ihr seid Männer. Alle beide.«

Ihr Blick verhärtet sich wieder. »Männer. Manche sind wirklich Schweine«, sagt sie mit zusammengebissenen Zähnen. »Nicht alle. Bei uns sind sie nicht so schlimm. Manilo ist nicht schlimm. Aber da, wo ich herkomme, sind sie Schweine. Ich komme aus dem Norden. Schweine. Morgen brecht ihr doch in den Norden auf, nicht? Die Wurzel aller Übel liegt im Norden, das hab ich immer schon gewußt.«

Während sie redet, streichelt Judith Elisas Gesicht, Hals und Schultern unter dem lose fallenden Hemd. Elisa nimmt ihre Hände, gleichzeitig versucht sie, ihre Erektion zu unterdrücken.

»Judith, du hast zu viel getrunken.«

Was sanft klingen sollte, kommt heiser und völlig unkontrolliert heraus.

»Nein. Ich will es. Manilo ist einverstanden. Aber selbst, wenn er anders reagiert hätte, wäre ich zu dir gekommen.« Während sie Elisa mit einer Hand weiter streichelt, schnürt sie mit der anderen Elisas Hemd auf. »Ich will es. Wenigstens einmal will ich jemanden, den ich mir selbst ausgesucht habe. Dich, Hanse. Weil du gut bist, weil du tapfer bist. Weil du schön bist. Und weil mich diesmal keiner dazu *zwingt*.«

Elisa umfaßt Judiths Schultern. In ihrem Kopf dreht sich alles, und irgendwie macht ihr der Verlust der Körperkontrolle immer noch zu schaffen. Aber wichtig ist jetzt nur Judith, ihre Nähe, ihre Leidenschaft.

»Bist du sicher, daß du wirklich willst?«

»Ich bin ... ich bin nicht unfruchtbar, Judith.« Wollte sie das wirklich sagen? Elisa weiß es nicht mehr.

»Um so besser. Vielleicht bekomme ich dann auch noch das Kind, das ich mir wirklich wünsche.«

Elisa streichelt das glühende Gesicht, das Judith ihr entgegenhebt. Das Leben selbst bestimmen, das will sie genauso wie Judith. Wie könnte sie es ihr verweigern? Zumal sie selbst ja will ... sie will mit Judith schlafen. Ausgerechnet jetzt, nach all diesen Jahren? Aber jetzt ist sie dazu bereit, es ist die normalste Sache von der Welt. Schließlich ist sie immer noch sie selbst, Elisa. Was spielt es schon für eine Rolle, mit welchem Geschlecht sie ihre Lust befriedigt. Sie will diese Lust nicht unterdrücken, kann es vielleicht auch gar nicht. Wie in einem Traum fühlt sie gleichzeitig Angst und Erregung. Merkwürdig ... Oder liegt es einfach daran, daß sie zum ersten Mal seit vier Jahren wieder Lust empfangen und geben will?

So also reagiert der männliche Körper darauf? Der Unterschied ist gar nicht so groß, allerdings weiß sie nicht mehr genau, wie es früher war, als Frau. Vielleicht will sie sich auch gar nicht erinnern. Ihre Hände gleiten über Judiths Hals und Schultern, legen sich um eine der Brüste. So also fühlt es sich an, den Körper einer anderen Frau zu berühren. Judith schlingt Elisa einen Arm um den Hals und küßt sie. Elisa erschrickt ein bißchen und reagiert zuerst gar nicht. Aber dann überschwemmt eine Welle der Erregung ihren Körper, von der Leistengegend bis zum Hals, eine Welle intensiver, fast schmerzlicher Lust, und sie nimmt Judith in die

Arme. Das Atmen fällt ihr schwer, und sie würde am liebsten weinen. Der Körper dieser Frau ist gleichzeitig fremd und vertraut, so warm an ihrem eigenen, so *lebendig.* Vielleicht sind wir morgen tot aber jetzt leben wir vielleicht werde auch ich morgen sterben aber jetzt sind wir hier jetzt und wir sind eins du und ich und ich verstehe dich so gut und ich achte dich du kleine Wilde und ich liebe dich und es ist völlig egal daß mein Körper eigentlich gar nicht meiner ist das was ich dir durch meinen Körper sage kommt aus mir selbst das bin ich Elisa oder Hanse ganz egal die Lust ist Lust so einfach ist das und die Liebe ist Liebe oh du bist so weich und glatt und fest und dein Mund und dein Atem deine Zunge sind so lebendig dein Körper ist so lebendig und in dir auf dir bewege ich mich lebendig lebendig in dir warm und weich ein offener Mund oh ja verschlinge mich ganz und gar komm nimm mich komm beschütze mich komm komm *oh Paul!*

3

Sie träumt, daß sie aufwacht, aber sich nicht mehr bewegen kann. Ihr Körper ist gelähmt, sie kann die Lider nicht heben. Irgend jemand ist da, sie fühlt seine Gegenwart, ganz in der Nähe. Sie sagt sich, daß sie wach sein muß, daß niemand da ist, daß sie sich gleich bewegen wird, gleich. Aber das ›gleich‹ zieht sich immer weiter hin, und sie kann sich zu keiner Bewegung aufraffen, ihre Angst ist zu groß. Sie lauscht, hofft, daß die Ohren ihr bestätigen, daß niemand im Zimmer ist. Hat sich die Stille nicht unmerklich verändert, war da nicht ein kaum hörbares Geräusch, ein Atmen, ein ETWAS*?*

Sie wacht auf. Und da ist jemand.

Judith?

Jemand anderes. Jemand, der ihr vertraut ist, den sie aber trotzdem nicht wiedererkennt. Eher als ihr Gehirn signalisiert ihr Körper: Angst.

»Wach auf, Elisa.«

Paul.

Paul, der an der Wand neben der geschlossenen Tür lehnt. Gekleidet wie ein Mann der Vietelli-Sippe. Kein bißchen verändert: blondes Haar, glattes Gesicht, graublaue, immer noch hellwache Augen. Immer noch das alte Lächeln, mit leicht gesenktem, leicht gedrehtem Kopf, so daß seine Augen zur Seite blikken. Irgend etwas hält er in den Händen und knetet es in Gedanken versunken, während er Elisa betrachtet.

Ostrer! Ostrer?

»Hallo, Elisa«, sagt Paul. Seine Stimme klingt entspannt, angenehm, fast übermütig, so als habe er ihr gerade einen tollen Streich gespielt. Und er spricht Litali, die Sprache der Gemeinschaft.

Elisa setzt sich langsam auf und wirft einen Blick auf Judith.

Das Mädchen sitzt auf der Matratze, ihren Rücken hat sie gegen die Wand gelehnt, die Hände ruhen auf den Schenkeln, ihre Augen blicken starr.

»Kümmer dich nicht um sie. Sie kann sehen und hören, aber sie wird sich nicht bewegen, bis ich es ihr erlaube.«

Unter Drogen gesetzt? Hypnotisiert? Auch Elisa lehnt sich jetzt gegen die Wand, spürt die kalte, rauhe Oberfläche an ihrem Rücken. Sie blickt Paul an. Das Zimmer ist so klein, daß sie ihn im Licht, das vom Fenster kommt, deutlich sehen kann, obwohl er an der Wand gegenüber lehnt. War er immer schon so groß? Er hat ein bißchen abgenommen. Unverändert, sogar jünger! Wie ist das möglich? Und ruhig. Er ist so ruhig. Es besteht keine unmittelbare Gefahr. Ostrer. *Ostrer?* Nichts. Was hat Paul ihm angetan? Und wie?

»Elisa. Wie dumm von dir, einfach so wegzulaufen. Wo soviel Arbeit auf uns wartet. Ich brauche dich, weißt du.«

Soll sie ihn reden lassen und darauf warten, daß jemand …

»Ich wußte nichts von deiner Absicht, der Außenwelt so schnell zu helfen.« Gut. Seine Stimme ist gelassen, bedächtig. »Und auf diese Weise!«

»Nur Verrückte ändern ihre Meinung nie, wie du ja weißt«, fährt er fort und zwinkert ihr zu. »Je schneller sie vereinigt sind, desto eher werden sie sich entwickeln. Kurtess im Nordosten, Malverde im Süden, und bald wird es auch im Westen und Südwesten nur noch einen einzigen Führer geben. Dann wird der Stärkste den Sieg davontragen. Wußtest du eigentlich, daß das Steuern sozialer Prozesse genauso faszinierend ist wie die Genmanipulation? Desprats hätte weitermachen sollen.« Jetzt läßt er den neckischen Ton fallen und wird ernst. »Aber nicht deshalb brauche ich dich, Elisa, wie du ja sicher weißt. Vor allem brauche ich mal *dich.*« Er lächelt sie zärtlich an, und seine Zärtlichkeit ist echt, das spürt sie. »Und dann, Elisa, deine Fähigkeit! Die völlige Metamorphose! Damit kann man ganz außerordentliche Dinge anstellen. Ist dir klar, daß das die Antwort auf unsere ungelöste Frage ist? Die Verteilung der Geschlechter? Das Problem ist aus der Welt, Elisa. Deine bloße Existenz hat es in Luft aufgelöst. Ob Frau, ob Mann – alles kein Problem mehr. Jeder wird, was er will. Hervorragend!«

Er überschlägt sich fast vor Begeisterung. Sie beobachtet ihn mit zusammengeschnürter Kehle.

»Nein«, sagt er, »all diese kleinen Abenteuer mit den Barbaren waren eigentlich nur ein Zeitvertreib. Ich hab darauf gewartet, daß du zurückkommst, Elisa. Auf dich kommt es an, in jeder Hinsicht.«

Es ist aufrichtig gemeint. Sie spürt, er glaubt tatsächlich, was er sagt. Sie kann sich nicht irren, es ist zu offensichtlich. Hat er gerade einen lichten Moment? Oder ist er verrückter denn je? Er redet so, als sei … als sei nichts passiert, als könnten sie den Raum als die besten

Freunde verlassen. Elisa versucht, ihre verzweifelte Angst in den Griff zu kriegen.

»Was hast du mit Ostrer gemacht?« fragt sie, als sie wieder bei Stimme ist.

»Desprats? Oh, nichts. Ich hab jetzt mobile Störer. Du wärst bestimmt überrascht über all die kleinen Tricks, die ich austüfteln mußte, um diese Barbaren zu bearbeiten.« Er deutet mit dem Kinn auf Judith. »Sofort wirkende Hypnose, zum Beispiel. Ein kleiner Cocktail aus leichten Halluzinogenen.«

»Und die anderen?«

»Schlafen den Schlaf der Gerechten. Doppelt gerecht, da sie ja bald in den Heiligen Krieg ziehen.« Er lacht. »Die Boten des Herrn! Darüber hab ich wirklich herzlich gelacht, Elisa. So gut hab ich mich schon lange nicht mehr amüsiert. Weißt du, in den letzten vier Jahren war immer alles ein bißchen zu einfach. Die letzten drei Tage dagegen mit euch... ihr seid wenigstens ebenbürtige Gegner!«

»Dies ist kein Spiel, Paul!« Elisa hört selbst, wie schwach ihr Einwand klingt.

Er hört auf, das Ding in seinen Händen zu kneten und mustert sie böse mit immer noch schräg geneigtem Kopf. »Ach wirklich? Komm schon, Elisa, es kann doch nicht dein Ernst sein, diese Leute zu Malverde zu schicken, damit sie sich umbringen lassen. Findest du nicht, daß das ein bißchen zu weit geht? Jedenfalls hat sich das Desprats ausgedacht. Ihm liegt nicht das kleinste bißchen an den Leuten, er will nur seinen eigenen Plan durchziehen. Du weißt genau, daß sie gegen die Ommachs keine Chance haben. Es wäre ein völlig sinnloses Abschlachten.«

Ein sinnloses Abschlachten. *Er sagt das?* Elisa schluckt die Antwort, die sie auf den Lippen hat, hinunter. Sie zieht ihre Knie an die Brust und schätzt die Entfernung zwischen sich und Paul ab. Würde sie Zeit haben, ihn zu überwältigen? Er ist wirklich sehr groß, aber er ist nicht bewaffnet. Es sei denn, das Ding in seinen Händen... sie muß die Ruhe bewahren. Ihn mit leichtem Plaudern einlullen, am Reden halten. Und während der Unterhaltung beiläufig aufstehen und zu ihm hinübergehen.

»Was hältst du da?« fragt sie so unschuldig wie möglich. Paul ist ein bißchen verblüfft über den plötzlichen Themenwechsel. Er betrachtet seine Hände, grinst und hält Elisa das Ding hin. Es ist eine Maske aus synthetischem Fleisch, perfekt, vom lockigen roten Haar bis zu den braunen Augen. Zuerst erkennt Elisa das verzerrte und leere Gesicht gar nicht, aber dann geht ihr die Ähnlichkeit auf: Manilo.

Sie unterdrückt ihren Ekel und fragt nach kurzer Pause: »Wann?«

Paul lacht selbstzufrieden. »Der Kontakt mit Desprats hat dich wirklich ganz schön einsilbig gemacht, Elisa. Keine überflüssigen Phrasen, kein Herumschleichen um den heißen Brei, nein, du kommst gleich zur Sache. Wann. Gestern nachmittag, als er vom großen Kriegsrat heimkam.«

Er betrachtet sie aufmerksam, lächelt, läßt sie die auf der Hand liegenden Schlüsse ziehen. Nach dem Mord an den beiden jungen Frauen hat er sich versteckt. Er kennt ihren Angriffsplan ganz genau. Und Manilo...

»Eigentlich wollte ich dich nur holen. Während der Nacht. Aber als die da ihren Mann gesucht hat, konnte ich nicht widerstehen. Ich hab sie mit einem kleinen Aphrodisiakum zu dir geschickt. Es war zu komisch. Und auch interessant.« Er läßt seine Augen über Elisas Körper wandern. »Wirklich faszinierend. Ein männlicher Körper, der ausgezeichnet funktioniert. Ich hab dich noch nie auf diese Weise... ah... funktionieren sehen. Eindrucksvoll. Wirklich faszinierend.«

Gibt es hier Sensoren? Ostrer hat keine gefunden! Sie beißt die Zähne zusammen und wird vor Wut rot.

Paul hat ihren Zorn gar nicht bemerkt und fährt fort:

»Du hast mir bestimmt eine Menge zu erzählen. Du kennst beide ... wie soll ich's ausdrücken ... beide Seiten der Medaille. Sicher verstehst du mich jetzt viel besser. Ach, Elisa, wir werden tolle Dinge miteinander tun. In der STADT werden wir jede Menge Zeit haben, darüber zu reden.«

Er entfernt sich von der Wand, sie steht auf. Jetzt? Aber er betrachtet sie mit gerunzelter Stirn. »Du bist doch nicht sauer, daß ich dir ein bißchen Sand ins Getriebe gestreut habe, oder? Du gibst mir doch recht, daß der Angriff auf Malverde eine Schnapsidee ist, nicht?« Er wirkt echt bekümmert. Plötzlich hellt sich sein Gesicht auf.

»Was bin ich doch für ein Idiot. Du wolltest natürlich sehen, wie die Frauen sich schlagen. Ich gebe zu, das wäre wirklich ganz interessant zu sehen. Ich war immer schon der Meinung, daß Frauen blutrünstiger sind als Männer. Daran haben bestimmt auch die fast zweihundert Jahre Sklaverei nichts geändert. Selbst bei diesen Frauen nicht, wenn man danach geht, was das Mädchen da gestern abend alles dahergeredet hat.« Nachdenklich knetet er das elastische Fleisch der Maske: »Klar, in gewisser Hinsicht wäre es ganz nützlich. Würde ihnen zeigen, was Sache ist. Für die Unzufriedenen ein Dämpfer mit Langzeitwirkung. Und es gäbe weniger Frauen.«

Elisa kann kaum glauben, was sie da hört, gleichzeitig hat sie furchtbare Angst. In den letzten paar Sekunden hat sich ein unangenehmer Unterton in Pauls wohlwollende Gelassenheit geschlichen.

»Weniger Frauen«, wiederholt er und dreht an der Maske. »Das ist das Problem der Außenwelt. Zu viele Frauen. Sie eliminieren zu wenige bei der Geburt. Und hier im Süden werden sie zu gut behandelt, sie überleben zu lange. Je länger sie leben, desto mehr Mädchen setzen sie in die Welt. Ein Teufelskreis. Man sollte sie eliminieren, ehe sie Kinder kriegen. Natürlich nicht alle, aber in gewissen Zeitabständen. So wie Unkraut.«

Er wirkt jetzt größer, robuster, und die Wolke dumpfer Gefühle, die ihn umgibt, wird immer dichter. Elisa denkt nicht mehr an ihren Plan, Paul zu überrumpeln. Sie starrt ihn ebenso entsetzt wie ungläubig an. Ist das sein Wahnsinn – der Haß auf alle Frauen? Wenn er Frauen tötet, redet er sich dann ein, er löse das Problem der weiblichen Überbevölkerung? Vielleicht weiß er nicht einmal, *wie* er sie umbringt.

Plötzlich versteht sie, was Ostrer ihr so oft gesagt hat: »Paul ist tot, Elisa.« Es stimmt. Paul, der Paul, den sie kannte und liebte, ist tot – falls er jemals existiert hat. Als sie damals entdeckt hatte, wer Paul wirklich war, hatte sie sich selbst was vorgemacht, hatte glauben wollen, sie könne ihn trotz allem lieben und verstehen. So als sei er nur komplizierter und *realer* als der Paul, den sie bis dahin gekannt hatte. Aber selbst dieser Unbekannte, den sie lieben und unterstützen wollte, ist jetzt verschwunden. Übrig sind nur noch ein paar Spuren, wie Treibgut nach einem Schiffbruch. »O Paul«, murmelt Elisa voller Kummer und Mitleid.

Er sieht sie an, holt tief Luft und bringt ein kleines entschuldigendes Lächeln zustande. »Ja, das ist wirklich ein Problem. Aber mit dir ist die Lösung jetzt greifbar nah. Komm schon, wir müssen hier weg, ehe diese Leute aufwachen. – Aber du hast recht, wir lassen ihnen ihre Schlacht. Allerdings werde ich die Ommachs so programmieren, daß der Schaden sich in Grenzen hält. Auch deinen Ostrer werden wir neu programmieren, er wird den Angriff leiten. Den Angriff mit den Frauen. Schließlich führt er ja nur den Befehl Gottes aus, nicht wahr? Komm jetzt!«

Sie rührt sich nicht. Unfähig, eine Entscheidung zu treffen, überlegt sie, was sie tun soll. Mit ihm diskutieren? Unmöglich. Ihm folgen und auf die passende Gelegenheit warten, ihn anzugreifen?

Stirnrunzelnd sieht er sie an: »Also, was ist?«

»Ich wüßte gern, wie du's geschafft hast.« Sie merkt selbst, wie blödsinnig das klingt.

»Später!« Paul zieht sie ungeduldig hoch. Unwillkürlich schreckt sie zurück. Erst ungläubig, dann mißtrauisch starrt er sie an. »Willst du etwa nicht mit?« zischt er böse. »Hab ich mich so in dir getäuscht? Hast du überhaupt nichts kapiert? Bist du immer noch der sentimentale kleine Schwachkopf wie vor vier Jahren? Ich hatte gehofft, nach all der Zeit wärst du jetzt endlich erwachsen! So dankst du es mir also, daß ich dich hab gehen lassen, daß ich meine ganze Forschung wegen dir vertagt habe?«

Er tobt. Elisa hat furchtbare Angst. Instinktiv zieht sie sich an die Wand zurück. Pauls Gemütszustand wirkt auf sie wie ein wirbelnder Flammensturm, wie ein gewaltiger Orkan, der lautlos alles niederbrennt.

»Vielleicht ist dir deine Männlichkeit zu Kopf gestiegen. Aber sie hat nichts zu sagen, Elisa. Rein gar nichts. Du kannst dich ja nicht mal nach eigenem Willen verwandeln, du brauchst den ganzen Zirkus dazu: Trance, post-hypnotische Suggestion. Du hast dich selbst überhaupt nicht im Griff. Ganz und gar nicht. Du mußt schon mit mir kommen, wenn du deine Fähigkeit wirklich steuern lernen willst. So wie ich dir beigebracht habe, deine Regeneration zu steuern. So ist es doch, oder nicht? Du bildest dir ein, du seist ein Mann? Du glaubst, du bist jetzt wer?« Er steigert sich immer mehr in seine Wut. »Hanse, was? Du hast 'nen Schwanz, du bumst Frauen und hältst dich für ganz toll! Das heißt gar nichts, Elisa, nicht so viel! Du hast überhaupt nichts im Griff. Aber was du nicht schaffst, schaff ich bei dir mit links, nämlich *so!*«

Er schnippt mit den Fingern.

Ein Zucken geht durch Elisas Körper, das Gefühl gleicht dem, das man im Schlaf bei Fall-Träumen erlebt. Sie empfindet ein Prickeln, ein Kribbeln ... nein, starke

Hitze und ... sie hat das Gefühl auszulaufen. Die Vorstellung, Flüssigkeit zu verlieren, ist so stark, so intensiv, daß sie angeekelt an ihren Schenkeln hinunterblickt. Hat sie die Kontrolle über ihre Blase verloren? Ihr Penis schrumpft nach und nach. Ihr Brusthaar verschwindet, sie entwickelt Brüste. Ihr ganzer Körper bildet sich um: das Fleisch, die Muskeln, das Hautgewebe. Arme, Rücken, Schenkel, Bauch ...

Bestürzt versucht sie, diesen Prozeß zu bremsen und ihren Körper, der sich gegen ihren Willen wandelt, unter Kontrolle zu bringen. Aber sie kann es nicht, kann es einfach nicht! Ihr Körper gehorcht ihr nicht! Es muß eine Erklärung dafür geben! Sie berührt ihren veränderten Körper und erkennt ihn wieder. Aber das ist unmöglich!

»Ja, Elisa, du bist es.« Pauls Stimme klingt jetzt freundlich. »Das bist du wirklich. Du weißt es genauso gut wie ich. Wer weiß es besser als ich? Ich habe dich geschaffen, Elisa, ich habe dich als Frau geschaffen. Du gehörst mir. Du kannst nur mir gehören, nur mit mir zusammensein. Du siehst: Kaum bin ich da, bist du wieder du selbst.«

Sie berührt sich wieder, betrachtet ihren Körper, die vollen Brüste, die gerundeten Schenkel. *Das bin ich nicht.* Das ist die andere Elisa. *Das bin ich nicht.*

Ihre Panik verflüchtigt sich. Es muß irgendeine vernünftige Erklärung geben. Wie lange ist er schon hier? Wie lange hat sie geschlafen? Das Gefühl der Lähmung beim Aufwachen ... Drogen. Er muß sie unter Drogen gesetzt haben, er muß ihre Unterlagen gefunden haben, die Desprats damals versteckt hatte. Und er muß sie, wie seinerzeit Desprats, so konditioniert haben, daß sie auf *sein* Zeichen reagiert. Sein Wille hat die Kontrolle über ihr Unterbewußtsein übernommen. Im Schlaf hat sie das Bild reproduziert, das Paul sich von ihr gemacht hat: üppiger Körper, sehr weiblich, fast mütterlich. Ja sicher, so muß es gewesen sein. Aber das ist nicht sie.

War nie sie. Er spricht nicht mit *ihr,* sondern mit einer Phantom-Elisa, die längst tot ist. Mit einer Elisa, die ihn auf ihre naive Art liebt. Die er nach Belieben manipulieren kann. Und die sich von dieser Demonstration seiner Macht gewiß hätte einschüchtern lassen. Er weiß nicht, daß diese Elisa nicht mehr existiert.

»Ich hatte gehofft, es würde ohne dies abgehen«, sagt er mit einem Ausdruck ehrlichen Bedauerns. »Ich bin enttäuscht, sehr enttäuscht, Elisa. Du glaubst doch nicht im Ernst, daß ich zusehe, wie Desprats, der alte Dummkopf, meine STADT kaputtmacht und meine Pläne durchkreuzt. Die anderen STÄDTE zerstören – meinetwegen. Es hat mir sogar ganz gut in den Kram gepaßt. Aber hast du geglaubt, ich würde dich ewig in der Außenwelt herumspielen lassen? Zeit, erwachsen zu werden, Elisa. Du bist mein Projekt, zumindest ein wichtiger Teil davon. Ich hab Jahre damit verbracht, dich bis an diesen Punkt zu bringen. Und gerade jetzt, wo deine hervorragenden Möglichkeiten offenbar werden, soll ich dich gehen lassen? Das glaubst du doch selbst nicht! Ich dachte, du hättest mehr Sinn für Verantwortung!«

Er wirkt jetzt eher verletzt als wirklich wütend und schüttelt vorwurfsvoll den Kopf. »Elisa, Elisa! Was hast du dir nur dabei gedacht? Wolltest du als Mann unter diesen Wilden leben? Glaubst du wirklich, du könntest hier heimisch werden? In ein paar Wochen hättest du dich zu Tode gelangweilt. Für ein solches Leben bist du nicht geschaffen. Dein Geschmack ist dazu schon zu sehr verfeinert, das weißt du ja selbst. Und glaubst du wirklich, du könntest ihnen deine körperlichen Fähigkeiten auf ewig verheimlichen? Deine Fähigkeit zur Regeneration? Über deine Fähigkeit zur Metamorphose hast du nicht einmal Kontrolle. Früher oder später, vielleicht sogar im Schlaf, hättest du dich verraten. Und dann? Dann würden sie dich für einen Teufelsbraten halten und dich umbringen. Du willst doch nicht sterben, oder? Wenn du bei diesen Leuten bleibst, wirst du ganz sicher sterben.«

Elisa fröstelt innerlich, sie verschränkt die Arme vor den nackten Brüsten. Sie würde gern glauben, daß ihre Reaktion nur mit dem wunden Punkt zusammenhängt, den er unwissentlich berührt hat: ihre fixe Idee vom DANACH. Aber nein, daran liegt es nicht. Was ihr auf der Seele liegt, ist, daß er vom Sterben spricht, von ihrem Tod. »Du willst doch nicht sterben, oder?«

Sie schließt die Augen und läßt sich gegen die Wand fallen. Sie hört, wie Paul näherkommt, aber hat keine Kraft, sich zu bewegen, die Metamorphose hat sie total erschöpft. Sanft nimmt er sie beim Arm und zieht sie hoch. »Komm, Elisa.« Ihr eigener Wille hat sich in Luft aufgelöst, sie ist so furchtbar müde. Wenn sie sich nur hinlegen und schlafen könnte, schlafen ... Wieder hört sie Pauls Stimme, diesmal energischer: »Komm, Judith!«

Judith?

Sie öffnet die Augen und sieht, daß Judith aufgestanden ist. Warum Judith? Sie wehrt sich mit Mühe gegen den Arm, der sie hochziehen will, und murmelt schwach: »Warum Judith?«

»Weil du sie möglicherweise geschwängert hast«, sagt Paul mit einem Achselzucken, »und ich gern sehen möchte, was dabei herauskommt.«

Judith? Judith als Versuchskaninchen? Heftiger Zorn steigt in Elisa hoch und gibt ihr Kraft. Ihre Empörung vertreibt die Verwirrung und Erschöpfung.

»Warte«, sagt sie. Und noch einmal, jetzt lauter: »Warte!«

Er sieht sie verärgert an. »Was ist?« Elisa spürt jetzt deutlich die eigene Kraft, die nach außen drängt. »Ich ... ich will mich anziehen.«

»Beeil dich.«

Als sie nach ihrem Hemd sucht, stößt ihre Hand auf etwas Kaltes: die leere Flasche.

In einer einzigen schnellen Bewegung zerschmettert sie die Flasche, richtet sich auf, dreht sich um und springt Paul an die Kehle. Etwas Heißes spritzt ihr ins Gesicht, sie fährt zurück. Mit Augen, die aus den Höhlen getreten sind, starrt Paul sie an. »Elisa?« gurgelt er und bricht zusammen, fällt auf sie drauf. Instinktiv hat sie ihre Arme ausgebreitet, um ihn aufzufangen, sein Gewicht läßt sie in die Knie gehen. Blut spritzt aus der offenen Arterie, pfeifend entweicht die Luft aus der aufklaffenden Luftröhre. Elisa kann den Blick nicht von Pauls Gesicht wenden. Nie zuvor hat sie einen solch verblüfften Ausdruck bei jemandem gesehen.

Als sie kurz darauf hochblickt, sieht sie Judith wie erstarrt dastehen. Sie hat sich nicht beweg', seit Paul gefallen ist. Judiths Gesicht und Brüste sind voller Blut. Elisa berührt ihr eigenes Gesicht: auch hier klebrige Flüssigkeit. Blut. *Die Bluttaufe* – die Worte klappern wie eine Gebetsmühle durch ihren Kopf. *Bluttaufe. Bluttaufe.* Etwas steigt in ihr hoch, nimmt langsam die Gestalt von Gedanken und Worten an: *Taufe. Blut. Schlacht. Malverde. Schlacht. Ostrer. Morgen. Heute. Schlacht.*

Mit Mühe löst sie sich aus der Erstarrung, steht auf und geht zu Judith, deren Gesicht völlig ausdruckslos ist. Das einzige Zeichen von Leben findet sie in Judiths Augen, die sie anstarren. Was drücken sie aus? Schrecken, Ekel, Wut? Judith hat alles gesehen und gehört. Nur wegen Judith hat Paul Litali gesprochen, um sie noch mehr zu quälen. Judith ist immer noch Pauls Gefangene, auch wenn er jetzt tot ist.

»Judith… ich bin's, Hanse. Mein Körper sieht jetzt anders aus, aber ich bin's immer noch. Er ist tot, Judith. Du bist frei…«

Falsch. Es muß Pauls Stimme, Pauls Befehl sein.

Sie geht hinüber zu seinem Leichnam und zwingt sich, die blutdurchtränkte Kleidung zu durchsuchen. Nichts. Oder doch? Eine kleine silberne Schachtel mit zwei Leuchtbirnen. Der mobile Störer, den er erwähnt hat? Sie findet einen Knopf und drückt ihn. *Ostrer?*

Was, schon wach?

Ostrer, komm schnell!

Mit einer Decke reibt sie, so gut es geht, das Blut von sich und Judith ab. Als sie gerade die Decke über Pauls Körper breiten will, kommt Ostrer herein. Er kniet sich neben den Leichnam und berührt das Gesicht leicht mit den Fingerspitzen. Dann greift er irgend etwas und zieht daran. Als er aufsteht, hält er Pauls Gesicht in den Händen.

Eine Maske.

Einen Augenblick ist Elisa vor Schreck wie versteinert, dann beugt sie sich über den Körper. Das Gesicht ist kreidebleich und von tiefen Falten durchzogen. Der Schädel ist fast kahl. Sie tritt zurück und schließt die Augen.

»Wann hast du dich verwandelt?« Ostrers Stimme ist sehr sanft, sehr gelassen.

»Er hat mich heute nacht unter Drogen gesetzt. Suggestion … Er hat mit den Fingern geschnippt.«

Das Sprechen fällt ihr schwer. Ostrer fragt nicht weiter. Als sie die Augen wieder aufmacht, zieht er gerade die Decke über Paul. Nein, er wickelt Paul in die Decke. Langsam, mühsam setzt ihr Denken wieder ein. Die anderen … die anderen dürfen Paul hier nicht finden.

Jetzt erinnert sie sich, warum sie Ostrer gerufen hat. Judith. Er muß Judith befreien.

»Er hat auch Judith betäubt, sie kann sich nicht bewegen. Er hat sie hypnotisiert. Kannst du Pauls Stimme nachmachen?«

Ostrer steht auf und betrachtet Judith aus der Nähe. »Kein Problem. Wir müssen ihr nur sagen, daß sie alles vergessen soll, was sie gesehen und gehört hat.«

Judith hat alles mitbekommen. Aber kann sie es auch verstehen? Besser, sie vergißt alles. Besser für Judith.

»Warte, Ostrer.«

Der Ommach dreht sich zu ihr um. »Laß dir nicht zu lange Zeit. Bald wird hier jeder wach sein.«

Was wird geschehen, wenn Judith sich erinnert? Was wird sie tun? Was denkt sie sich jetzt? Wieviel hat sie verstanden?

Elisa tritt nahe an Judith heran und mustert sie aufmerksam. Gibt es irgendeinen Hinweis darauf, daß Judith bestimmte Empfindungen unterdrückt? Furcht? Zorn?

»Was ist los, Elisa? Du willst das Mädchen doch nicht etwa mitnehmen?«

Es liegt auf der Hand, daß Ostrer die Situation nicht versteht.

»Sag ihr nicht, daß sie vergessen soll, Ostrer.«

»Sie wird den anderen alles erzählen.«

Nach kurzem Schweigen fährt Elisa auf Litali fort: »Sag ihr ... sag ihr, daß sie keine Angst haben soll, auch wenn sie nicht alles versteht, was sie gesehen hat. Und sag ihr, sie soll nicht mit den anderen darüber sprechen, es sei denn, sie glaubt, daß auch sie es verstehen.«

Noch immer starrt Judith sie an. Sie hat sich nicht gerührt. Was drücken ihre Augen jetzt aus? Verwunderung? Freude? Elisa weiß es nicht. Aber es ist alles, was sie für Judith tun kann. Und alles, was sie Judith gegenüber verantworten kann.

Der Ommach reagiert nicht. Was, wenn er sich weigert? Sie kann ihn nicht zwingen. Darüber diskutieren, vielleicht. Sie wartet ab. Ihr ist klar, daß sie auf das Programm einer Maschine angewiesen ist, das ein Toter eingegeben hat. Ein Mann, der vor mehr als zwanzig Jahren gestorben ist.

Der Ommach wendet sich an Judith. »Hab keine Angst«, sagt er mit Pauls Stimme, »auch wenn du nicht alles verstehst, was du gesehen und gehört hast. Erzähl den anderen nur das, was sie verstehen können. Du bist frei.«

Judith taumelt, Elisa springt vor, um sie aufzufangen, und legt sie auf die Matratze.

»Nur eine Ohnmacht«, sagt Ostrer. »Wir müssen endlich entscheiden, was wir tun wollen.«

Elisa sieht ihn mit einem gewissen Erstaunen an. Hat er denn noch nicht entschieden?

»Wir müssen sofort zur STADT. Entweder wir annullieren das Programm der Malverde-Ommachs, ohne den Vietellis was davon zu sagen, und sie ziehen wie geplant in die Schlacht. Oder wir kommen zurück und erklären ihnen, daß sie nicht mehr kämpfen brauchen. Was ist dir lieber?«

Elisa rappelt sich langsam hoch und begegnet Ostrers wachem Blick. Wieder muß sie sich selbst daran erinnern, daß er eine Maschine ist. Meint er wirklich das, was sie herausgehört hat? Kann es sein, daß er verstanden hat … kann es sein, daß sein Programm auch enthält, daß … Kann Desprats eine solche Situation vorhergesehen haben? Die Maschine gibt ihr tatsächlich die Freiheit der Wahl. Einer echten Wahl? Wie sollen sie den Vietellis erklären, daß der Angriff jetzt nicht mehr nötig ist? Noch mehr Lügen erzählen? Sie werden auf kampfunfähige Ommachs treffen, auf Malverdes völlig aufgelöste Truppen, auf Soldaten, die keinen nennenswerten Widerstand leisten. Was werden die Vietellis in diesem Fall denken? Daß Gott die Dämonen für sie erledigt hat, daß er sie für ihren Glauben und ihren Mut belohnt hat? Oder werden sie die Wahrheit erkennen, wenn sie einen Ommach genauer untersuchen?

Welche Wahrheit? Was werden sie verstehen?

Das, was sie verstehen können. Was sie verstehen wollen. Wenn sie sich täuschen lassen, dann wollen sie sich auch täuschen lassen.

Elisa betrachtet Judith besorgt. Ist das alles, was sie tun kann, was sie erwarten kann? Die Wahl zwischen zwei Lügen und ein ungutes Gefühl, ganz egal, wie sie sich entscheidet? Wieder sieht sie Ostrer an.

»Liegt die Entscheidung bei mir?«

Er nickt schweigend.

»Ich dachte ... ich dachte, du wolltest ihnen unsere Existenz verheimlichen.«

»So weit das möglich ist.«

Sie betrachtet seine vertrauten, ausdrucksvollen Züge. Es ist lächerlich, mit ihm wie mit einem menschlichen Wesen umzugehen, aber sie kann nicht anders. Wieviel von Desprats hat in dieser Simulation überlebt? *So weit das möglich ist.* Es gibt also auch für ihn eine Grenze der Manipulation? Aber es ist nicht schwierig, die Vietellis anzulügen. Es ist nicht schwierig, alle Malverde-Ommachs so zu programmieren, daß sie zur STADT zurückkehren. Es wäre auch nicht schwierig gewesen, Judith das Vergessen zu befehlen. Aber er hat es nicht getan.

Natürlich hat sie gemerkt, daß er von sich aus den Wortlaut ihres Befehls geändert hat. Er hat nicht gesagt: »Sprich nicht mit den anderen darüber, es sei denn, du glaubst, daß auch sie es verstehen.« Er hat Judith befohlen: »Erzähl den anderen nur das, *was sie verstehen können.*« Aber das macht nichts. Er hat Judith alle Erinnerungen gelassen – und die Freiheit, damit so umzugehen, wie sie es für richtig hält.

»Entscheide dich, Elisa. Sie werden bald aufwachen.«

»Wir werden das Programm der Ommachs annullieren und nichts sagen. Wir werden nicht zurückkommen.«

Der Ommach nickt, dann packt er den in die Decke gewickelten Leichnam, wirft ihn sich über die Schulter und geht hinaus. Nach einem letzten Blick auf Judith folgt Elisa ihm.

4

Auf den Bildschirmen des Moddex sieht Elisa Ebenen, Hügel und große Waldgebiete vorübergleiten. Die alten Ruinen sind kaum noch zu sehen. Ihr ist ein bißchen schwindelig. Nach kurzem Zögern beginnt sie mit der Kontrolle ihrer Körperfunktionen. Was, wenn ihr Körper schon wieder verrückt spielt? Während sie sich selbst durchcheckt, kehrt ihr Selbstvertrauen zurück – zusammen mit den tausend Empfindungen und Vorstellungen, die sie aufgrund ihres Trainings als normale Arbeitsweise ihres ›inneren Apparats‹ identifizieren kann. Sie hat sich wieder im Griff. Das Schwindelgefühl läßt nach, verschwindet allerdings nicht ganz. Natürlich, sie ist am Verhungern. Die Metamorphose hat ihren Stoffwechsel ungeheuer beschleunigt. Sie holt die Notration heraus.

Als es ihr besser geht, versucht sie, sich in Hanse zurückzuverwandeln. Sie glaubt selbst nicht so recht, daß es klappen wird. Nein, es hat keinen Zweck. Paul hat den posthypnotischen Befehl, der für ihr männliches Aussehen verantwortlich war, außer Kraft gesetzt.

Sie versucht, das Gefühl völliger Hilflosigkeit zu verdrängen, diese gräßliche Empfindung, des eigenen Körpers beraubt zu sein. Statt dessen konzentriert sie sich auf die technischen Einzelheiten der Verwandlung. Es war so leicht, so schnell gegangen. Beim ersten Mal dagegen hatte es einen halben Tag oder sogar länger gedauert, bis sie zu Hanse geworden war. Und Desprats hatte ihr zur Seite gestanden und sie unablässig über jeden Schritt der Metamorphose auf dem laufenden gehalten. Nachdem sie sich einmal an den männlichen Körper gewöhnt hatte und ihn in- und auswendig kannte, war ihr die Verwandlung in ihr männliches Ich von Mal zu Mal leichter gefallen. Aber ganz spontan hatte es nie geklappt. Paul hatte ins Schwarze getroffen: Sie kann sich nicht selbst richtig steuern. Nein, ganz und gar nicht.

Um sich abzulenken, sieht sie zu den Bildschirmen hinüber. Hier kommen schon die Berge, in zehn Minuten werden sie in der STADT landen. Jetzt tauchen andere Bilder auf: Die Vietellis erwachen. Ostrer ruft die Sensoren ab, die er dort gelassen hat.

Elisa fegt mit dem Handrücken über die Steuerungen: »Laß sie in Ruhe.«

Ostrer sagt nichts. Elisa fragt sich, welche Berechnungen die Maschine wohl gerade anstellt und wie die Desprats-Simulation letztendlich reagieren wird. Sie hat eigentlich nie viel über die Maschine nachgedacht, sondern sie nur als äußere Hülle für Desprats' Willensäußerungen betrachtet. Desprats hatte die Maschine zum Scharfrichter über die STÄDTE bestellt. Desprats hatte Ostrer nicht nur seine Stimme verliehen, sondern ihn auch mit vielen seiner Eigenheiten, die ihr so vertraut waren, ausgestattet. Seine Absicht war dabei wohl gewesen, es ihr leichter zu machen. Sie sollte sich mit Ostrer wohl fühlen. Dann war sie auch eher bereit, nach seiner Pfeife zu tanzen. Und sie hatte mitgespielt. Bis jetzt, jedenfalls.

»Willst du nicht wissen, was dort vor sich geht?« fragt Ostrer schließlich.

Elisa zuckt die Achseln. »Das ist nicht schwer zu erraten. Sie wachen auf, stellen fest, daß Manilo tot ist, gehen uns suchen, finden Judith.«

Und dann? Was wird Judith ihnen sagen? Elisa kann es sich nicht vorstellen. Hatte sie nicht gerade deswegen Judith die Erinnerung an alles, was passiert war, gelassen? Elisa will gar nicht wissen, was Judith sagt. Denn ihre eigene Ungewißheit ist gleichbedeutend mit Judiths Handlungsfreiheit, einem gewissen Spielraum für sie und die Vietelli-Sippe.

Was hast du gedacht, Judith, als Paul vor Wahnsinn tobte? Was hast du *wirklich* gedacht? Hast du es für einen Kampf der Dämonen gehalten? Oder für einen Kampf menschlicher Wesen? Dachtest du, Ostrer und ich hätten die Seiten gewechselt und uns mit deinen Feinden verbündet? Oder konntest du nur daran denken, daß dieser Unbekannte bei deinem einzigen ›Akt freien Willens‹ alle Fäden gezogen hatte? Aber vielleicht ist das nicht die ganze Wahrheit, Judith. Vielleicht wolltest du wirklich von dir aus mit mir schlafen, auch wenn er dich zu mir geschickt hat. Nie hätte Paul die Ansichten und Einsichten, die du mir anvertraut hast, erfinden können. Sie kamen aus deinem tiefsten Innern und haben auf mich mindestens ebenso stark gewirkt wie das Aphrodisiakum. Ich jedenfalls möchte das gern glauben. Der Wunsch zu kämpfen war deine ureigenste Sehnsucht. Das hat dir nicht Paul befohlen. Sei es wie es sei, Judith, du hast auf ganzer Linie gesiegt. Paul ist tot.

Ein Kind. Kann es sein, daß ich dir ein Kind gemacht habe? Es wird schwer sein, mit der Ungewißheit zu leben! Aber es muß wohl sein. Keine Überwachungen mehr – nie mehr. Ihr werdet allein auf euch gestellt sein. Ihr alle werdet frei sein.

Das Moddex drosselt seine Geschwindigkeit. Sie sind schon da. Ostrer fummelt am Zentralrechner herum, um die Abwehrmechanismen, die Paul installiert hat, außer Kraft zu setzen. Paul. Sie werden dafür sorgen müssen, daß … Er hätte bestimmt eine Feuerbestattung gewollt, zumindest hat er das zu Serena gesagt. Und danach? Die STADT ausschalten.

Und danach?

Das Moddex verliert an Höhe, die Landeplattform schält sich aus ihrer Tarnung. Kontakt. Die Plattform senkt sich langsam in den Zugangsschacht, um anzudocken. Die Systeme zur Druckverminderung und zur Entseuchung aktivieren sich sofort nach der Bodenberührung. Nachdem die STADT sich davon überzeugt hat, daß sie keine Bedrohung darstellen, öffnet sich die Tür der Luftschleuse.

Elisa steigt als erste aus. Ohne sich umzudrehen, fragt sie Ostrer: »Können wir mit dem … mit dem, was wir tun müssen, bis morgen warten?«

»Sicher«, antwortet der Ommach.

Als Elisa am nächsten Morgen aufwacht, wartet am Baum-Terminal im kleinen Garten ein Frühstück auf sie. Der kleine Roboter ist nirgendwo zu sehen, aber als sie sich hinsetzt, leuchtet der Hauptschirm auf und Desprats' Gesicht erscheint. Immer noch der alte, klar. Daß er so unverändert aussieht, löst bei Elisa eine absurde Freude aus. Als ihr plötzlich einfällt, daß sie Ostrer wohl nie wiedersehen wird, empfindet sie eine nicht weniger absurde Traurigkeit. Um nicht daran zu denken, lauscht sie Desprats' belanglosem Geschwätz: Hat sie gut geschlafen? Hat ihr das Frühstück geschmeckt? Ja, sagt sie, und denkt dabei die ganze Zeit, daß Desprats heute gar nicht wie er selbst klingt. Als er schließlich mit seiner Frage herausrückt: »Möchtest du, daß ich mich um Paul kümmere?« ist sie eher belustigt als überrascht.

»Nein.« Sie stochert einen Augenblick in der synthetischen Marmelade auf ihrem Teller herum. »Gibt es die Möglichkeit einer Feuerbestattung? Als Paul noch jung war und mit Serena über den Tod sprach, hat er sich das immer gewünscht.«

»Ich kümmere mich darum. 3. Ebene. Wenn du da oben fertig bist, komm ins Genlabor.«

Sie will schon fragen ›Warum dort?‹, aber dann bremst sie sich. Warum nicht dort? Es ist völlig angemessen. Schließlich hat ihr Weg im Genlabor begonnen.

Elisa fallen keine Worte ein, als Pauls Sarg langsam auf die Tür des Verbrennungsofens zurückt. Sie weiß nicht, ob es üblich ist, überhaupt irgend etwas zu sagen. Sie fühlt sich wie betäubt. Bilder gehen ihr ohne jeden Zusammenhang durch den Kopf, Bruchstücke der Erinnerung. Pauls Gesicht. Sein Lächeln. Der Ausdruck von Zärtlichkeit oder von Zorn. Seine Stirn. Ein flüchtiger Blick auf sein Profil. Aber sie kann ihn nicht als ganzen Menschen sehen. Schon jetzt verliert sie ihn. Und doch sind alle möglichen Bilder von ihm unversehrt erhalten, sie ruhen im Gedächtnis der STADT. Auch diese Bilder werden sterben, wenn die STADT stillsteht.

Die STADT. Desprats wird die STADT ausschalten. Die STADT *töten*. Wie kommt sie jetzt auf diesen Ausdruck? Absurd. Sie ist müde, das ist alles. Aber sie kommt über ihre Angst, ihren Kummer nicht hinweg, und das liegt nicht an dem Leichnam, der jetzt von den Flammen verzehrt wird. Elisa verläßt das improvisierte Krematorium und wandert ziellos durch die schweigende STADT. Rolltreppen und mobile Bürgersteige setzen sich in Gang, wenn sie näher kommt, und bleiben stehen, wenn sie weitergeht. Gänge, Passagen, Eingangshallen, Tribünen, die bunten Fassaden, der vertraute Zierrat – alles sieht wie früher aus, als sei sie nie fortgegangen. Mit jeder Faser ihres Herzens weiß sie, daß sie hier zu Hause ist. Sie ist *heimgekommen*.

Mit wachsender Bestürzung versucht sie an die Landschaften der Außenwelt zu denken, an die ruhigen Flüsse, die Sonnenuntergänge, das Meer... Nein. Schön, aber seltsam. Fremd. Hier ist sie wirklich zu Hause.

Und das soll sie für immer aufgeben?

Wütend hastet sie weiter. Hat die STADT sie so sehr beeinflußt, daß ihr allein schon der Gedanke, für immer fortzugehen, Angst macht? Sie muß fortgehen. Die STADT muß ausgeschaltet werden. Für die Menschen der Außenwelt stellt sie eine Bedrohung dar.

Auch jetzt noch? Paul ist nicht mehr da. *Sie* würde die STADT ganz bestimmt nicht gegen die Menschen benutzen. Und was Desprats betrifft... Wie auch immer, die Entscheidung ist längst gefallen, warum also jetzt diese Unruhe? Er wird die STADT ausschalten. Wird er auch sich selbst ausschalten? Hat er vielleicht schon einen weiteren Ommach darauf programmiert, sie in die große weite Welt zu begleiten? Vielleicht hat Desprats ja auch dem alten Ostrer ein neues Gesicht gegeben, das Desprats-Gesicht? Wozu überhaupt all diese nutzlosen Fragen? Er wartet im Genlabor. Sie wird an Ort und Stelle erfahren, was er vorhat.

Als sie das Labor betritt, bekommt sie im letzten Augenblick Angst. Womöglich findet sie in den Brutapparaten noch Embryos ... aber nein, es sind keine da (vielleicht hat Desprats sie weggeschafft? Sie will es lieber gar nicht wissen).

Das Labor sieht aus wie immer. Als sie hereinkommt, erscheint Desprats' Gesicht auf dem zentralen Bildschirm. Er sagt nichts. Auch sie sagt nichts, was soll sie auch sagen? Sie läßt sich in einen Sessel fallen und überprüft beiläufig ihre Körperfunktionen. Immer noch ist sie müde, aber sie beschließt, es dabei zu belassen. Diese physische und psychische Erschöpfung ist nun mal ihre Reaktion auf die Ereignisse, warum soll sie sich etwas vormachen? Warum soll sie ihren Körper nicht sagen lassen, was er zu sagen hat?

Nach einiger Zeit meldet sich Desprats' Stimme. »Meine Arbeit ist getan, Elisa.«

Sie sieht ihn verständnislos an. Die STADT ist immer noch in Betrieb. Nimmt er vorweg, was bald erledigt sein wird? Sie versucht ihre Trägheit abzuschütteln, und fragt: »Wohin gehen wir danach?«

»Ich weiß nicht, Elisa. Ich höre an diesem Punkt auf.«

Er will sie also alleinlassen? Ihr ist völlig klar, was diese Nachricht bei ihr auslöst: Angst. Viel lieber würde sie anders reagieren, mit Genugtuung, Resignation oder auch Gleichgültigkeit einer Tatsache gegenüber, die sowieso nicht zu ändern ist. Aber sie will sich nicht selbst betrügen. Sie hat Angst. Angst, allein zu sein. Allein in der Außenwelt? Aber er hat doch bestimmt irgendwie für sie vorgesorgt, oder?

»Wo soll ich hingehen?«

»Ich weiß es nicht, Elisa. Die Entscheidung liegt bei dir. Du kannst fortgehen, du kannst aber auch in der STADT bleiben.«

»Willst du die STADT nicht ausschalten?«

»Ich schalte mich selbst an diesem Punkt aus. Meine Arbeit ist getan. Alles übrige hängt allein von dir ab.«

Elisa fühlt sich einen Moment lang wie vor den Kopf gestoßen. Sie betrachtet das Desprats-Gesicht, das sie seinerseits vom Bildschirm aus beobachtet.

»Warum?« fragt sie, als sie endlich ihre Stimme wiedergefunden hat.

»Weil du dich jetzt entscheiden kannst.«

Das Gesicht verschwindet. Der Bildschirm ist leer. Elisa setzt sich nach kurzem Zögern in ihrem Sessel auf. Das ›Aber‹, das ihr auf den Lippen liegt, spricht sie nicht aus. Statt dessen ruft sie »Desprats?«, dann »Großvater?« Nichts. Sie zieht ihren Sessel näher zum Computerterminal und gibt Desprats' Code ein. Zwei Worte blinken auf dem Bildschirm auf: PROGRAMM ABGEBROCHEN.

Nachdem sie eine halbe Stunde lang jeden möglichen Code ausprobiert hat, muß sie sich schließlich eingestehen, daß es keinen Zweck hat. Das Programm oder die Programme, die Desprats' Pseudo-Persönlichkeit ausgemacht haben, sind aus dem gespeicherten Gedächtnis der STADT verschwunden. Spurlos verschwunden.

Elisa wirft sich wieder in den Sessel und fährt mit der Hand durch ihre kurzen braunen Locken. Der erste Schock ist überwunden. Jetzt muß sie nachdenken. Zwecklos, im Zentralrechner weiter herumzusuchen. Damit schiebt sie die unvermeidliche Auseinandersetzung mit den letzten Worten der verschwundenen Stimme nur immer weiter hinaus. *Weil du dich jetzt entscheiden kannst.* Jetzt. Sie kann sich jetzt entscheiden. Weil sie inzwischen genügend Entscheidungsgrundlagen hat?

Die STADT ausschalten – ja oder nein? Hatte ihr nicht gerade eben erst der Gedanke, dabei kein Wörtchen mitreden zu können, schwer zu schaffen gemacht? Aber *was* soll sie entscheiden? *Du kannst dich jetzt ent-*

scheiden. Sicher hatte er im Grunde sagen wollen: »Jetzt weißt du, welche Wahl du treffen mußt.« Sicher hatte er alles so vorbereitet, daß sie sich in einer ganz bestimmten Richtung entscheiden würde. Er mußte doch irgendeine Absicht verfolgt haben. Aber welche?

Er hätte die STÄDTE auch ohne sie ausschalten können. Nicht deshalb hatte er sie zu sich geholt, sondern weil sie nicht mit Paul in der STADT bleiben konnte. Aber wäre es wirklich so schwer für ihn gewesen, Paul loszuwerden? Nein. Vielleicht hatte er es einfach nicht gewollt. *Wir müssen ihn sich selbst überlassen,* hatte er gesagt, als sie Paul gegen seinen eigenen Willen helfen wollte.

Sich selbst überlassen. Das ist sie jetzt auch. Hat Desprats ihre Befreiung gesteuert? Waren alle Ereignisse, alle Erfahrungen der letzten vier Jahre Teil ihrer Ausbildung gewesen? Man hatte sie auf die Probe gestellt, sie hatte die Probe glorreich bestanden und Paul besiegt.

Hatte Paul umgebracht.

War das der Knackpunkt, auf den Desprats' Programm losgesteuert war? War das die Arbeit, die getan werden mußte, ehe das Programm sich abschalten konnte? In welcher Weise hatte Desprats sie benutzt? Hatte er sie wirklich benutzt? Er hatte ihr geholfen, als sie seine Hilfe brauchte. Er hatte sie dazu gebracht, die STADT zu verlassen. Als sie damals von seiner Existenz erfuhr – nach Sybilles Tod, als sie die gräßliche Wahrheit über Paul, über Sybille und über sich selbst schon kannte – hatte sie der Desprats-Simulation automatisch eine ganz bestimmte Absicht unterstellt. Die Absicht, auch sie als Schachfigur in irgendeinem Kampf oder Spiel mit Paul oder auch gegen Paul zu benutzen, ohne daß ihr der Hintergrund klar war. Inzwischen ist sie sich nicht mehr so sicher. Falls Desprats sie wirklich als Schachfigur eingesetzt hat, um was wurde dann gespielt? Und welcher Zug wurde jetzt von ihr erwartet?

Sie hatte die STADT verlassen und in der Außenwelt gelebt. Sie hatte Paul umgebracht.

Und was wäre passiert, wenn es anders gelaufen wäre? Wenn er sich verteidigt und *sie* getötet hätte? Aber sie erinnert sich an den Ausdruck maßloser Verblüffung, den Paul in den Tod mitgenommen hatte. Während ihres Schlafes hätte er ihrem Unterbewußtsein leicht suggerieren können, ihn nicht anzugreifen und ihm ohne Widerrede zu folgen. Aber das hatte er nicht getan. Der Gedanke, sie könne ihn angreifen, war ihm überhaupt nicht in den Sinn gekommen. Allerdings hatte er mit ihrem Widerstand gegen seine Pläne gerechnet – deshalb die Demonstration seiner Macht, die Metamorphose auf Befehl.

Aber konnte Desprats Pauls geistige Verwirrung vor zwanzig Jahren vorausgesehen haben?

Nein. Desprats mußte diese Situation als eine verschiedener Möglichkeiten in Betracht gezogen haben. Bestimmt hatte er sich verschiedene Szenarios vorgestellt: Paul tötet erst Sybille, dann Elisa. Paul tötet erst Elisa, dann Sybille. Paul erzwingt Elisas Rückkehr zur STADT mit Gewalt. Paul geht aus ihrem letzten Kampf als Sieger hervor. Was hatte Desprats jeweils in petto gehabt? Das ist die große Frage.

Aber das würde ja auch bedeuten, daß nicht sie Desprats, sondern Desprats ihr die ganze Zeit gefolgt war. Sie war immer der Meinung gewesen, er führe sie. Hatte sie tatsächlich Entscheidungsfreiheit gehabt, hatte er sie nur beobachtet? Das Programm hatte jede ihrer Entwicklungen mitgemacht. Hin und wieder ein kleiner Rippenstoß, klar, damit sie der Wiederbegegnung mit Paul besser gewachsen war.

Vielleicht war das die ganze Wahrheit. Vielleicht aber auch nicht. Sie würde es nie erfahren.

Plötzlich kommt Elisa ein anderer Gedanke und läßt sie hochfahren: *Und als Desprats sein Programm eingab, wußte er nicht genau, wie es mit ihr ausgehen würde.* Ebenso wenig, wie sie das gestern bei Judith vorhersehen konnte. Auch sie hatte Judith die Freiheit der Entscheidung zugestanden. War das der Auslöser gewesen? Hatte dieser Auslöser das Ende des Computerprogramms bewirkt? Ihre Weigerung, Menschen als Schachfiguren zu benutzen?

Macht man sich nicht selbst etwas vor, wenn man glaubt, daß man den Lauf der Dinge aufgrund eigenen Eingreifens in die gewünschte Richtung steuern kann? Wenn man glaubt, daß die Menschen so reagieren, wie man will, wenn man sie nur entsprechend manipuliert? Das sind doch Illusionen – wie die Bilder auf den Bildschirmen der STADT, die man zu Geschichten zusammenmontieren kann, ohne daß sie das wirkliche, heimliche Leben ihrer Protagonisten preisgeben. Man kann es nur erraten. Und macht sich selbst was vor. Wie Paul, der mit Elisa alles machen konnte, was er wollte – aber nur mit der Elisa in seinem Kopf, die real schon lange nicht mehr existierte. Paul, der von einer Elisa umgebracht wurde, die er nie gesehen hatte. Paul, der vollkommen logisch dachte. Paul, der seine Fäden ganz folgerichtig zog. Und doch ganz und gar dem Wahnsinn verfallen war.

Nichts als Illusionen. Selbsttäuschungen.

Und trotzdem ist es unmöglich, *nicht* zu handeln. Die Frage, ob man handeln will oder nicht, stellt sich gar nicht. Wie man sich auch entscheidet, immer wird man etwas *bewirken*. Das ist ihr gestern klargeworden, als sie sich dafür entschied, die Vietellis und ihre Verbündeten gegen Malverde kämpfen zu lassen, ohne sie darüber zu informieren, daß die Schlacht eigentlich überflüssig war.

Man kann dem eigenen Handeln nicht entkommen. Wie man auch dem Bedürfnis, Schicksal zu spielen, nicht entkommen kann. Schließlich macht das den Menschen, das menschliche Leben aus, oder? In der Vorstellung vorwegnehmen, was auf einen zukommt, und entsprechend handeln: Es wird bald schneien, also müssen wir einen Unterstand bauen. Wir brauchen auch im Winter etwas zu essen, also müssen wir jetzt Vorräte anlegen. Kann sein, daß der Fluß über die Ufer tritt, also müssen wir einen Deich errichten.

Es gibt viele Arten der Selbsttäuschung. Den Glauben, man könne alles manipulieren. Den Glauben, man könne die Manipulation anderer Menschen völlig vermeiden.

Aber agieren, reagieren, für die Zukunft planen – all das ist menschlich. *So wie das Wissen, daß man sich irren kann. Daß es manchmal ganz anders kommt, als man denkt.*

Wer das erkennt, hört auf, sich selbst etwas vorzumachen. Geht bewußt ein Risiko ein. Nimmt den ungewissen Ausgang in Kauf.

Desprats (warum möchte sie ihn jetzt lieber wieder ›Großvater‹ nennen?) – welchen Einsatz hat er gewagt? Und so lange im voraus ... ohne jede Chance, den Ausgang jemals zu erfahren. Entweder sehr großmütig, oder sehr verrückt.

Und welchen Einsatz wird *sie* wagen?

Dritter Teil

1

Das Baby schreit nicht. Es bewegt seine Arme und Beine im Wasser, als schwämme es noch in der amniotischen Flüssigkeit hinter der durchscheinenden Wand der künstlichen Gebärmutter. Das Baby ist ganz ruhig. Hin und wieder verkrampfen sich seine winzigen Fäuste und entspannen sich wieder, dann lacht es. Nach dem Bad trocknet Elisa die rosige Haut ab und legt die Kleine auf den Arbeitstisch, um ihre Reflexe zu untersuchen. Normal. Auch das EEG ist in Ordnung.

Sie betrachtet den kleinen, rundlichen Körper. Das erste Baby des Projekts. Eigentlich wäre das ja ein Anlaß, eine Rede zu halten, ein paar Worte zur historischen Bedeutung des Augenblicks zu verlieren, oder? »Ich taufe dich auf den Namen...« Nein, nicht Adam. Und im Augenblick ist es ja sowieso ein Mädchen. »Abra.« Elisa lacht, aber merkt, daß sie doch gerührt ist.

Das Baby fängt zu zappeln an. Mit beruhigenden Worten beugt sich Elisa hinüber, zieht ihre Bluse aus und nimmt das Baby in die Arme. Es dauert nicht lange, bis es die Brust findet und zu saugen beginnt. Eine Welle des Wohlbehagens durchströmt Elisa. (Es ist also wahr?) Sie setzt sich, während Halter den leeren Brutkasten ausschaltet und die Badewanne wegträgt. Auch die beiden anderen wird sie bald aus den Brutkästen nehmen können. Es hat geklappt und wird auch künftig klappen. Bei den drei anderen in sechs Monaten. Mit verschmitztem Lächeln stillt sie das Kind. *Genieß es, Baby. Denn nur du wirst das hier genießen. Niemand sonst.*

Baby: In Franglei ist das Wort maskulin. Es paßt eigentlich gar nicht zur Situation, denn alle Neugeborenen werden Mädchen sein. Zumindest bis zur ersten

Metamorphose in sechs oder sieben Jahren. Bis dahin werden sechsunddreißig Kinder auf der Welt sein. Eine ganze Kinderschar! Gott sei Dank hat sie Ommachs, die ihr helfen. Eigentlich wäre es ja treffender, sie als ›Femmachs‹ zu bezeichnen, das zusammengesetzte Kunstwort aus ›feminin‹ und ›machine‹ einzuführen. Aber sie bringt es nicht über sich, Ommachs mit weiblichen Körpern so zu nennen – auch wenn es eigentlich logisch wäre, denn es sind keine männlichen oder neutralen humanoiden Maschinen. Sie sehen wie Frauen aus. Aber unwillkürlich und ganz unabhängig von ihrer äußeren Gestalt assoziiert sie Roboter mit Männlichkeit. *Konditionierung, Elisa, Konditionierung.*

Geistesabwesend streichelt sie den glatten, festen kleinen Körper, läßt ihre Gedanken wandern und sonnt sich in der völligen Zufriedenheit, die das Baby ausstrahlt.

2

Das Feuer prasselt im riesigen Ofen. Draußen schneit es. Andra und Aria sitzen in der Ecke und streiten sich in ihrer komischen Babysprache. Nani und Halter sind noch nicht aus der STADT zurück. Elisa versucht ihre Besorgnis zu unterdrücken. Was soll Robotern in so einer gottverlassenen Gegend schon zustoßen? Wenn der Sturm auch schlimm ist … Leider denkt sie an Roboter inzwischen schon fast wie an richtige Menschen. Das paßt ihr zwar selbst nicht, sie ist aber auch nicht weiter überrascht. Schließlich hat sie die Roboter um der Kinder willen ja auch so programmiert, daß sie ganz menschlich wirken.

Elisa liest weiter, kann sich aber nicht konzentrieren. Sie hört, wie oben ein Kind schreit und Lussi ihm gut zuredet, damit es sich beruhigt. Wahrscheinlich ein Alptraum. Und noch so klein. Erst drei Jahre alt und schon Alpträume. (Aber ohne irgendwelche Metamorphosen, Gott sei Dank.) Das Heulen wird lauter. Sie wird wohl nach oben gehen müssen. Das Einfühlungsvermögen, das sie mit den Kindern teilt, hat seine Vorteile, aber bei achtzehn Kleinkindern auch seine Grenzen. Sie kann nicht für alle gleichzeitig da sein! Schade, daß die Ommachs diese Fähigkeit nicht haben.

Warum eigentlich nicht? Es ist nur eine Frage präzisen Programmierens. Es muß doch eine Möglichkeit geben, die Sensoren der Ommachs so zu perfektionieren, daß sie die mit Emotionen verbundenen chemischen Veränderungen registrieren. Zumindest bei direktem Kontakt, später vielleicht auch auf kleinere Entfernungen.

Sie starrt blind auf ihr Buch und runzelt die Stirn, während ihr Hypothesen und Theorien durch den Kopf schießen. Sie würde wohl selbst wieder in die STADT gehen und die Lernapparate benutzen müssen. Diese Migräne ... Wie alles andere auch muß das Wissen von Desprats und Alghieri dort noch gespeichert sein.

Lussi ruft nach ihr und reißt sie aus ihren Überlegungen. Aus dem Schreien oben ist ein Brüllen geworden. Auch andere Babies sind jetzt wach und beteiligen sich an dem ansteckenden Geschrei. Seufzend legt Elisa ihr Buch zur Seite und macht sich daran, das brüllende Baby zu beruhigen. Wahrscheinlich Abra, wie üblich, und wenn sie sich beruhigt hat, will sie bestimmt eine Geschichte hören. Abra will um jeden Preis beachtet werden. Dabei sind die anderen aus Abras Jahrgang eigentlich ganz friedlich – sofern ein Kleinkind, das gerade laufen lernt, überhaupt friedlich sein kann. Abra hat schneller als die anderen sprechen und laufen gelernt, aber sie fordert auch am meisten von Elisa.

Elisa lächelt mit leiser Selbstironie, als sie die Treppe hinaufsteigt. Liegt es vielleicht daran, daß sie Abra gestillt hat? Liegt es an der engeren Bindung zwischen Abra und ihr? Macht das Kind deshalb größere Ansprüche auf sie geltend? Wie gut, daß sie die anderen nicht auch noch gestillt hat! Aber sie hatte die Erfahrung machen wollen. An die möglichen Konsequenzen hatte sie damals nicht gedacht.

Mit Schuldgefühlen hastet Elisa die Treppe hoch.

3

ELISA! ELISA!«

Die aufgeregte Stimme von Abra und das Geräusch rennender Füße. Elisa wischt sich die mehlbekleisterten Hände an der Schürze ab und dreht sich zur Küchentür. Mit gerötetem Gesicht und zerzaustem Haar stürmt Abra herein und brüllt: »Andra ist hingefallen. Sie ist hingefallen!«

»Wo, Abra?«

»Drüben, bei den Klühen.«

»Bei den Kühen«, verbessert Elisa mechanisch. »Hat sie sich sehr weh getan?«

»Komm gucken, komm gucken«, sagt Abra und zerrt an ihrer Hand.

Mit großen Schritten hastet Elisa quer durch den Garten. Abra zuckelt neben ihr her und sprudelt in ihrer Kleinkindersprache heraus, was ihrer Meinung nach passiert ist. Nachdem Elisa sich alles einigermaßen zusammengereimt hat, ist ihr klar, daß es keinen Grund zur Sorge gibt, und sie verlangsamt ihren Schritt. Andra ist auf den Zaun an der Kuhweide geklettert und heruntergefallen. Dabei hat sie sich die Knie aufgeschlagen.

Am Zaun stehen drei kleine Gestalten um Andra herum, die immer noch auf dem Boden sitzt und jammert, während sie ihr Knie hält. Als sie Elisa sieht, verzieht sie ihr Gesicht und fängt wieder an zu heulen. Elisa geht neben ihr in die Hocke, weil sie die Wunde untersuchen will. Unter dem Schorf ist nur noch eine Narbe zu sehen: und auch die verblaßt bereits. »Warum weinst du?« fragt Elisa. »Es kann doch gar nicht mehr weh tun.«

Das kleine Mädchen hört plötzlich zu weinen auf und reißt seine großen schwarzen Augen entrüstet auf. »Ich bin doch *hingefallen!*«

»Aber dein Knie ist wieder heil, oder?«

Ebenso verwirrt wie beleidigt besieht die Kleine ihr Knie. Elisa muß ein Lachen unterdrücken.

»Andra ist ein Baby«, sagt Abra hämisch. Um Andras Mund zuckt es, Elisa streichelt die tränenfeuchten Wangen.

»Andra ist vier, genau wie du, und sie hat Angst gehabt, weil sie schlimm hingefallen ist. Warum bist du auf den Zaun geklettert, Andra?«

»Ich wollte gar nicht. Abra hat's befohlen!«

Elisa dreht sich zu ihrem schwarzen Schaf um, Abra hat sofort eine Entgegnung parat: »Wir können uns doch sowieso nicht weh machen, wir werden sofort wieder gesund!«

Elisa schlägt mit ihrer Faust auf Abras nackte Schulter, und das Kind setzt sich unsanft auf den Po. Vor Schreck vergißt es sogar zu weinen. »Tut das nicht weh? Und wenn du die Treppe herunterfällst oder dich schneidest wie neulich, tut das nicht auch weh?«

Abra reibt sich automatisch die Schulter, aber Elisa weiß, daß nicht einmal ein blauer Fleck zurückbleiben wird.

»Ihr werdet zwar schnell wieder gesund, aber das heißt noch lange nicht, daß ihr mit Absicht Dummheiten machen sollt«, fährt Elisa mit strenger Stimme fort. »Ich sag's dir jetzt zum letztenmal, Abra. Alles klar?«

Das kleine Mädchen läßt den Kopf hängen und murmelt: »Alles klar.«

4

Endlich einmal scheinen die Kinder völlig ruhig zu sein. Sie umfassen das Geländer des rollenden Gehwegs und sehen geradeaus. Nur Abra gibt mal wieder an, aber sie umklammert Elisas Hand ganz fest.

Im Labor läßt Elisa die Kinder ihre neue Umgebung auskundschaften. Als sie das Gefühl hat, daß sie sich eingewöhnt haben, klatscht sie in die Hände. »Also, hört alle gut zu!« Die kleinen Mädchen merken, daß es ihr ernst ist, und scharen sich um sie, ohne dabei zu reden. Elisa mustert die sechs Gesichter, die glänzenden Augen, die zu ihr hochgucken. Braune, blaue und schwarze Augen. Dunkelbraunes und kastanienrotes Haar. Arella ist kleiner als die anderen, Alana pummeliger. Abra hat ein ovales Gesicht und hohe Backenknochen, Andra lockiges Haar und ein spitzes Kinn. Aria hat einen breiten Mund, volle Lippen und dicke Backen. Anicia dagegen ist blaß und dünn, so zerbrechlich, daß sie fast schon durchsichtig wirkt. Zweifellos unterscheiden sie sich voneinander, diese Mädchen des ersten Jahrgangs. Wie ja auch die Folgejahrgänge alle möglichen Unterschiede hervorgebracht haben. Auch die Charaktereigenschaften entwickeln sich ganz unterschiedlich. Abra ist sehr direkt, Arella eine Frohnatur, Andra liebt Musik, Anicia hat ein außergewöhnliches Talent für Zahlen. Warum also sollte sie an der Individualität dieser Kinder zweifeln?

Wohl deswegen, weil sie weiß, daß sie die Kinder aus ein und demselben ›Urstoff‹ gemacht hat. Es mag zwar jede Menge genetischer Kombinationen geben, aber auch sie haben Grenzen. Vielleicht liegt es aber auch daran, daß sie intuitiv merkt, wie sich die Gefühlswelten der Kinder gleichen. Bei allen spürt sie Neugierde, Aufregung, Angst.

»Ihr wißt, warum ich euch hergebracht habe.«

»Damit wir uns verwandeln«, mischt sich Abra sofort ein.

»Genau. Wenn wir uns schneiden, können wir das Bluten zum Stillstand bringen. Und wenn wir krank sind, können wir uns selbst wieder gesundmachen«, fängt sie an.

Während sie redet, beglückwünscht sie sich selbst wieder einmal dazu, daß bislang noch keine spontane Metamorphose aufgetreten ist. Keines der Kinder hat je ein solches Trauma wie sie selbst erlebt – wahrscheinlich liegt es daran ... Aber das bedeutet auch, daß die Kinder die ›Metamorphose‹ für eine von Elisas Gutenachtgeschichten halten. Sie muß ihnen klarmachen, daß es hier um ganz reale Dinge geht.

»So ähnlich ist es, wenn wir uns verwandeln«, faßt sie ihre Erklärung zusammen.

»Aber es dauert viel länger, und es ist ganz schwer«, ergänzt Abra, die alle Geschichten auswendig kennt.

»Ja. Ich hab euch das ja schon erzählt. Wenn ihr verletzt seid, könnt ihr euch immer selbst heilen. Aber ihr könnt euch nicht immer verwandeln, wenn ihr gerade Lust dazu habt. Es ist viel komplizierter. Ihr müßt euch völlig konzentrieren. Später werdet ihr lernen, wie ihr es auch ohne Maschinen schaffen könnt. Aber jetzt, beim ersten Mal, werden die Maschinen euch dabei helfen.«

Elisa hofft sehr, daß sie die STADT nicht oft auf diese Weise zur Unterstützung heranziehen muß. Aber ihr war keine andere Möglichkeit eingefallen, diese erste Metamorphose zügig und wirkungsvoll durchzuführen. Dennoch war ihr die Einsicht in die Notwendigkeit schwergefallen, genauso schwer wie das, was sie jetzt tun muß.

»Aber zuerst zeige ich euch, wie es geht. Ich werde mich mit Hilfe der Maschinen ganz stark konzentrieren. Und wenn ich das hinter mich gebracht habe, dann bin ich ein Mann.«

»So wie Halter?« fragt Aria.

»Halter ist gar kein Mann«, bemerkt Abra altklug, »Halter ist ein Ommach.«

»Aber sein Körper ist männlich«, unterbricht Elisa. Abra sieht auf den Boden. »Setzt euch jetzt auf eure Stühle und paßt genau auf. Ihr dürft überhaupt keinen Krach machen. Alles klar?«

Zustimmendes Gemurmel, die kleinen Mädchen setzen sich. Halter verdunkelt den Raum. Elisa legt ihre Kleidung ab, streckt sich auf dem Arbeitstisch aus, setzt sich die Kopfhörer auf und beginnt mit den Entspannungsübungen. Sie spürt, wie die Trance allmählich wirkt: Die Zeitabläufe verlangsamen sich, dann hört jedes Zeitgefühl auf. Die Gesetze von Zeit und Raum sind aufgehoben. Es gibt nur noch den Befehl, sich zu verwandeln. Dann läuft die Zeit wieder vorwärts. Elisa spürt jetzt wieder ihren Körper, *Hanses* Körper. Nach all dieser Zeit fremd und doch vertraut. Und sie spürt das Gefühlschaos der Kinder: Überraschung, Aufregung, Angst.

Wer hat Angst? Sie setzt sich auf. Abra? Abra hat Angst? Abra ist die erste, die von ihrem Stuhl aufsteht, sich vor Elisa aufpflanzt und sie finster anblickt. Typisch Abra. Abra ist auch diejenige, die ganz bewußt im Dunkeln herumtappt, gerade weil sie Angst vor der Dunkelheit hat und sich darüber ärgert. Elisa lächelt liebevoll belustigt. »Du kannst mich anfassen, Abra, ich bin es.«

Das Kind hebt zögernd eine Hand und berührt Elisa an der Brust. Die anderen Kinder kommen schüchtern nach vorn.

Abra faßt Mut und greift nach Elisas Penis. »Wie bei Halter«, sagt sie. Aber Abra ist noch immer nicht ganz wohl dabei. »Du bleibst doch nicht so?« fragt sie schließlich. Elisa kann die Ablehnung deutlich spüren.

»Aber nein. Ich wollte es euch ja nur zeigen«, antwortet Elisa lachend.

»Werden wir auch so aussehen wie du?« fragt Aria verwirrt.

»Nein, ihr seid noch zu jung. Wir können unsere Körper zwar verwandeln, aber das hat auch seine Grenzen.« Sie greift zu dem nassen Lehm, den sie für diesen Teil der Vorführung mitgebracht hat. »Ihr könnt größer und dicker werden, aber ihr könnt nur mit dem arbeiten, was schon da ist.« Während sie redet, modelliert sie einen Körper, dann macht sie ihn dünner und länger. »Wenn ihr so groß wie ich sein wolltet, dann würdet ihr ganz dünn werden, sooooooo dünn«, fährt sie fort und dehnt die fadendünne Figur, bis der Lehm auseinanderfällt. »Dann würdet ihr ja auseinanderbrechen. Ich bin ausgewachsen, eine erwachsene Frau, deshalb kann ich mich auch in einen erwachsenen Mann verwandeln. Ihr seid kleine Mädchen, deshalb verwandelt ihr euch in …« Sie läßt den Satz unvollendet, und natürlich ist es Abra, die ergänzt:

»… kleine Jungen!«

»Aber wie machen wir das?« will Aria wissen.

»Zuerst setzt ihr euch mal auf die Stühle. Dann gebe ich euch etwas zum Einschlafen, aber ihr werdet nicht richtig schlafen. Ihr könnt auf den Bildschirmen zugucken, wie sich eure Körper innen und außen verwandeln. Das hilft euch dabei, daß ihr es auch richtig macht.«

Sie erläutert noch einmal das Prinzip der biologischen Rückkoppelung. Die Kinder gehen zu ihren Stühlen zurück und schlucken gehorsam die Tabletten, die sie austeilt. Nur Abra mustert die Tablette auf ihrer Handfläche und verzieht das Gesicht.

»Aber du bleibst doch hier?!«

»Die ganze Zeit, Abra. Ich bin doch diejenige, die euch sagt, wie ihr euch verwandeln könnt.«

Die braunen Augen starren sie an, als suchten sie hinter Hanses Maske die alte Elisa. »Magst du kleine Jungen lieber als kleine Mädchen?«

Elisa lacht. »Egal, ob kleiner Junge oder kleines Mädchen, du bleibst doch *du*, Abra, genau wie die anderen auch Arella, Andra und Aria bleiben. Du bist *du*, egal in welchem Körper du steckst.«

Abra schnüffelt an der Tablette und schluckt sie hinunter.

Jetzt ist es sehr still im Labor. Die Kontrollschirme zeigen, daß die Gehirnwellen der Kinder sich tiefer Trance nähern. Elisa beugt sich zum Mikrofon, das ihre Stimme über die Kopfhörer in den Stühlen so überträgt, daß jedes Kind sie hören kann. »Ihr werdet jetzt die Augen aufmachen. Schaut auf die Bildschirme vor euch...«

5

Draußen wird nicht mehr diskutiert, sondern gezankt. »Wir sind doch sowieso diejenigen, die sagen, wo's langgeht!« schreit Ari wütend. »Warum ihr?« kontert Brunie. »Weil wir Jungen sind!« stellt Abram fest.

WAS?

Elisa ist im Handumdrehen draußen, alle Kinder drehen sich zu ihr um. Die Versammlung besteht aus einem guten Dutzend Mädchen – es sind die Fünf- und Sechsjährigen – und drei Jungen. Auch Anders ist dabei. Alle Kinder spüren ihren Zorn und sagen lieber nichts. Elisa sieht alle der Reihe nach an. Das muß sofort ein Ende haben!

»Was ist hier los?«

»Abram und Ari wollen immer alle herumkommandieren!« beschwert sich eines der kleinsten Mädchen (Es ist Carla). Elisa wendet sich zu den zwei Übeltätern.

»Und warum wollen sie alles unter sich ausmachen?«

Allgemeines Geschrei. »Er sagt, weil sie Jungen sind!«

»Ob Junge oder Mädchen, das spielt doch überhaupt keine Rolle«, sagt Elisa mit Nachdruck und runzelt die Stirn.

Bewußt redet sie nicht weiter und läßt das Schweigen andauern, damit auch die letzten merken, wie verärgert sie ist. »Wenn ihr sieben Jahre alt seid, werdet ihr sowieso alle Jungen sein.«

Abram sieht sie ungläubig an. »Sie werden auch Jungen sein? Alle?«

Sie hätte es ihnen früher sagen sollen. Jetzt versteht sie, was los ist. Sie hatten ihre Verwandlung für einen besonderen Gunstbeweis gehalten, vielleicht hatte Abram es ihnen aufgeschwatzt. Es ist also nicht ganz so schlimm, wie sie gedacht hat. Abram hält sich nicht deshalb für besser als die anderen, weil er ein Junge ist, sondern weil er glaubt, Elisa bevorzuge ihre ältesten Kinder. Die Erstgeborenen. Schließlich hat sie nur ihnen das Verwandeln beigebracht, oder?

»Ja, alle«, antwortet Elisa mit strenger Stimme und fügt spontan hinzu: »Und jeder wird sich dann auch wieder in ein Mädchen verwandeln.«

Das hatte sie ursprünglich gar nicht vorgehabt. Aber angesichts dieser neuesten Entwicklung ist es bestimmt eine gute Idee. Damit sie sich nicht zu sehr an ihre männlichen Körper gewöhnen. Ein wechselnder Turnus ist mit Sicherheit besser. Im Abstand von ungefähr zwei Jahren. Bis zur letzten Metamorphose. Wenn sie dann endgültig Jungen geworden sind, werden sie ihre Erfahrungen als Mädchen wenigstens nicht vergessen. Sie hätte schon früher daran denken sollen. Sie sind dann besser dafür gerüstet, die Dinge in der Außenwelt zu ändern. Es wird ihnen leichter fallen, sich mit den Frauen zu solidarisieren.

Abram wirkt unzufrieden. *Du wirst dich daran gewöhnen müssen, mein Junge.* Nach außen hin schmollt er, aber sie merkt, wie verletzt er ist. Sie zerstrubbelt sein Haar und lacht. »Weißt du, Abram, du bist auch als Mädchen ganz hübsch.« Dann wird sie wieder ernst. »Ob Junge oder Mädchen, das spielt doch keine Rolle. Wenn die anderen nicht so wollen wie du, dann mußt du sie lassen, Abram. Du magst es doch auch nicht, wenn du jemand anderem nach der Pfeife tanzen sollst, oder?«

Mhm. Mhm. Da hat sie sich ja auf was eingelassen. Aber Abram ist zu durcheinander, um die Bemerkung auf die Anweisungen zu beziehen, die von Elisa oder von den Ommachs kommen. Er schnieft und reibt sich die Nase.

»Nein.«

»Aber warum müssen wir uns überhaupt verwandeln?« fragt Carla leicht quengelig.

Elisa geht in die Hocke und faßt das Kind bei den Schultern. »Das hab ich doch schon erklärt, Carla. Wenn ihr erwachsen seid, geht ihr in die Außenwelt.«

»In der Außenwelt gibt es nicht genug Jungen«, unterbricht Abram. Er ahmt Elisas ruhigen Tonfall nach, eifrig bemüht, wieder Gnade vor ihren Augen zu finden. »Deshalb sind wir alle Jungen, wenn wir fortgehen.«

»Aber warum müssen wir überhaupt weggehen?« bohrt Carla weiter.

»Damit die Leute in der Außenwelt auch so werden wie wir«, antwortet Abram wie aus der Pistole geschossen, dann läßt er sich zu einer Erklärung herab. »Damit sie nicht mehr bluten und sich selbst wieder gesundmachen können, wenn sie krank sind. Und damit sie sich verwandeln können, wenn sie das wollen.«

Elisa beobachtet die Reaktionen der Kinder. Zuerst sind sie eher skeptisch, aber dann scheint Abrams Version, vor allem aber sein autoritärer Ton sie besser zu überzeugen als jede technische Erklärung.

»Aber wie ist es in der Außenwelt?« fragt Carla weiter. Elisa merkt, daß aus den Fragen unmerklich ein Fragespiel geworden ist. Also überläßt sie es den Jungen, den kleinen Mädchen zu erzählen, was sie auf Grundlage der Bücher, die sie ihnen gegeben hat, verstanden oder sich zusammengereimt haben. Später, wenn die Mädchen die Bücher selbst gelesen haben, werden sie Dichtung und Wahrheit schon auseinanderhalten können. Jetzt, wo sie darüber nachdenkt, kommt ihr eine weitere Idee: Die STADT könnte ja auch Bilderbücher über die Außenwelt herstellen. Die könnte sie dann den Zwei- bis Dreijährigen geben. Halter soll sich darum kümmern.

Als ihr das Fragespiel lange genug gedauert hat, klatscht sie in die Hände und ruft: »Macht euch fertig zum Abendessen, Kinder!«

Mit leisem Nörgeln brechen die Gruppen auf. Die Jüngsten gehen zurück zu den wartenden Ommachs, die Sieben- und Achtjährigen folgen Elisa nach Hause. Sie sieht zu, wie sie in einer Reihe an ihr vorbeimarschieren, um sich in der Küche die Hände zu waschen.

Das ist das Hauptproblem: Sie hat die ersten beiden Jahrgänge immer um sich herum gehabt und kennt jedes einzelne Kind besser als die anderen der Folgejahrgänge. Nachdem es jetzt – wie viele? Achtundvierzig? – ja, achtundvierzig Kinder sind und sich die Gemeinschaft in ein Dorf verwandelt hat, kann sie unmöglich alle so gut kennen wie die älteren Kinder. Sie wird einen Turnus einführen müssen, so daß sich keine Elitegruppe herausbildet, die immer mit ihr zusammenlebt. Alle Kinder brauchen den persönlichen Kontakt mit ihr. Die Ommachs können ein menschliches Wesen nicht völlig ersetzen, selbst dann nicht, wenn sie inzwischen auf Einfühlungsvermögen programmiert sind. Sie können empfangen, aber nicht von sich aus geben. Natürlich haben die Kinder auch noch ihre Altersgenossen und die älteren Geschwister, aber sie brauchen den regelmäßigen Kontakt mit Erwachsenen.

»Elisa, Elisa!« zetert Bertie. »Bella hat mir mit Absicht Seife in die Augen gerieben.« Elisa hört, wie Lussi den aufkommenden Streit zu schlichten versucht, aber, wie so oft, gelingt es dem Ommach nicht, den Frieden wiederherzustellen. Sie seufzt und geht in die Küche. Ommachs sind Erwachsene, aber nur sie ist ein menschliches Wesen, das wissen die Kinder ganz genau, auch wenn sie mit den Ommachs wie mit echten Menschen umgehen. Die Kinder brauchen eine *Mutter* oder eine Person, die sich wie eine Mutter verhält, auch wenn niemand sie so nennt.

Während sie in die Küche geht, mitten in den Lärm

und das Gespritze, stellt sie sich mit Galgenhumor vor, wie es wohl wäre, wenn die ganze Kindermeute sie Mama nennen würde.

Im übrigen könnten sie mit gleichem Recht ›Papa‹ zu ihr sagen.

6

Warum benutzen wir nicht die Bildschirme der STADT?« Am Tisch wird es plötzlich ganz still. Niemand sieht Abra an, ebenso vermeiden die Kinder den Blick zu Elisa. Sie holt tief Luft. Die Frage mußte ja früher oder später kommen. Und natürlich ist es Abra, die sie stellt.

»Weil es nicht nötig ist«, antwortet Elisa ganz ruhig. »Ihr habt doch die Bücher in der Bibliothek. Sie sind auf der Grundlage des STADTarchivs entstanden.« (Es war das einzige Mal gewesen, daß sie von ihrer Politik gegenüber der STADT abgewichen war. Jedenfalls das einzige und erste Mal, seitdem sie die Kinder mit in die STADT genommen hatte, um mit ihnen die erste Metamorphose zu üben. Würde sie es eines Tages bereuen?)

Abra sieht sich in der Runde um, zu der sich der Rat der Kinder versammelt hat. Anscheinend wird sie von den anderen stillschweigend ermutigt, denn sie fährt fort: »Aber in den Büchern wird die Außenwelt so dargestellt, wie sie vor mehr als zwanzig Jahren war. Wir wissen überhaupt nicht, wie es da inzwischen aussieht.«

»Aber ihr vom A-Jahrgang geht doch sowieso erst in sechs Jahren zur Außenwelt«, stellt Bertram fest.

Andra kommt Abra zur Hilfe. »Wir müssen wissen, wie es da in sieben Jahren aussehen wird, das ist doch ganz klar.«

»Ihr werdet es erfahren«, sagt Elisa. Alle sehen sie an, sogar die Delegierten der Jüngsten, die zwar nicht durchblicken, aber merken, daß ein Streit in der Luft liegt. »Die einzige Möglichkeit, Genaueres in Erfahrung zu bringen, sind die Informationen aus erster Hand. Aber die könnt ihr natürlich nicht selbst beschaffen.«

»Das machen die Ommachs«, wirft Carla ein.

Elisa lächelt sie an. »Ganz genau. Das machen die Ommachs.«

»Das wird aber lange dauern«, sagt Bruno. »Und was ist mit den Reisevorbereitungen, was mit den Unterlagen, die wir brauchen ...«

»Die Ommachs kommen schneller herum, als du gucken kannst«, sagt Elisa. »Und eure Außenwelt liegt auf diesem Kontinent. Ihr müßt nicht unbedingt wissen, was in der übrigen Welt passiert. Meiner Meinung nach reicht ein Vorbereitungsjahr völlig aus.«

»Ein Jahr«, sagt Bruno nachdenklich in das Schweigen hinein. »Aber wir brauchen ja auch Zeit, um die ganzen Informationen zu verdauen.«

»Ganz und gar nicht«, widerspricht Elisa. »Die Informationen, die die Ommachs sammeln, vermitteln sie auf direktem Weg in die STADT. Und alles, was dort ankommt, wird sofort für euch ausgedruckt.«

»Aber sobald die ersten von uns fortgehen, müssen die Bücher laufend auf den neuesten Stand gebracht werden«, sagt Carla mit ihrer Sopranstimme. »Der E-Jahrgang geht fünf Jahre nach dem A-Jahrgang weg, in der Zwischenzeit kann in der Außenwelt jede Menge passiert sein.«

»Abgesehen von wesentlichen Ereignissen«, überlegt Andra weiter, »müssen wir ja auch wissen, wie sich der Alltag im einzelnen verändert hat. Das ist vielleicht sogar noch wichtiger als alles andere.«

Elisa lehnt sich im Stuhl zurück und hört ihnen ganz zufrieden zu. Die Diskussion läuft so, wie sie gehofft hat. Als eine kurze Pause eintritt, meldet sich Abra wieder zu Wort. »Ich verstehe nicht, warum wir so viel Zeit verschwenden. Wir könnten doch sofort anfangen, uns auf den Bildschirmen jeden Tag eine Direktübertragung ansehen und von der STADT die nötigen Hintergrundinformationen an Ort und Stelle besorgen.«

Elisa beugt sich vor, damit sie den Teenager Abra besser sehen kann. Abra sitzt links von ihr am äußersten Tischende und sieht sie nicht an.

»Ich hab euch doch schon erklärt, warum ihr die Bildschirme der STADT nicht benutzen sollt«, Elisa zwingt sich zur Ruhe. »In der Außenwelt könnt ihr sie ja auch nicht benutzen. Sie sind gefährliche Instrumente. Ihr habt das damals gut verstanden. Deshalb habt ihr euch ja auch selbst darauf geeinigt, die Existenz der STADT nach eurer letzten Metamorphose mittels post-hypnotischer Suggestion zu vergessen, ehe ihr zur Außenwelt geht.«

»Aber wir haben die Bildschirme doch schon benutzt: für die Metamorphose und auch für die Bücher«, bemerkt Andra.

»Das ist ganz was anderes. Ihr dürft sie nicht dazu benutzen, den Menschen in der Außenwelt nachzuspionieren. Ich dachte, da wären wir uns einig.«

Kurze Stille. Elisa sieht alle Köpfe einträchtig nicken, sogar die der jüngsten Delegierten, die merken, daß es hier um ein altbekanntes Thema geht.

»Aber es wäre doch gar kein Nachspionieren«, entgegnet Abra kurz darauf.

Elisa unterdrückt eine ärgerliche Grimasse. »Es läuft auf dasselbe hinaus«, antwortet sie und legt ihre Hände flach auf den Tisch. »Die STADT darf nicht zu diesem Zweck benutzt werden. Nur zur Ausbildung in der Metamorphose und für die Buchproduktion. Damit hat sich's.«

»Und für die neuen Kinder jedes Jahr«, wirft Abra ein. »Und in den nächsten sechs Jahren noch für die neuen Kinder, die unser Projekt so nötig hat«, räumt Elisa gelassen ein.

»Und für die Ommachs«, sagt Abra.

Diesmal erlaubt sich Elisa zu lachen. »Zweifellos will Abra irgend etwas beweisen«, wirft sie in die Runde.

»Warum also die Bildschirme nicht auch fürs Projekt benutzen?« fragt Abra, ohne sich einschüchtern zu lassen. »Das ist doch auch nichts anderes, als wenn wir die STADT für die Brutapparate oder die Ommachs nutzen.«

Elisa achtet genau auf die Reaktionen der anderen Kinder. Die meisten sind verwirrt oder sogar verlegen. Nur wenige – die älteren – sind trotz zur Schau gestellter Neutralität offensichtlich fest entschlossen, Abra zu unterstützen.

Elisa seufzt demonstrativ. »Es ist etwas völlig anderes. Ich dachte, du hättest das längst verstanden, Abra.«

Abra verdreht die Augen, wendet den Blick aber nicht ab. »Es wäre einfach sehr viel praktischer«, verteidigt sie ihren Vorschlag.

»Eben«, sagt Elisa mit Nachdruck. »Ihr dürft euch gar nicht erst daran gewöhnen, damit herumzuspielen, daß ihr andere Leute ohne ihr Wissen beobachtet. Zumal es genau die Leute sind, mit denen ihr später zusammenlebt. Das sind doch keine exotischen wilden Tiere. Es ist einfach nicht ehrlich, wenn ihr ihnen zusehen könnt, ohne selbst gesehen zu werden. Oder auch solche Dinge erfahrt, die ihr vor Ort gar nicht mitbekommen würdet. Die Ommachs können die nötigen Informationen beschaffen. Das ist zwar auch nicht gerade ehrlich, aber ein akzeptabler Kompromiß, wie mir scheint. Im Mittelpunkt der heutigen Sitzung stand die Frage, welche Informationen die ersten, die zur Außenwelt gehen, brauchen, und wie wir diese Informationen beschaffen können. Die Ommachs sind dazu sehr wohl in der Lage. Ich schlage vor, wir stimmen jetzt darüber ab.«

Das Ergebnis überrascht sie nicht weiter: Der Rat der Kinder hat ihren Vorschlag einstimmig angenommen. Die Sitzung ist geschlossen, in lebhaft diskutierenden Grüppchen ziehen die Kinder zur Küche, wo Lussi mit Milch und Keksen auf sie wartet.

Elisa geht hinüber, um Holz nachzulegen, das Feuer ist fast niedergebrannt. Nach kurzer Zeit spürt sie, daß jemand hinter ihr steht. Wahrscheinlich Abra. Es muß Abra sein. Seltsam, wie sehr sie sich von den anderen Kindern unterscheidet. Es spielt dabei keine Rolle, ob sie gerade Mädchen oder Junge ist. *Oder wirkt sie nur auf mich anders? Weil sie trotz allem die Erstgeborene ist?*

Nein. Andra oder Aria könnten sich mit gleichem Recht als die Erstgeborenen bezeichnen. Aber Abra ist das erste Kind, das Elisa aus dem Brutapparat geholt hat. Das erste Kind, dem sie einen Namen gegeben hat. Und das einzige Kind, das sie an ihrer Brust gestillt hat. *Und das macht Abra eher zu einer echten Tochter? Lächerlich!*

Andererseits ist es sehr wohl möglich, daß Abra sie mehr als alle anderen Kinder als echte Mutter ansieht. Es ist nicht zu leugnen, daß da eine besondere Bindung existiert. *Abra nervt mich mehr als die anderen.* Elisa muß lachen. Abra wirkt tatsächlich wie ein ganz besonderer Mensch, das ist auch den anderen Kindern nicht entgangen. Elisa hat sie bewußt genau wie alle anderen behandelt. Trotzdem gibt es seit Gründung des Kinderrats vor drei Jahren keinen Zweifel daran, daß Abra – mit stillschweigender Zustimmung der anderen – die Stimme der Opposition ist. *Die Stimme der Opposition.* Wieder lacht Elisa in sich hinein, während sie das Feuer energisch schürt. Eine ziemlich magere und Argumenten stets zugängliche Opposition. Eigentlich eher ein Advokat des Teufels. Die Stimme des Widerspruchs, der Geist, der stets verneint, indem er pflichtschuldigst die Gegenargumente darlegt. Überhaupt nicht destruktiv, sondern durch und durch konstruktiv.

Sie dreht sich um. Abra, die auf sie gewartet hat, sieht verlegen aus.

»Du bist nicht böse?« fragt sie im schroffen Ton des Teenagers.

Elisa streichelt ihre Wange. »Überhaupt nicht«, antwortet sie überrascht.

»Aber du sahst böse aus.«

»Ganz und gar nicht. Wir hatten doch eine gute Diskussion.«

Abra starrt ins Feuer. Offensichtlich ist sie mit sich selbst noch immer nicht im reinen. Der flackernde Lichtschein spielt auf ihren Gesichtszügen, den hohen Wangenknochen, den schönen, ziemlich vollen Lippen. Elisa sieht sie wohlgefällig an. Bei ihrer letzten Metamorphose hat Abra ihren weiblichen Körper ein bißchen verändert. Sie ist jetzt etwas größer als früher, schlanker, hat lockiges blondes Haar und graue Augen. Es steht ihr gut.

»Was ist los, Abra?« fragt Elisa sanft.

»Ich verstehe immer noch nicht, warum du die STADT nicht mehr nutzen willst.«

Elisa erstarrt. Nicht das schon wieder.

»Es muß ja nicht für lange sein«, fährt Abra hartnäckig fort.

»Nur, bis wir alle uns in der Außenwelt etabliert haben.«

Elisa hängt die Feuerzange ans Gestell mit den Blasebälgen.

»Später würden wir es *vergessen*«, redet Abra weiter. »Niemand in der Außenwelt würde je etwas davon erfahren. Wir selbst hätten die STADT dann ja auch vergessen.«

Elisa richtet sich auf. »Nein, Abra. Ich hab's dir oft genug erklärt. Wenn du es immer noch nicht kapierst, kann ich nur ›nein‹ sagen. Später einmal wirst du es verstehen.«

Sie mustert das deprimierte Mädchen, zwingt sich zu einem Lächeln und schließt das Gespräch bewußt mit den Worten ab, die sie immer benutzt hat, als Abra noch klein war. »Alles klar?«

Abra läßt den Kopf hängen und murmelt nach einer Pause: »Alles klar.«

7

Die große weiße Katze steht bewegungslos mitten im Garten und hat ihren Kopf in Elisas Richtung gedreht. Sie ist in der Haltung erstarrt, die sie gerade eingenommen hat, als Elisa ihre Haustür öffnete und das Tier überraschte. Es ist größer als eine Wildkatze, fast so groß wie ein Leopard, hat aber Kopf und Ohren eines Luchs. Falls Elisa ihrer Intuition im Umgang mit Tieren trauen kann, scheint die Katze keine Angst zu haben. Es ist das erstemal, daß Elisa jetzt einer solchen Katze in natura begegnet, obwohl die Ommachs im Wald schon oft auf welche gestoßen sind. Allerdings hat sie diese Tiere vor langer Zeit, als sie noch klein war, auf den Bildschirmen der STADT gesehen. Es war ein Experiment gewesen: Mario – wie hieß er doch gleich? – Mario Alghieri hatte sie, wenn sie sich recht erinnert, im Südwesten ausgesetzt. Konnten sie so weit in den Norden gewandert sein? War der Südwesten ihnen zu heiß?

Die große Katze reißt das Maul weit auf, gähnt und enthüllt dabei den rosig-schwarzen Gaumen. Dann setzt sie ihren Weg unbekümmert fort.

Elisa lacht über die anmutige Arroganz des Tiers. Trotzdem muß sie die Kinder warnen. Diese Katze sieht zwar nicht gerade heimtückisch aus, aber man kann nie wissen.

Sie betrachtet den Himmel und die Bäume, genießt die Stille und Kühle und merkt, wie sie Zufriedenheit erfüllt. Ein schöner Herbsttag. Die wohlvertraute Liste ihrer täglichen Pflichten geht ihr durch den Kopf. Frühstück. Die Kühe melken. Arbeit mit den Zwölf- und Dreizehnjährigen. Mit den Acht- und Neunjährigen die Kartoffelernte einbringen. Den ältesten Kindern, die Marmelade einkochen, mit Rat und Tat zur Seite stehen. Heute abend werden sie sich verwandeln. Kuchen backen. Allerdings wird es am besten sein, gar nicht viel Wirbel um diese Metamorphose zu machen. Im Lauf der Zeit wird ganz von selbst eine Zeremonie, ein Fest daraus werden. Ein Tag, der in regelmäßigen Abständen gefeiert wird. Soll sie die Metamorphose mit ihnen durchsprechen? Privat oder öffentlich, auf der Ratsversammlung? Immerhin ist es ihre letzte Verwandlung. Wenn sie einmal zwanzig Jahre alt sind, bleiben sie ›Männer auf Dauer‹.

Im Herbst sieht das Dorf zweifellos am schönsten aus. Der warme Glanz der Holzhäuser paßt hervorragend zu den rostfarbenen und gelben Blättern, die sich hell gegen den blauen Himmel abheben – eine letzte Explosion von Farben vor dem Winterschnee. Sieben Häuser, deren Holz mit den Jahren zu einem silbernen Grau verwittert ist. Mit halbem Lächeln sieht sie sich im Halbkreis um. Sie hat sich solche Mühe gegeben, das Dorf ganz anders als die STADT zu gestalten, daß es fast wie eine Kulisse aus den alten Filmen wirkt, die sie sich als kleines Mädchen zusammen mit Desprats angesehen hat. Wie hatte er die Filme genannt? *Western.* Grobe Holzstämme, die Ritzen dazwischen sorgfältig abgedichtet. Ein erhöhtes Fundament, um das ganze Haus herum eine Terrasse. Innen derselbe Stil: glänzende Holzdielen, ein riesiger Ziegelsteinkamin, gegerbte Tierhäute und Pelze als Vorleger, rustikale Möbel, bei denen es ihr mehr auf Haltbarkeit als auf Schönheit angekommen war. Es gibt in der Außenwelt kaum eine Gemeinschaft, die in solchen Häusern lebt. Dort sind fast alle Dörfer am Rande zerstörter Städte entstanden. Für den Bau wurden alle Materialien verwendet, die gerade zur Hand waren: Beton, Schmiedeeisen, Plastik. Eigentlich spielt das alles auch gar keine Rolle. Die Kinder hier sind das ländliche, fast schon spartanische Leben gewöhnt, das allein zählt. Sie werden mit der Außenwelt klarkommen.

Die Außenwelt. Wieder dieses Wort. *Außenwelt.* Die Kinder haben sich den Ausdruck sofort zu eigen gemacht. Klar, daß er für sie etwas anderes als für Elisa bedeutet. *Außenwelt. Du lebst in der Außenwelt, Elisa.* Aber diese immer wiederkehrende geistige Fehlleistung unterstreicht einmal mehr die Tatsache, daß sie bislang nur eine geschützte Enklave in der Außenwelt geschaffen hat.

Mit leiser Trauer betrachtet sie die langen, niedrigen Häuser auf ihren soliden Steinfundamenten. Dahinter die Obstbäume, die jetzt gelbe Blätter tragen. Der große Garten. Die Kuhweide. Der Gemüsegarten. Im Hintergrund der Wald, den sie während der letzten fünfzehn Jahre in bestimmter Hinsicht domestiziert hat. Eine vertraute Kulisse. Warum wirkt sie plötzlich anders als sonst? Als habe die weiße Katze alles verändert. Als überblicke sie von jetzt auf nachher eine Zeitspanne von mehr als dreißig Jahren wie durch ein Fernrohr.

Elisa streicht sich eine Locke aus der Stirn. *Mehr als dreißig Jahre.* Die Zahl hat keine Bedeutung. Aber ganz sicher war sie fünf gewesen, als Mario sein Katzenexperiment abgeschlossen hatte. Oder war es Max gewesen? Ja. Alghieri war damals schon tot. Sie erinnert sich gut daran, daß sie ein paar Katzen geschenkt bekam, die für das Experiment nicht geeignet waren, die man andernfalls getötet hätte. Es war in dem Jahr gewesen, als Desprats gestorben war.

Ich bin sechsunddreißig Jahre alt.

Komisch, daß Zahlen anscheinend immer andere Zahlen nach sich ziehen. Das Projekt existiert jetzt seit fünfzehn Jahren. In fünf Jahren werden die ersten Kinder fortgehen. Bald kommt die Stunde der Wahrheit. Und in zwanzig Jahren wird das Projekt abgeschlossen sein. Zwanzig Jahre. Zwanzig Jahre sind eine lange Zeit. Wo war sie vor zwanzig Jahren gewesen?

Sie hatte die Bildschirme der STADT betrachtet und von Paul geträumt.

Und wo und was würde sie in zwanzig Jahren sein? Würde sie anders sein als jetzt? Natürlich kann sie es sich nicht vorstellen, obwohl sie es versucht. Ihr Körper jedenfalls wird sich nicht sehr verändert haben, allerdings hat ihre Fähigkeit zur Regeneration in den letzten paar Jahren anscheinend nachgelassen. Aber das ist ein ständiger Prozeß, er läuft jetzt sicher nicht schneller ab als früher. Bei diesem Tempo wird es noch Jahrzehnte dauern, bis sie die Fähigkeit ganz verliert und normal altert.

Als er noch klein war, hatte Abram – Abra – sie nach dieser Fähigkeit zur Regeneration gefragt. Das kleine Mädchen hatte diese Gabe gerade erst bei sich selbst entdeckt. Mit ihrer Erklärung hatte sich Elisa alle Mühe gegeben, schließlich war Abra damals ja erst vier Jahre alt! Sie hatte dem Kind erzählt, sein Körper passe sich automatisch immer dem Idealmodell an, tue alles, um den Idealzustand aufrechtzuerhalten. Abra hatte lange darüber nachgedacht und dann gesagt: »Aber warum werden wir dann größer?«

Die Intelligenz und gleichzeitige Naivität dieser Frage hatte Elisa zum Lachen gebracht. Abra wollte nicht größer werden, sie wollte Elisas Baby bleiben. Elisa hatte erklären müssen, daß Größerwerden keine Krankheit ist, sondern der Körper es ganz normal findet.

Größer werden, älter werden. Sterben. War es Andra, die danach gefragt hatte? Elisa hatte darauf nichts zu antworten gewußt, außer, daß alle Menschen sterben müssen. Inzwischen ist ihr klar, daß die Fähigkeit zur Regeneration mit dem Alter abnimmt. Ihr ist auch bewußt, wie schnell das gehen kann. Sie kann sich ziemlich genau ausrechnen, wie lange sie noch zu leben hat. Mit fünfundsechzig oder siebzig Jahren hört die Selbstregeneration auf – falls der Alterungsprozeß nicht schon früher einsetzt. In diesem Alter wird sie immer noch wie dreißig aussehen. Was danach kommt, steht in den Sternen: normales Altern, sofern sie bestimmte Vorsichtsmaßnahmen trifft. Anders ausgedrückt: Wenn sie Glück hat, liegen noch sechzig produktive Jahre vor ihr. Oder aber schneller Verfall und der Zusammenbruch innerhalb weniger Jahre. Sie wird es am eigenen Leib erfahren, so viel ist sicher. Jedenfalls ist es ihr Leben, ihr Tod. Sie allein entscheidet darüber. Und das Projekt wird bis dahin längst abgeschlossen sein.

Und danach? Wieder diese altbekannte Frage, sie lächelt, als sie sich dabei ertappt. Was machst du, wenn das Projekt abgeschlossen ist, Elisa? – Was soll's, das Projekt ist noch nicht zu Ende, wenn der letzte Junge fortgegangen ist. Sie wird die verschiedenen Gemeinschaften besuchen müssen, in denen die Jungen sich angesiedelt oder die sie gegründet haben. Muß verfolgen, wie die Kreuzung mit den Genen der Außenwelt klappt. Es sieht ganz so aus, als werde sie viel unterwegs sein. Ob es wohl ein schlimmer Verstoß gegen die eigenen Regeln wäre, wenn sie für ihre Reisen ein Moddex nähme? Vielleicht nicht, denkt sie amüsiert. Aber sie würde dann ja viel Zeit haben, warum sollte sie sich mit dem Reisen beeilen?

Und wenn sie das Reisen über hat, kann sie sich immer noch mit dem ungelösten Problem des vertrackten Virus befassen, mit dem T-Virus, das dafür sorgt, daß mehr Mädchen als Jungen geboren werden. Oh, sie wird genug Beschäftigung haben.

Und danach? Die Frage geht ihr nicht aus dem Kopf. Sie kehrt zurück ins Haus.

Aus der Küche ist Lärm zu hören. Wer ist diese Woche mit dem Frühstückmachen dran? Don und Daniel? Sind sie schon auf? Aber es ist nur eine einzige Person in der Küche. Als sie Abram erkennt, runzelt Elisa die Stirn. Er muß durch die Hintertür hereingekommen sein, während sie draußen war. Als sie eintritt, dreht er sich nicht um, sondern schneidet weiter Brot. Er wirkt angespannt und besorgt, aber entschlossen. Entschlossen wozu? Was geht hier vor? Mit Bedauern denkt Elisa daran, wie friedlich ihr Morgen begonnen hat. Sie holt ein paar Schüsseln heraus, setzt Milch auf dem Herd auf und nimmt Marmelade und Käse aus dem Schrank. Mit gesenktem Blick nimmt Abram ihr gegenüber Platz. Zuletzt hat sie ihn vor zwei Wochen gesehen. Danach war er unterwegs, um zusammen mit den Ommachs Holz zu schlagen. In letzter Zeit läßt er sich nur selten blicken, eigentlich sieht sie ihn nur noch auf Ratsversammlungen oder wenn sie sich zufällig im Garten oder sonstwo begegnen. Er ist kräftiger geworden: Die Schultern unter seinem Leinenhemd wirken breiter, die Arme muskulöser. Allerdings hat er immer noch das magere Gesicht eines Heranwachsenden. Seine Haut ist sonnenverbrannt, aber immer noch glatt. Es ist nicht zu übersehen, daß ihn irgend etwas bedrückt. Um ihn aufzuheitern, gibt Elisa ihm einen freundschaftlichen Klaps auf den Arm, den er auf den Tisch gestützt hat. Er zuckt zusammen.

»Erzähl's mir, Abram.«

Die grauen Augen begegnen ihrem Blick. »Ich will mich nicht mehr verwandeln.« Seine Stimme klingt irgendwie gedämpft.

Das ist alles? Elisas erste Reaktion ist überraschte Erleichterung. Um Zeit zum Nachdenken zu gewinnen, geht sie hinüber zum Herd und paßt auf die Milch auf. Es ist ihm wichtig. Wahrscheinlich hat er Angst davor, sie zu verärgern. Alle zwei Jahre eine Verwandlung: Das ist die Regel, der sich alle ohne Widerrede unterwerfen. Es kommt für sie nicht überraschend, daß Abram sich als erster weigert. Zumal er in der ersten Phase der Pubertät ist. Genau wie sie selbst sind auch die Kinder Spätentwickler. Aber bei den Leuten der Außenwelt ist es nicht anders. Und die Frauen sind nicht mehr so lange gebärfähig wie früher: Schon mit fünfunddreißig oder vierzig kommen sie in die Wechseljahre. Die Männer allerdings scheinen von dieser Entwicklung ausgenommen zu sein. Oder vielleicht leben sie nicht lange genug, daß es überhaupt zu merken ist. Ihre durchschnittliche Lebenserwartung beträgt fünfundfünzig Jahre.

Soll sie darauf bestehen, daß die Kinder während der ganzen Pubertät weibliche Körper haben? Spielt das überhaupt eine Rolle?

Sie holt sich den Zucker vom Regal und zögert einen Augenblick lang, ehe sie sich wieder setzt. Sie spürt Abrams Verlegenheit. Natürlich hatte sie über das Problem schon nachgedacht, allerdings nur theoretisch. Pubertät. Sie hatte diesen Aspekt kindlicher Beziehungen nie groß beachtet. Im Laufe der Jahre hatte es immer mal wieder erotische Verbindungen gegeben, und die Kinder hatten ihr oder den Ommachs die unvermeidlichen Fragen gestellt. Offensichtlich waren aber nie größere Probleme aufgetreten, zumindest keine, die nicht die Altersgenossen oder älteren Geschwister hatten lösen können. Den Rat der Erwachsenen hatten die Kinder gar nicht gebraucht.

Aber bald werden sie die sexuelle Reife haben, werden gebär- und zeugungsfähig sein. Soll sie ihnen erlauben, miteinander Kinder zu bekommen? Sie hatte schon mal darüber nachgedacht und war zu dem Schluß gekommen, daß es nicht sein durfte. Das Risiko, ein schädliches Gen zu aktivieren, würde bei ihren Kindern kaum größer als bei ihnen selbst sein (schließlich war das genetische Material, das Paul seinerzeit sorgfältig selektiert hatte, völlig identisch). Aber es wäre eine Zeitverschwendung. Die Kinder der Kinder würden sich noch ähnlicher sein. Und die gemeinsame Elternschaft würde Bindungen schaffen, die den Abschied aus der Gemeinschaft, die Abreise zur Außenwelt ganz erheblich komplizieren könnten.

Andererseits ist das Mehr an Erfahrung zu bedenken, wenn diese künftigen Männer selbst Kinder gebären. Nein. Dann müßten fairerweise *alle* Kinder bekommen. Einige würden das nicht wollen. Und auch das, was sie ihnen zumuten kann, hat Grenzen, eine solche Forderung geht weit darüber hinaus! Nein. Sie muß jetzt einfach alle Betroffenen an einen Tisch holen und sie daran erinnern, daß die Zeugung zu den Körperfunktionen gehört, die sie ganz bewußt steuern können.

Sie setzt sich wieder und gießt Milch in die Trinkschalen. Ihr langes Schweigen hat Abram noch nervöser gemacht.

»Du willst ein Junge bleiben, Abram? Warum?«

Er sieht weiter zu Boden. »Weil ich mich ... so wohler fühle.«

»Das erklärt gar nichts, Abram. Versuch's noch mal.«

Er rührt mit gerunzelter Stirn in seiner Milch. »Wir sollen doch sowieso als Jungen fortgehen, oder nicht? Wir verwandeln uns in Mädchen, damit wir uns in der Außenwelt daran erinnern, wie es als Mädchen ist. Ich kann das sowieso nie vergessen: Von meinen fünfzehn Lebensjahren war ich zehn Jahre lang ein Mädchen.«

»Aber in zehn Jahren bist du fünfundzwanzig Jahre alt und hast nur zehn davon als Mädchen gelebt. Das ist kein Argument, Abram. Da mußt du dir schon was Besseres einfallen lassen.«

Er hebt den Kopf, weil er merkt, daß sie Spaß macht, und entspannt sich etwas.

»Ich bin wirklich lieber ein Junge, Elisa. Ich fühle mich einfach wohler als Junge, das ist alles. Ich kann selbst nicht genau sagen, warum.«

Es macht ihm wirklich zu schaffen, daß er es nicht besser erklären kann, wieder senkt er den Kopf. Elisa betrachtet die dicken blonden Locken, die ihm in die glatte Stirn fallen. Seltsam. Identifiziert er sich jetzt schon mit der Rolle, die er in fünf Jahren in der Außenwelt ausfüllen muß? Ist es eine vorübergehende Laune? Nein, es scheint ihm ernst zu sein. Sie muß in aller Ruhe darüber nachdenken. Wenn andere mit der gleichen Forderung kommen, muß sie eine Antwort parat haben. Es versteht sich von selbst, daß sie ihn nicht zur Metamorphose zwingen kann.

»Also gut. Bleib ein Junge, so lange du willst. Falls du dich aber doch noch verwandeln willst, gib mir Bescheid. Damit ist die Sache für mich erledigt. Alles klar?«

Eigentlich könnte sie es ja zur Regel machen: freie Wahl des Geschlechts nach dem fünfzehnten Lebensjahr. Gar keine schlechte Idee. Ein Thema für die nächste Ratsversammlung.

»Du bist mir nicht böse?«

Sie unterdrückt eine leichte Verärgerung. Spürt er denn nicht, daß sie nicht böse ist? »Natürlich nicht. Ich hab dir doch schon gesagt: Mir persönlich ist es völlig egal, ob Mädchen oder Junge. Jedenfalls solange, bis ihr fortgeht.«

Trotzdem scheint er nicht ganz zufrieden zu sein. Möchte er hören, daß sie ihn als Jungen lieber mag? Es wäre gar nicht mal gelogen, nur ein bißchen übertrieben. Auch die Frage, ob sie lieber als Mädchen oder als Junge in die Außenwelt gehen wollen, hätte sie die Kinder ja gern selbst entscheiden lassen. Aber auch die Kinder hatten zugeben müssen, daß es in Wirklichkeit gar keine echte Frage war. Alle waren sich darin einig gewesen, daß sie nicht als Mädchen in der Außenwelt leben wollten. »Dann könnten wir ja gar nichts machen als bis zum Gehtnichtmehr Kinder zu kriegen und ansonsten wie Sklavinnen zu arbeiten«, hatte Andra die Meinung aller zusammengefaßt. »Wenn wir in der Außenwelt irgendwas ändern wollen, dann können wir das nur als Männer.«

Außerdem würden sie als Männer ihre Gene viel schneller verbreiten können. Aber daran hatte offensichtlich niemand gedacht, und Elisa hatte sie auch nicht daran erinnert.

8

Elisa schaut besorgt aus dem Fenster. Seit heute morgen schneit es wieder, und am frühen Nachmittag ist ein Wind aufgekommen, der in wilden Böen heulend gegen die Fensterscheiben peitscht. Es dämmert schon. Die Kinder hätten gestern nicht auf die Jagd gehen sollen. Aber gestern war das Wetter noch schön gewesen.

Sie reißt sich zusammen. Sie sind jetzt praktisch erwachsen. In zwei Jahren werden die ersten fortgehen. Und Halter ist bei ihnen, es kann also gar nichts passieren. Sie zieht sich an ihren Platz am Feuer zurück und greift nach ihrem Buch. Sie müssen sowieso lernen, mit jedem Wetter fertigzuwerden. Schon die Tatsache, daß ein Ommach bei ihnen ist, verstößt gegen das Unabhängigkeitsprinzip, das die Ratsversammlung verabschiedet hat. Abram hatte sie darauf hingewiesen, aber da auch einige der jüngeren Kinder mit auf die Jagd gegangen waren, hatte Elisa kein Risiko eingehen wollen. Alle Kinder hatte sie gut durch die letzten achtzehn Jahre gebracht, und das sollte auch in Zukunft so bleiben.

Sie versucht weiterzulesen, aber immer wieder lauscht sie dem Wind. Francie, Florie und Gil sitzen auf der Treppe und streiten sich darüber, wer in diesem Dreiergespann ein schlechter Kumpel ist. Francie und Florie gegen Gil, na klar. Sie stecken immer zusammen, egal, ob sie gerade Mädchen oder Junge sind. Sie beobachtet sie belustigt. Schließlich hat Charakter ja nichts mit dem Geschlecht zu tun: Unerträglich sind sie immer. Na ja, nicht unerträglich, aber jung, immer zu Streichen aufgelegt, übersprudelnd vor Lebenslust.

Kein Lebenszeichen von den Jägern. Sind sie weiter gegangen als geplant? Sobald der Wind aufkam, hätten sie doch den Rückweg antreten müssen. Inzwischen sollten sie längst zu Hause sein.

Sie merkt, daß ein kleines Kind, das auf der Holzkiste gesessen hat, aufgestanden ist und zu ihr herüberkommt. Sie tut so, als sei sie ganz in ihr Buch vertieft, aber das Kind läßt sich nichts vormachen. Es spürt, daß sie sich Sorgen macht und setzt sich auf ihre Armlehne. Es ist Kara – in diesem Jahr Kari, aber intuitiv kann sie den Unterschied noch nicht spüren, er ist noch nicht lange genug ein Junge. Normalerweise dauert es ungefähr ein Jahr, bis sich die frischgebackenen kleinen Männer an den älteren Jungen orientieren. Und nach mehreren Jahren bildet sich ein deutlicher Unterschied heraus, der stets da und auch intuitiv zu spüren ist. Merkwürdig, bei den ersten Kindern war es nicht so gewesen. Aber nein – eigentlich ist es ja ganz normal. Schließlich haben die jüngeren Kinder männliche Vorbilder: Abram, Ari und Anders – diejenigen, die sich seit ihrer Pubertät nicht mehr verwandelt haben.

Kari klettert ihr auf den Schoß, als sie zeigt, daß sie ihn bemerkt hat. Sie zieht ihn eng an sich, atmet den warmen Geruch dieses kleinen Menschentiers ein und streichelt seine weiche Wange. Die Kinder dieses Jahrgangs haben alle grüne Augen. Wie bei jeder neuen Generation hat sie versucht, sie so unterschiedlich wie irgend möglich zu schaffen, aber es gibt einfach nicht genügend Somatypen, und auch das vorhandene Material bietet nur begrenzte Möglichkeiten. Also hat dieser ganze Jahrgang Augen in verschiedenen Grüntönen. Eine statistische Häufung. Und natürlich würden sie die grünen Augen auch nach der Verwandlung behalten. Erst nach der dritten oder vierten Metamorphose fangen sie damit an, mit ihren Körpern zu experimentieren. Vorher brauchen sie ganz offensichtlich stabile Identitäten.

Sie ist jetzt schon bei der *P*-Generation. Patrick, Pierre, Pavel – hm, hm – ist das nicht das russische Äquivalent für Paul? Warum nicht Paul? Sie hat doch wirklich einen Teil seines Traums verwirklicht, wie sie auch Desprats' Traum verwirklicht hat, oder? Paul. Es wäre schon merkwürdig, einen ›Paul‹ hier zu haben. *Nach all den Jahren, Elisa?* Aber sie hat einen Kompromiß geschlossen. Immer, wenn Pavel ein Mädchen ist, heißt sie ›Paula‹.

Immer, wenn er ein Mädchen ist. Plötzlich geht Elisa auf, wie bizarr diese Formulierung klingt. Komisch, am Anfang gibt sie ihnen stets Jungennamen, obwohl sie bis zur ersten Metamorphose im Alter von sieben Jahren Mädchen sind. Eigentlich müßte sie an den jüngsten Jahrgang als an die Patricias, Petras und Paulas denken. Sowieso eine blöde Sitte. Warum überhaupt Jungen und Mädchen unterschiedliche Namen geben? Aber so ist es nun mal in der Außenwelt. *Und außerdem, Elisa, gib's zu: Du denkst an sie eher als Jungen denn als Mädchen. Du denkst an sie als das Endprodukt: In der Außenwelt werden sie Jungen sein.*

Elisa ist mit sich selbst unzufrieden. Aber sie muß den Tatsachen ins Auge sehen: Je länger sie sich mit dem Projekt befaßt, desto schwerer fällt es ihr, an die Kinder als an Individuen zu denken. Die Charaktere der Erstgeborenen – Abram, Ari, Anders – haben sich ihr nachdrücklich eingeprägt. Auch bei den ersten drei Jahrgängen kennt sie die Charaktereigenschaften aller Kinder sehr gut. Da gibt es die Kinder, auf die sie immer ein Auge gehabt hat. Diejenigen, mit denen sie Schwierigkeiten hatte und die ihr geholfen haben, ihre ursprünglichen Fehler zu korrigieren. In den Folgejahrgängen kann sie wenigstens noch viele einzelne Persönlichkeiten unterscheiden: Das sind die Kinder, die aus diesem oder jenem Grund ihre Aufmerksamkeit auf sich gezogen haben. Wie zum Beispiel Francis und Florent, die immer zusammenstecken. Karel, der so gut zeichnet. Louis, der sich einen ganzen Tag lang im Wald verlaufen hatte. Anders kann es bei mehr als hundert Kindern im Dorf ja auch gar nicht sein.

Kari schmiegt sich immer noch mit geschlossenen Augen an Elisa. Sie lächelt, schaukelt ihn sanft und sonnt sich in der Ruhe und Zufriedenheit, die das Kind ausstrahlt. Auch Elisa schließt die Augen. Dabei spürt sie den Atem des Kindes, die Wärme der Flammen, die jetzt gedämpften Stimmen der anderen. Es tut gut. Es kann nicht völlig falsch gewesen sein, dies alles ins Leben zu rufen.

Von der Veranda sind aufgeregte Stimmen und Schritte zu hören. Die Jäger. Lussi ist schon an der Tür, als Abram hereinkommt, er hat immer noch seine Jagdkleidung an. Auf seinen Armen trägt er jemanden. Alarmiert springt Elisa auf. Aber es ist ein winziger Fremdling in Pelzen und schlecht verarbeiteten Häuten. Halter, der zwei weitere Körper trägt, tritt ein, gefolgt von den übrigen Jägern, Mädchen wie Jungen, die sich ebenfalls menschliche Lasten aufgebürdet haben. Ein kalter Luftzug weht durch das Zimmer, der Wind heult an den Türen, die immer noch offenstehen. »Um Himmels willen, macht endlich die Türen zu«, schreit jemand.

»Heißes Wasser und Decken«, sagt Elisa. »Und legt Holz nach.« Sie zieht den Fremden aus, die anderen folgen ihrem Beispiel und entkleiden die Geschwächten. Ungefähr zwanzig Körper liegen ausgestreckt auf dem Boden.

Er ist ein Mann. Klein, dunkelhäutig und sehr mager. Zuerst hält Elisa ihn für einen Jungen, weil er keinen Bartwuchs hat und auch am übrigen Körper kaum behaart ist. Dann nimmt sie seine eisigen Finger in die ihrigen und versteht. Sechs Finger, fast alle gleich lang, ungewöhnlich lange Daumen. Mutanten.

»Wir haben sie unten am Berg gefunden«, sagt Abram, der neben Elisa einen anderen Körper warmreibt. »Wir waren schon auf dem Heimweg – als der Schneesturm losging, wollten wir sofort zurück –, da haben wir die Leute zufällig auf der Dorfstraße gefunden. Halbtot. Als wir merkten, daß es mehrere waren, gingen wir seiner Spur nach und fanden die übrigen.«

Elisa massiert immer noch den eisigen Körper, der kleine Mann erschauert. Er hat Erfrierungen, aber noch schlimmer sind Hunger und Erschöpfung. Halter hat ihm schon die nötigen Substanzen zur Wiederbelebung gespritzt, später muß er richtig essen.

Elisa untersucht die anderen. Zehn Frauen, drei Männer und sechs Kinder. Zwei sind noch sehr klein. Mager, aber in ganz guter Verfassung. Alle haben zwölf Finger und Zehen und bis auf Augenbrauen, Wimpern und Kopfhaar keine Körperbehaarung.

»Abram, sag den anderen Bescheid und hol Betten.« Elisa kehrt zu dem winzigen Mann zurück. Seine Augen sind jetzt offen, er sieht sich erstaunt um. Nein, nicht erstaunt. Eher ehrfürchtig und dankbar. Er murmelt irgend etwas und deutet auf seinen Hals. An seinem Kragen trägt er ein Amulett in Form eines Wirbels, ein blankes Knochenstück. Elisa braucht eine Minute, bis sie versteht, was er sagt. »Ich wußte, ich würde es finden.« Er spricht ein Mischmasch aus Deutsch und Russisch, die Sprache des Ostens. Seit ewigen Zeiten hat sie diese Sprache nicht mehr gehört. Er versucht aufzustehen. Sie hilft ihm, sich aufzusetzen und gibt ihm ein bißchen Suppe. Als er geschluckt hat, sinkt er an ihrem Arm zusammen. Sie legt ihn wieder hin. Immer noch sind seine Augen auf, er sieht sie – ehrfürchtig? – an.

»Ich heiße Elisa. Wie heißt du?«

Die Antwort klingt so ähnlich wie »Meo«.

»Gehören diese Menschen zu deiner Familie, zu deiner Sippe?«

»Meine Sippe«, sagt der kleine Mann. »Wir sind die Sestis, Göttin.« Er berührt wieder sein Amulett und schließt mit einem Lächeln auf den Lippen die Augen.

Abram kommt mit den anderen herein und bringt die Betten. Elisa kümmert sich darum, daß alle ihren Platz finden und versorgt werden. Es wird das Beste sein, sie jetzt in Ruhe zu lassen, damit sie wieder zu

Kräften kommen. Über theologische Fragen kann sie mit ihnen immer noch diskutieren, wenn sie wieder auf den Beinen sind.

9

Als Elisa am nächsten Morgen aus ihrem Schlafzimmer kommt und nach unten geht, findet sie Meo in intensivem Gespräch mit Abram, der im Haus übernachtet hat. Der kleine Mann ist aufgestanden, es scheint ihm ganz gut zu gehen. Es ist wirklich erstaunlich, wie schnell er sich erholt hat. Neben Abram, dem er nur bis zur Schulter reicht, wirkt er wie ein Jugendlicher. Als der Mutant Elisa die Treppe herunterkommen sieht, verneigt er sich vor ihr und berührt sein Amulett.

»Du hättest nicht aufstehen sollen, Meo«, sagt sie in seiner Sprache.

Er senkt reumütig den Kopf: »Ich wollte nach meinen Frauen sehen.«

»Eine seiner Frauen ist schwanger«, sagt Abram in Franglei. »Dem Foetus geht es gut. Diese Menschen haben großen Mut. Anscheinend haben sie mehr als dreihundertundfünfzig Kilometer praktisch ohne Nahrungsmittel zurückgelegt. Sie kommen aus dem östlichen Zentralland.«

»Hast du heute morgen schon irgendwas gegessen, Meo?« fragt Elisa.

»Nein, Göttin.«

»Ich heiße Elisa. Ich bin keine Göttin. Laß uns zusammen frühstücken. Abram, hast du schon gegessen?«

»Ich wollte gerade frühstücken, als ich ihn hörte.«

Der kleine Mann folgt ihnen. Als Elisa auf einen Stuhl deutet, verneigt er sich unterwürfig und läßt sich ihr gegenüber nieder.

Sie gießt Milch ein, bestreicht ein Stück Brot mit Butter und nimmt etwas Käse. Meo beobachtet sie.

»Lang zu, Meo«, sagt sie und ißt weiter, während sie ihn betrachtet. Er imitiert ihre Bewegungen haargenau. Als er das Butterbrot probiert, hellt sich sein Gesicht auf. Sie läßt ihn essen. Als er fertig ist, fragt sie: »Warum bist du hergekommen, Meo?«

»Weil hier die Götter wohnen«, antwortet er. »Wir waren hungrig und haben gefroren. Der Stamm wollte uns nicht, wir sind zu viele und haben auf ihrem Gebiet gejagt. Es gab dort sowieso nicht mehr viel Wild. Wir hätten alle sterben müssen.«

»Und was hat dich auf die Idee gebracht, daß hier Götter leben?«

Meo berührt sein Amulett. »Mein Urgroßvater hat sie gesehen. Während der Jagd flog das Götterschiff an ihm vorbei. Er hat es in weiter Entfernung landen sehen, auf dem Berg der Drei Zähne. Die Götter haben die Frauen des Stammes besucht, und danach wurden die Sestis geboren.«

Elisa tauscht Blicke mit Abram. Er zieht die Augenbrauen hoch. Der Berg der Drei Zähne. Darunter liegt die STADT. Es stimmt, daß man den Berg aus östlicher Richtung schon von weitem sehen kann. Sie müssen ein Moddex beobachtet haben. Sie betrachtet Meos hageres Gesicht, das braun und unbehaart ist. Sein Alter ist schwer zu schätzen.

»Vor wie vielen Zeitenwechseln war das?«

»Vor zweiundneunzig Zeitenwechseln«, antwortet Meo ohne zu zögern. Zweiundneunzig *Zeitenwechsel?* Sein *Ur*großvater? Wie lange leben sie denn? Elisa beißt sich auf die Lippe und hat Mühe, ihre Stimme ins Gleichgewicht zu bringen, bevor sie fragt: »Bist du alt, Meo?«

Ein wenig brüskiert antwortet er: »Ja, ich bin achtundzwanzig Zeitenwechsel alt.«

»Wie lange hat dein Vater gelebt?«

»Dreiundzwanzig Zeitenwechsel. Er starb, als der Stamm uns vertrieb.« Halter ist inzwischen hereingekommen und setzt sich ans andere Tischende. Elisa wendet sich ihm zu, aber sie weiß schon, was er sagen will. »Er hat ein Gen, das denen der Kinder ähnelt.«

Die Zeitspanne stimmt. Pauls Experiment. Er hat ihre Gene mit denen von Mutanten der Außenwelt gekreuzt. Sie betrachtet seine langen, knochigen Hände mit den merkwürdigen Daumen. Hände, die übereinanderstehen, als sie die Trinkschale umfassen. Sie fühlt sich wie vor den Kopf geschlagen. Paul hat sie auch über das Experiment angelogen. Er hatte die Ergebnisse seines Experiments leben lassen.

Ihre Kinder.

»Und eure Sippe«, zwingt sie sich weiterzufragen, »ist eure Sippe alles, was von den Sestis übriggeblieben ist?«

»Der Stamm hat sehr viele umgebracht. Die anderen wollten in der Ebene bleiben. Meine Familie hat auf mich gehört. Sie wußten, daß ich die Götter finden würde.«

»Wir sind keine Götter, Meo«, wiederholt Elisa mechanisch. Sie hat das unbestimmte Gefühl, daß sie diesen Satz in nächster Zeit noch sehr oft sagen wird. Sie schneidet sich etwas Brot ab. Wie kann er ihr beim Essen zuschauen und sie immer noch für ein göttliches Wesen halten? Aber die Stämme der *Schlimmen Zone* sind wirklich auf ein sehr primitives Niveau herabgesunken. Sie steht auf.

»Iß nur weiter, Meo. Wenn du irgend etwas brauchst, wende dich an Halter.«

Sie geht in den Gemeinschaftsraum und wirft einen Blick auf die schlafenden Sestis. Eines der Kinder lutscht am Daumen, seine überlangen Finger umfassen auf seltsam animalische Weise sein Gesicht. Elisa tritt ans Fenster. Während der Nacht hat es aufgehört zu schneien, und der Morgen verspricht einen jener herrlichen Wintertage, die sie so liebt: klares Blau und Weiß unter der Wintersonne.

Sie merkt, daß jemand hinter ihr steht, aber dreht sich nicht um, sondern lehnt ihre Stirn gegen die Scheibe. Wer auch immer es sein mag, stellt sich neben sie und stützt sich gegen den Fensterrahmen. Abram natürlich. Sie seufzt und dreht sich um.

Er lächelt bemüht. »Eine ganz schön seltsame Jagd. Was sollen wir mit ihnen machen?«

»Was erwartest du denn? Wir nehmen sie für die restlichen Wintermonate bei uns auf, und dann sehen wir, was sie vorhaben.«

»Nach dem, was Meo sagt, suchen sie ein neues Siedlungsland. Er hat seine Familie hierher mitgebracht, damit sie alle nah bei den Göttern leben können.«

Ärgerlich verschränkt sie die Arme. »Wenn sie mit uns zusammenleben, werden sie schon noch merken, daß wir keine Götter sind!«

Abram setzt sich auf die Fensterbank. »Aber stört es nicht das Projekt, wenn sie dableiben?«

»Warum sollte es?«

»Jedenfalls werden sie uns kaum abnehmen, daß wir nicht übernatürliche Wesen sind, wenn sie unsere Metamorphosen miterleben.«

»Das werden sie nicht miterleben.« Elisa runzelt die Stirn. »Aber sie werden Veränderungen registrieren. Sie sind nicht dumm. Schau dir Meo an.« Der Gedanke macht ihr zu schaffen, sie denkt kurz nach. »Wie auch immer, bis zum Frühjahr sind sowieso keine Metamorphosen geplant. Und wenn sie wirklich dableiben möchten, helfen wir ihnen dabei, sich irgendwo anzusiedeln. Eine Entfernung von dreißig Kilometern müßte eigentlich ausreichen.«

Aber während der letzten beiden Wintermonate werden sie da sein. Sie sprechen kein Franglei, aber durch ihren Kontakt mit den Kindern werden sie es lernen. Warum die Wahrheit verbergen? Werden sie die Kinder für übernatürliche Wesen halten? Wenn sie eine Zeitlang mit ihnen zusammengelebt haben, werden sie sicher merken, daß es nicht stimmen kann. Werden sie es anderen Menschen erzählen? Wem würden sie es erzählen? Die nächsten menschlichen Siedlungen liegen, über den Daumen gepeilt, mehr als dreihundert Kilometer südlich. Den anderen Stämmen der *Schlimmen Zone?* Im Kreis von hundert Kilometern gibt es keinen einzigen. Und ein Mythos mehr oder weniger wird auch nicht viel ausmachen. Sollen die Sestis ruhig dableiben! Dann sind sie wenigstens in Reichweite – sie und all das, was sie über die Kinder wissen.

Sie wird eine Sitzung des Kinderrats einberufen und das Problem umreißen müssen. Sie wird ihre Erklärungen so knapp wie möglich halten. Es hat keinen Zweck, ihnen alle Einzelheiten über die Herkunft der Sestis zu erzählen. Die meisten Kinder werden sich freuen, daß es im Dorf etwas Neues gibt. So primitiv sie auch sein mögen, die Sestis werden den Kindern eine echte menschliche Erfahrung vermitteln – direkt und nutzbringend.

Elisa lächelt. »Weißt du, Abram, alles in allem habt ihr eigentlich recht erfolgreich gejagt.«

Er sieht sie aus den Augenwinkeln an. »Ich dachte, du seist verärgert.«

»Ich? Nein, eigentlich nicht. Es ist nur so, daß ...« Sie zögert. Wie soll sie es erklären?

»... daß sie ebenfalls Experimente sind«, ergänzt Abram mit seltsam angespannter Stimme.

Mit Erstaunen merkt sie, daß sie ihre Brust heftig umklammert. Sie zwingt sich selbst zur Entspannung. Der Junge hat es offensichtlich aus dem geschlossen, was Meo erzählt hat. Götter, die den Stamm besuchen: Das war ziemlich deutlich. Und Halter hatte gesagt, daß ihre Gene denen der Kinder ähnelten. Eigentlich ganz normal, daß Abram so reagiert. Fast normal.

»*Ebenfalls* Experimente, Abram? Ihr seid *keine* Experimente.«

Als Reaktion auf den verletzten Unterton in ihrer

Stimme zuckt er die Achseln und sagt hastig: »Ich weiß, aber ich meine, weil sie auch … auch deine Kinder sind.«

Elisa zwingt sich dazu, ruhig durchzuatmen. Abram muß etwas anderes gemeint haben. Es ist verrückt. Er kann nicht gesagt haben, was sie glaubt, verstanden zu haben. Natürlich nicht. Die Kinder wissen genau über ihre eigene Herkunft Bescheid. Weniger genau – weil das nicht nötig gewesen war – über die Herkunft Elisas. Merkwürdigerweise hatten auch nur die ersten zwei oder drei Jahrgänge danach gefragt. Die Folgegenerationen hatten anscheinend die Tatsache, daß sie ältere Geschwister hatten, als ausreichende Rechtfertigung für ihre eigene Existenz angesehen, vielleicht sogar für Elisas Existenz. Die Vergangenheit, die sie erfunden hatte, um den Ursprung der Mutation zu erklären, ließ die STADT weitgehend außen vor.

»Gene, die ziemlich ähnlich sind«, sagt sie, um Leichtigkeit bemüht. »Die Mutation – oder vergleichbare Mutationen – hat in der Außenwelt schon lange in einer … in einer nicht kontrollierten Form existiert.«

»Nein«, sagt Abram.

Plötzlich spürt sie, wie aufgewühlt er ist. Ist er wütend? Sie runzelt die Stirn und sieht ihn an. »Was meinst du mit ›Nein‹?«

Er zwingt sich dazu, ihr direkt in die Augen zu sehen. »Sie sind sozusagen unsere Halbbrüder und Halbschwestern, es liegen nur vier Generationen dazwischen.« Er platzt damit heraus, aber seine Stimme ist unstet.

Elisa wendet sich wieder zum Fenster, sie fühlt sich wie durch die Mangel gedreht. Ohne etwas wahrzunehmen, starrt sie auf die Eismuster an der Fensterscheibe. Als sie endlich wieder deutlich sprechen kann, sagt sie nur ein Wort: »Wann?«

Abram ist noch deprimierter als vorhin, aber sie sieht ihn nur noch wie durch einen Nebel. »Vor ein paar Jahren«, murmelt er. Seine Stimme nimmt einen bettelnden Ton an. »Ich wollte ...« – er zögert – »ich wollte dich besser kennenlernen.«

Als sie sich brüsk umdreht, weicht er einen Schritt zurück und knallt mit dem Kopf gegen den Fensterrahmen. »Indem du mir nachspionierst!«

»Nein! Ich wollte nur wissen, was vor unserer Zeit in der STADT passiert ist. Ich bin zufällig auf die Bilder gestoßen. Später habe ich ein bißchen systematischer gesucht, aber ...«

Was für Bilder?

»... so habe ich von den Sestis erfahren, wußte allerdings nicht, daß sie so heißen. Ich dachte, er hätte sie eliminiert.«

Elisas ganzer Körper fängt unwillkürlich zu zittern an. Die Nerven. Sie kämpft um Selbstbeherrschung. Das Gefühl, daß ihr Körper sie im Stich läßt, regt sie fast noch mehr auf als Abrams Verstoß gegen die Regeln. Unbarmherzig zwingt sie ihren Körper zur Ruhe, obwohl die Anstrengung sie fertigmacht. Sie setzt sich auf die Fensterbank, weil ihr die Knie schon weich werden.

»Welche Bilder, Abram?«

Lange Pause. Sie sieht ihn an. Will er sie etwa anlügen? Schließlich flüstert er fast unhörbar: »Von dir und Paul.«

»War es wenigstens interessant?« zischt sie mit zusammengepreßten Zähnen.

Abram wird rot und stammelt, während er zu Boden sieht: »Nein, die Bilder vom Ende, die bei den Vietellis.«

Ach so, diese Bilder! Plötzlich überrascht Elisa sich selbst damit, daß sie lacht. Ihre Anstrengung, den Körper wieder unter Kontrolle zu bringen, hat eine Art heiterer Gelassenheit hervorgerufen.

»Er entdeckt zu seinem Schrecken, daß seine Mutter eine Mörderin ist«, sagt sie voller Sarkasmus.

»Du doch nicht. Es war Selbstverteidigung! Gerechtigkeit! *Er* war der Mörder.«

Einen Augenblick lang betrachtet Elisa das junge, glühende Gesicht. Ihren Körper hat sie jetzt wieder besser im Griff, und sie blickt auch wieder durch. Eigentlich ist gar nichts furchtbar Schlimmes passiert.

»Wie hast du das geschafft, Abram?«

Er versteht sofort, was sie meint. »Halter hat mir geholfen.«

Halter. Natürlich. Sie hat den Ommachs nie ausdrücklich verboten … Sie sind ja auch darauf programmiert, mit den Kindern zu kooperieren, obwohl Elisa der Zusammenarbeit Grenzen gesetzt hat. Es gibt Fragen, die die Ommachs nicht wahrheitsgemäß beantworten können. Aber sie ist nie auf die Idee gekommen, die STADT selbst auszugrenzen, ihnen den physischen Zugang zur STADT zu versperren. Also gut. Sie wird sich darum kümmern. Mit Abrams Neugierde hatte sie nicht gerechnet. Und wie steht's mit den anderen Kindern?

»Haben das auch noch andere gemacht?«

»Nein! Ich hab's keiner Seele erzählt.«

Sie ist erleichtert. Er bestreitet es aufrichtig, fast ängstlich. Der Schaden hält sich in Grenzen. Das einzige, was sie wissen muß, ist, wieviel Abram gesehen hat.

»Hast du es oft gemacht?«

»Nur einmal. Ich weiß wirklich nicht viel, Elisa.«

Will er sie beruhigen? Sie schenkt ihm ein kurzes, trockenes Lachen und sieht, wie er in der Fensternische in sich zusammenschrumpft.

»Hast du nie daran gedacht, daß ich vielleicht deshalb nie darüber geredet habe, weil ich es nicht wollte? Weil es meine höchstpersönliche Angelegenheit war? Weil ihr es auch gar nicht zu wissen brauchtet?«

»Ich mußte es wissen«, murmelt Abram.

Elisa unterdrückt den aufsteigenden Zorn und starrt

den Jungen nur wortlos an. Obwohl er noch mehr in sich selbst zusammengesunken ist, sind Sturheit und Trotz bei ihm nicht gebrochen.

»Ich wollte *dich* kennenlernen, Elisa. Du hast uns gemacht, wir leben mit dir zusammen, und für die meisten von uns bist du … einfach *da*, so wie der Himmel oder der Wald. Aber du bist doch auch ein Mensch, oder etwa nicht? Du hast dein Leben nicht erst an dem Tag begonnen, als wir, die ersten Kinder, geboren wurden. Ich wollte etwas über dich erfahren, über deine Herkunft, wollte wissen, wer du warst, ehe wir kamen.«

»Was ich euch erzählt habe, reichte nicht aus.«

»Am Anfang schon. Aber später nicht mehr. Und dann …« Er zögert, dann platzt er – typisch für ihn – mit dem heraus, was er am wenigsten sagen will: »Du warst so auffällig dagegen, daß wir die Bildschirme benutzen.«

Elisa dreht sich wieder zum Fenster, legt eine Hand gegen die Scheibe und fühlt, wie der Frost unter ihrer Hand auftaut. Natürlich. Natürlich. Das Erstaunliche ist, daß es nur Abram gemacht hat. Sie sollte sich selbst beglückwünschen, wie gut sich die Kinder benommen haben.

»Ich hab's nur einmal getan«, wiederholt Abram. »Ich konnte nicht anders. Und danach habe ich dich nie mehr gefragt, warum du uns nicht die Bildschirme benutzen läßt, erinnerst du dich?«

Sie schaut ihn an, sieht sein zögerndes, bittendes Lächeln und hat die innere Kraft, darauf zu reagieren. Sie hatte sich auch schon gefragt, warum er plötzlich aufgehört hat, sie ewig mit diesen Bildschirmen zu nerven.

»Und jetzt hab ich dir alles erzählt«, sagt er mit neuer Selbstsicherheit. Sie blickt ihm in die Augen.

»Ist das Grund zum Stolz, Abram?«

Er senkt den Blick, aber sie faßt ihn am Kinn. »Nein. Du hast keinen Grund, damit anzugeben. Aber es ist wahr: Du hättest es auch auf ewig und drei Tage für dich behalten können.«

Plötzlich merkt er, daß ihre Wut nachgelassen hat. Er blinzelt erstaunt.

Elisa lächelt. »Du hast allerdings einen ziemlich unpassenden Moment dafür gewählt.«

»Ich wollte ...« Er rümpft die Nase, sieht sie kurz an und bricht dann in ein Lachen aus, das er gern mit ihr teilen würde. Denn jetzt macht er sich über sich selbst lustig: »Ich wollte dich einfach auf andere Gedanken bringen.«

Im ersten Augenblick ist sie verdutzt, dann lacht sie mit.

»Du sahst so traurig aus, ganz allein mit deinen Erinnerungen.«

»Und du wolltest mich wissen lassen, daß ich nicht ganz so allein bin. Wie lieb von dir.« Aber in ihrer Stimme liegt keine echte Bitterkeit.

Das Grinsen des Jungen wird breiter, wenn die Spannung auch noch nicht ganz weg ist. »Du solltest dich mehr auf uns verlassen, weißt du.«

»Ich verlasse mich ja auf euch, Abram. Aber nicht darauf, daß ihr meine Vergangenheit bewältigt. Das schaffe ich schon selbst.«

Er merkt die Zurückweisung, sein Lächeln ist wie weggewischt. Aber er besteht auf seiner Meinung. »Du hast uns mal gesagt, daß es unvermeidlich ist, am Schicksal anderer Menschen Anteil zu nehmen. Du nimmst doch auch Anteil an uns. Wir ... lieben dich.«

Sie sieht ihn kurz an, ohne etwas zu sagen. Wir haben ein Recht auf dich – meint er das? Es ist wahr.

Hinter ihnen ist Lärm zu hören. Die Sestis wachen auf. Eines der Kleinkinder fängt leise zu schreien an. Elisa zerstrubbelt in altvertrauter Weise Abrams Haar.

»Komm schon. Wir müssen uns um deine Verwandten kümmern.«

10

Im Garten schmelzen die Schneemänner, und die Erde kommt als dunkles, matschiges Flickwerk zum Vorschein. Das Wetter ist milde. Francie und Florie haben die Gartenbänke nach draußen geschleppt und schälen zusammen mit zwei der jüngeren Sestis in der Sonne Gemüse. Elisa und Meo sitzen auf einer Bank ganz in der Nähe. Einige der anderen Kinder kratzen den festgetretenen Schnee von den Hausschwellen.

Eine Bande der Jüngsten stürmt unter dem Kommando der Sestis heran. Sie haben sich zwei älteren, Stöcke schwingenden Jungen an die Fersen geheftet und stoßen wilde Indianerschreie aus, als sie an Elisa und Meo vorbeirennen und in Richtung Obstgarten verschwinden.

»Offensichtlich kommen sie gut miteinander aus«, stellt Elisa fest und sieht Meo von der Seite an. Der kleine Mann nickt nachdenklich.

In drei Tagen soll die Verwandlung stattfinden, wie immer als eine Art Galaereignis. In den zwei Monaten, die Meo und seine Frauen jetzt hier sind, hat Meo Elisa nie danach gefragt. Die Fähigkeit der Kinder zur Selbstregeneration, die einfach nicht zu übersehen ist, hatte die Sestis nicht überrascht. Auch sie selbst haben diese Gabe, wenn auch nicht so stark ausgeprägt. Das Gen, das ihr vorzeitiges Altern bewirkt, hemmt teilweise das regenerative Gen. Die näher rückende *Verwandlung* jedoch, über die die Kinder bestimmt seit Tagen mit den Neuankömmlingen geschwatzt haben …

»Die Götter haben euch mit vielen Jungen gesegnet«, sagt Meo schließlich. Elisa unterdrückt ein Lächeln. »Ja«, antwortet sie und freut sich darüber, daß Meo sie offensichtlich nicht mehr zur Göttin erhebt, wenn er auch unsicher zu sein scheint, welchen Status er ihr antragen soll. Es ist nicht zu leugnen, daß sie diese Gemeinschaft leitet, aber sie ist eine Frau. Wenn sie aber wirklich eine Frau ist, wie kann sie dann als so junger Mensch die Mutter von mehr als hundert Kindern sein? Und sie lebt mit keinem der Männer zusammen.

Bis jetzt ahnen die Sestis nicht, was die Ommachs in Wirklichkeit sind. Die Kinder sind so daran gewöhnt, die Ommachs als menschliche Wesen zu behandeln, daß sie anscheinend gar nicht auf die Idee gekommen sind, ihren neuen Spielgefährten die Wahrheit zu stecken.

Meo beobachtet Francie und Florie, die Gemüse schälen und sich leise mit den beiden Sestis unterhalten. Er ist verlegen, wahrscheinlich liegt es daran, daß er nicht weiß, wie er das Gespräch fortsetzen soll. Elisa ist belustigt und hilft ihm schließlich aus der Klemme. »Nach der Party werden wir sechs weitere kleine Mädchen haben, außerdem auch kleine Jungen.«

»Sechs neugeborene Babies. Ja, das hat Abram mir erzählt.« Während er das sagt, kann Meo einen Blick auf Elisas flachen Bauch nicht unterdrücken. »Meine Frau Shiga bekommt auch bald ein Baby.« Die Schwangerschaft dauert bei den Sestis drei Monate, eine ganz normale Zeitspanne, wenn man bedenkt, daß ihre durchschnittliche Lebenserwartung kaum dreißig Jahre beträgt. Elisa hat die Forschung, die sie vor fast zwanzig Jahren abgebrochen hat, wieder aufgenommen. Jetzt, wo sie alle nötigen Unterlagen beisammen hat, ist die Lösung ganz einfach. Die nächste Generation der Sestis sollte eigentlich imstande sein, ein ganz normales Leben zu leben, auch wenn sie immer noch sechs Finger an jeder Hand haben. Das gilt allerdings noch nicht für das Baby, das bald das Licht der Welt erblicken wird.

»Die Frauen hier im Dorf bringen ihre Kinder nicht so zur Welt wie die Frauen der Sestis«, bemerkt Meo, der immer noch seinen früheren Gedanken nachhängt.

»Du hast recht. Ich empfange die Kinder nicht in meinem Bauch, sondern außerhalb meines Körpers, in einer Art Bauch … Bauchapparat.«

Meo akzeptiert die Information, ohne mit der Wimper zu zucken, genauso wie den plötzlichen Wechsel von belanglosem Geplauder zum ernsten Gespräch. »Und die anderen Frauen?« fragt er kurze Zeit später.

»Sie sind eigentlich gar keine richtigen Frauen. Sie sind ...« Die Funktionsweise dieser komplizierten Maschinen übersteigt das Vorstellungsvermögen der Sestis. Schon auf die einfach konstruierten, doppelläufigen Gewehre der Kinder reagieren sie mit Ehrfurcht und Bewunderung. Elisa versucht es anders zu erklären und sagt: »Sie können keine Kinder bekommen, ihre Körper bestehen nicht aus Fleisch, sondern aus Metall.«

Diese ziemlich grobe Beschreibung eines Ommach muß im Augenblick ausreichen. Meo scheint sie ganz gelassen hinzunehmen, stur kommt er wieder auf sein altes Thema zurück. »Dann bist du die Mutter vieler Kinder.«

»Mit dem Bauchapparat ist das einfach. Ich kann eine ganze Menge Kinder auf einmal machen.«

Diese Bemerkung gibt Meo einiges zu denken. Lange Pause. Ebenso belustigt wie verwirrt wirft Elisa dem kleinen Mann heimlich einen Blick zu. Was mag er jetzt wohl in seinem Kopf wälzen? Jedenfalls scheint ihn die Vorstellung nicht zu erschrecken. Gott sei Dank.

»Die neuen Kinder werden alles Mädchen sein«, sagt er.

»Ja. Erst mit vierzehn werden sie Jungen«, erklärt Elisa gelassen. Der kleine Mann ist leicht verdutzt, aber sie fährt fort: »Danach verwandeln sie sich in regelmäßigen Abständen, damit sie den männlichen wie den weiblichen Körper gut kennenlernen. Und schließlich treffen sie ihre Wahl.« *Während sie darauf warten fortzugehen.*

Meo denkt kurz darüber nach. »Kannst du dich auch verwandeln?« fragt er schließlich. Elisa freut sich über ihn: Immer noch hat er keine Angst.

»Ja, aber ich tue es nur, um den Kindern Leben zu schenken.«

Und die Zahl der Kinder, die man mit ein paar Kubikzentimetern Sperma in einer kontrollierten Umgebung erzeugen kann, ist ganz erstaunlich.

»Du bist also die Mutter und der Vater der Kinder«, sagt Meo langsam. Er mustert sie mit Erstaunen und Respekt, aber ohne Furcht. Er reagiert so ähnlich wie die Kinder, als sie erfuhren, auf welche Weise sie gezeugt worden waren und in welchem Verhältnis Elisa zu ihnen steht. Schließlich berührt Meo sein Amulett und murmelt: »Die Götter sind wunderbar.«

Elisa ist davon ein bißchen enttäuscht, aber überlegt sich dann, daß sie nicht zuviel auf einmal erwarten darf. Die Sestis haben eine in sich völlig stimmige Herangehensweise, alle unbekannten und bedrohlichen Dinge zu verarbeiten. Und das ist doch gut so, oder? Sie werden sich von Stufe zu Stufe weiterentwickeln.

Die Kinder sind mit ihrer Arbeit fertig und tragen die Schüsseln mit dem geschälten Gemüse in die Küche. Dann kommen sie wieder heraus, weil sie die Abfälle auf den Komposthaufen bringen wollen. Florie unterhält sich angeregt mit Seio, dem Jüngsten der Sestis, und boxt ihn freundschaftlich in die Rippen, während Francie Barro einen Arm um den Hals legt. Obwohl körperlich kleiner, sind die Sestis geistig ungefähr so weit wie die beiden Teenager.

»Ja, sie kommen gut miteinander aus«, murmelt Meo. Elisa sieht ihn überrascht an. Worüber macht er sich Sorgen?

11

Wie immer während der Zeit der Metamorphose können die Kinder selbst bestimmen, wo im Dorf sie wohnen wollen, vorausgesetzt, der Platz reicht aus. Am Morgen nach der Party kommt Francie – inzwischen wieder Francis – nicht herunter zum Frühstück. Als Elisa lachend sagt, sie werde ihn jetzt aus dem Bett zerren, springt Florie (sie hat sich nicht verwandelt) von ihrem Stuhl auf.

»Mach dir keine Umstände, ich gehe schon!«

Elisa runzelt die Stirn. Flories plötzliche Nervosität ist ihr nicht entgangen. Da sie näher an der Treppe steht als Florie, kommt Elisa als erste an Francis' Tür an. Sie klopft und spürt, wie im Zimmer jemand aufwacht. Aha, Francis ist nicht allein. Also das ist es? Sie wundert sich zwar etwas über Flories Reaktion, aber trällert munter: »Frühstück, Francis.« Während sie sich umdreht, um wieder nach unten zu gehen, überlegt sie, wen er bei sich haben mag. Es muß wohl ein Mädchen sein, das sie nicht gut kennt. Dann runzelt sie erneut die Stirn. Spürt sie da Nervosität hinter der Tür? Oder ist es Angst? Was geht hier vor? Sie wirft Florie einen Blick zu. Sie ist ihr nach oben gefolgt und steht zögernd auf der letzten Treppenstufe. Elisa klopft noch einmal. »Kann ich reinkommen, Francis?«

Es tut sich lange nichts. Hört sie da Geflüster? Dann meldet sich Francis, und er klingt nicht gerade begeistert:

»Ja.«

Erleichtert öffnet Elisa die Tür.

Barro und Francis sitzen nackt auf dem völlig zerwühlten Bett. Barro will aufstehen, man merkt ihm Angst und Schuldgefühle an, aber Francis hält ihn trotzig zurück. Er wirkt irgendwie verzweifelt und macht auch gar kein Hehl daraus.

Elisa bleibt bewußt ruhig. Warum sollte sie nicht ruhig sein? Francis' Angst und Kummer muß sie Gelassenheit entgegensetzen, aber sie hat sich sowieso völlig unter Kontrolle. Es ist ja auch gar nichts Schlimmes passiert. Sie weiß, daß diese homosexuellen Neigungen schon des öfteren bei einigen Kindern aufgetreten sind. Allerdings war sie der Meinung, gewesen, Francis habe diese Art Neugier schon befriedigt oder vielleicht auch gar kein Interesse daran. Offensichtlich haben die Sestis den Reiz der Neuheit. Es wird bestimmt nicht das letzte Mal sein. Unter diesen Umständen spielt es kaum eine Rolle, daß es sich hier um zwei Jungen handelt.

»Geh frühstücken, Barro«, sagt sie mit beruhigendem Lächeln zu dem jungen Sesti.

»Bleib hier!« Francis packt den Arm des Jungen mit einer Wildheit, die sie gar nicht an ihm kennt. Merkt er denn nicht, daß sie gar nicht böse ist?

»Was ist los, Francis?« fragt sie so freundlich wie möglich.

»Er kann hören, was du zu sagen hast.«

Elisa zieht die Augenbrauen hoch. »Aber ich habe gar nichts besonders zu sagen.« Aus den Augenwinkeln sieht sie Florie angestrengt nachdenkend und angespannt an der Tür stehen. Natürlich hatte sie Bescheid gewußt. Hat es etwas mit dieser Sache zu tun, daß sie diesmal die Metamorphose nicht mitgemacht hat? Seio? Jetzt wird's ein bißchen kompliziert. »Komm rein, Florie.«

Florie setzt sich neben die anderen aufs Bett. Elisa mustert sie kurz, ohne etwas zu sagen. Von ihnen geht Feindseligkeit aus, am stärksten von Francis, bei Florie ist es eher eine Art Trotz. Elisa macht die Situation zu schaffen, sie hat Mühe, ihrem Ärger nicht nachzugeben. Was ist mit diesen Jugendlichen eigentlich los? Sie dramatisieren einfach ein paar sexuelle Spielchen.

Aber wenn auch Seio beteiligt ist, wird es Schwierigkeiten geben. Zweifellos könnten sie Kinder zeugen. Auf gut Glück sagt sie: »Florie, hol Seio, ja?«

Volltreffer! Ihr ist nicht entgangen, daß Florie vor Überraschung und Angst zusammengefahren ist, auch wenn sie es gleich unterdrückt hat.

»Nein.« Florie senkt den Kopf.

Wie lange geht das schon so? Sie hätte an diese Möglichkeit denken müssen. Ist das der Grund für Meos

Sorgen? Elisa zieht einen Stuhl ans Bett und setzt sich. Sie zwingt sich dazu, Gelassenheit, Verständnis, sogar Humor zu vermitteln. Man muß die Jugendlichen wieder auf den Boden holen, das ist jetzt am wichtigsten. Der Himmel weiß, was sie sich in ihrer Phantasie ausgemalt haben.

»Glaubst du nicht, daß er auch gern hören würde, was ich zu sagen habe?«

Florie und Francis tauschen Blicke. »Wir haben noch nie irgendwas miteinander getan«, ereifert sich Florie. Ihr Protest klingt aufrichtig, ist da nicht auch ein an Francis gerichteter Vorwurf herauszuhören? Haben die unzertrennlichen Freunde in diesem Punkt Krach?

»Aber du hast diesmal nicht die Metamorphose mitgemacht«, stellt Elisa fest.

Florie antwortet nicht. Elisa geht ihr Kummer zu Herzen. »Das ist kein Vorwurf, Florie.«

»Das tut hier sowieso nichts zur Sache!« sagt Francis grob.

»Zu welcher Sache?«

Francis hebt abwehrend die Hand und antwortet nicht. Seine Gefühle sind so heftig, daß er sie nicht in Worte fassen kann. Es sind diese Gefühle – Frust, Wut, Rebellion –, die Elisa überraschen und beunruhigen.

»Ob wir uns verwandeln oder nicht, ist völlig egal«, springt Florie für Francis ein. »Und für sie spielt das auch überhaupt keine Rolle.«

Halb belustigt, halb verärgert sieht Elisa einen nach dem anderen direkt an. »Also, für euch mag das ja alles glasklar sein, aber ich bin verwirrt. Würde es euch was ausmachen, mich aufzuklären?«

Florie und Francis sehen einander an, aber keiner schafft es zu reden. Schließlich meldet sich Barro mit seiner langsamen, gelassenen Stimme zu Wort. »So weit es die Liebe betrifft, spielt es überhaupt keine Rolle«, sagt er und sucht nach den richtigen Franglei-Worten. »Aber für das Leben spielt es sehr wohl eine Rolle.«

Dann läßt er den Kopf hängen und starrt auf seine langen, ineinander verflochtenen Finger, als sei er selbst von seiner Kühnheit überrascht.

»Barro ist achtzehn Zeitenwechsel alt«, sagt Florie. »Vielleicht ist er in fünf Zeitenwechseln tot.« Sie bricht ab, als könne sie es nicht ertragen, weiterzusprechen.

»In fünf Zeitenwechseln ist er vielleicht tot!« Francis tobt, beim letzten Wort versagt ihm die Stimme und er wiederholt: »Tot!« Anklagend starrt er Elisa an. »Und auch Seio. Und wir werden ...« Wieder gestikuliert er verzweifelt und läßt den Satz unvollendet, als könnten bloße Worte seine Gefühle nicht ausdrücken. Elisa merkt, wie ihr das Herz in die Hosentasche rutscht.

»Francis, ich tue alles, was ich kann, das weißt du doch.«

»Ich weiß!« sagt Francis mit zusammengebissenen Zähnen. Sein Kummer überwältigt ihn: er ist untröstlich. Barro berührt ihn leicht am Arm, sagt aber nichts. Er sieht Meo sehr ähnlich.

Barro ist der älteste Sohn. Als sie ihn nachdenklich betrachtet, merkt Elisa, daß seine geringe Körpergröße sie getäuscht hat. Barro ist kein Jugendlicher, er hat die Hälfte seines Lebens schon hinter sich. Im biologischen Sinne ist er ein Mann. Eigentlich müßte er inzwischen Frau und Kinder haben. Im psychologischen Sinne haben sich die Sestis allerdings nie angepaßt. Sie haben nie eine Kultur oder Gesellschaftsform entwickelt, die ihrer kurzen Lebenserwartung entspricht. Sie hatten fast ständigen Kontakt mit den ›normalen‹ Mitgliedern des Stammes, die alle eine höhere Lebenserwartung haben. Bei den ›Normalen‹ galten sie mehr oder weniger als noch nicht ausgewachsen. Drei Monate im Dorf haben an dieser Erfahrung nicht viel ändern können. In körperlicher Hinsicht mögen sie sich zwar schneller entwickeln, aber ihre Lebenserfahrung hält damit nicht Schritt, reicht – psychologisch ausgedrückt – über das Stadium der Pubertät kaum hinaus.

Nach den Maßstäben der Sestis ist Meo praktisch ein alter Mann, obwohl er geistig kaum älter als Abram ist.

Die Kinder müssen sich das alles irgendwie auf verkorkste Art und Weise zusammengereimt haben. Mit dem Großmut der Jugend nehmen sie verzweifelt am Schicksal der Sestis Anteil. Auch Elisa geht das Problem zu Herzen, sie schämt sich ein bißchen, daß sie es unterschätzt hat. »Ich habe getan, was ich konnte, Francis«, wiederholt sie.

Instinktiv greift Francis nach Barros Hand und berührt die langen, schlanken Finger. Einen Finger nach dem anderen. Zu viele Finger. »Welches Recht hat irgend jemand, so etwas zu tun?« murmelt er, als habe er nichts gehört. »Welches Recht?«

Dann platzt er heftig heraus: »Was dachtet ihr denn, wer ihr seid, ihr da unten in der STADT? Was glaubst du denn, wer du *bist?*«

»Francis!« schreit Florie und versucht, ihn zum Schweigen zu bringen.

Maßlos wütend dreht sich Francis zu ihr um. »Merkst du denn nicht, wie sie wirklich ist? *Ihre* Pläne, *ihre* Projekte, *ihre* Experimente, das ist alles, was zählt. Wir alle sind ihr doch scheißegal, genauso wie's dem anderen egal war!«

Von was redet er?

Voller Panik wenden sich alle zu ihr. Sie ringt um Selbstbeherrschung. »Du weißt, das stimmt nicht, Francis. Du weißt das ganz genau!«

Alle drei zucken zusammen, sie merkt, daß sich ihre Stimme zu einem Schreien gesteigert hat. Sie strengt sich furchtbar an, sich selbst wieder in den Griff zu bekommen. »Ihr wißt, daß ihr ungerecht seid, Francis. Du hast Mitleid mit Barro und den anderen, und das macht dich ungerecht. Ich weiß nicht, was Abram dir erzählt hat, aber er weiß genau wie du sehr gut, warum ich euch zur Welt gebracht habe und was ihr mir bedeutet.

Ich hab euch nie gezwungen, etwas gegen euren eigenen Willen zu tun.«

»Und wenn wir uns weigern, fortzugehen, was dann?« Francis sieht trotzig aus.

Sie lehnt sich im Stuhl zurück und verschränkt die Arme. Ist es jetzt also bis zu diesem Punkt gekommen? Und sie hat es nicht kommen sehen? Von welchem ›wir‹ redet er überhaupt? Nur von Florie und sich selbst? Oder meint er auch andere? Aber es ist nicht so schlimm. Die Schwierigkeiten der Sestis bedrücken ihn, er kompensiert seine Gefühle, indem er sie zu verletzen sucht. Trotz allem ist er ja noch ein Kind. Sie sind alle noch Kinder, sie dramatisieren alles, sie leben ganz im Augenblick, sie denken eigentlich gar nicht an die Zukunft.

»Wer will nicht gehen?« fragt sie, nachdem sie sich wieder besser in der Gewalt hat.

Florie antwortet, ohne sie anzusehen. »Francis und ich.«

Elisa nickt erleichtert. Sie hatte recht gehabt: Es ist nur eine Eskapade, ein Ausdruck von Rebellion als Reaktion auf die Probleme der Sestis. Nichts Ernstes.

»Ihr geht sowieso frühestens in fünf Jahren«, sagt sie nachgiebig.

Erbittert dreht sich Francis zu Florie. »Siehst du! Ich hab's dir ja gesagt!«

»Wir denken schon lange darüber nach«, sagt Florie zögernd.

»Wir wollen nicht in die Außenwelt gehen. Francis und ich wollen zusammenbleiben.«

»Und Seio? Und Barro?« Elisa kann sich ein bißchen Sarkasmus einfach nicht verkneifen.

Florie legt eine Hand auf Barros Knie. »Das ist nicht dasselbe«, stammelt sie verlegen. »Sie können sich nicht … verwandeln.«

Und in fünf Jahren oder so werden sie tot sein, sagt sich Elisa. Denkt das auch Florie, ohne daß sie es aussprechen mag? Möglich, wenn auch sicher nicht mit Elisas Zynismus. Aber eigentlich ist sie ja gar nicht zynisch, sondern nur realistisch.

»Sie verstehen es jedenfalls«, betont Florie, »und es ändert nichts an unserer Liebe. Barro hat es gesagt, und es ist wahr. Ob Junge oder Mädchen, das ändert nichts zwischen Francis und mir. Und es ändert auch nichts in unserem Verhältnis zu ihnen. Wir wollen einfach ...« Sie blickt Francis fragend an, aber er schüttelt stirnrunzelnd den Kopf. »Francis und ich wollen ganz einfach nicht, daß man uns trennt«, sagt sie mit gebrochener Stimme. »Ob wir Junge oder Mädchen sind, spielt dabei überhaupt keine Rolle, es ist ganz egal. Aber wir wollen zusammenbleiben. Wir lieben uns.« Ihre Stimme ist kaum noch zu hören.

Elisa würde jetzt sehr gern loslachen. Sie lieben sich! Was wissen sie denn schon von der Liebe? Welche Art von Liebe kann das sein, die sie verbindet? Sie sind doch noch Kinder, sie haben keine blasse Ahnung, sie haben nichts durchdacht. Wenn sie erst einmal merken, wer sie wirklich sind, werden sie darüber hinwegkommen. Aber im Augenblick bringt es nichts, ihre Gefühle zu verletzen. Die Sache mit den Sestis hat sie mitgenommen. Das ist verständlich.

Sie steht auf. »Über all das reden wir später noch mal«, sagt sie ruhig. »Ihr habt jede Menge Zeit, darüber nachzudenken. Und für die Sestis, Francis, habe ich alles getan, was ich konnte. Aber ich halte mich nicht für Gott, auch wenn du anscheinend das Gegenteil annimmst. Ich kenne meine Grenzen, glaub mir. Sie sind mir zwar auch nicht recht, aber ich muß sie akzeptieren. Eines Tages wirst du das verstehen. Was eure Beziehungen zu Barro und Seio betrifft: Die gehen mich wirklich nichts an. Aber denkt darüber nach. Seio kann Kinder haben, Florie, auch wenn sich das Problem bei Barro nicht stellt – es sei denn, du hast eine weitere Metamorphose vor, Francis. Denkt darüber nach, was ihr tut. Ich kann nicht für euch denken. Aber laßt mich wissen, wie ihr euch entscheidet.«

Sie verläßt das Zimmer. Aber gerade als sie die Tür geschlossen hat, hört sie Francis bitter schreien: »Ich hab dir ja gesagt, daß es keinen Zweck hat!«

Elisa zögert, aber sie hat ihre Hand schon vom Türgriff gelöst. Als sie hinuntergeht, versucht sie ihren Zorn zu dämpfen, damit die Kinder im Gemeinschaftsraum davon nichts mitbekommen. Abram. Wo ist Abram? Sie findet ihn in der Scheune, wo er die Kühe melkt. Als sie näherkommt, wendet er sich ihr zunächst überrascht, dann besorgt zu. Er hört mit dem Melken auf, die Kuh muht aus Protest.

»Abram« sagt Elisa ruhig, »was hast du Francis und Florent erzählt?«

Abram schweigt ein paar Sekunden lang. »Florie«, sagt er dann und macht mit dem Melken weiter.

»Was hast du ihnen erzählt?«

»Du hast sie mit Barro und Seio erwischt«, sagt er kühl.

Elisa unterdrückt einen Wutschrei. In letzter Zeit hat Abram wirklich eine aufreizende Art, seine Gefühle zugunsten einer glatten, ironischen Fassade zu unterdrücken.

»Das ist nicht das Problem. Du hast ihnen von Paul erzählt!«

Die Milch spritzt rhythmisch in den Eimer. Wenn sie auf die Seitenwände trifft, gibt es ein kleines Trommelgeräusch.

»Sie haben mich über die Sestis ausgefragt. Das Wichtigste hatten sie sich schon zusammengereimt. Ich brauchte ihnen nicht mehr viel zu erzählen.«

Elisa bewahrt Ruhe. Welchen Sinn hätte es auch, diesen unkontrollierten Gefühlen nachzugeben? Aber ihr Zorn hat sich noch immer nicht gelegt, auch wenn sie ihn nicht zum Ausdruck bringt.

»Wenn du über Seio und Barro Bescheid wußtest,

warum hast du's mir dann nicht gesagt?« Sie bedauert die Worte, sobald sie die Frage ausgesprochen hat. Sie bietet ihm damit volle Breitseite für eine Revanche. Warum sollte er ihr überhaupt etwas erzählen? Aber Abram macht schweigend mit dem Melken weiter. Vage spürt sie seine Emotionen. Seine Selbstbeherrschung mag ein bißchen ins Wanken geraten sein, aber er schafft es immer noch, seine wahren Gefühle zu verbergen. Trotzdem ist er nicht so kühl und gesammelt, wie er ihr gern vormachen möchte.

Elisas Sinn für ausgleichende Gerechtigkeit stellt ihre Gelassenheit wieder her. Sie lächelt selbstironisch: Was ist nur in sie gefahren, daß sie Abram so an die Kehle gesprungen ist, als sei er für die anderen Kinder verantwortlich? Es ist nicht gerade klug, darauf hinzuweisen, daß er eine wichtige, eine besondere Rolle spielt. Das glaubt er sowieso schon allzu gern.

»Haben sie die Idee schon lange im Kopf, daß sie nicht fortgehen, daß sie zusammenbleiben wollen?«

»Das lag in der Luft. Ich glaube, durch ihre Beziehungen zu Seio und Barro sind sie schneller erwachsen geworden, als sie selbst wollten.«

Redet dieser Junge vom Erwachsenwerden?

»Sie sind doch noch Kinder. Also wirklich! Sie sind noch nicht einmal fünfzehn!«

Abram setzt sein methodisches Melken fort. »Wie alt warst du, als du zum ersten Mal mit Paul geschlafen hast?« fragt er aalglatt.

Elisa verschlägt es für einen Augenblick die Sprache, ihr schießen wütende Retourkutschen durch den Kopf. Dann hat sie sich wieder in der Gewalt und versucht Zeit zu gewinnen, indem sie die rundliche Flanke der Kuh streichelt. »Ich war älter als sie, aber trotzdem noch ein Kind. Ich wußte eigentlich nicht genau, was ich tat.«

»Aber du *dachtest*, du wüßtest es, oder nicht? Was hättest du zu jemandem gesagt, wenn er dich ein Kind genannt hätte?«

Elisa zuckt die Achseln. »Das ist für die jetzige Situation ganz unerheblich.«

»Wirklich?«

Sie versucht die Frage ehrlich zu beantworten. Gibt es eine Parallele zu ihrer damaligen Situation? Nein, überhaupt keine. Paul war ... Sie spürt in sich eisige Stille. *Ein echter Mensch.* Sie hatte gedacht: ›ein echter Mensch!‹ Aber die Kinder sind doch echte Menschen!

Wenn man alles dreht und wendet, wozu dann überhaupt die ganze Aufregung? Francis und Florent – Florie – wollen zusammenbleiben. Sie glauben, einander zu lieben. Sie sind nicht mehr bereit fortzugehen, wenn es soweit ist. Was ist so Schlimmes daran? Zwei Kinder weniger für das Projekt, zwei von mehr als hundert Kindern: Was macht das schon aus? Sie hatte nie daran gedacht, jemanden zum Fortgehen zu zwingen.

Die Schwierigkeit liegt darin, daß du es nie für möglich gehalten hättest, es würde sich jemand weigern. Die Kinder sind von Geburt an indoktriniert worden.

Nein, nicht indoktriniert. Sie hat ihnen das Projekt erklärt, sie haben es miteinander durchgesprochen, die Kinder haben sich an der endgültigen Planung beteiligt.

Ja, die ersten drei oder vier Jahrgänge. Aber die späteren mußten einfach akzeptieren, was lange vor ihrer Zeit beschlossen worden war.

Trotzdem, sie hatten es akzeptiert. Und das beschäftigt sie ja eigentlich auch gar nicht. Sie regt sich nicht darüber auf, daß Francis und Florie sich weigern, fortzugehen. Worüber dann? Darüber, daß sie einander lieben? Darüber, wie sie ihre Verweigerung begründet haben? Über ihren Wunsch, zusammenzubleiben?

Echte Menschen. Warum geht ihr diese absurde Formulierung nicht aus dem Kopf? Sie dreht sich zu Abram, der sie beobachtet, dann aber hastig wegguckt. Die Milch spritzt jetzt wieder in den Eimer. Immer noch diese erzwungene Ruhe, hinter der sich Gefühle verbergen, die sie immer weniger verstehen kann. Ist auch bei ihm irgendwas im Busch?

»Was haben sie dir gesagt?« fragt sie, um das Gespräch wieder in Gang zu bringen.

»Daß sie ihre Fähigkeit zur Metamorphose gern beibehalten würden. Daß sie kein Interesse daran haben, in die Außenwelt zu gehen, wenn es Trennung bedeutet.«

»Ist noch jemand dieser Auffassung?«

Warum hat mir das niemand erzählt? Elisa streichelt wieder die Kuh, deren Wärme sie irgendwie tröstet, genauso wie die Geräusche der anderen Kühe, die wiederkäuen oder sich in ihren Boxen bewegen. Sie ändert die Frage ab und stellt sie direkt an Abram. »Warum hast du es mir nicht erzählt?« sagt sie und achtet auf seine Reaktion.

Er wird mühelos mit ihrer Frage fertig. »Du hast andere Dinge zu tun. So wichtig ist es nun auch wieder nicht. Es ist ja nichts Schlimmes. In erster Linie ist es nur ein Gedankenspiel. Wenn sie älter werden, sehen sie ein, daß das Projekt eine gute Sache ist. Außerdem wollen sie auch deswegen fortgehen, weil sie gespannt auf die Außenwelt sind. Wir sprechen diese Dinge miteinander durch.«

Wir sprechen diese Dinge miteinander durch. Na und? Sie wußte es doch, sie hatte immer gewußt, daß sehr vieles im Leben der Kinder, ein Großteil ihrer Probleme an ihr und den Ommachs vorbeiläuft, daß sie es unter sich ausmachen, allein damit fertigwerden. Sie hatte die Tatsache im Kopf registriert, aber, so wird ihr jetzt klar, sich nie wirklich vorstellen können, was sie zu besprechen haben könnten. Oder daß sie Dinge diskutieren könnten, die sie vor ihr geheimhalten.

Verwirrt lehnt sie sich gegen die Scheunenwand. Was geht hier vor? Zwei Kinder haben pubertäre Phantasien, die sie – aus welchen Gründen auch immer – völlig durcheinanderbringen. Alles nicht so schlimm, sagt Abram. Nur eine Phase, die vorübergeht.

Und was, wenn sie nicht vorübergeht?

Und warum – wo sie schon mal dabei ist, kann sie auch weiter denken – regt sie die Vorstellung, daß Francis und Florie zusammenbleiben, eigentlich so auf?

»Glaubst du, es ist ihnen ernster als den anderen?« fragt sie Abram. Es ist ihr klar, daß sie ihn damit unwiderruflich um Hilfe bittet. Aber wie kann er ihr helfen?

Anscheinend gar nicht. »Ich weiß nicht«, antwortet er. »Im Augenblick ist es ihnen ernst. Ich hab keine Ahnung, wie sie später mal darüber denken werden. Sie sind immer zusammen.«

›*Zusammen*‹ wiederholt sie im Kopf. Ja, das ist es, was ihr zu schaffen macht. Daß die Kinder für Liebe halten, was doch ... was doch mehr eine Frage der Nähe ist? Weil sie sich in genetischer Hinsicht näherstehen als Bruder und Schwester?

Keine echten Menschen. Ist das der Punkt? Liegt es gar nicht an ihrer Jugend, daß sie die beiden nicht ernst nehmen kann, sondern daran, daß sie in ihrem tiefsten Innern die beiden eigentlich gar nicht als *zwei verschiedene Menschen* betrachtet?

Das Gefühl plötzlicher, heftiger Bestürzung bringt sie beinahe zum Lachen. Macht sie sich nach all den Jahren immer noch vor, die Kinder seien gar keine abgegrenzten, eindeutigen Individuen? Sondern ein einziges Wesen, das sich auf verschiedene Körper verteilt? Ist das der Grund dafür, daß sie ihren sexuellen Spielchen nie viel Bedeutung beigemessen hat? Es hatte nichts bedeutet, *weil sie mit sich selbst gespielt hatten.* Wenn das zutraf, dann mußte ihre größere Sorge den Beziehungen von Francis und Florie zu den beiden Sestis gelten.

Komm schon, Elisa. Du bist schockiert, so richtig schön schockiert. Gib's doch zu!

Nicht schockiert. Beunruhigt. Weil es hier um eine echte Beziehung geht, um eine Beziehung zu wirklich *anderen Menschen.* Und weil die Folgen für sie ... Ja, schockiert. Zugegeben. Weil Francis sich dazu entschlossen hat, ein Mann zu sein, wenn er mit Barro zusammen ist. Die Wiederholung. Das Spiegelbild. Aber löscht die Tatsache, demselben Geschlecht anzugehören, die Individualität aus? Nur, weil sie beide ein Glied haben, sind Francis und Barro noch lange nicht dieselbe *Person.* Das ist ja sowieso alles Quatsch. Welches Geschlecht hat Francis denn überhaupt? Gar keins! Oder, anders ausgedrückt, jeweils das Geschlecht, das er sich wünscht.

Elisa weiß nicht, ob sie entsetzt ist oder belustigt. Sie holt tief Luft und versucht sich zusammenzureißen. Unmöglich, daß sie so etwas denkt. Schließlich hat sie den Kindern jahrelang erzählt, daß sie – egal ob Junge oder Mädchen – eigene Persönlichkeiten sind, und nur das zählt.

Sie spürt Abrams Blick und wendet den Kopf, um ihn anzusehen. Diesmal weicht er nicht aus, aber immer noch unterdrückt er seine Emotionen. Ein Schwindelgefühl überwältigt sie. Es ist, als sei sie mit einem völlig Fremden konfrontiert. Das Gefühl geht vorbei. Warum nur kann sie sich Abram leichter als eigenständigen Menschen vorstellen als Francis oder Florie? Weil er der Älteste ist, ihr erstes Kind? Weil er mehr über sie weiß?

»Und du, Abram, was denkst du? Über Francis und Florie? Darüber, fortzugehen?«

»Francis und Florie? Ich hab dir ja gesagt, ich weiß es nicht. Sie sind immer zusammen, sie haben sich schon immer so geliebt.«

»Und du glaubst, es ist ernst? Meinst du nicht, daß sie sich nur was vormachen, weil sie immer beisammengewesen sind?«

»Wenn es so wäre, würden wir uns ja alle dasselbe vormachen. Aber so ist es nicht. Jeder von uns ist anders. Das hast du uns auch immer gesagt. Aus irgendeinem Grund haben sie eine besondere Bindung aneinander. Ich weiß nicht, ob es ›ernst‹ ist, wie du es ausdrückst, aber es ist ganz bestimmt wirklich da. Du darfst sie zu nichts zwingen.«

»Das ist doch klar.«

Abram steht auf. Er trägt den vollen Eimer zum großen Faß an der Tür, um ihn auszuleeren. Elisa betrachtet seine Silhouette, die sich gegen das offene Tor abzeichnet: groß, schlank, aber dennoch muskulös. Er kommt zurück, greift nach dem Melkschemel und setzt ihn vor einer anderen Kuh ab. Wieder ist das rhythmische Spritzen zu hören.

»Um es kurz zu machen: Du glaubst also nicht, daß irgendein Grund zur Sorge besteht. Alles, was wir tun müssen, ist abwarten. Allerdings wirkte Francis mir gegenüber besonders aggressiv.«

»Das liegt daran, daß er wegen Barro unglücklich ist. Und er muß wohl Angst vor deiner Reaktion gehabt haben, als du sie zusammen erwischt hast.«

»Angst? Ich hab mich in solchen Situationen noch nie wie ein Drachen verhalten. In dieser Hinsicht hattet ihr immer völlige Freiheit.«

»Sie haben bestimmt Schuldgefühle, weil sie nicht fortgehen wollen«, sagt Abram nach kurzem Schweigen.

Bestimmt. Sie scheucht eine Fliege von ihrem Gesicht. Sie zögert, aber sie muß es wissen, wenn sie ihre innere Ruhe wiederfinden will. »Und du, Abram?«

Er unterbricht das Melken kurz, dann macht er weiter. »Na ja, ich würde gern wissen, wie die Außenwelt im Moment aussieht.«

Elisa zieht die Augenbrauen hoch. »Du gehst doch frühestens in zwei Jahren fort! Und die Ommachs werden ihre Berichte direkt an die STADT leiten, die stellt dann genau die Unterlagen zusammen, die du brauchst. Ein Jahr reicht doch allemal, dich auf den neuesten Stand zu bringen.«

Abram richtet sich auf und wischt sich mit einem Arm das Haar aus der Stirn. Kurz streift ihn das Licht, das aus der Toreinfahrt hereinfällt, und Elisa blinzelt. Aber Abram läßt ihr keine Zeit, über dieses Gefühl von Déja-vu nachzudenken, das sie plötzlich überkommt.

»Und was ist mit dir, Elisa?«

»Mit mir?«

»Willst du nicht mit uns zusammen in die Außenwelt gehen?«

Sie lacht. »Ich hab anderes zu tun, als Reisen zu machen, Abram. Zum Beispiel die Sestis retten, erinnerst du dich?«

Nach einer Pause wiederholt er hartnäckig: »Aber ich würde gern wissen, was zur Zeit in der Außenwelt los ist.« Die Kuh muht unruhig. Abram beruhigt sie und macht weiter mit dem Melken. »Warum kann man die Ommachs nicht sofort losschicken, Elisa?«

Verärgert über seinen kindischen Eigensinn runzelt sie die Stirn. »Weil es nicht nötig ist. Und weil die Ratsversammlung beschlossen hat, sie erst ein Jahr, bevor die ersten abreisen, loszuschicken. Du hast doch auch dafür gestimmt, so vorzugehen, oder nicht?«

Abram melkt weiter und sagt nichts.

Elisa hält die Sache damit für erledigt. »Wann fängst du mit dem Bauen für die Sestis an?« fragt sie.

Abram hebt den Kopf und sieht sie einen Augenblick lang schweigend an. Sein Gesicht ist im Schatten, und auch seine Gefühle liegen seltsam im dunkeln. Dann sagt er:

»Wenn der Boden aufgetaut ist.«

12

Elisa hält die Pferde auf dem Gipfel des Vorgebirges an. Von hier aus hat man einen guten Blick auf das Gelände, das die Sestis sich für ihr künftiges Dorf ausgesucht haben. Die Arbeit ist ziemlich weit fortgeschritten. Am See ist eine recht große Lichtung entstanden, ganz in der Nähe sind Baumstämme und Steine aufgestapelt. Fast die Hälfte aller Baumstümpfe hat man schon gerodet und neben den Stämmen abgeladen.

Fast alle Sestis sind da, Männer wie Frauen. Nur die Kleinkinder sind im Dorf zurückgeblieben. Eine Karre kommt leer zurück, nachdem sie ihre Ladung Steine losgeworden ist. Ein kleines Mädchen thront auf einem der Pferde, das friedlich dahintrottet und sich gar nicht um die nackten kleinen Füße kümmert, die in seine Flanken hämmern. Als die Kleine Elisa sieht, winkt sie ihr heftig zu. Elisa winkt zurück und läßt den Planwagen wieder anfahren.

Elisa fragt nach Abram. Er ist gerade dabei, Baumstämme aufzuschichten. Auch ohne zu fragen, hätte sie ihn schon von weitem an seinem roten Hemd erkannt. Als er Elisa sieht, springt er hinunter und kommt ihr mit großen Schritten entgegen. Sie will ihn umarmen, aber er bleibt vor ihr stehen und kneift die Augen zusammen. Die Sonne, die sich im See spiegelt, blendet ihn.

»Du bist ganz allein gekommen?«

Elisa zieht die Augenbrauen hoch. »Dazu hab ich ja auch nicht oft Gelegenheit, bei dem ganzen Kinderschwarm, mit dem du mich im Dorf zurückgelassen hast. Ich hatte mal einen Ortswechsel nötig. Und man braucht ja wohl keine Armee, um Proviant zu transportieren.«

»Hier lungern viele weiße Katzen herum.«

Elisa bricht in schallendes Gelächter aus. »Stell dir vor, ich weiß immer noch, wie man mit einem Gewehr umgeht. Und sie sind sowieso nicht gefährlich. Hilf mir, die Lebensmittel abzuladen. Wir haben Kuchen für euch gebacken.«

»Gerri!« ruft Abram. Ein sonnenverbrannter Junge klettert vom Holzstoß herunter und springt auf den Wagen. Gemeinsam führen sie die Pferde zu den Hütten und Zelten, die das Lager bilden.

»Wie geht's voran?« fragt Elisa, als sie Abram einen Mehlsack reicht, während Gerri die Liste der Lebensmittel gewichtig in sein Notizbuch schreibt.

»Es läuft gut. Mit dem Roden sind wir sogar eher fertig als geplant. Nächste Woche können wir schon mit den Fundamenten anfangen. Laß mich das machen, es ist zu schwer für dich. Du mußt doch müde sein. Willst du dich nicht ausruhen?«

Elisa setzt das kleine Faß vor seinen Füßen ab. »Wie aufmerksam, Abram. Ich wußte gar nicht, daß ich schon so altersschwach bin.«

Zu ihrem Erstaunen wird er rot. »Quatsch. Ich meine doch nur, daß du müde sein mußt.«

»Ganz und gar nicht«, sagt sie und lacht, während sie ein großes Paket von der Tragfläche zerrt. »Achtung, das sind die Kuchen.«

Trotzdem ist sie durchgeschwitzt, als sie endlich fertig sind. Jetzt spürt sie die unbarmherzige Sommersonne und die fünfstündige Fahrt auf dem holprigen Weg, den die Kinder durch den Wald geschlagen haben. Sie überprüft ihre Körperfunktionen und bringt ihren Stoffwechsel wieder ins Gleichgewicht, obwohl sie dabei irgendwie ein schlechtes Gewissen hat. Die Kinder wissen, daß sie wie normale Menschen der Außenwelt leben und von ihrer Fähigkeit zur Regeneration nur im Notfall Gebrauch machen sollen. Sie schmunzelt über ihren Gewissenskonflikt. In der Ratsversammlung haben sie beschlossen, ihre besondere Fähigkeit so wenig wie möglich einzusetzen, selbst im Dorf nicht. Es ist nicht das erste Mal, daß die Kinder ihre Vorschläge sogar noch einen Schritt weitergetrieben haben.

»Ich glaube, ich tauche mal kurz in den See. Kommst du mit, Abram?«

Nach kurzem Zögern folgt er ihr. Sie holen sich Handtücher und schlendern am Ufer entlang zur Badebucht. Dichter Wald dämmt den Baustellenlärm, er ist jetzt nur noch ganz entfernt zu hören. Elisa schlüpft aus ihren Kleidern und taucht ins Wasser. Nach dem ersten Kälteschock paddelt sie prustend an die Oberfläche. Abram ist immer noch am Ufer. Als sie ihm winkt, zieht er sich aus und taucht ebenfalls ins Wasser. Sie versucht ihn zu packen, aber er entwischt ihr, und so sehr sie sich beim Schwimmen auch anstrengt, kann sie ihn nicht einholen. Sie gibt auf und läßt sich auf dem Rücken treiben, während sie ihm zusieht, wie er mit kräftigen Zügen ans Ufer krault und aus dem Wasser geht. »Schon gut, du Angeber«, ruft sie lachend, »ich weiß ja, daß du der bessere Schwimmer bist.«

Immer noch lachend steigt sie aus dem Wasser und rubbelt sich kräftig mit dem Handtuch ab. Abram ist bereits dabei, seine Hosen anzuziehen. »Willst du schon gehen? Die Arbeit ruft, was?«

Er lächelt zurückhaltend. »Wenn du willst, kann ich noch ein bißchen bleiben.«

Elisa breitet ihr Handtuch auf dem sandigen Gras aus und läßt sich mit einem zufriedenen Seufzer darauf nieder. »Ich will dich ja auf keinen Fall von deinen Pflichten abhalten«, frotzelt sie. Abram nimmt seine Rolle als Vorarbeiter wirklich schrecklich ernst.

Er setzt sich und schlingt die Arme um die Knie. »Der Tag ist sowieso fast gelaufen.«

Elisa schließt die Augen und lauscht in ihren zufriedenen Körper hinein, der sich nackt in der Sonne aalt. Sie sollte öfter zur Baustelle herausfahren. Wie ruhig es hier ist im Vergleich zum Dorf mit all den Kindern unter vierzehn!

Dann spürt sie eine wachsende Verlegenheit, eine Spannung, die sich allmählich ausbreitet. Als sie die Augen öffnet, wendet Abram sein Gesicht ab. Verwirrt mustert sie sein Profil, das sich scharf gegen den blauen Himmel abhebt.

»Ist irgendwas, Abram?«

Er erstarrt, sie merkt, wie er sich bemüht, seine Verlegenheit zu überwinden. Sie läßt nach, verschwindet aber nicht ganz. »Nein, warum?«

Elisa setzt sich auf. Sie ist drauf und dran, ihm schonend beizubringen, daß er ihr auf lange Sicht ja doch nichts vormachen kann. Das muß er doch wissen. Plötzlich drehen beide die Köpfe: Aus dem Wald hört man ein Knurren und Brummen und das Geräusch knackender Zweige. Dann ein Lachen und eine weibliche Stimme, die keucht: »Hör auf!«

Abram ist sofort auf den Beinen. Elisa hat gar keine Zeit, sich über seine heftige Reaktion, die schon an Panik grenzt, zu wundern: Am Waldrand taucht ein nacktes Mädchen auf, ein Handtuch baumelt ihr von der Schulter. Eine weiße Katze tobt wie ein junges Hündchen um sie herum. Das Mädchen ist Florie. Als sie Elisa und Abram bemerkt, bleibt sie wie angewurzelt stehen, genau wie die Katze.

Für einen Augenblick bleibt Elisa die Spucke weg. Dann boxt sie Abram in die Rippen und lacht: »Sind das deine wilden Tiere?« Sie dreht sich zu den Neuankömmlingen und bewundert die Anmut des schlanken jungen Mädchens: »Die Schöne und das Biest. Ich dachte mir schon, daß sie zahm sind. Hallo, Florie.«

Florie lächelt ihr ängstlich zu: »Wann bist du angekommen?«

Elisa runzelt die Stirn. Was ist mit Florie los? Warum ist sie so… nervös? Nervös ist fast untertrieben! »Gerade eben. – Hast du die Katze schon länger gezähmt?« fügt Elisa hinzu und deutet auf das Tier, das sich bewegungslos an Flories Seite hält. Eine große Katze. Ihr Kopf reicht Florie fast bis zur Hüfte.

Florie zögert unmerklich mit ihrer Antwort. »Seit wir hier sind.«

Elisa kann Abrams Erleichterung spüren. Sie verschränkt die Arme und sagt aufs Geratewohl: »Was geht hier eigentlich vor?«

»Nichts«, antwortet Florie viel zu schnell und wirft Abram einen Blick zu. Lag da nicht etwas wie eine Bitte in dem Blick? »Ich habe sie nur dressiert, sonst nichts.«

Die Katze bewegt sich plötzlich mit langsamen, bedächtigen Schritten auf Elisa zu. Vor ihr läßt sie sich auf ihren Hinterläufen nieder, richtet sich auf und ... verwandelt sich! So als wabere heiße Luft, als offenbare sich allmählich eine Fata Morgana, schwinden der weiße Pelz, das tigerähnliche Maul, die großen Tatzen ... Vor Elisa steht ein nackter junger Mann, dessen Augen Funken sprühen.

Francis!

Der Schmerz bringt Elisa wieder zu sich: Sie ballt ihre Fäuste so zusammen, daß die Nägel ihr ins Fleisch schneiden. In ihrem Kopf dreht sich alles, als sie einen Finger nach dem anderen löst. Auch ihre Zähne hat sie aufeinandergepreßt, wie sie jetzt merkt. Ihr ganzer Körper ist verkrampft. Mit aller Kraft ringt sie um Beherrschung. Langsam nimmt sie ihre Umgebung wieder wahr, die Menschen, die um sie herumstehen und sie anstarren. Florie, Abram und Francis. Fürchterlich erschrocken. »Wie ...?« – es kommt nur ein Krächzen, das sie so mitnimmt, daß sie nicht weitersprechen kann.

Trotz seiner Angst streckt Francis aufmüpfig sein Kinn vor. »Es ist ganz einfach. Man muß es nur wollen.« Ein kurzer weißer Flaum überzieht seinen Körper und verschwindet wieder. »Ganz einfach. Jeder von uns kann das. Warum also sollten wir es nicht tun?«

»Das reicht, Francis«, sagt Abram scharf und geht hinüber zu Elisa und dem Jungen. »Geht zurück ins Lager!«

Francis rührt sich nicht. »Warum willst du sie anlügen? Sie hat uns doch geschaffen, oder etwa nicht? Sie muß wissen, daß es möglich ist.«

»Es ist nicht möglich«, hört Elisa sich mit erstickter Stimme murmeln, »nicht ohne Maschinen, ohne Trance. Nicht einfach so.«

»Doch, natürlich ist es möglich«, ruft Francis aus.

»Vielleicht hast du zu große Angst davor, aber wir doch nicht!«

»Francis!« knurrt Abram mit erhobener Hand.

Der Junge weicht nicht von der Stelle. »Mach schon, Boss, schlag mich doch!« Seine Stimme steigert sich zu einem Kreischen. »Stell dich nur weiter vor sie, deine kostbare Elisa!«

Der Schlag reißt Francis so herum, daß er hinfällt. Florie fährt auf Abram los, aber er wehrt sie mit dem Handrücken ab.

»Hört auf!« schreit Elisa.

Plötzlich sind alle still. Sie sieht einen nach dem anderen an: Francis am Boden, Florie halb aufgerichtet, Abram ... Sie merkt, daß sie eigentlich in die Luft gehen sollte, aber merkwürdigerweise erfüllt sie eine ungeheure Ruhe. »Francis und Florie, geht zurück ins Lager. Ich befasse mich später mit euch.«

Francis rappelt sich hoch und hilft Florie auf. Beide verschwinden mit hängenden Schultern.

Elisas Ruhe – das Auge des Orkans – scheint mit ihnen zu verschwinden. Sie setzt sich abrupt auf und merkt, wie ihre Knie weich werden. Ein Schatten fällt über sie: Abram. Er reicht ihr ihre Kleider. Sie steht auf und zieht sich an. Dabei zwingt sie sich zum Nachdenken. Sie sucht nach Worten, um die widerhallende Leere, die sie zu umgeben scheint, zu füllen. *Man muß es nur wollen.* Sich verwandeln. Wann immer sie wollen. Sie können ... Sie brauchen keine Maschinen, keine Trance. Klar. Sie dachte immer ... Paul. Bei ihr war die Verwandlung an Paul gebunden gewesen. Ohne ihn hatte sie sich nie völlig verwandeln können. Aber bei den Kindern ist es anders. Klar.

Schließlich gelingt ihr ein zusammenhängender Gedankengang: Kein Wunder, daß die Kinder sich für ein posthypnotisches *Verbot* der Metamorphose, sobald sie in der Außenwelt leben, ausgesprochen haben. Sie würden sich sonst zu leicht selbst verraten.

Elisa merkt, wie sie ganz plötzlich ruhig wird und sich andere Gedanken dazumischen. Sie haben dafür gestimmt. Sie wollen, daß das Projekt durchgezogen wird und Erfolg hat. Welche Fähigkeiten sie auch immer haben mögen, sie stehen hinter dem Projekt. *Sie stehen hinter mir.* Francis und Florie sind … Francis und Florie. Sie haben ein besonderes Problem. Aber es ist nicht typisch für die übrigen Kinder. Bestimmt nicht.

Sie dreht sich zu Abram um, der mit verschränkten Armen dasteht und zu Boden sieht. »Machen das alle, Abram, sich einfach in irgendwas verwandeln?«

»Nein. Francis ist die Ausnahme. Die Jüngeren machen's am Anfang, aber der Reiz der Neuheit hält nicht lange an.« Er schaut auf und fügt nachdrücklich hinzu: »Wir sorgen dafür, daß sie damit aufhören. Wenn sie mal zehn oder zwölf sind, ist es vorbei. Als die Sestis aufgetaucht sind, gab es einen Rückfall. Aber das ist jetzt vorbei.«

Elisa schüttelt vorwurfsvoll den Kopf. »Und das ist eines der Dinge, die ihr den Erwachsenen nicht erzählt.«

Abram sieht sie mit überraschender Intensität an. »Hättest du es denn wissen wollen?«

»Natürlich! Es ist doch wichtig zu wissen, daß ihr nicht den gleichen Beschränkungen unterworfen seid wie ich. Sehr wichtig fürs Projekt!«

»Das Projekt«, sagt Abram und senkt wieder den Kopf. Er sammelt die Handtücher auf. »Eigentlich existieren wir gar nicht außerhalb des Projekts, oder?«

Sie unterdrückt Überraschung und Ärger. »Red keinen Quatsch, Abram!« Er wirft sich die Handtücher über den Arm und schaut zu ihr auf. Jetzt versucht er nicht mehr, seine Gefühle zu verbergen. Vielleicht kann er es auch gar nicht. Er ist sehr unglücklich.

»Abram«, sagt Elisa erschüttert, »du glaubst das doch nicht im Ernst?«

Er sieht sie hilflos an. »Ich weiß nicht.«

»Abram, ihr alle habt euch für das Projekt engagiert, genau wie ich, vielleicht sogar noch mehr als ich. Wir haben immer über alles geredet.«

Ohne den Blick von ihr zu wenden, schüttelt Abram den Kopf. Nein. – *Nein?*

»Du verstehst nicht… Du hast nie verstanden…« Er scheint an den Worten zu ersticken.

»Was, Abram?«

»Daß immer du es bist, die alle Entscheidungen trifft!« sagt er und schmeißt die Handtücher zu Boden. »Du machst die Vorschläge, du leitest die Diskussion…«

»Was?!« Sie hört sich selbst schreien und kommt zu sich. »Das stimmt nicht, das weißt du ganz genau. Ihr alle bringt Vorschläge ein. Vorschläge, auf die ich selbst nie gekommen wäre: Posthypnotische Konditionierung, so daß man die STADT vergißt, daß man die Metamorphose vergißt. Ihr wart doch diejenigen, die…«

»Wir, wir! Glaubst du denn, wir wüßten nicht, was du willst, selbst wenn du es nicht sagst, selbst wenn du es selbst nicht weißt?! Verstehst du nicht, daß wir es *spüren* können? Glaubst du, wir könnten dir Widerstand entgegensetzen? Wir lieben dich, Elisa, du hast uns geschaffen!«

Verstehst du nicht, daß wir es *spüren* können? – Als ironischer Kontrapunkt klingen Francis' Worte in ihr nach: *Vielleicht hast du zu große Angst davor.* Und noch etwas: *Stell dich nur weiter vor sie, deine kostbare Elisa.* Sahen sie ihre Wünsche immer voraus? War die Ratsversammlung die ganze Zeit nur ein Spiel gewesen, etwas, bei dem sie einfach mitmachten? War auch das Projekt etwas, bei dem sie einfach mitmachten? Nein, das Projekt nicht! Sie hätten sie bestimmt nicht so angelogen, sie konnten sie gar nicht so anlügen. Einfühlungsvermögen ist doch keine Einbahnstraße. Sie stehen im Grunde hinter dem Projekt. Sie sind bereit, in die Außenwelt zu gehen.

Abram geht zu ihr hinüber und faßt sie am Arm. »Komm! Die Sonne geht unter, es wird kühl.«

Sie schüttelt ihn ab. »Du, Abram, du stehst doch hinter dem Projekt, oder? Du hältst es doch auch für eine gute Sache, die wir durchziehen müssen, oder?«

Das Schweigen dauert zu lange. Abram sieht gequält aus.

»Ich ... ja, natürlich. Wir haben seltene Fähigkeiten, wir haben kein Recht, sie nicht zu nutzen.«

»Aber?«

»Elisa«, sagt er mit rauher Stimme. »Warum ...?« Er bricht ab, dann sagt er ruhiger: »Wie bist du eigentlich auf die Idee mit diesem Projekt gekommen?«

Sie geht ein paar Schritte am Ufer entlang, jetzt langt es ihr. »Du hast es doch gerade selbst gesagt, Teufel noch mal, und ich muß es euch hundertmal erzählt haben: Ich hatte seltene Fähigkeiten und nicht das Recht, sie nicht zu nutzen. Nicht das Recht, mich an den Strohhalm zu klammern, daß vielleicht eine Zufallsmutation in der Außenwelt ähnliche Fähigkeiten hervorbringen würde.«

Sie spürt, daß Abram ihr gefolgt ist, und dreht sich um. Die Sonne geht unter und gibt nicht mehr so viel Wärme ab, aber ihr goldenes Licht leuchtet sanft. Mit einem Teil ihres Selbst bewundert sie Abrams klare Körperlinien, die prächtigen glatten Schultern, die vom Wasser dunklen Locken, die wie gemeißelt an seiner Stirn kleben. Seine klaren, grauen Augen wirken in diesem Licht durchsichtiger als sonst. Wie merkwürdig, daß er sich für diesen Somatotyp entschieden hat, der so ganz anders ist als sein ursprünglicher Körper. Wo hat er das Modell gefunden? Wahrscheinlich bei seinem Ausflug in die STADT, als er die Bildschirme zu Rate zog. Irgend etwas rührt sich bei diesem Gedanken in ihrem Innern, möglicherweise ein Rest von Wut. Sie hat keine Zeit, dem Gefühl nachzugehen.

»Warum bist du nicht einfach in der Außenwelt geblieben?« fragt Abram mit gedämpfter Stimme.

»Weil es nicht die nötige Wirkung gehabt hätte, Abram, das hab ich dir doch auch schon gesagt!«

»Du hättest ja als Mann dableiben können«, entgegnet er gelassen.

Elisa erstarrt. »Um was geht es hier eigentlich, Abram? Bist du nicht mehr bereit fortzugehen?«

Er antwortet nicht sofort. Statt dessen sieht er sie angespannt an, obwohl er direkt durch sie hindurch zu blicken scheint. Schließlich murmelt er: »Ich weiß es nicht mehr.«

Mit sorgfältig kontrollierter Stimme fragt Elisa: »Warum, Abram?«

Seine Gefühle sind schwer auszumachen. Wieder versucht er, sie zu verbergen. Mit einigem Erfolg. Aber er verliert die Kontrolle, als er sagt: »Weil ich bei dir bleiben will.«

Ihr Lachen kommt den Bruchteil einer Sekunde zu spät. »Ach, das geht doch nicht, Abram. Große Jungen müssen ihre Mütter verlassen.«

Aber sie merkt, daß ihr Körper nicht lacht. Ihr Körper hat Angst. Ihre Kehle ist trocken, ihre Muskeln wie zum Weglaufen gespannt.

»Du bist nicht meine *Mutter*«, murmelt Abram kaum hörbar.

»Nein, noch viel schlimmer«, wirft sie leicht hin. Da hat sich irgend etwas in Abrams Gesichtsausdruck geschlichen, etwas, das sie nicht ganz fassen kann, etwas ...

Jemand.

»Also, ich geh zurück ins Lager. Wir müssen uns ums Abendessen kümmern. Wir reden ein andermal darüber, ja?«

Sie wartet eine Sekunde. Als er nicht antwortet, geht sie.

Du läufst weg, Elisa.

Ganz genau, antwortet sie sich selbst mit bewußter Ironie. Aber die andere Elisa läßt sich nichts vormachen. *Du hättest es nicht durchgehen lassen sollen, ohne etwas zu sagen.*

Worüber? Abrams ödipale Fixierung? Nein, das ist es doch gerade. Ich mußte verhindern, daß sie mehr Bedeutung bekommt, als sie verdient.

Du hattest Angst.

Angst, mich in einen sinnlosen Streit verwickeln zu lassen, sicher! Es war weder die Zeit noch der Ort dafür. Im übrigen hat das ja auch der Junge so gesehen. Er hat nicht darauf bestanden.

Der Junge ist ein Mann, Elisa. Der Junge ähnelt jemandem, den du kennst, Elisa.

Sie stößt einen Kieselstein vor sich her und geht jetzt schneller. Lächerlich. Nein. Sie war nur ein bißchen überrascht gewesen, das war alles. Überrascht, daß er einen solch unpassenden Moment gewählt hatte. Sie hatte an etwas völlig anderes gedacht.

Wirklich, Elisa?

Um Himmels willen, sie hat Besseres zu tun, als über Abrams Hormonhaushalt nachzudenken.

Und wie steht's mit deinem, Elisa?

Was für ein Quatsch! Was hat ihr Hormonhaushalt damit zu tun? Zumal sie gar keinen hat. Das heißt, natürlich hat sie einen, aber sie hat ihn völlig im Griff. Und sowieso hat die Sexualität nicht viel mit Hormonen zu tun. Es passiert alles im Kopf. Wer weiß das besser als sie? Immerhin hat sie es jetzt schon zwanzig Jahre ohne Sex ausgehalten, sie hatte Wichtigeres zu tun.

Sie läuft auf die Hütten zu. Die Feuer sind angezündet, man bereitet das Abendessen vor. Die Sonne sinkt jetzt schnell, die Luft kühlt sich ebenso schnell ab. Instinktiv wickelt sie ihre leichte Jacke fester um sich, dann regelt sie ganz bewußt ihre Körpertemperatur. Eine Trotzhandlung, das ist ihr klar. Hormone, also wirklich! Abram würde es sowieso gut tun, fortzugehen. Vielleicht sollte er schneller fortgehen, als geplant.

13

Francis und Florie erscheinen nicht zum Abendessen. Auch Abram nicht. Elisa registriert ihre Abwesenheit mit Verdruß und fragt sich, was die anderen Kinder wohl denken mögen. Keiner scheint sich besonders darum zu kümmern. Elisa versucht, die Szene vom Nachmittag zu vergessen, aber sie wird den Gedanken nicht los, daß die Kinder sie trotz allem Lachen, trotz aller Herzlichkeit beobachten. Sobald wie möglich will sie schlafengehen.

Sie ist eigentlich nicht überrascht, daß sie sich vor dem Zelt wiederfindet, das Abram mit Anders und Ari teilt. Das Zelt ist dunkel, es ist kein Geräusch zu hören. Elisa hebt die Klappe hoch. »Abram?« Keine Antwort. Das Zelt ist leer. Im schwachen Licht, das durch die Öffnung fällt, kann Elisa erkennen, daß Abrams Sachen nicht mehr da sind. Sie geht schnell hinüber zur Koppel, wo die Pferde weiden, und hält in der nur vom Mondlicht erhellten Dunkelheit Ausschau nach der unverwechselbaren Silhouette von Abrams weißer Stute.

Sie ist nicht da.

Der kleine Schwachkopf ist zum Dorf zurückgekehrt. Mit Francis und Florie? Vielleicht. In diesem Fall haben sie bestimmt den Planwagen genommen. Sie hat nicht die mindeste Lust, sich davon zu überzeugen. Wütend geht Elisa ins Bett.

Am nächsten Morgen erkundigen sich die anderen Kinder nach den drei Abwesenden. Elisa weiß nicht, ob sie ihr glauben, als sie sagt, Abram sei ins Dorf zurückgekehrt und Francis und Florie hätten wahrscheinlich beschlossen, Ferien zu machen. Ihre Ferien sind vorbei, sie müssen alle wieder an die Arbeit gehen.

Elisa erreicht das Dorf am frühen Nachmittag, ihrem Pferd steht vor Erschöpfung Schaum vor dem Maul. Sie läßt den Planwagen am See. Sie weiß nicht, was stärker ist – ihre Wut oder ihre Besorgnis.

Francis und Florie sind da. Sie schauen sie vorwurfsvoll an, aber das ist auch schon alles. Abram? Keiner hat Abram gesehen. Sein Zimmer ist aufgeräumt. Nur ein paar vertraute kleine Gegenstände und Kleidungsstücke fehlen. Auf dem Nachttisch liegt ein vierfach gefaltetes Stück Papier, auf dem Elisas Name steht.

Und innen nichts, kein einziges Wort.

Und plötzlich, als sie das weiße Papier sorgfältig wieder zusammenfaltet, weiß Elisa, wem Abram ähnlich sieht, wen er sich als Vorbild ausgesucht hat. Jetzt kann sie es nicht mehr leugnen. Die Einsicht kommt nicht als Schock, nicht als plötzlicher Gedankenblitz, sondern als ruhige Flut. Die Erkenntnis überschwemmt sie, ergreift ganz und gar Besitz von ihr, läßt ihr keinen Ort, an den sie fliehen könnte, keinen Ort, an dem sie vorgeben könnte, nicht zu wissen, wem Abram ähnelt.

Vierter Teil

1

Die Region, in der die Vietellis leben, hat sich verändert. Die Ruinen rund um die drei Türme sind fast verschwunden. Vom einstigen Stadtnetz sind nur halb zerfallene Mauern und ein paar Straßen übriggeblieben, die sich jetzt als Feldwege oder Pfade zwischen den Feldern und Gehölzen dahinschlängeln. Bis auf Scheunen und Getreidespeicher ist die Ebene kaum besiedelt. Die meisten Einwohner müssen wohl in den drei Türmen leben. Vielleicht können sie sich dort leichter verteidigen. Mehr denn je sieht die Vietelli-Siedlung wie eine Festung aus: An allen drei Seiten ist sie von Befestigungen und hohen Erdwällen mit hölzernen Schanzen und viereckigen Wachtürmen umgeben. Nur an der Südwestseite, gegenüber der *Schlimmen Zone*, ist ein Tor zu sehen.

Über einem der Türme, an dem noch Brandspuren zu erkennen sind, weht eine blaugelbe Fahne. Die beiden anderen Turmspitzen funkeln in der Sonne. »Verglast«, antwortet Halter auf Elisas Frage. Wahrscheinlich Treibhäuser. Warum auch nicht? Schließlich war hier früher eine Stadt, es existieren immer noch viele Unterlagen darüber. Die Menschen hier haben nicht vom Nullpunkt angefangen. Elisa zuckt die Achseln. Abram hat sich alle Mühe gegeben, eine nicht zu übersehende Spur zu hinterlassen. Hat er sie hierher gelotst, um ihr zu imponieren? Wie kindisch. Der Himmel weiß, welche fixe Idee über die Außenwelt ihm die Videoaufzeichnungen vermittelt haben. Welche Vorstellungen hat er auf der Grundlage dieses lückenhaften, irreführenden Materials entwickelt? Er hätte mit ihr darüber sprechen sollen. Dann hätte sie ihm nochmals erklärt, daß alle Geschichten, die er sich zusammenreimt, Fiktion sind. Er kann weder wissen noch wirklich nachvollziehen, was sich hier vor langer Zeit abgespielt hat. Sie traut ja nicht einmal ihren eigenen Erinnerungen. Wirklich ein starkes Stück, daß er Pauls Gesicht als Modell für sein eigenes benutzt hat. Dabei hat sie Paul nicht einmal geliebt, es war keine echte Liebe, auch wenn sie es damals für Liebe gehalten hat. Armer Abram, verlorene Liebesmüh, Pauls Gesicht zu klauen!

Und es ist dir noch nicht einmal aufgefallen, Elisa. Du hast es erst gemerkt, als er fortging.

Kurz entschlossen drückt sie ihrem Pferd die Knie in die Flanken und bringt es wieder auf Trab. »Halter, denk dran, daß du nicht zu neugierig wirken darfst. Und erzähl über uns so wenig wie möglich.«

Halter antwortet nicht. Elisas Ermahnung war völlig überflüssig. Ommachs vergessen nie.

Hier ist es längst Frühling. Die Bäume prangen in der üppigen Pracht ihrer grünen und kupferfarbenen Blätter. Die winterbraunen Gräser in den Gräben haben schon neue Schößlinge ausgetrieben. Kleine braune Kühe, die keine Hörner haben, grasen neben hochbeinigen Schafen und verkrüppelten, zotteligen Schimmeln auf den Weiden. Die Nutztiere der Außenwelt sind ganz anders als die Tiere in Elisas Dorf, deren Zuchtauswahl die Datenbank der STADT überwacht. Elisa runzelt die Stirn. Daran hat sie gar nicht gedacht. Ihr war bei der plötzlichen Abreise zu wenig Zeit geblieben. Sicher werden die großen, gescheckten Pferde, die sie und Halter reiten, hier auffallen. Sie haben sowieso schon neugierige Blicke auf sich gezogen, als ein Karren sie überholt hat.

»Was die Pferde angeht, Halter, da sagst du am besten, daß wir von weither kommen und eine alte Zucht weiterführen konnten.«

Eine Notlüge nach der anderen. Also wirklich, Elisa! Abram wäre bestimmt begeistert, wenn er sehen könnte, wie er dich ins Schleudern gebracht hat. Du bist ohne jeden Sinn und Verstand abgereist. Und alles wegen dieses verrückten Jungen.

Jetzt ist es sowieso zu spät. Sie hätte umkehren sollen, als sie merkte, daß er ihr entwischen wollte, daß er sie bis zu den Vietellis lotsen wollte. Warum? Was denkt sich der kleine Schwachkopf eigentlich? Daß sie das Dorf deswegen nicht verlassen will, weil sie in der Außenwelt ein Trauma erlebt hat? Das ist doch Psychologie der billigsten Art! Zwanzig Jahre sind seitdem vergangen, Abram, und ich würde alles noch einmal machen, wenn ich müßte!

Außer dich selbst zu verwandeln.

Dazu hatte sie keine Zeit gehabt. Außerdem war es sowieso ein unnötiges Risiko. Bei den Vietellis gab es möglicherweise Leute, die sich noch an Hanse erinnerten.

Zum Beispiel Judith.

Ein Grund mehr, Elisa zu bleiben. Judith hatte sie die meiste Zeit als Hanse und nur kurz als Elisa erlebt, an Elisa wird sie sich kaum noch erinnern. Vielleicht ist Judith ja auch gar nicht da. Zwanzig Jahre … Aber darum geht es ja gar nicht, es geht allein darum, Abram zu finden, ihn zur Vernunft zu bringen und ins Dorf zurückzuholen.

Willst du denn gar nicht wissen, was aus Judith geworden ist?

Wahrscheinlich erledigt sich die Frage von selbst.

Der Platz ist überfüllt. Entweder findet hier ein Markt statt oder ein Fest, vielleicht auch beides. Bunte Buden, Markisen aus Segeltuch, Imbißstände, gackernde Hühner, Verkäufer, die ihre Waren anpreisen, Geschrei und Gelächter, Fetzen einer Melodie, Gitarren- oder Mandolinenspiel, der rhythmische Hall eines Hammers, der auf den Amboß fällt. Paarweise patrouillieren Soldaten durch die Menschenmenge, sie sind an den blaugelben Uniformjacken, den marineblauen Hemden und schwarzen Hosen zu erkennen. Und an ihren Gewehren. Es sind Büchsen und Gewehre, die ganz bestimmt nicht in Heimarbeit entstanden sind. Im übrigen sehen auch viele der angebotenen Waren wie Serienfabrikate aus. Elisa greift nach einem Jagdmesser und mustert es genau: rostfreier Stahl. Oberhalb des Griffs ist an der Schneide das Warenzeichen zu erkennen: Wardenberg. Einen Ort dieses Namens hatte es hoch im Norden gegeben, in der Nähe einer der letzten STÄDTE, die Desprats ausgeschaltet hatte. Elisa legt das Messer wieder hin, weil sie spürt, daß die dicke alte Marktfrau im unförmigen schwarzen Gewand sie mit feindseliger Neugier beobachtet. Vielleicht ist es auch keine Feindseligkeit, sondern nur Mißtrauen.

Sie ist nicht die einzige, die sie beobachtet: Elisa bemerkt auch andere Blicke und seufzt. Klar, eine Frau, die sich wie ein Mann kleidet, das muß auffallen. Daß Halter sie begleitet, kann diesen Verstoß gegen die Sitten nicht ausgleichen. »Versuch herauszufinden, was hier vorgeht, Halter. Ich bin bei den Pferden«, murmelt sie dem Ommach leise zu.

Ein Mann steht dort. Er hat ein Knie auf einen der Heuballen gestützt und streichelt Elisas Pferd die Nüstern. Ein schlanker, sonnenverbrannter Mann in eng sitzender Wildlederkleidung, dessen schwarzes Haar schon grau wird. Sein Adlerprofil verwandelt sich in ein kantiges Gesicht, als er sich zu ihr umdreht. Er hat die Dreißig schon hinter sich. Auffallend blaue Augen. Er lächelt. Ein freundlicher Mann. Aber auch ein Mann auf der Hut.

»Schöne Tiere hast du.«

Elisa gibt ein unverbindliches Murmeln von sich und tut so, als suche sie etwas in der Satteltasche.

»Wir sehen solche Tiere hier nicht oft«, fährt er ungerührt fort.

Aus dem Augenwinkel sieht Elisa Halter mit großen

Schritten auf sich zukommen. Jetzt schon? Der Ommach stellt sich neben sie, sagt aber nichts.

»Solche Tiere wollt ihr bestimmt nicht verkaufen«, sagt der Mann und wendet sich ganz selbstverständlich an Halter, als sei er schon die ganze Zeit da gewesen.

»Nein«, antwortet Halter.

»Es wäre ein gutes Geschäft für euch. Wo ihr herkommt, gibt es doch bestimmt noch mehr davon. Aus dem Nordwesten, wie?«

Stimme und Mimik drücken nichts anderes als echtes Interesse aus. Aber Elisa spürt das Mißtrauen, die innere Spannung. Sie nutzt aus, daß der Mann sie gerade nicht beachtet, und beantwortet Halters fragenden Blick mit unmerklichem Nicken.

»Ja«, sagt Halter, »aus dem Nordwesten.«

»Man hört es am Akzent«, sagt der Mann lachend. »Aus dem Nordwesten kommen nur selten Reisende zu uns. Aber gestern war einer da. Hatte auch ein schönes Pferd.«

»Ist er noch da?« fragt Halter so gleichgültig wie möglich.

»Er ist gleich wieder weg. Wollte nach Libera, zur Stadt der Frauen. Wird dort sein blaues Wunder erleben.«

Er hat sie mit seinen hellen Augen fest im Visier. Dann lacht er Halter zu und enthüllt dabei ebenmäßige weiße Zähne. »Ich heiße Corrio. Seid ihr nur auf der Durchreise, oder sucht ihr Arbeit? Wir könnten hier einen kräftigen Burschen wie dich brauchen. Und wenn eure Pferde Hengste sind, könnten wir vielleicht etwas in die Wege leiten. Wie wär's?«

»Wir sind nur auf der Durchreise«, antwortet Halter. »Wo liegt Libera?«

Elisa hält sich mit Mühe zurück. Wie soll man von einem Ommach auch mehr Feingefühl verlangen, er ist nicht darauf programmiert. Und von einer Frau erwartet man hier ganz gewiß nicht, daß sie das Gespräch an sich reißt, selbst wenn sie wie ein Mann gekleidet ist.

»Wißt ihr das nicht? Östlich von hier. Ich dachte, Libera sei bekannter. Der Bursche gestern wußte, wo es liegt. Auch wenn es ihm nicht viel nützen wird.«

»Warum nicht?« fragt Halter auf Elisas Zeichen.

»Na hört mal! Das ist doch die Stadt der *Frauen.* Da kommt doch ein Mann gar nicht rein!« Er deutet mit dem Kinn in Elisas Richtung. »Falls du vorhast, sie dorthin zu begleiten, kannst du's gleich vergessen.«

Der Mann fängt wieder an, das Pferd zu streicheln. Elisa beißt sich auf die Lippe. Eine Stadt der Frauen. Also gut, fragen kostet ja nichts.

»Ist Libera weit?« Sie spürt die Selbstzufriedenheit des Mannes, als er sich ihr zuwendet, aber es ist ihr egal.

»Eine Reise von zwei Tagen, wenn alles gutgeht. Aber ihr könnt euch morgen Judith anschließen.«

»Wer ist Judith?«

»Aber, aber!« sagt der Mann und verbirgt seine Überraschung und Neugier hinter einem breiten Grinsen. »Judith ist ... – na ja, man könnte sie die Führerin der freien Frauen nennen. Habt ihr denn nie von ihr gehört? Es würde sie bestimmt ärgern, wenn sie wüßte, daß im Nordwesten sie nicht jeder kennt.«

Elisa weiß, daß sie einen Fehler macht, fragt aber trotzdem weiter: »Die Judith, die früher Manilo Vietellis dritte Frau war?«

Jetzt wundert er sich noch mehr. Der Mann grinst über das ganze Gesicht und nickt, aber sein Gesicht hat sich leicht verkrampft. »Genau. Heute ist ein großer Tag. Die offizielle Versöhnung zwischen den Vietellis und den freien Frauen. Zwischen Manilo und Judith.«

Manilo? Aber Manilo ist doch tot. Elisa muß sich schnell auf einen Heuballen setzen. *Seltsam, daß gerade das ihr Faß zum Überlaufen bringt. Mein armer Paul.* »Keine sinnlose Gewalt«, hatte er gesagt, und sie hätte damals losschreien können. Wie konnte er so etwas sagen und gleichzeitig Frauen auf bestialische Weise töten? Aber es war ihm in gewisser Hinsicht ernst gewesen: Er hatte Manilo nicht umgebracht.

Sie hebt den Kopf. Soldaten in blaugelber Uniform sind plötzlich wie aus dem Nichts aufgetaucht und haben sie umzingelt. Halter erstarrt, aber sie hält ihn mit einer Hand zurück.

»Kommt«, sagt der Mann mit zynischem Lächeln. »Ich werde euch bei uns einführen. Ihr habt uns bestimmt viele interessante Dinge zu erzählen. Über den Nordwesten«, fügt er nach kurzer Pause hinzu. »Euer junger Freund war gestern nicht lange genug da.«

2

Neugierige und allgemein feindselige Blicke folgen ihnen, als man sie zum Westturm führt, an den sich Elisa noch von ihrem ersten Besuch bei den Vietellis erinnert. Der alte Zierbrunnen ist noch da, immer noch wird er als Sandkasten genutzt. Ungefähr zwanzig Kinder, deren Stimmen in diesem riesigen Foyer widerhallen, spielen dort. Mädchen, vielleicht auch ein paar Jungen. Schwer zu sagen. Es sind Zwei- bis Fünfjährige, alle haben kurze Haare. Drei alte Frauen sitzen dabei und passen auf, während sie nähen oder Gemüse putzen. Als Elisa am Sandkasten vorbeigeht, merkt sie, daß ihr jemand besorgt nachblickt. Sie dreht den Kopf. Eine der alten Frauen senkt sofort ihren Blick und schaut wieder auf ihre Arbeit. Ihr Gesicht ist durch eine große Narbe entstellt. Anscheinend hat ein Schlag mit dem Schwert ihr die Nase zerschmettert und ihre linke Gesichtshälfte von der Stirn bis zum Kinn aufgeschlitzt.

Also haben sie doch gegen Malverde gekämpft? Oder aber die Frauen haben einen Aufstand organisiert …

Die Soldaten halten vor einer mit Bolzen verstärkten Holzpforte an. Corrio öffnet das Tor, das trotz seiner

Massivität leicht zurückschwingt. Aus dem Saal sind Stimmen zu hören. Mit dem Finger auf den Lippen dreht sich Corrio zu Elisa und flüstert sarkastisch: »Ich bitte um Ruhe. Hier könnt ihr erleben, wie Geschichte gemacht wird.«

Vor zwanzig Jahren war das der Gemeinschaftssaal der Vietellis. Jetzt ist er mit großen Außenfenstern, Gobelins und Bodenfliesen ausgestattet.

Mitten im Saal steht ein solider Holztisch, um den zwölf hochlehnige Stühle gruppiert sind, alle sind besetzt. Nicht weit davon entfernt halten sich etwa zwanzig Menschen auf, zwei Gruppen, die sich deutlich voneinander unterscheiden. Die Gruppe auf der rechten Seite trägt blaugelbe Uniformen, die auf der linken Seite ein buntes Stilgemisch aus wattierten Jacken, Kitteln und langen Hosen in Braun oder Schwarz. Die mit den dunklen Hosen sind Frauen, alle noch ziemlich jung. Ihre Haare sind kurzgeschoren. Die Gesichter verraten nichts. Niemand ist bewaffnet.

Ein Wächter, der mit dem Rücken zur Pforte steht, dreht sich um, als er merkt, daß sie offensteht. Corrio gibt ihm ein Zeichen, still zu bleiben, und drängt Halter und Elisa gegen die Wand zu seiner Linken. »Bleibt hier.« Er geht hinüber zum Tisch.

»Tu nichts, bis ich dir ein Zeichen gebe«, murmelt Elisa Halter in Franglei zu. Sie überprüft schnell ihre Körperfunktionen und zwingt sich zur Ruhe. Erst danach sieht sie den anderen über die Schulter. Corrio beugt sich gerade über einen Mann am rechten Tischende. Manilo muß inzwischen in den Fünfzigern sein, sein rotes Haar wird bereits grau. Jetzt ähnelt er Carlo Vietelli mehr denn je. Elisa mustert seine Tischnachbarn, die der Pforte gegenübersitzen. Ein ziemlich alter Mann in Uniform, ein anderer im grünbraunen Jackett, noch einer … An der Tischmitte sitzt die erste Frau: dünn, blond, schwarze Augen unter einer breiten, flachen Stirn. Nein. Die Frau neben ihr ist zu jung, und die dahinter hat eine flache Nase, tiefschwarzes Haar und die mandelförmigen Augen einer Asiatin.

»Also gut«, sagt eine klare Stimme am anderen Tischende. »Da Corrio uns die Ehre erwiesen hat, sich uns wieder anzuschließen, können wir jetzt vielleicht in der Tagesordnung weitermachen? Es sei denn, er möchte uns eine weitere Ehre erweisen und seinen plötzlichen Aufbruch erklären.«

Elisa kann die Frau, die spricht, nicht sehen. Sie versucht, sich anderswo hinzustellen, aber der Wächter hält sie zurück: »Er hat gesagt, ihr sollt hier bleiben.«

»Wir haben vornehmen Besuch«, antwortet Corrio glatt. »Genauer gesagt: einen Besucher und eine Besucherin. Aus dem Nordwesten. Und mit Pferden, die genauso schön sind wie deine, meine liebe Judith. Vielleicht Freunde von dir?«

Über die Köpfe der Zuschauer hinweg begegnet er Elisas Blick. »Kommt her, ihr beiden!«

Elisa geht vor, ehe der Soldat sie stoßen kann. Man dreht sich zu ihr um und macht ihr Platz. Neugier, Erstaunen … Angst. Aber ihr fehlt die Zeit, die Quelle der Angst zu lokalisieren. »Hierher!« bedeutet ihr Corrio, und sie stellt sich zwischen ihn und Manilo.

Am anderen Tischende hat Judith ihre Hände so am Tischrand aufgestützt, als werde sie sich gleich erheben. O ja, es ist Judith. Die klaren grauen Augen, die runde Stirn, die vollen Lippen. Elisa erkennt sie nur allzu gut – trotz des kurzen weißen Haars, das ihren Kopf wie ein Helm umschließt. (*Weiß?*) Judith entspannt sich. Als sie sich wieder in ihrem Stuhl zurücklehnt, fällt das Licht schräg von oben auf die Altersspuren, nach denen Elisa Ausschau gehalten hat: auf die Linien rund um die Augen und zwischen den Augenbrauen, auf die tieferen Fältchen an den Mundwinkeln.

Verwunderung, dann Freude funkelt in den grauen Augen auf, die auf Elisa ruhen. Freude. Jetzt verbirgt Judiths teilnahmsloses Gesicht Triumph.

»Ja«, bemerkt Corrio. »Eine Freundin von dir.« Er wendet sich Manilo zu. »So ein Zufall, was? In zwei Tagen drei Leute aus dem Nordwesten, alle mit den gleichen großen Pferden und alle merkwürdig ahnungslos. Andererseits jedoch merkwürdig gut unterrichtet. Die da weiß zwar nicht, wo Libera liegt, aber dafür weiß sie, daß Judith deine dritte Frau war. Sehr merkwürdig.«

»Hat das alles irgendwas mit unserem heutigen Treffen zu tun?« fragt Judith trocken. »Wir reden hier schließlich über ernste Dinge, Sin'ri Malverde.«

Malverde? Malverde mit Manilo in Vietelli?

»Wo ist der Mann? Er soll auch vorkommen«, sagt Corrio.

Halter bahnt sich gewaltsam seinen Weg durch die Umstehenden, die seinem großen, massigen Körper Platz machen. »Was ist mit ihm, ist er auch ein Freund von dir?«

Judith mustert Halter schnell von Kopf bis Fuß und schaut dann unbeteiligt weg. »Mit wem ich befreundet bin, ist meine Privatangelegenheit«, sagt sie kurz angebunden.

Manilo wirkt verwirrt und gereizt. »Wer sind diese Leute?«

»Also wirklich, spielt das eine Rolle? Laßt uns wieder an die Arbeit gehen, ja?«

Die Männer murren, die Frauen rücken enger zusammen. Manilo knallt seine flache Hand auf den Tisch, dreht sich um und starrt Elisa an.

»Dein Name?«

Elisa spürt eine unbestimmte Angst. Sie zögert und schaut hinüber zu Judith, die ihre Augen schnell abwendet. Die Angst weicht. »Ich heiße Kramer«, sagt sie mit ungutem Gefühl.

»Kein Vorname?«

»Elisa«, wirft Judith mit bewußter Ironie ein. »Sie ist eine alte Freundin. Ich wußte nicht, daß wir hier unser Privatleben durchsprechen wollen, Manilo. Wenn du das vorhast, willst du dann wirklich diese ganzen Leute dabeihaben?«

Manilo reagiert nicht. Niemand reagiert. Elisa wundert sich. Zumindest Manilo muß den Namen erkannt haben. Judith muß ihm doch davon erzählt haben, muß ihnen allen von Paul, von der Verwandlung, vom Mord, von Pauls Tod erzählt haben.

»Gute Idee«, sagt Corrio sarkastisch. »Hier ist ein bißchen wenig Platz für Familientreffen. Was meinst du, Manilo, sollen wir es im engen, privaten Rahmen halten?«

»Das reicht, Corrio«, sagt Manilo. Er ist nicht laut geworden, aber der Hohn verschwindet aus Corrios Gesicht. »Judith, wer sind diese Leute?«

Judith verschränkt die Arme. »Das hat nichts mit dem heutigen Treffen zu tun.«

Manilo seufzt und wendet sich wieder Elisa zu. »Warum seid ihr hier? Woher kommt ihr?«

»Aus dem Nordwesten«, lügt Elisa. Um die Lüge glaubwürdiger zu machen, fügt sie wahrheitsgetreu hinzu: »Wir suchen nach dem Jungen, der gestern hier durchgekommen ist.«

»Und der nach Libera aufgebrochen ist«, bemerkt Corrio.

Kichern in der Gruppe der Frauen. »Wir nehmen auch keine Bettwanzen auf, Corrio, das müßtest du doch wissen.«

Corrio senkt den Kopf und ballt die Fäuste. Manilo legt ihm eine Hand auf den Arm. »Es sind tatsächlich zu viele Leute hier«, sagt Manilo bewußt ruhig. »Judith, ich möchte vertraulich mit dir reden.«

Judith zögert, berät sich durch einen kurzen Blickwechsel mit ihren Frauen und zuckt dann die Achseln: »So sei es.«

Einen Augenblick lang rührt sich niemand, dann verläßt die Gruppe der Männer den Saal. Die Frauen folgen ihnen, lassen sich dabei aber viel Zeit. Nur die Menschen am Tisch bleiben zurück.

»Sie auch«, sagt Judith und lächelt Manilo an. »Aber Kerri bleibt bei mir. Du willst ja sicher auch Corrio dabeihaben.«

Die Frau, die dageblieben ist, hatte zu Judiths Linken mit dem Rücken zu Elisa gesessen. Jetzt steht sie neben Judiths Stuhl, eine große, schwere Frau, deren unbeteiligter Gesichtsausdruck irgendwie seltsam wirkt. Aber Elisa bleibt keine Zeit, weiter darüber nachzudenken.

Manilo ist aufgestanden. »Judith, ich möchte jetzt endlich wissen, was hier gespielt wird. Ich habe dich in guter Absicht zu mir eingeladen, und ich möchte gern glauben, daß auch du mit guten Absichten gekommen bist. Wer ist diese Frau, wer dieser Mann, und was ist mit dem Jungen, der gestern hier war? Warum sind sie hierhergekommen?«

»Ich habe keine Ahnung«, antwortet Judith mit völlig ehrlichem Gesicht.

Sie lügt. Was verbirgt sie? Sie kann doch gar nicht wissen, was mich hergeführt hat! Aber sie glaubt es zu wissen.

Plötzlich langt es Elisa. Sie rückt einen der Stühle heran und setzt sich. »Ja, was ist hier überhaupt los?« Alle drehen sich zu ihr um. Sie sieht einen nach dem anderen an: Corrio, wachsam und angespannt unter seiner ironischen Maske; Manilo, verwirrt und möglicherweise unglücklich. Die große Frau, Kerri, bei der sie keinerlei Gefühle spüren kann. Kein Gefühl. Überhaupt keins? *Ein Ommach!*

»Ich glaube, du hast Judith lange nicht gesehen«, bemerkt Corrio zuckersüß.

Elisa ringt um Selbstbeherrschung. »Was ist hier los?« wiederholt sie, steht auf und wendet sich zu Judith, die sie leicht verwundert ansieht.

»Die freien Frauen sind dabei, sich mit den Vietellis zu versöhnen, das ist alles«, sagt sie gelassen.

»Und *das* ist eine freie Frau?« fragt Elisa und deutet auf den weiblichen Ommach.

»Das ist Kerri, meine rechte Hand«, antwortet Judith. Diesmal kann sie ihre Überraschung kaum noch verbergen. *Was* ist so überraschend?

Elisa verliert die Selbstbeherrschung, läßt die Hand auf den Tisch knallen und schreit: »Jetzt reicht's aber! Wer hat euch diesen Ommach gegeben? Was habt ihr vor? Was ist hier überhaupt los?«

Die Dinge überstürzen sich. »Greif dir Corrio, Kerri!« stößt Judith hervor. Der weibliche Ommach springt auf Corrio los, schlingt ihm einen Arm um den Hals, zückt plötzlich ein bis dahin verborgenes Messer und setzt es ihm an die Kehle.

»Keine Bewegung, Manilo«, sagt Judith und steht auf. »Und kein Wort.«

Manilo, der sich halb aufgerichtet hat, erstarrt mitten in der Bewegung. Unter seinen Sommersprossen ist er blaß geworden.

»Ich weiß nicht, welche Nummer du hier abziehst, Elisa«, fügt Judith in demselben gelassenen, schneidenden Ton hinzu, »aber bleib auch du, wo du bist, und rühr dich nicht. Und laß deinen Mann da drüben. Bist du für mich oder gegen mich?«

»Weder noch«, entgegnet Elisa völlig entgeistert. »Ich will nur wissen, was hier los ist.«

Judith sieht sie direkt an. In ihrem Gesicht zeichnet sich eine Spur von böser Ahnung ab. Sie geht hinüber zu Elisa.

»Laß sie, Halter«, sagt Elisa.

Der Ommach hält in der Bewegung inne. Judith wirft ihm einen neugierigen Blick zu. »Halter. Der andere hieß Ostrer, nicht? Aber dies ist auch einer.« Mit schüchternem Gesichtsausdruck steht sie vor Elisa. »In Wirklichkeit bist du Hanse, nicht?«

Manilo sinkt in seinem Stuhl zusammen, während Corrio versucht, sich freizukämpfen. Aber Kerri verstärkt den Druck auf seine Kehle.

»Ich bin Elisa.« Vergeblich bemüht sich Elisa, das Zittern in ihrer Stimme zu unterdrücken. »Ich *war* Hanse. Du hast es ihnen nicht erzählt, Judith. Du hast ihnen überhaupt nichts erzählt.«

Judith zieht ungläubig, fast schockiert die Augenbrauen hoch. »Sie hätten mir ja doch nicht geglaubt.«

Elisas Knie zittern, sie muß sich wieder setzen. Sie hat ihren Körper nicht mehr unter Kontrolle. Sie würde Judith gern weitere Fragen stellen, aber es hat ihr die Stimme verschlagen. Sie sieht Manilo an, dann Corrio, den Kerris Arm fast erstickt, dann Halter, der zur Statue erstarrt ist. Das Licht, das durch die großen Fenster hereinfällt, läßt die blanke Oberfläche des Tisches glänzen. Elisa sieht alles wie durch einen Nebel, wie in einem Traum. Sie muß wohl träumen. Wie in einem Traum stellt sie mit tonloser Stimme die Fragen, die sie stellen muß: »Was hast du gesagt, Judith? Was hast du getan? Wer hat dir den Ommach geschickt?« Sie rechnet nicht mit einer Antwort und erschrickt, als sie Judiths Stimme an ihrem Ohr vernimmt.

»Dann kommt er gar nicht von *dir*? *Du* warst es gar nicht?«

Judith beugt sich über Elisa und sieht sie an. Elisa erwidert den prüfenden Blick und merkt, wie in diesem schmerzlich vertrauten Gesicht der Zweifel dem Zorn weicht. »Du warst es gar nicht. Du warst es nie!« zischt Judith. »Wenn das so ist, warum bist du dann überhaupt hier?«

Elisa weicht zurück. Solche Aggressionen, solches ... Leid. Judith ist verletzt, furchtbar verletzt. Aber Elisa versteht nicht, warum. Warum sollte sie sich vor Judith rechtfertigen müssen, und in welcher Angelegenheit?

Alles was sie schließlich herausbringt, ist: »Ich bin Abram gefolgt.«

Aber Judith hat sich schon wieder unter Kontrolle und steht aufrecht da.

»Judith«, sagt Manilo unsicher und erhebt sich. »Judith, bitte. Wir haben beide auf dieses Treffen hingearbeitet. Hier stehen zu viele Dinge auf dem Spiel. Wir Vietellis haben nichts mit diesen Leuten zu tun, das kannst du mir glauben. Du kennst doch Corrio. Er kann sein Mißtrauen einfach nicht im Zaum halten. Er wollte nur Böses von den Vietellis abwenden. Wer immer diese Leute auch sein mögen: Wenn du sagst, daß sie mit dem heutigen Treffen nichts zu tun haben, bin ich bereit, dir zu glauben. Bin bereit, deine Erklärung anzuhören. Bleib, Judith! Es steht zu viel auf dem Spiel!«

Corrio gibt einen erstickten Laut von sich. Judith sieht ihn finster an, dann gibt sie ihrem Ommach ein Zeichen. Corrio fällt auf die Knie und schnappt nach Luft. Ohne Corrio anzusehen, setzt sich Manilo langsam wieder hin. Judith kehrt an ihren Platz am Tischende zurück.

»Sag deinem Corrio, er soll sich raushalten. Ich bin hergekommen, um mit dir zu verhandeln, nicht mit ihm.«

»Keine Angst«, krächzt Corrio. »Ich hab schon verstanden.« Er steht auf und läßt sich in den Stuhl zu Manilos Rechten fallen, während er sich an die Kehle greift. Er versucht, Manilos Aufmerksamkeit auf sich zu ziehen, aber es gelingt ihm nicht. Manilo zwingt sich, ihn nicht anzusehen, und starrt statt dessen auf seine Hände, die er zu Fäusten geballt hat.

»Die Tür, Kerri«, sagt Judith. Der Ommach postiert sich gleichmütig an der Eingangspforte. *Gleich wird sie die Arme verschränken,* denkt Elisa, und ein hysterisches Lachen steigt in ihr hoch. Der Ommach verschränkt nicht nur die Arme, sondern pflanzt sich auch mit gespreizten Beinen und vorgerecktem Kinn auf. *Um Himmels willen, wer hat dich denn programmiert?*

Manilo wischt sich übers Gesicht. »Judith, jetzt bist du mir eine Erklärung schuldig, wer diese Frau ist und warum du von Hanse gesprochen hast.«

Judith läßt sich mit ihrer Antwort Zeit. Obwohl Elisa immer noch verstört ist, kann sie die unterschwellige

Anspannung bei Judith spüren. Ist sie drauf und dran zu lügen?

»Das ist Hanse«, sagt Judith. Manilo reagiert nicht. »Die Männer vor zwanzig Jahren – Hanse und der andere, Ostrer – waren keine Götter«, fährt sie fort. »Das wußtest du ja schon. Sie kamen aus einer STADT. Aber sie wollten die STADT stillegen. Es gab in ihrer STADT einen weiteren Mann, einen Verrückten. Er war es, der unsere Frauen umbrachte und Malverde bewaffnete. Nachdem er Carla und Sentina ermordet hatte, blieb er hier und setzte dich unter Drogen. Er hatte eine Maske mit deinem Gesicht. Erinnerst du dich an die Maske? Er hat mich hypnotisiert. Ich ging zu Hanse, um mit ihm zu schlafen. Am nächsten Morgen hatten Hanse und der Verrückte einen Streit, der Verrückte nannte Hanse dabei die ganze Zeit ›Elisa‹. Er schnippte mit den Fingern, und Hanse verwandelte sich in eine Frau. In Elisa. Sie hat die Fähigkeit, ihren Körper zu verwandeln. Danach brachte sie ihn um und ging zusammen mit dem anderen, mit Ostrer, zurück zur STADT. Die Leiche nahmen sie mit.«

Jetzt ist sie draußen, die Wahrheit. Seltsam zu hören, wie Judith alles so präzise zusammenfaßt. Aber genauso hat sich alles abgespielt. Warum weicht ihre Spannung dann nicht endlich? Elisa richtet sich in ihrem Stuhl auf.

»Und danach, Judith?« fragt Elisa hartnäckig weiter.

Ein Blick aus den Augenwinkeln. Ein abschätzender Blick.

Judith verzieht das Gesicht. »Ihr müßt Malverdes Maschinen wohl außer Gefecht gesetzt haben. Als wir angriffen, funktionierten sie gar nicht mehr.«

»Aber was hast du erzählt, Judith?«

Judith zieht eine Grimasse. »Daß ich den Verrückten, den Dämon getötet habe. Daß ihr fortgegangen seid und gesagt habt, wir bräuchten euch nicht mehr, da ich Malverdes Helfer ja umgebracht hatte. Daß ihr uns allerdings aus der Ferne unterstützen würdet.«

»Und du hast sie dazu überredet, die Frauen in die Schlacht ziehen zu lassen?«

»Ich habe ihr dabei Rückendeckung gegeben«, sagt Manilo müde. »Ich war einverstanden. Ich war längst einverstanden, Judith. Warum hast du mir nicht die ganze Wahrheit gesagt?«

Die grauen Augen funkeln kurz auf. »Hättest du mir denn geglaubt?«

Manilo ist plötzlich still. Er sieht Elisa an, sagt aber nichts.

»Du glaubst mir ja nicht einmal jetzt«, stellt Judith bitter fest.

Aber es ist keine echte Bitterkeit, sondern eine verborgene innere Spannung, ein Kalkül.

Manilo hebt die Hand. »Ich bin gern bereit, zu ...«

»Dann sorg dafür, daß sie sich verwandelt«, mischt sich Corrio ein.

»Nein!«

Elisa merkt, daß sie steht, obwohl sie sich nicht daran erinnert, aufgestanden zu sein. Wer hat da so geschrien? Es muß sie wohl selbst gewesen sein, denn alle starren sie an. Sie zwingt sich dazu, wieder Platz zu nehmen, versucht ihre ruckartigen Bewegungen zu steuern, will erklären, daß sie sich nicht nach Lust und Laune verwandeln kann, daß es Paul war, daß es von Paul abhing. Im tiefsten Innern aber spürt sie die eigene Verweigerung. Sie weiß, daß sie lügt. Sie könnte sich verwandeln, aber sie *will* und wird es nicht tun. Sie sieht und spürt Judiths Zweifel, ihre Wut, Manilos müdes Erstaunen, hört Corrios Gekicher, aber sie bringt kein Wort heraus. Sie erstickt.

»Es tut hier sowieso nicht viel zur Sache«, sagt Manilo ruhig, klingt aber nicht sehr überzeugt.

»Und der Ommach«, wirft Corrio mit scharfer Stimme ein. »Sie sagt, Kerri sei ein Ommach. Die STÄDTE, Manilo. Judith hat sich mit den STÄDTEN verbündet.«

Judith steht auf und knallt mit der Faust auf den Tisch. »Greif ihn dir, Kerri!«

Ehe Corrio aufspringen kann, hat ihn der weibliche Ommach schon an sich gepreßt und hält ihm das Messer wieder an die Kehle.

»Genug ist genug!« Judiths Wut ist nur gespielt, innerlich ist sie ganz ruhig. »Ich hab ihm gesagt, er soll sich raushalten. Du hast ihm nicht den Mund verboten, Manilo. Wie immer hörst du nur auf ihn. Hast du vorhin über Vertrauen gesprochen? Ich glaub dir nicht mehr. Wenn dein Entgegenkommen so aussieht, vergiß es. Die freien Frauen werden in Libera bleiben, und wenn man uns angreift, werden wir uns verteidigen. Wir brechen jetzt auf. Und deinen kostbaren Corrio nehmen wir mit – für den Fall, daß du Lust verspüren solltest, uns aufzuhalten. Er wollte ja wissen, was in Libera los ist, nicht wahr? Jetzt wird er es erfahren. Gar nichts ist los. Wir bereiten nichts vor. Ich schicke ihn dir zurück, sobald wir dort sind, denn ich bin in guter Absicht gekommen, Manilo. Komm, Elisa, du gehörst nicht hierher.«

3

Dreißig Kilometer östlich von den Vietellis gehen die sanften Hügel allmählich in eine grasbewachsene Ebene über, in der immer häufiger Spuren zerfallener alter Landstraßen zu finden sind. Wo die Pflanzen allzu dick und allzu grün wuchern und zuweilen Nässe in der Sonne glitzert, ist Sumpfgebiet. Weit im Osten steigt dichter Nebel auf, dessen Ränder von der untergehenden Sonne rot gefärbt sind. Im Gegensatz zum klaren Himmel wirkt der Nebel über dem verborgenen See fast so, als sei er mit den Händen zu greifen.

Elisa wendet sich zu der Frau mit den asiatischen Gesichtszügen, die an ihrer Seite reitet: »Magritta, wie weit ist es noch nach Libera?«

Die Frau zögert merkwürdig lange. »Noch ein Tagesritt, wenn alles gutgeht. Aber wir werden bald anhalten, weil es dunkel wird.«

Elisa wundert sich, wie schüchtern die Frau ist und betrachtet sie genauer. Magritta wendet den Blick ab.

»Bist du schon lange bei Judith, Magritta?«

Die Spannung läßt deutlich nach. »Von Anfang an. Seit fünfzehn Jahren.«

»Wie war's am Anfang?«

Wieder zögert die Frau. »Schwierig. Bei den Vietellis wollten sie uns entwaffnen. Ihre Oberhäuptlinge wollten keine weiblichen Soldaten mehr. Wir sind fortgegangen.«

»Sie haben euch ziehen lassen?«

Magritta entblößt ihre großen gelben Zähne in einem ironischen Lächeln. »Wohl kaum.«

»Magritta!« ruft Judith von ganz vorn. Sichtlich erleichtert treibt die Frau ihr Pferd vorwärts. Elisa sieht ihr nach. Magritta hat jetzt Judiths schwarzes Pferd eingeholt und reitet mit ihm im Gleichschritt. Es ist ein großes Tier mit seidigem Fell – wie alle Pferde der Frauen. Unverkennbar ein Pferd der STADT, auch wenn Judith hartnäckig jede Verbindung bestreitet.

Elisa betrachtet Judiths kerzengeraden Rücken. Rechts von ihr ist Halters ausdrucksloses Profil zu sehen. Sie seufzt innerlich: Aus dieser Ecke kann sie auch nicht viel Aufklärung erwarten. Alles, was er ihr erzählen konnte, hatte sie schon gewußt: Judiths Ommach kommt aus der STADT, aber verweigert jeden Kontakt mit Halter.

Wer? Wer in dieser inzwischen gottverlassenen STADT hat diesen Ommach zur Verfügung gestellt? Die Kinder, Abram? Nein, unmöglich. Abram mag sich Videoaufzeichnungen angucken, aber so etwas würde er nicht tun! Ihr Kopf ist schwer wie Blei, und sie kann kaum denken, aber sie zwingt sich, auch die anderen Möglichkeiten in Betracht zu ziehen. Desprats. Er hat sie angelogen. Er hat das Programm gar nicht abgeschlossen. Aus Gründen, die sie gar nicht erst zu erraten versucht, hat er sie auch weiterhin beobachtet und manipuliert.

Oder aber das Programm beschränkt sich auf die Beobachtung der Außenwelt. Es gibt keinen Beweis dafür, daß er sich in ihr Leben oder das Leben der Kinder eingemischt hat. Vielleicht hat er nur beobachtet, aber nichts unternommen. Solange sie jedoch die Tatsachen nicht kennt, ist es so, als ob ... Frei sein oder sich vorstellen, daß ...

Wozu sollen all diese verrückten Spekulationen gut sein, Elisa? Genau wegen solcher Spekulationen wolltest du doch nie Videoaufzeichnungen über die Ereignisse in der Außenwelt sehen.

»Nicht gerade Plaudertaschen, diese freien Frauen«, sagt hinter ihr Corrio mit seiner ironischen Stimme. Jetzt merkt sie, daß sie zurückgefallen ist und in der Mitte des Zuges reitet. Sie wartet, bis Corrio mit ihr aufgeschlossen hat, dann treibt sie ihr Pferd wieder an. Corrio lächelt ihr verbindlich zu, als seien seine Arme nicht hinter dem Rücken gefesselt und die Zügel seines Pferdes nicht am Sattel seiner Bewacherin festgezurrt.

»Wenn ich recht verstehe, weißt du nicht viel, oder? Ich dachte, die Leute der STADT seien besser informiert.«

Sie sieht ihn kurz an. *Es stimmt, sie weiß wirklich nicht viel!*

»Ich lebe in keiner STADT.«

Ihr trockenes Lachen scheint Corrio nicht weiter zu beeindrucken. Er mustert sie unter halb gesenkten Lidern. Der aufgesetzte Sarkasmus kann nicht darüber hinwegtäuschen, wie durch und durch feindselig er Elisa gegenüber gestimmt ist.

»Also gut, erzähl mir die Geschichte aus der Sicht der Männer«, sagt Elisa müde. »Was ist nach dem Kampf gegen Malverde passiert?«

Corrios Lächeln wirkt jetzt leicht verkrampft, er zögert. Elisa seufzt. Anscheinend überlegt Corrio, welchen Vorteil er aus seiner Geschichte ziehen kann, wie er Elisa am besten für sich selbst einspannen kann.

»Wir haben Frauenquoten in Vietelli eingeführt. Als Malverde geschlagen war und der sogenannte Kaiser Kurtess in die Region einmarschierte, weil er das allgemeine Durcheinander für sich ausnutzen wollte, machten sich auch die anderen Führer daran, ihre Frauen zu bewaffnen. Kurtess mußte sich zurückziehen, die Frauen wurden entwaffnet. Allerdings nicht in Vietelli. Innerhalb von fünf Jahren war Vietelli zur stärksten Gemeinschaft geworden. Judith... Judith ist eine bemerkenswerte Frau.«

Elisa betrachtet Corrios verschlossenes Gesicht, die harten Augen, den vor Haß zusammengepreßten Mund. Manilo, Judith, Corrio – sie alle hatten bis vor kurzem nur als Schattenwesen ihrer vagen Erinnerung existiert. Nach zwanzig Jahren begegnet sie ihnen als wirklichen Menschen. Menschen, die ein Leben gelebt haben, von dem sie nichts weiß, über das sie nur spekulieren kann. Das Netz aus Liebe, Haß, nicht verziehenen Streitereien, das sie miteinander verbindet, macht ihr Angst. Eine ganze Lebensspanne. Eine Lebensspanne. *Und was tue ich hier? Was habe ich getan?*

Sie hatte sich damals dafür entschieden, all diese Menschen sich selbst zu überlassen. War das falsch gewesen? Sie hatte Judith selbst entscheiden lassen, hatte die Vietellis selbst entscheiden lassen. Judith hatte die Lüge gewählt, Vietelli war an Malverdes Stelle getreten, *aber es hat nichts mit mir zu tun!*

Sie merkt, daß Corrio sie anstarrt. Als sie seinem Blick begegnet, weicht er aus und verbirgt seine wahren Gefühle wieder hinter einem ironischen Lächeln.

»Eine bemerkenswerte Frau, diese Judith. Die anderen Führer hatten aber irgendwann die Nase voll und stellten Vietelli ein Ultimatum. Die Frauen sollten die Waffen niederlegen – falls nicht, würde es Krieg mit allen anderen Gemeinschaften geben. Manilo versuchte, Judith zu überzeugen. Mit viel Blut und Donner machte Judith ihren Abgang, um am See in den Ruinen einer Ortschaft eine Gemeinschaft der Frauen zu gründen. Sie tauften sie ›Libera‹. Sie müssen dort wohl auf viele interessante Dinge gestoßen sein, denn sie blieben trotz des Fiebers. Sie haben schöne Pferde, nicht wahr?«

»Erzähl weiter, Corrio«, fordert Elisa ihn mit unbewegtem Gesicht auf.

Corrios Lächeln wird noch breiter. »Das ist schon alles. Es ist fünfzehn Jahre her. Sie sind im Sumpfland geblieben und schafften es irgendwie zu überleben. Es gab immer mal wieder Versuche, sie von dort zu vertreiben, aber das Gelände ist ja nicht gerade verlockend. Nach und nach stießen auch Frauen aus anderen Gemeinschaften der Region dazu, später auch von weiter her, hauptsächlich aus dem Norden und Osten. Da sie nichts im Schilde führten, ließ man sie schließlich in Ruhe. Vor zwei Monaten kam Manilo dann auf die Idee, nach all den Jahren sei es endlich an der Zeit, sich auszusöhnen. Das war es doch, was du erwartet hast, oder nicht?«

»Ich habe gar nichts erwartet.« Sie hat weder die Kraft noch den Willen, ihm den Wind aus den Segeln zu nehmen. »Ich wußte überhaupt nichts, Corrio«, hört sie sich selbst sagen. Sie kennt sich in ihren eigenen Gefühlen nicht mehr aus. *Ich wußte überhaupt nichts.* Das ist eine Tatsache, das ist alles.

»Na hör mal«, entgegnet Corrio. »Die STÄDTE waren immer bestens über alles informiert.«

Das, was er sagt, wirkt immer noch lässig dahingeworfen. Aber es schwingen jetzt andere Emotionen mit. Corrio strahlt eine Aggressivität, eine Wut aus, die Elisa verblüfft. Sie sieht ihn an.

»Wie alt bist du, Corrio?«

Auf diese Frage ist er überhaupt nicht vorbereitet. Für seine Antwort braucht er ein bißchen zu lange.

»Vierunddreißig.«

Damals mußte er also vierzehn Jahre alt gewesen sein.

»Du bist der Sohn von Stacio Malverde.«

Sie rechnet mit einem ironischen Lächeln, einem verstehenden Blick, der zeigt, daß Corrio ihre Absicht sehr wohl durchschaut. Aber jetzt kommt irgend etwas Bedrückendes und Dunkles in ihm hoch, und er sagt nur: »Ja.«

»Und was macht der Sohn von Stacio Malverde bei dem Mann, der das Lehen seines Vaters zerstört hat?«

Aha, sie hat einen Nerv getroffen. Corrio schrickt zusammen und versucht, die ungewollte Reaktion mit einem Achselzucken zu überspielen. Trotzdem kann sie seinen inneren Aufruhr weiter spüren: Zorn, Leid und Furcht.

»Ich hatte Meinungsverschiedenheiten mit meinem Vater«, sagt er etwas steif. »Manche von uns hatten nicht viel übrig für die Dämonen, die Ommachs, oder ihre Eigenarten. Auch wenn wir damals noch nicht wußten, daß es sich um Maschinen handelte. Jedenfalls«, fügt er hinzu, ohne daß Elisa seinem Gedankengang folgen kann, »war ich der jüngere.«

Seine innere Qual ist bei diesem Wort noch stärker geworden. Elisa, die mit dieser heftigen Reaktion nicht gerechnet hat, läßt das Schweigen andauern. Sie kann sich natürlich einiges zusammenreimen. Da waren Corrios ältere Brüder, vielleicht auch nur ein einziger älterer Bruder, den der Vater vorgezogen hatte. Die Liebe des jüngeren Sohnes hatte er zurückgewiesen. Vielleicht war Malverde ja ein ganz friedfertiger Mann gewesen, ehe Paul ihn mit der Aussicht auf Macht in Versuchung geführt hatte. Der junge Corrio verzweifelt, als er merkt, daß sein Vater zum grausamen Despoten wird. Aus Liebe wird Haß. Dann der Angriff der Viettellis, der Tod des Vaters, wahrscheinlich auch der Tod des Bruders. Schuldgefühle, die ständig an dem Jugendlichen nagen. Der Zusammenbruch. Manilo, der ihn unter seine Fittiche nimmt. Dabei mag einerseits politisches Kalkül, andererseits ehrliches Mitleid eine Rolle gespielt haben. Corrio überträgt seine Sohnesliebe auf Manilo und gerät zwangsläufig mit Judith aneinander. Ja, man kann sich die Geschichte leicht vorstellen. Aber es ist eben auch nichts anderes: nur eine Geschichte.

Geschichten, Elisa, du kannst dir nur Geschichten zusammenreimen. Sogar deine Erinnerungen sind zu Geschichten geworden, für die anderen ebenso wie für dich selbst. Wessen Version ist die richtige? Wo liegt die Wahrheit?

Ein leises Geräusch reißt sie aus ihren verwirrten Gedanken. Corrio schnaubt auf. »Was, in aller Welt, können die STÄDTE jetzt von uns wollen? Ich nehme an, ihr langweilt euch mal wieder und sucht ein bißchen Abwechslung?«

Elisa sieht, wie es in seinen Augen zuckt und er sich in den Sattel duckt. Sie läßt ihre Hand wieder auf den Sattelknauf fallen und bezwingt ihre Wut. Schließlich sagt sie mit mühsam beherrschter Stimme: »Hör mir gut zu, Corrio. Ich habe die STADT vor zwanzig Jahren verlassen. Ich hatte nichts mit der Außenwelt zu tun. Ich wollte, daß ihr eure eigenen Leben lebt, und deshalb, Corrio, habe ich getötet. Ich habe den Mann getötet, der für Malverdes Niedergang verantwortlich ist. Das war kein Kinderspiel. Ich habe keine Ahnung, was hier in den letzten zwanzig Jahren passiert ist, *keine Ahnung!*«

Ihr Pferd scheut. Sie tätschelt es, bis es sich wieder beruhigt hat.

»Und ganz zufällig kamst du ausgerechnet heute zu den Vietellis«, bemerkt Corrio nach kurzer Pause. Es klingt nicht provozierend, nur völlig skeptisch.

Ganz zufällig. Nein, bestimmt nicht zufällig. Aber es würde zu lange dauern, das zu erklären. *Denn das ist eine andere Geschichte, nicht wahr, Elisa? Eine andere Ge-*

schichte, die du erfinden könntest, um Abrams Verhalten zu erklären?

»Ich habe nach dem Jungen gesucht, der gestern bei euch durchgereist ist. Das ist alles.«

»Und wer ist der Junge?«

Mein Sohn. Sag es, Elisa. Er ist doch dein Sohn, oder nicht? Du läufst ihm doch nach, oder nicht? Obwohl er natürlich kein echtes Kind *ist, hab ich recht?*

»Mein Sohn.«

Corrio lacht jetzt nicht mehr verächtlich. Er lächelt auch nicht. Er sagt überhaupt nichts. Dann stellt er eine ernst gemeinte Frage: »Bist du wirklich das, was Judith sagt?«

Elisa nickt. Sie hat keine Kraft mehr, sich über Corrios offensichtliches Einlenken zu wundern oder zu freuen. Während die Dämmerung fällt, reiten sie schweigend nebeneinander her. Die Straße schlängelt sich durch das Sumpfland. Ihr Zickzackkurs folgt den Streckenabschnitten, an denen der Boden fest ist. Wo die Truppe vorbeireitet, verstummt das Gequake der Kröten und Frösche augenblicklich. Im Zwielicht wirkt die Oberfläche der toten Gewässer wie flüssiger Stahl, nur Riedgras und die verkrüppelten Arme zahlloser abgestorbener Bäume ragen hier und da heraus. So weit das Auge reicht, sind kleine grüne Inseln auszumachen, wo das zarte Frühlingslaub die Spuren zerfallener Mauern noch nicht überwuchert hat. Ab und zu tauchen Gebäude auf, die anscheinend unversehrt sind. Reihen schwarzer Fensterhöhlen öffnen sich zum Labyrinth der Kanäle, die einst Straßen gewesen sind. Wo die Pferde durchreiten, fliegen Insektenschwärme auf. Instinktiv ändert Elisa die Absonderungen ihrer Haut, um sich besser zu schützen.

»Es ist ein Mädchen«, sagt Corrio plötzlich.

Elisa sieht ihn verständnislos an. Er erwidert ihren Blick, sein Mund hat sich zu einem humorlosen Lächeln verzogen, in seinem Innern herrscht ein Gefühlschaos.

»Sie wollte Manilo glauben machen, es sei sein Kind. Aber schließlich hat sie ihm doch erzählt, wer der Vater ist. Das ist zwanzig Jahre her. Judith hat eine Tochter.«

4

Als der Zug endlich anhält, ist die Nacht schon hereingebrochen. Elisa gleitet vom Pferd, ihre Stiefel quietschen, als sie auf dem schwammigen Boden aufkommt. Hin und wieder scheint der Mond hinter der schweren Wolkendecke hervor und erhellt das Dunkel. Nachdem sich ihre Augen an die Finsternis gewöhnt haben, kann Elisa eine Landzunge ausmachen, eine der Inseln im Sumpfland, auf der verkrüppelte Weiden wachsen. Dahinter tauchen plumpe Schiffe auf, die sich als dunkle Silhouetten vom glitzernden Wasser abheben. Und weitere Ruinen.

Sie nimmt ihrem Pferd den Sattel ab, breitet die Decke auf dem Boden aus und setzt sich nieder. Dann entspannt sie ihre bebenden Muskeln, beseitigt die Körpergifte und untersucht systematisch alle körperlichen Funktionen – ein ebenso vertrautes wie beruhigendes Ritual. In der Nähe hört sie die Frauen umhergehen, ein paar Worte, Gelächter, das Klirren von Eisen, das Zischen, als feuchtes Holz angezündet wird. Ein Windstoß treibt ihr Rauch ins Gesicht, sie muß husten. Halter reicht ihr eine Proviantflasche, sie trinkt. Sie treibt in einem zeitlosen Limbo dahin, wie in einem Traum. Sie darf ihre Gedanken nicht abschweifen lassen, sich nicht in Tagträume flüchten. Dies ist kein Traum. *Es ist die Wirklichkeit, Elisa. Aber welche?*

Eine Bewegung. Ein Schatten nähert sich und hält neben ihr an. Ihre Hoffnung wird schnell enttäuscht: Es ist nicht Judith, sondern ein großes, schlankes Mädchen, dessen kastanienbraunes Haar im schwachen Licht glänzt. Sie wirkt irgendwie schüchtern, als sie Elisa etwas

Brot und Käse reicht. Elisa betrachtet sie im Schein der hochlodernden Flammen des Lagerfeuers: ein herzförmiges, junges Gesicht, ein großer, fester Mund, ein Ausdruck nervöser Besorgnis. Sie schüttelt den Kopf und lehnt ab: »Ich bin nicht hungrig. Iß nur. Wie heißt du?«

Das Mädchen erstarrt und murmelt etwas, das wie ›Gavra‹ klingt. Dann geht sie mit großen Schritten davon. Wovor hat sie Angst? Was hat Judith den Frauen erzählt? Elisa sollte aufstehen und Judith suchen gehen, sie fragen. Aber sie rührt sich nicht von der Stelle und sträubt sich dagegen, den Grund dafür herauszufinden oder nachzudenken. Judith hat gesagt: »Warte ab, du wirst schon sehen« – also wird sie warten. Irgendwann, irgendwo, irgendwie wird Judith ihr schon alles erklären.

Noch mehr Geschichten, Elisa?

Um die innere Stimme zum Schweigen zu bringen, betrachtet sie den Widerschein des Lagerfeuers auf den Gesichtern, den Haaren, den zarten silbrigen Weideblättern und nimmt die Geräusche des Sumpflandes ganz bewußt in sich auf: das Quaken, das Glucksen, das Zittern der Gräser, das Summen der Insekten, das Jaulen, das sich zweimal wiederholt, den Schlag unsichtbarer Flügel irgendwo über den Baumwipfeln.

Komm.

»Komm!«

Elisa springt auf, und die Traumstimme (Welcher Traum? Er ist fort.) vermischt sich mit der Stimme von Judith, die sie an der Schulter rüttelt und flüsternd wiederholt: »Komm!«

Instinktiv stellt Elisa ihre Augen auf die Nachtschwärze ein und rappelt sich hoch. Halter ist bereits auf. Sie erkennt Umrisse von Körpern, die, in Decken gewickelt, ausgestreckt auf dem Boden liegen, und die Frauen, die zur Wache eingeteilt sind und sich an den rotglühenden Kohlen der Lagerfeuer zusammengekauert haben.

»Komm«, wiederholt Judith ungeduldig. »Kerri kümmert sich um eure Pferde.«

Sie schubst sie vor sich her, bis sie am anderen Ende der Landzunge ankommen, wo sich hinter den Weiden zerfallenes Mauerwerk erhebt. »Paßt auf, wo ihr hintretet.« Die Warnung ist überflüssig, aber das weiß Judith nicht. Elisa und Halter sehen die Maueröffnung, die mit Moos und Gras bedeckten Treppenstufen, die von der Vegetation überwucherten zersprungenen und zerbrochenen Keramikfliesen. Am Fuß der Treppe stoßen sie auf einen beinahe unversehrten Torbogen. Er führt in einen großen, niedrigen Raum, dessen Ausmaß in der Dunkelheit nur schwer zu erraten ist. Dahinter klafft ein schwarzes Loch, das nur von einem winzigen Licht erhellt wird. Das Licht bewegt sich. Immerhin kann Elisa einen geräumigen Gewölbegang erkennen, dessen Wände feucht sind und viele Sprünge und lose Steine aufweisen. Die moosüberwucherten Pfützen im zerbrochenen Pflaster verraten, daß hier vor kurzem jemand durchgeritten ist: Im Schlamm sind die Abdrücke von Pferdehufen zu erkennen. Es riecht unangenehm nach Pferdemist und Stinktier. Irgend jemand am Ende dieses Tunnels, der hundert Meter lang sein muß, schwenkt eine trübe Funzel. Hier trieft alles vor Nässe, ob sichtbar oder unsichtbar, der Dauerregen ist die Begleitmusik zu ihren widerhallenden Schritten.

Der Lichtkegel rückt näher und wird zu Magritta, die sich sofort auf den Weg macht, als Judith und Elisa sie erreicht haben.

»Wohin gehen wir?« fragt Elisa schließlich.

»Wir schließen uns den anderen an.«

»Auf unterirdischem Weg nach Libera?«

»Auf unterirdischem Weg nach Vietelli«, verbessert Judith mit grimmigem Lächeln.

Nachdem sie eine halbe Stunde durch den überschwemmten Gang marschiert sind, weicht die Dunkelheit. Elisa muß ihre Augen erst wieder an das Licht gewöhnen. An einer Tunnelgabelung tauchen kleine elektrische Leuchten auf, die in regelmäßigen Abständen an den Wänden angebracht sind. Elisa bleibt keine Zeit, sich nach der Energiequelle zu erkundigen, ihr wird befohlen, wieder aufs Pferd zu steigen. Auf der letzten Wegstrecke traben sie, der Hufschlag der Pferde hallt so laut, daß jedes Gespräch unmöglich ist.

Nach einer Stunde erreichen sie eine riesige Höhle. Von allen Seiten münden Tunnel ein, allerdings ist nur ein einziger beleuchtet. Einst muß die Höhle zur Wartung der Untergrundbahnen benutzt worden sein. Jetzt sind die Fahrzeuge rostige Skelette, die man in einer Ecke aufeinandergetürmt hat. Die Höhle dient im Moment als Lager. Die weißen Bogenlampen beleuchten ein Dutzend großer Zelte. Da und dort brennen Lagerfeuer. Die Pferde hat man in einer Ecke zusammengetrieben und mit Seilen eingezäunt. Viele Frauen stehen bei Ankunft der Reiter auf. Als sich Elisa, vom Lärm immer noch leicht benommen, vom Pferd schwingt, merkt sie, daß vor jedem Zelt Gewehre aufgestellt sind.

Ohne darauf zu achten, ob sie ihr folgen, geht Judith voran, tritt in eines der Zelte und führt sie an Segeltuchwänden vorbei, die zu einem Mittelgang hin offen sind. Elisa registriert flüchtig Reihen von Feldbetten, schläfrige Gesichter und nackte Körper, die sich aufsetzen, als die Besucher vorbeigehen. Der Gang mündet in ein kleines Zimmer. Es enthält nichts als einen großen, mit Papier übersäten Tisch, eine blaue Thermoskanne aus Plastik, zwei Walkie-Talkies und eine offene Munitionsschachtel, mit der die Ecke einer Landkarte beschwert ist.

Als Judith hereinkommt, steht eine Frau auf. Sie muß in den Vierzigern sein. Ihr Haar ist streng nach hinten gekämmt. Sie trägt einen fleckigen blauen Arbeitsanzug, um die Taille hat sie sich eine Schärpe geschlungen, die in goldgesprenkelten Pompons endet – ein merkwürdiger Kontrast zur übrigen Kleidung. Sie umarmen sich kurz.

»Gab's irgendwelche Probleme, sie abzuschütteln?« fragt die Frau und reicht Judith die Thermosflasche. Judith nimmt sie und läßt sich in einen Klappstuhl fallen.

»Nein«, antwortet sie zwischen zwei Schlucken. »Ich glaube, wir haben sie im Sumpfland ganz schön abgehängt. Wir haben einige Mädchen dagelassen, sie werden das Täuschungsmanöver bis zum Morgen fortsetzen. Hast du die richtigen für ihre Ablösung gefunden?«

»Sie machen sich sofort auf den Weg. Morgen sorgen sie dann dafür, daß wir die Vietellis endgültig vom Hals haben.«

Judith bietet Elisa die Thermosflasche an, aber sie schüttelt den Kopf. Judith zuckt die Achseln und nimmt noch einen Schluck.

»Wir greifen also an wie geplant?« fragt die Frau.

»Nicht ganz wie geplant, das ist ja klar.« Judith stellt die Thermosflasche ab und deutet zu einem Punkt auf der Landkarte. »Wie lange würde Doris brauchen, auf diesem Weg mit dem ganzen Rest durchzukommen?«

Die Frau runzelt die Stirn. »Libera räumen?«

»Judith«, sagt Elisa und macht einen Schritt nach vorn.

»Wir brauchen ein Ablenkungsmanöver. Auf die Schlafmittel können wir uns nicht verlassen. Es dauert seine Zeit, bis mehr als vierhundert Frauen durch diese unterirdischen Gänge gelotst sind. Und später, in den Luftschächten, können sie nur im Gänsemarsch vorrücken. Ich möchte eine stattliche Zahl rings um die Schanzen postieren. Das wird sie davon ablenken, was möglicherweise in den Türmen passiert.«

»Judith!« wiederholt Elisa.

Diesmal hört Judith auf zu reden und sieht Elisa mit merkwürdigem Ausdruck an.

»Du mußt müde sein, das ist wahr. Fedra zeigt dir, wo du schlafen und dich auch waschen kannst, falls du möchtest. Erinnerst du dich nicht an Fedra? Sie war Carlo Vietellis jüngste Frau. Fedra, dies ist Elisa.«

Elisa sieht aber nicht Fedra, sondern Judith an. Das weiche Licht im Zelt hat die Altersspuren aus ihrem Gesicht getilgt. Elisa erinnert sich an die andere Judith, die leise und leidenschaftlich sagte: »Auch wir können sterben, auch wir können töten!« Und da ist die andere Erinnerung an eine glühende, flammengleiche Judith, in der Wut, Verzweiflung und Vertrauen brannten. Aber es war eine reine, klare Flamme gewesen. Die Flamme ist noch da, aber jetzt flackert sie und rußt, brennt nicht mehr kerzengerade. Wie seltsam vertraut ihr alles vorkommt, und wie unwohl ihr bei dieser Vertrautheit ist.

»Geh schon«, sagt Judith freundlich, fast zärtlich, »du mußt müde sein. Ich komme auch bald nach. Ich hab noch was zu erledigen.«

Elisa läßt es zu, daß Fedra sie den Mittelgang zwischen den Segeltuchwänden hinunterführt und ihr die Toiletten und Duschräume zeigt. Wahrscheinlich haben die sanitären Anlagen in längst vergangenen Tagen dem Wartungspersonal der Untergrundbahn gedient und sind jetzt überholt worden. Beiläufig bemerkt Elisa die respektvollen, fast ängstlichen Blicke der Frauen, an denen sie vorübergeht. Plötzlich kann sie intuitiv bei jemandem ein Gefühl mitempfinden, das alle anderen Emotionen dominiert und wie ein scharfes Stahlmesser durch den Nebel ihrer Wahrnehmung schneidet: Sorge und Schmerz. Mit einem Schlag hellwach sieht sie sich um, kann in der Nähe aber nur wenige vertraute Gesichter entdecken: Kerri, Magritta, das Mädchen, das ihr das Wasser angeboten hat und dann so schnell fortgegangen ist. Die Anstrengung ist zu viel für sie, sie gibt die Suche auf und überläßt sich Fedra, tut das, was von ihr erwartet wird: Sie zieht sich aus, wäscht sich, trocknet sich ab und geht in das kleine Zelt neben dem großen, in dem sie Judith zurückgelassen hat. Als Fedra sich zurückzieht, sitzt Elisa auf dem Feldbett. Ihre Willenskraft hat sie verlassen, ihre Arme ruhen auf den Knien, die Hände läßt sie baumeln. Halter kommt herein und setzt sich in eine Ecke. Sie fragt ihn nichts, und er sagt auch nichts. Wenig später redet sie sich selbst ein, daß sie nur ganz kurz, nur für ein paar Minuten, die Augen zumachen wird.

5

Komm, Elisa, komm!«

Sie setzt sich auf, das Herz schlägt ihr bis zum Hals, sie schwitzt aus allen Poren. Weshalb hat sie so schreckliche Angst? Es scheint keinen Grund dafür zu geben. Ein Traum. Was für ein Traum? Sie kann sich schon nicht mehr daran erinnern. Aber ein Eindruck ist zurückgeblieben – eine Farbe? Nur ein Traum. Nichts, was Anlaß zur Sorge ist. Sie muß den Krampf in ihrem Unterleib, ihr pochendes Herz unter Kontrolle bringen. Halters Silhouette sitzt noch genauso da wie vorhin (wann war das gewesen?). Sie müssen die Bogenlampen für die restlichen Nachtstunden heruntergedreht haben, es ist sehr dunkel im Zelt.

»Halter, wie spät ist es?«

»5 Uhr 26«, sagt die ruhige, präzise Stimme des Ommach. Der Ton ist so tröstlich, daß in Elisa plötzlich eine Welle der Zuneigung hochsteigt.

Echte Menschen sind so unberechenbar, nicht wahr?

»Ist Judith gekommen, Halter?«

»Nein.«

Sie legt sich nieder und schließt die Augen.

6

Um 6 Uhr durchdringt ein hoher schriller Ton die Höhle und hallt an ihren Wanden wider. Bald darauf hört Elisa, wie die Frauen aufstehen und aus ihren Zelten kommen.

Schritte, Geraschel, gedämpfte Unterhaltungen, die wegen der stillstehenden Luft auch noch aus weiter Entfernung zu verstehen sind, der Geruch von Essen.

Schritte nähern sich Elisas Zelt und halten davor an. Eine Hand stößt die Zeltklappe weg. Elisa rappelt sich hoch und steht auf. Zuerst sieht sie nur eine Silhouette, die ihr im Gegenlicht seltsam vertraut vorkommt. Aber sie spürt etwas, das sie bis ins Mark und Bein gefrieren läßt. Furcht. Schreckliche Furcht, die sich in Angriffslust verwandelt hat.

Im selben Augenblick werden die Bogenlampen voll aufgedreht und beleuchten das Zeltinnere. Bestürzung hier wie dort. Elisa ist so, als sei sie mit ihren eigenen Gefühlen konfrontiert, als blicke sie in ein Spiegelbild, das nicht nur körperlich ihr Alter ego ist. Das Mädchen hat kurzes, glattes Haar, aber die gleiche Haarfarbe wie Elisa. Ihr Gesicht ist genauso geschnitten wie das von Elisa. Ein beweglicher Mund, große, braune Augen, ein knochiger Körper.

Sie sieht so aus wie ich!

Elisas Verstand ist eine einzige große Höhle, in der die Worte widerhallen, sich ausdehnen, sich selbst karikieren. *Klar doch, wenn sie deine Tochter ist. Warum sollte sie nicht so aussehen wie du?*

Das Mädchen macht zwei schnelle Schritte nach vorn und packt Elisas linken Arm. Eine schnelle Bewegung, ein brennender Schmerz in ihrer Handfläche. Der Ommach faßt das Mädchen unsanft an.

»Laß sie in Ruhe, Halter!«

Der Ommach hält mitten in der Bewegung inne und stützt das Mädchen so, daß es nicht fallen kann. Dann läßt er die Hände sinken.

Noch immer umklammert sie das Messer. Sie starrt auf Elisas Hand. Das Blut hat kaum Zeit zum Herausquellen gehabt, die Wunde schließt sich schon wieder.

Das Mädchen macht auf dem Absatz kehrt und ergreift die Flucht.

7

Draußen ruft Judith »Lia! Wo gehst du hin, Lia?« Ihre Stimme klingt ebenso wütend wie schockiert. Eilige Schritte nähern sich dem Zelt, die Klappe wird zurückgeschlagen, und Judith platzt herein. Als sie Elisa sieht, erstarrt sie.

»Was hat sie mit dir gemacht?«

Elisa betrachtet ihre ausgestreckte Hand. Nicht einmal eine Narbe. Sie läßt den Arm fallen.

»Sie hat dich angegriffen, nicht wahr?«

Elisa zuckt die Achseln. Judiths Zorn nimmt ihr die Luft zum Atmen. Sie kann die nackte Wut in ihrem Innern so stark nachempfinden, als seien die Zeltwände ein Wall, der kein anderes Gefühl herein- oder herausläßt.

»Hast du's ihr gezeigt? Hat sie's gesehen? Sie hat mir nie geglaubt. Nie.« Beim Reden schlägt Judith mit einer Hand gegen ihre geballte Faust, wechselt dabei die Hände so, als schlage sie einen Ball vor und zurück. »Sie ist genau wie du. Du hast die Ähnlichkeit gesehen. Sie wollte mir nie glauben. Hat sie dich angegriffen, geschlagen? Hast du's ihr gezeigt?«

Elisa läßt sich zurück aufs Bett sinken, weil sie größeren Abstand zu Judith, ihrem glühenden Zorn und dem Schmerz, der sich dahinter verbirgt, gewinnen möchte. Aber ihre Fähigkeit zum Mitempfinden und Mitgefühl läßt das nicht zu.

»Sie wollte es nur nachprüfen«, sagt sie tonlos, aber Judith hört ihr gar nicht zu.

»Sie hat sich nie verwandeln können. Darum wollte sie mir auch nicht glauben. Und doch ist sie dir so ähnlich! Aber sie läßt sich einfach nichts sagen, sie muß es erst selbst sehen. Du wirst es ihr zeigen, du mußt es ihr zeigen. Wenn du dich verwandelst, muß sie es einfach begreifen.«

Plötzlich unterbricht sie ihren Redefluß und wendet

sich Elisa zu. Ihr Zorn weicht einem ähnlich starken Gefühl, einer Art leidenschaftlicher Bewunderung, die Elisa nicht weniger belastet. »Ich habe darauf gewartet, Elisa. Ich habe so lange darauf gewartet, daß du kommst. Als du mir nach der Gründung von Libera den Ommach schicktest, habe ich monatelang jeden Tag nach dir Ausschau gehalten. Ich dachte, du würdest kommen.«

Hat sie vergessen, was bei den Vietellis passiert ist? »Ich habe dir den Ommach nicht geschickt, Judith!«

Judith ist mit einem Schlag aus ihrer Euphorie gerissen. Ihr Mund steht offen, sie scheint in sich zusammenzuschrumpfen, als habe man ihr die Luft herausgelassen.

»Du hast das gestern also nicht nur wegen Manilo gesagt? Du hast ihm gar nichts vorgemacht?« Aus der Frage wird eine Feststellung. »Du warst es also gar nicht, die mir geholfen hat. Du warst es wirklich nicht.«

Unabsichtlich schaut Elisa auf Halter. Er mustert sie beide aufmerksam. Judiths Emotionen sind so dunkel und schwer wie Gewitterwolken, in denen es da und dort böse aufblitzt. Auch daß sie jetzt tief Luft holt, sich zu beruhigen scheint und neben Elisa Platz nimmt, kann nicht darüber hinwegtäuschen.

»Wer, wenn nicht du? Der andere, Ostrer?« fragt sie sachlich. Sie lacht plötzlich auf, aber die grauen Augen verraten ganz kurz ihr wirkliches Gefühl, Abscheu: »Oder hast du den anderen, den Verrückten, wieder zum Leben erweckt?«

»Nein!«

Sie starren einander einen Moment lang an. Elisa ist bleich geworden. Sie bricht das Schweigen als erste, indem sie flüsternd wiederholt: »Nein.«

»Dann also der andere. Ostrer.«

Elisa schüttelt resigniert den Kopf. Wie kann sie Judith erklären, was es mit Desprats auf sich hat? Ein toter Mann, der in einem System von Computerprogrammen überlebt. Sie hat keine Ahnung, warum eines der Programme Judith helfen sollte, und kann sich auch nicht vorstellen, wie das hätte funktionieren können.

»Gab es noch andere? In anderen STÄDTEN?«

»Nein. Nein, Ostrer und ich haben alle anderen STÄDTE ausgeschaltet. Ostrer war eine Maschine, ein Ommach. Aber auch wieder anders. Die STADT hat die Technologie. Wenn jemand stirbt, aber seine Erfahrungen, Erinnerungen, seine Art zu agieren und zu reagieren aufgezeichnet sind, können wir seine Persönlichkeit rekonstruieren. Oder zumindest simulieren. Für alle, die den Ommach sehen, ist es so, als ob …

Judith hört nicht skeptisch, lediglich sehr aufmerksam zu. Aber wie ihre innere Sturmwolke sich verdichtet!

»Ostrer war ein solcher Ommach«, erklärt Elisa schließlich und fühlt sich dabei ziemlich verzweifelt. Sie kann nicht schweigen, aber welchen Nutzen haben ihre Worte? »Er war mit den Charakterzügen des Mannes ausgestattet, der mich aufzog, als ich noch klein war. (*Und der mich liebte?*) Als wir von den Vietellis in die STADT zurückkehrten, schaltete er sich aus. Zumindest tat er so, und ich glaubte es. Aber es stimmte nicht. Ich weiß nicht, warum er gelogen hat.«

»Eine Maschine, die lügt?« murmelt Judith.

»Er war weit mehr als eine Maschine«, setzt Elisa an und hört entmutigt auf. Sie kann Judith nicht erklären, wie eine elektronische Psychosimulation funktioniert. Zumal sie sich ja selbst nie ganz von dem Gedanken befreien konnte, daß Desprats' Simulation irgendwie wirklich am Leben war.

»Eine Maschine«, wiederholt Judith. Elisa geht besorgt zu ihr hinüber. »Es war eine Maschine, die mir geholfen hat.« Sie senkt den Kopf und starrt auf ihre Hände, auf die Finger, die sie langsam streckt und wieder krümmt. »Und du, was hast du gemacht?« fragt sie Elisa ruhig. »Du wußtest nichts, unternahmst nichts.«

»Ich habe die STADT verlassen.«

»Wo warst du?« wiederholt Judith lauter und dreht sich zu Elisa. »Ich brauchte dich!«

»Ich wollte dich dein eigenes Leben leben lassen«, sagt Elisa. Aber angesichts von Judiths Vorwürfen, ihrer Empörung und ihrem Schmerz klingen die Worte plötzlich hohl. Elisa versucht, sich an den Augenblick der Entscheidung zu erinnern, an den Augenblick, als sie zumindest dachte, sie treffe eine Entscheidung. Hatte sie wirklich eine Entscheidung getroffen? Oder war der Impuls, den sie damals für die Gewißheit gehalten hatte, vernünftig zu handeln, in Wirklichkeit nur der Zwang gewesen, die Entscheidung und Verantwortung auf andere abzuwälzen?

»Unser Leben«, spuckt Judith aus. »Du hast doch gesehen, wie wir lebten, du wußtest, daß es so nicht weitergehen konnte!«

Elisa ringt um Selbstbeherrschung, bemüht sich, die Auseinandersetzung ruhig und sachlich zu halten. »Das Leben *hat* sich verändert, Judith. *Du* hast es verändert. Du brauchtest mich gar nicht dazu, du kamst sehr gut allein zurecht.«

Nicht ganz allein.

Elisa nutzt Judiths Schweigen, um vorsichtig zu fragen: »Judith, wozu benutzt du deinen Ommach?«

»Als Leibwächterin«, antwortet Judith mechanisch. »Sie ist dazu da, mich zu beschützen, hat sie gesagt.«

Und was ist mit der übrigen Ausstattung, mit dem elektrischen Strom, mit den Walkie-Talkies und einer ganzen Reihe ähnlicher Errungenschaften, wie zu vermuten ist? Haben sie das alles in den Ruinen der Stadt gefunden, die sie ›Libera‹ nennen? Und mit Glück, unermüdlicher Arbeit und Geschick repariert? Sicher hat ihnen jemand geholfen. Wenn der Ommach auf Judiths Schutz programmiert war, mußte es ein leichtes gewesen sein, den Schutz auch auf andere Bereiche auszudehnen. Im Laufe der Jahre hatte Judith das bestimmt begriffen und ihren Nutzen daraus gezogen.

Plötzlich fühlt sich Elisa besser, hat die Situation besser im Griff. Nachdenken, abwägen ... Was jetzt zählt, sind die Tatsachen. Allmählich setzt sich das Puzzle Stück für Stück zusammen.

Eine plausible Geschichte, Elisa? Also gut. Eine plausible Geschichte, eine Hypothese. Schließlich kommt sie ja auch nicht weiter, wenn sie ewig im dunkeln tappt und die Hände ringt, oder? Elisa atmet tief durch. Sie ist zufrieden, erleichtert, daß sie eine Schwelle überschritten und eine heimliche Energiereserve aufgetan hat. Die Tatsachen. Welche Tatsachen? Man hat sie in eine Situation hineingezogen, deren Hintergrund sie nicht kennt.

Abram hat dich hineingezogen. Sie weist die innere Stimme, die mahnt und Einwände erhebt, gleich wieder zurück. Mit Abram muß sie sich später auseinandersetzen. Abram ist auf dem Weg nach Libera. Im Augenblick spielt er keine Rolle.

Sie hat zwar wenig Informationen, aber es ist völlig klar, daß die Situation hier immer brisanter wird. Judith, Manilo, die freien Frauen, der bevorstehende Angriff auf die Vietellis. Alles steht auf der Kippe. Wie konnte Judith nur so lügen! Wie konnte sie Manilos Friedensangebot einzig und allein dazu nutzen, Verrat an ihm zu üben? Seine Absichten waren ehrlich, das hatte Elisa gespürt.

Nein, Elisa, vergiß deine Geschichten, deine Hypothesen. Halt dich an die Tatsachen. Die freien Frauen bereiten den Angriff auf die Vietellis vor. Das sind die Tatsachen.

»Wann wollt ihr angreifen, Judith?«

»Heute abend. Sobald Doris in Sichtweite der Vietellis ist, steigen wir durch die Luftschächte nach oben.«

»Und danach? Glaubst du denn, die anderen Gemeinschaften lassen euch einfach in Ruhe?«

»Die anderen Gemeinschaften.« Judiths Lippen verziehen sich zu einem freudlosen Lächeln. »Die anderen Gemeinschaften haben schöne Gewehre, sie werden in Wardenberg hergestellt. Für ihre Gewehre brauchen sie Munition. Wir können den Nachschub ganz einfach abschneiden«, sagt sie und ballt die Faust. »Wir sind diejenigen, die vor rund sechs Jahren das Vertriebsnetz aufgebaut haben. Natürlich ohne ihr Wissen. Der Befehl macht schon die Runde: Ab heute wird keine einzige Munitionskiste mehr in den Süden geliefert. Außer an uns, natürlich. Und wir haben sowieso jede Menge auf Lager.«

»Aber ihr hättet doch ... ihr hättet doch ...« Elisa sucht nach den richtigen Worten. »Ihr hättet doch siegen können, ohne einen einzigen Schuß abzufeuern, wenn ihr noch ein bißchen gewartet hättet. Warum ...?«

»Weil Manilo ein Treffen vorgeschlagen hat. Auf eine bessere Gelegenheit konnten wir gar nicht hoffen«, antwortet Judith ungeduldig. »Wir können die ganze Region beherrschen, von Vietelli bis Libera. Wenn Vietelli erst mal in unseren Händen ist, wird sich das schnell herumsprechen. Überall werden Frauen aufbrechen, um sich uns anzuschließen. Die Frauen in den Gemeinschaften werden den Führern einiges zu denken geben. Was mag zu Hause passieren, während sie damit beschäftigt sind, uns anzugreifen?«

Logisch. Realistisch. Zwei Fronten. Und ein Sieg wirkt ansteckend. Das könnte zweifellos funktionieren. Elisa betrachtet Judith mit Abscheu.

Kein Zweifel? Keine Schwäche?

Manilo.

»Manilo bietet dir den Frieden an, Judith.«

»Manilo?« Judith lacht verächtlich. »Manilo ist gar nicht in der Lage, mir irgend etwas anzubieten. Keiner der Führer kann das. Auf jeden Mann kommen fünfzig Frauen, selbst wenn jetzt noch zehn Männer auf jede freie Frau kommen. Manilo hat Angst, sonst nichts. Er spürt, woher der Wind weht, und versucht, uns einzuwickeln, während er unsere Vernichtung vorbereitet. Jedenfalls würde ich das an seiner Stelle tun.«

»Aber er handelt in ehrlicher Absicht, Judith! Ich weiß es.«

»In ehrlicher Absicht? Ich hoffe, er ist nicht blöd genug, an so was zu glauben!« Judith schnaubt, ihr Gesicht verhärtet sich. »Entweder sie oder wir. Friedliche Koexistenz ist unmöglich. Freiwillig werden sie nie die Macht abtreten, die uns schon kraft unserer Zahl zusteht.«

Völlig konsterniert hört Elisa Judith reden. Was für alte, ausgeleierte Argumente. Merkt sie denn nicht, was sie da sagt? Merkt sie nicht, daß sie ein wandelndes Klischee ist, eine Amazone, die Frau mit der Peitsche, die Männer zum Frühstück verspeist? Nein, sie merkt es nicht. Sie ist, genau wie Hunderte anderer Frauen, bereit, für ihr Klischee zu sterben. Für sie ist das Klischee die Wahrheit.

Und was weißt du von ihren Leben, Elisa? Menschen halten sich selbst nie für Abziehbilder. Es ist deine Sicht – du siehst es, weil du von außen kommst. Und hier, in der Außenwelt, bist du die einzige, die es sieht. Aber vielleicht sind sie diejenigen, die recht haben.

Sie merkt, daß Judith aufgehört hat zu reden und sie mißtrauisch mustert.

»Warum bist du gekommen?« fragt sie. »Warum jetzt? Willst du uns einen Strich durch die Rechnung machen?«

Elisa senkt den Kopf und weiß nicht, was sie sagen soll.

»Bist du auf unserer Seite?« Judith läßt nicht locker, ihre Stimme wird immer schneidender.

Und wenn ich nicht für euch bin, dann bin ich gegen euch? Plötzlich begehrt alles in Elisa auf. »Hast du je versucht, mit Manilo auszukommen? Hast du auch nur einmal die Möglichkeit in Betracht gezogen, daß ihr den Konflikt beilegt, euch mit der gegenwärtigen Situation arrangiert, auf ein allmähliches Teilen der Macht hinarbeitet, eine Entwicklung zugesteht? Du änderst die Einstellung der Menschen ganz bestimmt nicht dadurch, daß du den Zauberstab schwingst, Judith. Dazu gehört Arbeit, Geduld und Erziehung.«

»Geduld? Zeit? Du redest wie Manilo! Wir leben hier, wir leben jetzt, und wir haben schon genügend Zeit verschwendet. Immer noch gibt es Frauen, die *mann* wie Sklavinnen hält, die *mann* schlägt, foltert, vergewaltigt, massakriert. *Jetzt, in diesem Moment!*«

»Aber nicht hier, nicht im Süden«, wendet Elisa hilflos ein. »Hier könnt ihr immer noch versuchen, euch zu einigen.«

Judith steht auf, sie kocht vor Enttäuschung und Verbitterung. »Und deshalb bist du aus der Versenkung aufgetaucht? Um Geduld, Verhandlungen und Selbstaufgabe zu predigen? Die Mühe hättest du dir sparen können. Nachdem wir dir zwanzig Jahre lang scheißegal waren, hättest du jetzt ruhig da bleiben können, wo der Pfeffer wächst!«

Elisa packt Judiths Arm und schüttelt ihn verzweifelt. »Ich wollte, daß ihr alle frei seid, Judith, *frei!*«

Sie starren einander an. Plötzlich und ohne ersichtlichen Grund ist Judiths Zorn wie weggewischt. Sie setzt sich wieder und faßt Elisa um die Schultern. »Dann schließ dich uns an, bleib bei uns«, murmelt sie drängend. »Wir brauchen dich. Ich brauche dich. Lia … Du mußt ihr zeigen, daß es wahr ist. Du mußt es allen zeigen. Ich habe ihnen erzählt, daß du dich verwandelst. Ich hab's versprochen. Weißt du noch, was der Verrückte gesagt hat? ›Weder Mann noch Frau, sondern das, was du sein willst.‹ Du bist das Beispiel, der Beweis. Eines Tages werden wir alle sein wie du. Bleib, Elisa, bleib!« Sie berührt Elisas Wangen, Haare, Lippen. »Ich habe so lange gewartet. Ich wußte, du würdest wiederkommen. Bleib.«

Bei Judiths Berührung versteinert Elisa. Spontan

möchte sie sich Judith am liebsten entziehen oder sie wegstoßen, aber ihr Körper gehorcht ihr nicht mehr, er ist nur noch eine hohle, starre Hülse, in der Judiths Worte nachklingen. *Ja, bleib Elisa,* drängt sie eine innere Stimme, während eine andere mit Abscheu flüstert: *Nein, nein!*

Wie in einem Traum hört sie Judith sagen: »Ich muß jetzt gehen. Komm zum Frühstück. Ich bin in meinem Zelt.« Sie sieht, wie Judith aufsteht und hinausgeht, starrt auf die Zeltklappe, die noch lange nach Judiths Abgang weiterschwingt. Als die Klappe endlich still an ihrem Platz hängt, streckt sie sich wieder auf dem Bett aus und schließt die Augen.

»Was soll ich tun, Halter?« murmelt sie kurz darauf.

»Es hängt davon ab, was du tun *kannst* und tun *willst*«, antwortet der Ommach glatt. Natürlich. Sie hat ihn wegen der Kinder auf solche Antworten programmiert.

Was du tun kannst, Elisa: Versuche, Judith so zu beeinflussen, daß sie ihren Entschluß rückgängig macht oder den Angriff zumindest verschiebt und mit Manilo verhandelt... Oder versuche dazwischenzufunken. Warne Manilo, entführe Judith... Oder laß sie sich gegenseitig abschlachten, während du ins Dorf zurückkehrst...

Und was willst du tun, Elisa? Bleiben oder gehen? Sie weiß es nicht. Sie weiß es einfach nicht.

8

Wieder steht jemand vor der Zeltklappe. »Elisa?«

Also gut, warum nicht. Noch ein Besuch. Noch eine freie Frau – egal, welche –, die das wandelnde Wunder mit eigenen Augen bestaunen will. Das Versprechen. Elisa, das Mann-Weib.

Sie zuckt die Achseln und setzt sich wieder, während

sie sich mit den Fingern durchs Haar fährt. »Komm rein.«

Es ist das Mädchen, das am vergangenen Abend gesagt hat, sein Name sei Gavra. Angst und Kummer sind ihr anzumerken. (Ist sie diejenige, die Elisa bereits in der Menge aufgefallen war?) Das Mädchen rührt sich einen Augenblick lang nicht von der Stelle, sieht Elisa nur an. Dann läßt sie sich auf das andere Bett fallen.

»Was sollen wir jetzt machen, Elisa?«

Kastanienbraunes Haar, ein herzförmiges Gesicht, braune Augen. Aber hinter diesen Gesichtszügen die alles beherrschende, nicht greifbare, aber unverkennbare Präsenz einer Persönlichkeit, die Elisa intuitiv, auch ohne Worte, als ebenso komplex wie vertraut erkennt.

Abram-Gavra hebt den Kopf, als sie Elisas Reaktion spürt. »Hast du mich nicht erkannt?« Sie lächelt leicht verlegen. »Ich hätte nicht gedacht, daß ich so gut war.«

»Um ehrlich zu sein: Ich dachte, du seist auf dem Weg nach Libera. Und ich hatte einige andere Dinge im Kopf.«

Elisa ist selbst erstaunt, wie leicht ihr die Antwort von den Lippen geht. Belustigt, aber auch mit einer gewissen Bitterkeit, stellt sie fest, daß die Menschen und die Ereignisse sie mal wieder völlig überraschen. Aber warum auch sollte Abram nach Libera gehen, wenn er Judith auf dem Weg zu den Vietellis wußte? Sie hat einfach nicht richtig nachgedacht.

Du hast nicht für möglich gehalten, daß er sich – nur um dich zu täuschen – in jemand anderes als in Abra verwandeln könnte. Elisa sieht ihn prüfend an. Sieht *sie* prüfend an. Sieht Abram, Abra, Gavra, sieht jemanden, dem Kummer, Unsicherheit und Angst ins Gesicht geschrieben sind. Und Liebe. Unsicherheit und Angst Elisa gegenüber, Kummer und Selbstvorwürfe, sie hierher gebracht zu haben. Das Gesicht der Fremden verzieht sich, die vollen Lippen beginnen zu zittern. Plötzlich schlingt sie einen Arm um Elisa, drückt ihren Kopf gegen Elisas Hals und seufzt: »Oh, Elisa!«

Elisa streichelt das lockige Haar, das sich ganz anders anfühlt als das von Abram-Abra, und wiegt sanft den Körper, der von einem lautlosen Schluchzen erschüttert wird. »Ich hab's für dich getan! Du mußtest es wissen, mußtest herauskommen. Ich dachte... Ich hab's nicht mit Absicht getan. Aber nachdem, was am See mit Francis und Florie passiert ist, haben wir geredet. Und plötzlich konnte ich nicht länger dableiben. Ich sagte mir, sie wird mir folgen. Ich wollte es dir zeigen. Ich wußte, sie würde dort sein. Judith.«

Elisa zieht sich ein wenig zurück und hebt das tränenüberströmte Gesicht zu sich auf. »Was ist mit Judith?«

Abram-Gavra schnieft heftig und wischt sich die Tränen ab. »Ich wollte am See mit dir darüber reden. Darüber, was in der Außenwelt los ist. Auch wegen uns, wegen der Kinder. Aber es kam anders, als ich wollte.«

»Aber was ist mit Judith?«

»Also...« Wie gut Elisa diese schnell aufeinander folgenden Emotionen bei Abram kennt: das Zögern, die Spannung, die plötzliche Erleichterung, wenn er endlich den Stier bei den Hörnern packt und das tut oder sagt, vor dem er am meisten Angst hat. Typisch für Abram. So typisch, daß sie gegen ihren Willen lachen muß. Er/sie erwidert ihr Lachen mit vorsichtigem Lächeln. »Ich wußte, daß sie ein Kind von dir hatte. Von Hanse. Und daß sie an dich glaubte, auf dich wartete. Sie hielt die Metamorphose für etwas Gutes. Aber für dich war sie anscheinend etwas Schlechtes.«

Elisa ist drauf und dran zu fragen, ob die STADT Sensoren in Libera hat, als sie merkt, daß sie damit nur Abram-Gavras letzter Bemerkung ausweichen würde. Natürlich hat die STADT Sensoren in Libera. Die STADT hat einen *Ommach* in Libera!

»Ich habe nie gesagt, daß die Metamorphose eine schlechte Sache ist.«

Abram-Gavra beißt sich auf die Lippen. »Aber erinnerst du dich an deine Reaktion, als Francis sich vor deinen Augen verwandelte?«

Elisa setzt sich auf. *Nicht nur das, Abram. Ich erinnere mich auch an meine Reaktion in Vietelli, als Corrio vorschlug, ich solle mich verwandeln. –*

»Ich habe euch die Metamorphose erlaubt«, setzt sie an und bricht ab. Ja, sie hat ihnen erlaubt, ihr Geschlecht zu wechseln, wie sie es ja auch selbst getan hat. Jeder neue Jahrgang durfte das, wenn er ein angemessenes Alter erreicht hatte. Alles unter Kontrolle: eine genau geregelte Metamorphose. Von ihr vorherbestimmt. Beruhigend. Aber Francis und Florie... die weiße Katze... die Vorstellung, daß sich die Kinder ohne ihr Wissen in alles mögliche verwandeln konnten... Bei dieser Vorstellung dreht sich ihr der Magen um. Aber es ist das verheulte Gesicht, der besorgte Blick von Abram, Abram, der sie durch Gavras Augen ansieht.

Schlecht. Schlecht, sich zu verwandeln. Egal in was. Sie wartet, rechnet irgendwie damit, daß diese schockierenden Worte eine Erleuchtung, Offenbarung auslösen müssen. Aber bei Abram rührt sich nichts. Gar nichts.

»Und du wolltest mir zeigen, daß die Metamorphose eine gute Sache ist?«

»Ich bin mir nicht mehr so sicher. Ich wollte dich aus dem Dorf herausholen, so viel ist sicher. Du weißt, ich war...« Die Augenlider flattern, und die braunen Augen weichen ihrem Blick aus. »Ich war irgendwie nicht ganz ich selbst.«

Elisa läßt das Schweigen andauern. Sie weiß nicht, was sie sagen soll. Schließlich ist es Abram-Gavra, die mit einem verlegenen kleinen Lachen sagt: »Aber jetzt haben wir andere Probleme.«

Einen Augenblick lang liegen sie sich noch in den Armen, dann lösen sie sich ein bißchen linkisch voneinander. Abram-Gavra schnaubt und fährt ihr mit der

Hand durchs Haar. Schließlich sagt sie: »Wir müssen sie von diesem Angriff abbringen und dafür sorgen, daß sie zumindest mit Manilo ehrlich verhandeln.«

Elisa will schon ihr letztes bißchen Selbstachtung verleugnen und fragen, was Abram-Gavra noch alles durch die Videoaufzeichnungen erfahren hat, als Fedra vor dem Zelt ruft: »Frühstück ist fertig.«

Abram-Gavra wartet, bis Fedras Schritte nicht mehr zu hören sind, dann steht sie auf. »Ich will sehen, was ich machen kann. Kann ich Halter haben? Ich schicke ihn zurück zu dir, er kann die Verbindung zwischen uns halten. Versuch mit Judith zu reden, ja?«

Nach kurzem Zögern beugt sich Abram-Gavra über Elisa, küßt sie leicht auf die Wange, dreht sich um und verläßt hastig das Zelt. »Geh mit ihm, Halter«, sagt Elisa einen Augenblick später.

9

Der Arbeitstisch in Judiths Büro ist abgeräumt, so daß bunt zusammengewürfeltes Plastikgeschirr darauf Platz gefunden hat. Auf dem Tisch stehen zwei Körbchen mit aufgeschnittenem braunen Brot, eine Kanne mit dampfendem Kaffee, Käse, Honig und – seltsamerweise – ein Strauß frischer Blumen: rosaweiße Margeriten, violette Lupinen und große blaue Blumen, die Elisa nicht kennt. Rund um den Tisch sind Klappstühle aufgestellt.

Etwa zehn Frauen stehen um den Frühstückstisch herum und unterhalten sich leise. Als Elisa hereinkommt, bricht das Gespräch ab. Abgesehen von Kerri, dem Ommach, kommen ihr nur zwei Frauen bekannt vor: Magritta und Fedra. Judith hat bereits Platz genommen und dreht sich um, als Elisa näherkommt. Die Weiße ihres feinen, glänzenden Haars, das von der Deckenlampe angestrahlt wird, trifft Elisa wie ein heftiger Schlag. Judith lächelt und deutet auf einen Stuhl zu ihrer Rechten. Alle setzen sich. Hinter Judiths Lächeln verbirgt sich Anspannung. Die anderen Frauen sind sehr höflich, etwas verlegen, und harren der Dinge, die da kommen.

»Elisa, dies sind meine Adjutantinnen. Du kennst Fedra und Magritta. Gertrudi und Mascha kommen aus Wardenberg, Miriam aus Collodi, einer Gemeinschaft weit im Süden, Bardien aus dem Nordwesten...« Sie geht um den Tisch herum, bis sie zu einer Frau links von Elisa kommt. Die Haare der stämmigen schwarzen Frau werden bereits grau. Wie zwei Drittel aller Anwesenden stammt auch sie aus dem Süden. »Ihr kennt Elisa«, beendet Judith ihre Vorstellung. Nickende Köpfe. Sie lächeln ein bißchen schüchtern, aber ihre Augen strahlen. Niemand rührt sich.

Judith nimmt eine Scheibe Brot und bestreicht sie mit Honig. Alle scheinen sich zu entspannen, greifen jetzt selbst zu, reichen Honig und Käse weiter. Judith schenkt Elisa Kaffee ein. Die Tasse ist von einem knallig-psychodelischem Orange. »Wir brechen in zwei Stunden auf.«

Elisa starrt auf den Strudel schwarzer Flüssigkeit, der in der Tasse hochsteigt. Ihr ist sehr wohl bewußt, daß Judith ihr eine Frage gestellt hat, wenn sie auch nicht frei heraus gefragt hat. Noch nicht.

»Am Spätnachmittag, vielleicht auch früher, sind wir in Vietelli.« Judith lächelt. »Genauer gesagt: unter Vietelli. Doris müßte eigentlich bis 23 Uhr oder Mitternacht durch die Nordosttunnel durchgekommen sein. Wenn wir eine Sicherheitsspanne hinzurechnen, dürfte es rund zwei Stunden dauern, bis sie rings um die Befestigungen Stellung bezogen haben. Wie auch immer: Wenn die Wolkendecke hält, sehen sie sowieso nichts.«

Ihre Erklärungen sind allein an Elisa gerichtet, auch wenn sie so tut, als rede sie mit den anderen Frauen.

Elisa sagt nichts, sondern sieht sich am Tisch um. Die meisten Frauen sind mit ihrem Essen beschäftigt, aber Fedra und Magritta starren zu ihr herüber. Was erhoffen sie sich, was hat Judith ihnen erzählt? Daß Elisa ihnen helfen wird? Daß ihre Ankunft ein Zeichen dafür ist, daß die STADT wunderbarerweise eingreift, um Vietelli zu vernichten?

Nein, das kann Judith nicht erzählt haben, das glaubt sie ja selbst nicht.

Sie sehen sie einfach deshalb an, weil sie Elisa ist, die Elisa, von der Judith ihnen erzählt hat. Elisa, der lebendige Beweis dafür, daß Judith die Wahrheit gesagt hat.

Ein Fetisch, Elisa, um Judiths Ansehen und Autorität zu bekräftigen?

Wieder sieht sich Elisa in der Runde um. Plötzlich weiß sie, was ihr schon die ganze Zeit auf der Seele liegt. »Wo ist Lia?«

Schlagartig verändert sich die Atmosphäre, wird peinlich und gezwungen. Judith verbirgt einen Anflug von Wut hinter einem Lächeln. »Lia hat einen anderen Stundenplan. Sie hat Nachtschicht im Krankenrevier. Wir sind seit einer Woche hier, da gibt es immer mal kleine Unfälle und Dinge, die zu erledigen sind.«

Elisa rührt in ihrem Kaffee und betrachtet die klebrigen Tropfen, die der Honig hinterläßt. Sie merkt, daß die Situation sich wieder entspannt.

Nein. Reiz sie nur weiter.

»Was habt ihr mit Corrio gemacht?«

»Er wird gut bewacht, wir haben ihn im Haupttunnel untergebracht«, antwortet Judith und versucht, nicht allzu böse dreinzublicken.

Wieder schweigen alle. Diesmal leicht nervös.

»Und wenn Vietelli erst in eurer Hand ist, was passiert dann mit den Männern?«

Überraschung. Mit dieser Frage haben sie nicht gerechnet. Judith antwortet schnell und mit einem Lächeln. »Sie werden arbeiten.«

Allgemeine Zustimmung.

»Also tauscht ihr einfach die Sklaven aus?«

Die Überraschung weicht allmählichem Begreifen. Bei Judith grenzt es an Mißtrauen.

»Zeit, daß sie merken, wie das ist.«

»Und wenn sie's gemerkt haben, was dann?«

Trotz der schnellen Auffassungsgabe zaudert Judith merkwürdig lange, will einfach nicht glauben, daß Elisa ihren Plan offen ablehnt. Vielleicht ist diese Taktik auch nicht gerade der Weisheit letzter Schluß, denkt Elisa. Schließlich kennt sie Judiths heftige Art, ihre Neigung, sofort in die Luft zu gehen. Elisa läßt jeden aggressiven Unterton beiseite und fragt ganz ehrlich, ohne Polemik: »Und ihr glaubt, sie wehren sich nicht? Ihr werdet sie Tag und Nacht bewachen müssen. Ihr werdet nie einfach ausruhen können. Und je mehr Siege, desto größer die Probleme.«

Judith und die Frauen tauschen Blicke aus. Was ist das für ein Gefühl, das sie alle teilen und sofort wieder unterdrücken? Ein rohes Gefühl. Schwerer, dunkler als bloße Furcht. Ein Schuldgefühl?

Elisa mustert eine nach der anderen mit gerunzelter Stirn. »Ihr habt etwas ganz Bestimmtes vor, nicht?«

Alle bis auf Judiths Augen weichen ihrem Blick aus. Judiths Augen verraten Wut und Verletzung. Aber sie wird mit ihrem Fetisch nicht vor den anderen streiten, das kann sie sich gar nicht leisten.

Elisa schluckt heftig. Plötzlich und ohne ersichtlichen Grund tut ihr die Situation sehr weh. *Oh, Judith! Was mache ich da?*

Du manipulierst sie, so wie sie dich zu manipulieren versucht.

Elisa senkt den Blick auf ihre Tasse und fragt, weil sie nicht anders kann, fast unhörbar: »Was hast du vor?«

Sie spürt Judiths ganzes Gefühlsspektrum, spürt auch, welche Gefühle dominieren. Judith ist verärgert und wütend, aber diese Gefühle sind nur der Nährboden für eine andere, alles bestimmende Emotion: eine berechnende, beunruhigende Gelassenheit.

»Wir haben geeignete Drogen in Libera«, sagt Judith einfach.

Als Elisa den Kopf hebt, begegnet sie einem steten, trotzigen und dennoch – ja, heiteren Blick. »Wäre es dir lieber, wir würden sie kastrieren? An diese Möglichkeit haben wir auch schon gedacht. Aber wir brauchen sie noch zur Fortpflanzung. Drogen sind die humanste Lösung, zumindest für die Älteren. Die Kinder können wir wahrscheinlich wieder hinkriegen, und die Folgegenerationen werden ganz anders aufwachsen. Du hast, glaube ich, Erziehung erwähnt. Auch wir haben daran gedacht, wie du siehst. Noch Kaffee?«

Elisa schüttelt den Kopf. Mehr noch als vor Judiths Plänen graut ihr vor der anscheinend ehrlichen Überzeugung, mit der Judith sie darlegt. »Die humanste Lösung.« Judith glaubt das wirklich. Völlig aufrichtig, völlig überzeugt. Völlig überzeugend: Die anderen Frauen nicken zustimmend. Die Welle der Zustimmung hat eine solche Kraft, daß Elisa schwindlig wird und sie um ihr Gleichgewicht kämpfen muß: Diese Frauen sind absolut davon überzeugt, daß sie das Richtige tun, ihre ehrliche Absicht ist nur allzu offensichtlich. Nichts, was Elisa sagen kann, wird diese Mauer durchbrechen. Als sie den Anflug von Triumph in Judiths Augen sieht, senkt sie resigniert den Kopf.

Als sei es nichts weiter als eine ganz alltägliche Angelegenheit gewesen, wendet sich Judith wieder den anderen zu und spricht mit ihnen die Einzelheiten der Vietelli-Operation durch. Elisa hört kaum zu, sie kämpft verzweifelt gegen den Sumpf der Verwirrung, der sie nach unten zieht. Sie hat nichts gesagt, nichts gefunden, das sie diesen Frauen hätte sagen können!

Sie weiß nicht einmal, ob Judith unrecht hat.

Jetzt langt es ihr. Elisa steht auf, ohne die Blicke zu beachten, und hastet den Gang hinunter. Allerdings merkt sie noch, daß Judith Fedra mit einer Hand zurückhält. Elisa kocht vor Zorn, Scham und Verzweiflung – welches Gefühl vorherrscht, weiß sie selbst kaum. Sie durchquert das Zelt und tritt hinaus in das blendende, künstliche Licht der Bogenlampen. Es müssen wohl alle beim Frühstück sein, kaum jemand ist zu sehen. Sie betrachtet die Zelte, Pferde, Kisten, aufgestellten Gewehre – die Wirklichkeit. *Der Beweis, Elisa,* der Beweis, daß du unrecht hast und sie im Recht sind. Aber das ist nicht wahr, kann nicht wahr sein!

Die Erde bewegt sich unter ihr, als ein Donnergrollen, dann ein dumpfes Ächzen die Höhle durchdringt. Für einen Moment denkt sie wie betäubt, ihre Skepsis, das alles beherrschende Gefühl, daß das Oberste nach unten gekehrt ist, habe auch den Boden und die Wände der Höhle erschüttert. Dann folgt Panik: ein Erdbeben! Die Pferde wiehern und bäumen sich auf. Aus den Zelten dringen Schreie, Frauen rennen heraus, einige halbnackt, als ein Stapel mit Kisten krachend umfällt. Kurz darauf erkennt Elisa im Grollen der aufeinander folgenden Erschütterungswellen einen gewissen Rhythmus. Explosionen.

Eine noch heftigere Erschütterung, diesmal ganz in der Nähe, reißt eine der Bogenlampen zu Boden, wo sie mit einem scharfen Knall zerbricht. Als Elisa nach oben schaut, sieht sie, wie sich eine Staubwolke von der Decke löst, ein ganzer Deckenabschnitt scheint sich wie Wasser zu kräuseln und sinkt auf ein Zeltdach nieder.

Für einen Augenblick herrscht Stille, als der Boden aufhört zu beben. Erde und Steine regnen auf das eingesunkene Zelt nieder. Plötzlich rennen alle panisch in irgendwelche Richtungen, manche wollen zum Zelt. Hinter Elisa schreit Judith: »Fedra, kümmer dich um den Ausgang. Magritta, die Pferde. Trudi, beruhige die Frauen und teil sie zur Arbeit ein. Kerri, sieh nach, wie stark der Tunnel beschädigt ist.«

Die Frauen eilen davon. Judith packt Elisa am Arm

und zieht sie zu dem eingesunkenen Zelt, aus dem lautes Stöhnen zu hören ist.

Kerri ist sofort zurück. Sie ist mit Schlamm bedeckt und stützt ein dunkelhaariges Mädchen, dessen Gesicht blutüberströmt ist. Elisa richtet sich auf, schleudert den Felsbrocken weg, den sie gerade von einem zerschmetterten Bein gezerrt hat, und wischt sich über die Stirn.

»Der Tunnel nach Vietelli?« fragt Judith mit einer Stimme, die der Staub heiser gemacht hat.

»Blockiert«, sagt Kerri.

»Er hat alles in die Luft gejagt«, stammelt das Mädchen. »Er ist entkommen und hat alles in die Luft gejagt. Malverde. Er hat Galice umgebracht. Gavra, die Neue, hat mich gefunden. Er hat mich bewußtlos geschlagen. Sie war mit dem anderen zusammen« – das Mädchen deutet in Elisas Richtung, dabei verzieht sich sein Gesicht vor Schmerz – »mit dem Mann, der mit ihr gekommen ist. Gavra und der Mann haben Malverde verfolgt, und ich wollte euch warnen. Alles ist gesprengt worden und eingestürzt. Alles.«

10

Später (aber wieviel später kann man unter dem ewig gleichen Licht der Bogenlampen nicht sagen), als man die letzte der Verwundeten auf einer Trage abtransportiert hat, nimmt Elisa Maske und Handschuhe ab und folgt Lia ins Sanitätszelt. Jetzt kann sie gar nichts mehr überraschen. Die supermoderne Ausstattung, Lias Geschick, die allgemeine Leistungsfähigkeit haben sie zunächst erschreckt. Aber natürlich stecken die STADT, Kerri, Desprats dahinter. Elisa ist am Rande ihrer Kraft, hat nicht einmal mehr die Energie, sich zu wundern. Als sie Lia in die Kantine folgt, sieht sie schlammbespritzte Frauen beim Essen, hört müde Stimmen, die sich nach den Verwundeten erkundigen. Lias Antwort klingt erschöpft.

Elisa bewegt sich mechanisch auf einen Platz Lia gegenüber zu, als sie von irgendwo eine Stimme hört: »Ich hoffe, das Schwein ist wenigstens selbst dabei draufgegangen.« Sie nimmt einen Löffel Suppe, aber plötzlich ist ihre Kehle wie zugeschnürt. *Abram.* Sie verschluckt sich an der Suppe und muß krampfartig husten. Als das Husten aufhört, strömen ihr immer noch Tränen aus den Augen, aber sie schlürft weiter ihre Suppe. Wie ein Automat.

Lia streckt die Hand aus und hält den Suppenlöffel auf halbem Weg zwischen Elisas Mund und der Schüssel an. Elisa läßt den Löffel fallen, stößt die Schüssel weg und läßt ihren Kopf auf die Arme sinken. Aus großer Ferne hört sie sich selbst herzzerreißend schluchzen.

(Jemand beobachtet sie. Elisa schaut sich überall um, aber sie sieht nichts, hört nichts, fühlt nichts – außer, daß sie ein riesiges Auge wahrzunehmen glaubt, das auf ihr ruht und den ganzen Raum um sie herum ausfüllt. Sie ist *innerhalb* des Auges! Sie versucht zu schreien, aber bringt keinen Ton heraus. Das Auge ist von einer Aura der Katastrophe durchdrungen, und plötzlich schlagen Flammen aus dem Dunkeln, ist Lärm zu hören, der durch Mark und Bein geht, schreien Stimmen durcheinander, und sie muß jemanden unbedingt finden. Sie rennt los und sagt sich gleichzeitig, daß sie nicht rennen kann, wie soll sie in einem Auge denn rennen, aber sie rennt, rennt voller Liebe und voller Angst. Rennt durch das gräßliche Stöhnen, das sie überall umgibt, rennt auf eine Silhouette zu, die sich schwarz gegen die lodernden Flammen abhebt. *Mama! Mama!* Es sind zu viele Menschen da, riesige Wesen haben sie umzingelt, von denen Wellen des Hasses, des Kummers und des

Schmerzes ausgehen. Sie nähert sich dem schwarzen Schatten. Wenn sie ihn nur erreichen kann, dann wird alles gut, dann ist sie in Sicherheit. Aber jetzt ist der Schatten nicht mehr schwarz, sondern rot, und brennt, brennt … Elisa schreit, ihre Stimme füllt das Auge aus, prallt gegen die unsichtbaren Wände, die zersplittern und auf sie fallen, und der Schmerz ist schrecklich, ungeheuer, endlos …)

Sie öffnet die Augen und sieht sich selbst. Wieder greift die Angst nach ihr. Sie träumt immer noch, der Alptraum geht weiter. Dann wird ihr Gesicht zu dem aschgrauen Gesicht von Lia, die murmelt: »Wach auf, wach auf!«

Elisa setzt sich eilig auf, umfaßt ihre Knie und schüttelt den Kopf. »Wie spät ist es?«

»Drei oder vier Uhr nachmittags.«

»Habe ich dich aufgeweckt? Habe ich geschrien?«

Lia steht auf, sie hat ihre Gefühle jetzt wieder besser im Griff. »Es war nichts.«

»Ich habe von dir geträumt«, sagt Elisa und wendet ihr Gesicht Lia zu. »Und mit dir.«

Das junge Mädchen zieht die Augenbrauen hoch. Sie tut zwar ganz unbeteiligt, aber in Wirklichkeit hat sie Angst.

»Als du noch klein warst, hast du gesehen, wie Judith in Vietelli verwundet wurde oder brannte.«

Lia erstarrt einen Augenblick, dann zuckt sie gleichmütig die Achseln. »Oh, hat sie dir das erzählt?«

»Ich hab's gerade geträumt. Du hast es doch gerade geträumt, nicht wahr?«

Lia wendet sich ab und tut so, als ziehe sie die Bettdecken glatt. »Ich muß nach den Verwundeten sehen«, sagt sie schließlich.

11

Zwei der Verwundeten werden den Tag nicht überleben. Den anderen geht es einigermaßen. Als sie die Verwundeten untersuchen, kommt Magritta ins Zelt.

»Judith will euch beide sprechen.«

Lia macht damit weiter, einen Verband zu wechseln. »Ich komme später nach.«

In der Höhle sitzen manche Frauen auf dem Boden oder auf Kisten, andere stehen herum und lassen die Arme ziellos baumeln. Elisa fühlt, wie ihr Blicke folgen, fühlt die unsichere, mit Zweifeln vermischte Hoffnung, die diese Frauen in sie setzen.

Sie folgt Magritta, ohne sie anzusehen, hat Angst, jemand könnte aufstehen und sie am Arm fassen, eine Frage stellen. Welche Antwort sollte sie auch geben?

Hier ist Judiths Zelt, der mit Segeltuch abgegrenzte Durchgang, der Frühstückstisch, der jetzt wieder als Arbeitstisch dient, das Dutzend vertrauter Gesichter, mit denen Elisa immer noch nicht alle mit Namen verbinden kann.

»Wo ist Lia?« fragt Judith kurz angebunden.

»Versorgt noch die Verwundeten.«

Judith deutet auf den Stuhl zu ihrer Rechten. Elisa zögert. Keine der anderen Frauen hat sich gesetzt.

»Ich kann stehen.«

Judith runzelt leicht die Stirn, geht dann aber darüber hinweg. »Dann laßt uns die Lage rekapitulieren: Einige hundert Meter sind beim Tunnel, der nach Vietelli führt, eingestürzt. Es ist unmöglich, ihn wieder ganz frei zu machen. Kerri sagt, daß sich unter den Trümmern nichts Lebendiges mehr rührt. Wie ich Corrio kenne, hat er die Sprengkörper zeitlich so geschaltet, daß er bei den Explosionen über alle Berge war. Was die beiden anderen betrifft, Halter und Gavra, die haben Corrio durch den Tunnel verfolgt, aber mindestens zehn Minuten, ehe die Explosionen anfingen. Das sagt jedenfalls Lillian, die Wächterin, die überlebt hat. In diesem Fall könnten sie noch am Leben sein. Vielleicht haben sie Corrio sogar erwischt.« Judith macht eine Pause und sieht sich in der Runde um. *Oh, du hast es geschafft, Judith, sie fressen dir aus der Hand.*

»Laßt uns jedoch auch die schlimmste Möglichkeit annehmen: Corrio ist davongekommen und hat Vietelli erreicht – entweder durch die Tunnel, die zu den Wachtürmen führen, oder über die Nordseite, durch den Vieccia-Tunnel.«

»In jedem Fall wird er Manilo warnen«, sagt die große Blonde mit dem pausbäckigen Engelsgesicht, sie heißt Gertrudi.

Magritta läßt sich in einen Stuhl fallen. »In dem Fall«, knüpft sie an, »ist unser Plan hinfällig.«

»*Der* Plan«, sagt Judith gelassen. Plötzlich taucht in den Augen, die wie gebannt an ihr kleben, Hoffnung auf. »Corrio ist zu Fuß unterwegs. Er wird Vietelli nicht vor morgen erreichen, sagen wir frühestens morgen mittag, wenn er die ganze Strecke rennt, und das ist ihm zuzutrauen. Im schlimmstem Falle. Was wird Manilo dann tun? Er weiß nicht, wie hoch unsere Verluste sind, also wird er die anderen Führer benachrichtigen, damit er soviel Männer wie nur möglich zusammenbringt. Dann wird er schnurstracks hierher reiten und versuchen, uns in der Höhle in die Enge zu treiben. Oder er lauert uns draußen auf, während wir auf die anderen warten.«

Sie entrollt eine zerfledderte, in Plastikfolie gehüllte Landkarte. »Aber wir werden in Vietelli sein.« Wieder schaut sie sich in der Runde um, diesmal liegt Triumph in ihren Augen. »Doris ist schon auf dem Weg durch das nordöstliche Untergrundnetz. Wir haben jede Menge Zeit, das Gebiet im Nordosten an der Oberfläche zu durchqueren. Wir müssen uns nur an der Hügelkette entlangbewegen, dann werden wir nicht gesehen. In Vietelli stoßen wir dann zu Doris.«

»Und Manilo und seine Männer werden gar nicht da sein!« freut sich die Schwarze.

»Und Vietelli wird ohne jeden Schuß fallen«, ergänzt Fedra und klatscht in die Hände.

»Und danach?« fragt eine scharfe Stimme aus dem Hintergrund.

Lia sieht sehr blaß aus, wie sie da am Eingang zu Judiths Hauptquartier steht und sich an der Zeltklappe festhält.

»Krista ist gerade gestorben«, fügt sie hinzu. »Pierrette wird die Nacht nicht überleben. Malka wahrscheinlich auch nicht.« Ihre Stimme bricht. »Wie viele Tote denn noch? Ein paar Männer werden trotz allem in Vietelli bleiben. Ganz sicher wird es zum Kampf kommen. Und wenn wir erst einmal dort sind, was dann? Die anderen Führer werden sich erneut alle gegen uns verbünden.«

»Wir halten Vietelli als Geisel«, antwortet Judith kalt. »Und bald werden sie keine Munition mehr haben.«

»Sie haben andere Waffen! Und selbst, wenn sie sich auf einen Waffenstillstand und Verhandlungen einlassen, was nützt uns das?«

»Wir werden sie sehr genau überwachen.« Judiths dickfellige Gelassenheit gerät ins Wanken, ihre Stimme wird schärfer. »Sie sind in der Minderheit, haben weniger Leute als wir. Wir müssen dafür sorgen, daß es noch weniger werden. Wir sind diejenigen, die Kinder kriegen. Dazu brauchen wir nicht allzu viele Männer.«

Lia starrt Judith mit weit geöffneten Augen an. »Ein Massaker – ist es das, was du willst?«

»Hatten sie etwa Skrupel vor einem Massaker, als wir vor fünfzehn Jahren aus Vietelli fortgehen wollten? Haben sie Skrupel, uns mit schwerer Arbeit in den Bergwerken und Steinbrüchen umzubringen? Und wenn wir auf die Welt kommen, haben sie dann Skrupel, uns ganz schnell wieder aus der Welt zu schaffen?«

Elisa hört wie gelähmt zu. Plötzlich fällt ihr Judiths

negative, unstete Ausstrahlung auf, der ständige Mißton, der bei allem, was sie sagt, mitschwingt: Judith ist wahnsinnig. So wie Paul wahnsinnig war. Und wie Paul wirkt sie völlig konsequent, in sich logisch, selbstsicher. Elisa spürt deutlich, wie die anderen Frauen Judiths Überlegungen nachvollziehen, teilen, damit übereinstimmen. Sogar Fedra mit ihrem Vermittlungsversuch: »So weit wird es gar nicht kommen, Lia. Sie werden sich den Tatsachen beugen.«

Und wenn die Wirklichkeit anders ist als die Theorie, dann um so schlimmer für die Wirklichkeit, nicht wahr, Fedra?

Lia beugt sich über den Tisch zu Elisa. »Sag endlich was! Hast du keinen Vorschlag parat, STADTfrau?«

Alle drehen sich zu Elisa um, die in Abwehrstellung geht und die Arme über der Brust kreuzt. Sie will nicht – sie will nicht Orakel spielen!

»Ich bin nicht als Vertreterin der STADT hier. Die STADT wird euch nicht helfen.« Was sonst kann sie sagen? Soll sie die Autorität, die Judith ihr verliehen hat, dazu nutzen, die Frauen umzustimmen? Aber Judith wird keinen weiteren Widerspruch dulden. Mit erstickter Stimme erklärt Elisa: »Ich bin gegen Gewalt.«

Sie spürt Lias Erstaunen, ihre Enttäuschung, Verachtung, Wut. Und Judiths düstere Genugtuung, als sie sagt: »Nicht wir haben mit der Gewalt angefangen. Die Männer haben sie uns aufgezwungen. Je schneller wir an der Macht sind, desto eher wird auch die Gewalt aufhören.«

Die anderen Frauen wenden sich Judith zu. Judith und ihrer Überzeugung, ihrem Eifer, ihrer Willenskraft. Lia stößt einen Wutschrei aus und rennt hinaus.

12

Mit einem Seufzer der Erleichterung gleitet Elisa vom Pferd. Ringsum steigen auch die anderen Frauen ab. Das Schnauben der Pferde, der leise Tritt von Stiefeln, das

Klappern von Hufen, müde Stimmen dringen durch den feinen Dauerregen. Elisa hilft Lia und Fedra ein Zelt aufbauen und geht dann mit Judith und den beiden anderen zum Essen hinein. Die Speisen sind kalt – an diesem Abend wird aus Sicherheitsgründen kein Feuer angezündet.

Nach dem Essen schickt Judith Kerri hinaus, damit sie die Wachen überprüft. Durch die Öffnung im Zeltdach betrachtet Elisa den schwarzen Himmel. Nachdem sie den Marsch um die Hügelkette herum geschafft haben, hat Judith ihren Truppen den Befehl zur Lagerung gegeben. Sie übernachten an einer Stelle, von der aus man die Ebene Richtung Vietelli überblicken kann.

Sie streckt sich aus und fühlt die feuchte Kälte der Erde durch den Zeltboden, hört, wie die anderen sich in ihren Zelten für die Nacht einrichten.

Kerri kommt herein, gibt flüsternd ihren Bericht ab und läßt sich nahe beim Eingang nieder. Obwohl Elisa nicht kalt ist, läuft ihr ein Schauer über den Rücken. Sie hatte Judith sagen wollen, daß sie nicht mitkommen würde, daß sie nach Hause möchte, aber sie hatte es nicht geschafft. Judith ist wie ein Wirbelwind, ihrem Sog kann sich nichts und niemand entziehen. Nach Hause gehen, zurück zu den Kindern? Undenkbar! Die Kinder, das Dorf, das Projekt, die zwanzig Jahre, die vergangen sind – all das erscheint jetzt völlig unwirklich. Die Wirklichkeit ist die Dunkelheit, die unsichtbare Gegenwart anderer neben ihr in der Nacht, der Regen, der auf das Zeltdach trommelt. Judiths Träume wirken unendlich real. Weil sie den Tod vieler Hundert Männer und Frauen in Kauf nehmen? *Ist nur der Tod real, Elisa?*

Sie weiß es nicht mehr. Die Dunkelheit, der Regen, das Schnauben der Pferde, das ab und zu zu hören ist: Dieser winzige Ausschnitt des Lebens hier und jetzt ist die Wirklichkeit. Alles übrige entgleitet ihr.

Sie schließt die Augen und steuert ihre Atmung, zwingt ihren Körper, sie mit hinüber in den Schlaf zu nehmen.

Im Zwielicht der Morgendämmerung stößt Elisa ihre Decken zurück und verläßt das Zelt, um nach ihrem Pferd zu sehen. Obwohl sie keinen Hunger hat, knabbert sie im Gehen an einem Stück Käse. Sie führt ihr Pferd zurück zum Zelt, das Lia und Fedra gerade abbauen. Sie spürt Lias Emotionen, eine undurchdringliche Mauer der Niedergeschlagenheit. Lia hat blaue Ringe unter den Augen. »Iß etwas, ehe du gehst«, sagt Fedra mit ihrer rauhen Stimme, in der jetzt Zärtlichkeit mitschwingt. Lia sagt nichts, aber sie nimmt eine Scheibe Brot und etwas Käse, dann macht sie sich auf die Suche nach ihrem Pferd. Als sie zurückkommt, fragt sie Fedra, ob sie sich den Frauen anschließen kann, die nach Süden ausreiten. Fedra rollt das Zelt weiter auf. »Geh«, antwortet sie nach kurzem Zögern. Lia weicht Elisa aus, springt auf ihr Pferd und reitet in schnellem Trab davon.

Fast zwei Stunden später sind sie wieder auf dem Weg. Die Kundschafterinnen kommen aus dem Süden zurück, um ihren Bericht abzugeben: keine besonderen Vorkommnisse.

»Wo ist Lia?« fragt Elisa, als sie an ihr vorbeireiten.

»Ist sie noch nicht zurück? Sie müßte bald hier sein.« Aber nach einer Stunde ist Lia immer noch nicht wieder da. Elisa wirft unauffällig einen Blick auf Fedras Gesicht, in das sich Sorgenfalten eingegraben haben, die von Minute zu Minute tiefer werden. Schließlich treibt Fedra ihr Pferd an die Spitze des Zuges, wo Judith reitet. Elisa folgt ihr.

»Judith, Lia ist nicht zurückgekommen.«

Judith läßt ihr Pferd langsamer gehen und gibt der Gruppe das Zeichen, ohne sie weiterzureiten. Die beiden Frauen blicken einander an. Plötzlich sieht Judiths Gesicht sehr alt aus. »Das würde sie nicht tun.«

Elisa ist verblüfft. Judith weigert sich zu glauben, daß ihre Tochter sie im Stich gelassen hat. Ihre erste Reaktion ist die einer … verletzten Liebe? Dann steigt Zorn in Judith hoch, eine tiefe, dumpfe, beherrschte Wut, deren Intensität beängstigend ist. Sie gibt den Befehl, die Reihen wieder zu schließen und das Tempo zu beschleunigen. Ohne ein weiteres Wort setzt sie sich wieder an die Spitze des Zuges.

Genau in dem Moment, als die Sonne aufgeht und hinter der Wolkendecke auftaucht, kommt ein Pferd herangaloppiert. »Die Vietelli-Truppen!« schreit die Reiterin. »Zehn Kilometer südlich von hier, sie reiten in unsere Richtung. Doris hat mich geschickt. Gestern abend haben wir sie Richtung Nordosten fortreiten sehen. Doris ist ihnen kurzentschlossen gefolgt.«

Judith hat ihr Pferd zum Stehen gebracht. Der Zug tut es ihr nach. »Unmöglich!« Das Wort macht die Runde.

»Sie sind hier. Ich habe sie selbst gesehen!«

Grau vor Wut beißt sich Judith heftig auf die Lippe. Sie versteht gar nichts mehr. Corrio hat keine Zeit gehabt, bis nach Vietelli durchzukommen. Es ist noch nicht mal sieben Uhr früh. Und selbst, wenn Lia wie der Teufel geritten und inzwischen dort angekommen ist, müßten Manilos Truppen immer noch dabei sein, sich zu sammeln, um den Abmarsch aus Vietelli vorzubereiten.

Nein, Corrio ist immer noch im Tunnel. Elisa freut sich spontan: Denn dann muß auch Abram noch dort sein, sicher und gesund. Halter muß sich auf den Weg gemacht haben, um Manilo zu warnen. Halter, der so schnell rennen kann wie ein galoppierendes Pferd. Halter, der mit der Dunkelheit des Tunnels mühelos fertig wird.

Elisa sieht Judith an. Denkt sie dasselbe?

Aber Judith hat keinen Kopf für die Einzelheiten der zurückliegenden Ereignisse. Statt dessen peilt sie die gegenwärtige Lage in der leicht hügeligen Ebene. »Zwei Kompanien hinter dem Wäldchen«, hört Elisa sie murmeln, »die ihnen von Norden her zusetzen. Ja, das ist machbar.« Sie wendet sich zu dem Mädchen. »Geh zurück zu Doris! Sag ihr, wo wir sind, und bring sie hierher! Sie wird die Vietellis von hinten angreifen. Wir versuchen, Zeit zu gewinnen. Fedra, beruf in fünf Minuten eine Stabsbesprechung ein und sorg dafür, daß an alle Munition ausgegeben wird! Wir lassen sie an uns herankommen. Sollen sie ihre Pferde ruhig zuschanden reiten. Wir bestimmen das Wo, Wann und Wie.«

Elisa mustert sie fasziniert. Judith, die kleine, schlanke Judith, ist wie die scharfe Schneide eines Messers: hart, brillant, tödlich. Sie hört ihr zu, wie sie ihren Adjutantinnen die taktischen Einzelheiten der Schlacht erläutert, bemerkt das Vertrauen, die Liebe, mit der diese Frauen Judith verbunden sind. Für Judith würden sie sich alle in Stücke reißen lassen. Für Judith und für den Traum, den sie verkörpert.

Als sie in die entschlossenen Gesichter blickt, ergreift Elisa plötzlich Panik. Was tut sie hier? Soll sie kämpfen? Sie ringt um Selbstbeherrschung. *Du wolltest es doch so, oder nicht? Wolltest bei ihnen bleiben. Bis zum bitteren Ende. Und du bist geblieben.* Heißt das auch, daß sie töten muß? Mit dem Gewehr auf jemand zielen, abdrücken, und dieser Jemand stürzt hin und … das ist doch grotesk! Ungeheuerlich! Sie wird es nicht tun, sie kann es nicht, *will* es nicht!

Die Wirklichkeit, Elisa. Du wolltest doch die Wirklichkeit erleben. Warum, glaubst du, bist du Abram nach Vietelli gefolgt? Du wolltest in die Außenwelt gehen, um die Wirklichkeit kennenzulernen.

In Vietelli? Die Wirklichkeit, die mit Pauls Tod in Vietelli aufgehört hat zu existieren?

Die Wirklichkeit, die in Judiths Schoß zu Ende ging?

Lia, die Frucht der Wirklichkeit?

Eine Frau kommt auf Elisa zu und reicht ihr einen kleinen, aber schweren Beutel. »Geh sparsam damit um«, sagt sie und entfernt sich. Elisa wühlt in dem Beutel und steht wie angewurzelt da, während sie die Kugeln in den Fingern hin und her rollt.

Die Saat der Wirklichkeit, Elisa?

13

Inzwischen ist es heller Tag. Ein graues, milchiges Licht dringt durch den Wolkenschleier. Vielleicht klart es später noch auf. Judith hat auf einer kleinen Erhebung Stellung bezogen. Von hier aus hat sie gute Sicht auf das Wäldchen, wo Fedra mit zwei Kompanien – rund 150 Frauen – in Wartestellung liegt. Zu Judiths Rechten haben sich zwei weitere Kompanien unter Führung Magrittas gut getarnt an einem Wasserloch in einer Bodensenke verschanzt. Verwitterte Ruinen ragen hier wie die Knochen eines riesigen monströsen Skeletts aus dem Boden. Eine Kompanie ist bei Judith geblieben und beobachtet die Ebene, die Manilo durchqueren muß. Judith wartet. Elisa wartet mit ihr und versucht auszurechnen, wie lange achthundert Männer brauchen, um ein Dutzend Kilometer im Trab hinter sich zu bringen.

Sie kommen – eine schwarze Linie, die im Südwesten Stellung bezieht. Elisa umklammert den Gewehrkolben, während sie vergeblich versucht, ihr klopfendes Herz zur Ruhe zu bringen. Wie läuft eine regelrechte Schlacht eigentlich ab? Eine wirkliche Schlacht… Sie erinnert sich an Filme, die sie als kleines Mädchen gesehen hat. Sicher wird Manilo nicht mit gesenktem Kopf vorpreschen und rufen: »Attacke!« Seine Pferde sind bestimmt viel zu müde dazu. Außerdem haben seine Männer gar keine Lanzen, und trotz ihrer Schwerter und Säbel werden sich die beiden Armeen – zumindest in den frühen Stadien des Kampfes – auf ihre Feuerwaffen verlassen. Nein, sicher wird Manilo irgendeinen Angriffsplan, eine bestimmte Taktik verfolgen.

Dann sieht Elisa das galoppierende Pferd, den weißen Fetzen, der im Wind flattert. Einen Augenblick lang fürchtet sie, ein Schuß werde Reiter und Pferd nieder ins Gras reißen, aber das Symbol des Waffenstillstands wird respektiert. Elisa spürt, wie Judith neben ihr erstarrt. Noch kann sie nicht erkennen, wer im Sattel sitzt. Lia? Spontan treibt sie ihr Pferd zum Trab an und reitet dem Unterhändler entgegen.

Halter. Auf Elisas Zuruf bringt er sein Pferd zum Stehen.

»Manilo will mit Judith verhandeln.«

»Ist Lia bei euch?«

»Ja.«

»Und Abram?«

»Bei Corrio. Ich habe einen Luftschacht gefunden, der zur Oberfläche führt. Manilo hat jemand nach ihnen ausgeschickt.«

Sie reiten zu Judith, die Elisa starr ansieht. Elisa beißt sich auf die Lippe. Sie will dem Impuls, sich zu verteidigen, nicht nachgeben. Aber Judith sagt gar nichts, hört statt dessen Halters kurze Botschaft an und nickt.

»Wir werden verhandeln, da er es wünscht. Geh und sag's ihm. Aber nur er und Lia sollen kommen, niemand sonst. *Sie* wird auch da sein«, fügt sie hinzu und deutet mit dem Kinn in Elisas Richtung. »Außerdem Kerri und ich. In fünfzehn Minuten bei dem Baum dort unten.« Sie zeigt auf einen alleinstehenden knorrigen Apfelbaum.

»Du kommst auch, Halter.«

Judith zuckt die Achseln. »Warum nicht? Geh jetzt.« Sie beobachtet, wie Halter davongaloppiert.

Elisa betrachtet das harte, klar geschnittene Profil

unter dem weißen Haar. Judith wird die Gelegenheit, die Manilo ihr geboten hat, für ihre Hinhaltetaktik nutzen. Aber am Ende wird alles aufs Gleiche hinauslaufen.

Judith dreht sich um.

»Was ist mit deinem Haar passiert?« fragt Elisa schnell – es ist das erstbeste, das ihr einfällt –, um sich den unvermeidlichen Vorwürfen nicht gleich stellen zu müssen.

In Judiths versteinertem Blick flackert kurz Überraschung auf. »Vor fünfzehn Jahren hat man mir in Vietelli Verbrennungen zugefügt. Das Haar ist so nachgewachsen.«

»Verbrennungen?« fragt Elisa verständnislos und betrachtet die reine Haut, auf der sich nur feine Alterslinien abzeichnen.

»Meine Haut heilt schnell. Lias sogar noch schneller.« Seltsam, Judith wirkt überhaupt nicht zornig, sondern so, als sei sie mit den Gedanken ganz woanders. »Deine Haut ja auch, oder? Und trotz allem ist sie deine Tochter.«

Judith. Judith, die aus dem Norden kam. Wie Hanse, der erste Hanse, der weißhaarige Barbar. »Weil du sie möglicherweise geschwängert hast«, das waren Pauls Worte gewesen, »und ich sehen möchte, was dabei herauskommt.« Wie es natürlich auch Desprats hatte sehen wollen. Desprats hatte Judith geholfen, hatte sie beschützt, sie am Leben erhalten. Und Lia.

Plötzlich findet Elisa ihre Stimme wieder. »Judith, Manilo will wirklich verhandeln. Er hat ehrliche Absichten. Ich weiß es ganz sicher. Er will Frieden. Ich kann auch die Gefühle der Menschen spüren. Er ist aufrichtig. Es braucht keinen Krieg zu geben, Judith.«

Wieder zuckt Judith die Achseln, aber die Geste ist nicht aggressiv. »Auch er will Zeit gewinnen.«

»Es ist immer noch Zeit zum Verhandeln.« Elisa merkt selbst, wie albern diese Worte in Judiths Ohren klingen müssen. Tatsächlich reagiert sie mit leichtem Lächeln.

»Du hast wirklich keine blasse Ahnung, was hier los ist, nicht?« sagt sie nachsichtig. »Es ist Krieg, Elisa. Und dieser Krieg dauert schon sehr lange, auch wenn wir seit fünfzehn Jahren keine regelrechte Schlacht mehr ausgetragen haben.«

Elisa kann Judith nur stumm ansehen. Diese Ruhe, diese Gewißheit, diese – ja, Sanftheit verwirren sie und machen ihr gleichzeitig Angst.

»Aber du wolltest nichts darüber wissen«, fährt Judith fort. »Du wußtest überhaupt nicht, was in Vietelli los war, wie du ganz richtig gesagt hast. Du bist nicht einmal deshalb gekommen, um mich und meine Frauen von unseren Plänen abzuhalten. Ich wette, du hast nicht einmal deinem Ommach den Befehl gegeben, Manilo zu warnen. Das war das Mädchen, die Neue. Der Junge, nach dem du suchst, kann sich genau wie du verwandeln, nicht wahr?«

Elisa senkt den Kopf. Ganz vorsichtig. Ein Wort, eine plötzliche Geste könnten diese Blase unwirklicher Ruhe, die sie und Judith umgibt, zum Platzen bringen. Judith betrachtet sie verträumt, zärtlich und mit leisem Bedauern.

»Wir hätten große Dinge miteinander tun können. Du hättest bei mir bleiben sollen. Warum mußtest du zurück in deine STADT gehen? Du hast jenen Mann nicht wirklich getötet, weißt du. Er hat dich immer noch in seiner Gewalt.«

14

Sie erreichen den Baum, an dem die drei anderen schon warten. Bewaffnet, natürlich, so wie Judith und Kerri. Als sie gerade absteigen wollen, ist aus Richtung der Vietelli-Linien das Getrommel von Hufschlägen zu hören. Judith, Hand am Revolver, runzelt die Stirn. Zwei schaumbedeckte Pferde kommen herangeprescht und wirbeln Erdklumpen auf, als sie anhalten. Corrio. Und Abram-Gavra.

»Welch entzückendes Familientreffen«, mokiert sich Judith, während sie vom Pferd steigt.

Auch Corrio steigt ab und rennt auf Manilo zu, der eine Bewegung in seine Richtung macht, dann aber innehält. Der andere bleibt zwei Schritte vor ihm stehen, senkt den Kopf, kehrt zu seinem Pferd zurück und legt die Zügel um einen tiefhängenden Zweig. Abram-Gavra hat sich besser im Griff, als sie vom Pferd steigt. Sie sieht Elisa nicht an, aber stellt sich neben sie.

»Also gut«, sagt Judith, »da wir jetzt alle hier sind, Manilo, sogar deine Bettwanze: Um was geht es überhaupt?«

Manilo wird blaß, Corrio lehnt sich gegen den Baumstamm, verschränkt die Arme und starrt finster vor sich hin, ein Bündel aus Zorn und Haß.

»O nein, Judith«, antwortet Manilo schließlich mit leiser Stimme. »Nein. Ich weiß, daß es dir völlig egal ist, ob Corrio mein Liebhaber ist oder nicht.« Er holt tief Luft. »Du bringst mich nicht dazu, die Beherrschung zu verlieren. Für solche Spielchen haben wir keine Zeit.«

Judiths Lippen kräuseln sich leicht. »Also gut. Spielen wir was anderes. Neues Spiel, neues Glück. Ich bin ganz Ohr.«

»Ich bin derjenige, der ganz Ohr ist, Judith. Warum bist du mit deinen Frauen hier?«

Judith ist leicht überrumpelt, zuckt dann aber gleichmütig die Achseln. »Ich hab nicht um eine Verhandlung gebeten.«

»Warum seid ihr hier?« wiederholt Manilo geduldig. »Haben wir euch angegriffen? Haben wir irgend etwas getan, das rechtfertigen würde, eine Frauenarmee nach Vietelli zu schicken? Wir haben fünfzehn Jahre lang in

Frieden gelebt, Judith. Warum jetzt das?« Er deutet in Elisas Richtung. »Hat sie etwas damit zu tun?«

Judith zieht verächtlich eine Augenbraue hoch. »In Frieden gelebt? Welchen Frieden meinst du? Wir sind euch zum Trotz nach Libera aufgebrochen, ihr habt euch in euren Löchern verschanzt, als ihr gemerkt habt, daß ihr uns auch mit Gewalt nicht aus Libera vertreiben könnt.«

»Ich habe dir Frieden angeboten, Judith. Ich wollte von Anfang an Frieden, das weißt du ganz genau. Vor fünfzehn Jahren haben nicht wir den ersten Schuß abgefeuert.«

Judith tut so, als müsse sie ein Gähnen unterdrücken. »Hast du uns nur deshalb hierher bestellt, weil du wieder mal dieselbe alte Leier abspulen willst?«

Mit einem Seufzer ringt Manilo um Selbstbeherrschung. »Nein, ich wollte dich nur daran erinnern, daß nicht wir die Aggressoren waren oder sind.«

»Wirklich.«

»Du wirst es auch nicht schaffen, mich bei diesem Thema auf die Palme zu bringen, Judith. Hier geht es nicht um die Geschichte der Geschlechter seit der Urzeit. Es geht um uns, hier und jetzt. Hör mir zu. Ich habe fast achthundert Männer. Du hast nicht mal sechshundert Frauen. Die Truppen der anderen Führer kommen ab morgen zu meiner Verstärkung hinzu. Ich will euch nicht fertigmachen, Judith. Das würde auch nichts an der Tatsache ändern, daß mehr Frauen als Männer geboren werden. Ich schlage einen Handel vor: Ihr geht nach Libera zurück, wir in unsere jeweiligen Machtbereiche. Den anderen Führern erkläre ich, daß es ein Mißverständnis war. Das Untergrundnetz werde ich nicht erwähnen. Ihr kehrt nach Libera zurück, aber riegelt euch nicht ab. Wir sollten wissen, was bei euch los ist. Ihr solltet am Leben in der Region mehr Anteil nehmen. Bestimmt könnten wir zusammen einiges erreichen, selbst wenn es nur der Austausch von Waren ist.

Ihr solltet euch blicken lassen, unsere Leute sollen sich an euch gewöhnen. Nur so kann es gehen. Gib den Krieg auf, Judith, weil …«

»Weil du ihn ganz sicher auf lange Sicht verlierst.«

»Judith!« Manilo zwingt sich zur Ruhe. »Wenn wir euch heute aufreiben, was glaubst du denn, wann sich dann wieder eine neue Bewegung freier Frauen organisieren kann? Was, wenn wir jede Rebellion im Keim ersticken, jeden Widerstand von Anfang an zerschlagen? Was ist, wenn jeder Mann zu einem Wächter, Zensor, Gefängniswärter der Frauen wird?«

»Das sind sie doch schon.«

»Hier nicht. Im Norden und Osten, ja, aber nicht hier. Alles, was ihr erreichen werdet, ist eine Eskalation der Unterdrückung, bis wir schließlich wie alle anderen sind: die Männer Schlächter, die Frauen Sklavinnen, die wie Vieh behandelt werden. Ist es das, was du willst? Ich jedenfalls nicht! Ich wollte es vor fünfzehn Jahren nicht, und ich will es auch heute nicht. Wir können miteinander auskommen. Du kannst für die Frauen bessere Bedingungen erreichen. Aber das braucht Zeit, guten Willen und Geduld. Wir müssen den gegenseitigen Versprechungen vertrauen.«

»Und die Waffen niederlegen«, sagt Judith mit Nachdruck. Aber in Wirklichkeit spielt sie nur mit Manilo, reizt ihn, sorgt dafür, daß er weiterspricht, während sie die Minuten zählt. »Einverstanden«, fährt sie fort. »Wir legen die Waffen nieder, kommen sogar zurück, um in eurer Nähe, mit euch zusammen zu leben. Wir legen die Waffen nieder, kommen zurück, und ihr gebt uns repräsentative Sitze und Stimmen im Rat der Führer. Und natürlich auch in der Armee. Der Rat ist ja ganz nett, aber er kann die Einhaltung der Gesetze nicht *erzwingen.* Was sagst du dazu?«

Manilo betrachtet sie nachdenklich, er scheint zu zögern. »Du weißt sehr gut, daß eine proportionale Vertretung der Frauen nicht in Frage kommt. Aber das ist auch schon das einzige, worüber wir uns nicht einigen können. Vielleicht können wir eine Vertretung im Verhältnis 1 : 1 erreichen, aber nicht sofort. Es braucht gewisse Zeit, um Vertrauen herzustellen.« Er hebt die Arme in einer Geste der Resignation. »Hast du denn in fünfzehn Jahren nichts dazugelernt? Du kannst Menschen nicht wie Schachfiguren behandeln!«

»Du bist derjenige, der nichts gelernt hat«, kontert Judith verächtlich. »Wir können mit euch nicht gleichberechtigt leben. Wir sind *nicht gleich,* Manilo. Auf jeden Mann kommen fünfzig Frauen, so sieht die Wirklichkeit aus. Ihr habt nichts zu gewinnen, wenn ihr uns eine Chance gebt. Das ist die Wahrheit.«

Manilo schüttelt ungläubig den Kopf. »Was willst du? Die Unterwerfung der Männer? Das wird auch nicht funktionieren. Ihr habt revoltiert. Das werden auch wir tun, selbst wenn wir in der Minderheit sind. Auch das ist keine Lösung, das muß dir doch klar sein!«

»Männer als Sklaven«, sagt Lia mit heiserer Stimme. »Männer als Sklaven, das ist die Lösung, nicht wahr, Judith? Und ein paar Zuchthengste zur Begattung.«

»Das ist zweifellos das, was du brauchst«, giftet Judith sie an. »Einen Zuchthengst.«

Lia stürzt sich auf Judith, aber Manilo hält sie zurück.

»Sie könnte genauso gut deine Tochter sein«, spottet Judith. Langsam verliert sie die Nerven,

»Ich bin seine Tochter. Die Lüge reicht mir jetzt. Du hast jahrelang gelogen, und diese armen Idioten haben dir geglaubt. Judith, die Auserwählte Gottes, die Mutter des göttlichen Kindes! Schau sie doch an, deine Elisa: Ist sie etwa göttlich? Ist sie ein *Mann?*«

Judith wird aschgrau im Gesicht. »Es *ist* wahr. Manilo weiß es. Du wolltest es nie glauben, weil du dich nie verwandeln konntest, aber es ist *wahr!*«

»Ach so ist das also? Ich selbst konnte mich nie verwandeln! Und das hast du mir nie verziehen, nicht wahr? Welche Enttäuschung für dich! Schließlich hast du deinen eigenen Lügen geglaubt, aber immer war ich da, um dich an die Wahrheit zu erinnern. Es gibt dafür eine Bezeichnung, Judith: Du bist wahnsinnig. *Wahnsinnig!*«

Manilo schüttelt Lia. »Es langt jetzt!« Er dreht sich zu Judith und bittet sie fast flehend: »Laß uns nicht mehr darüber reden, Judith. Wir sind nicht deswegen hier. Denk über meinen Vorschlag nach: Ihr kehrt zurück nach Libera, und ich spreche mit den anderen Führern.«

»Ich bin nicht wahnsinnig«, sagt Judith mit zusammengebissenen Zähnen.

»Das weiß ich doch, Judith«, antwortet Manilo. »Mir ist völlig klar, daß es Hanse war, der Lia gezeugt hat. Aber darum geht es ja auch gar nicht. Wir müssen Frieden schließen. Jetzt. Jetzt, Judith! Ich habe immer noch so viel Autorität, daß ich die anderen Führer dazu bringen kann, dem Frieden zuzustimmen. Danach würde es dafür zu spät sein. Ich habe sie seit Jahren ruhig gehalten. Es wird kein Frieden mehr möglich sein, wenn wir jetzt eine Schlacht austragen. Sie werden zu große Angst haben. Es wird einen totalen Krieg zwischen Mann und Frau geben, wozu soll das führen? Wohin? Sklaverei für die einen oder für die anderen, Sklaverei für *beide* Seiten. Es wird keine Sieger geben, Judith. Wenn ihr jetzt nach Hause zurückkehrt, wenn ihr in Libera Beobachter zulaßt … Ich könnte die anderen Führer mit einigen Dingen locken, die ihr in Libera entdeckt habt, ich könnte sie mit dem Nutzen locken, den sie aus einer ehrlichen Zusammenarbeit ziehen würden. Laß uns Frieden schließen, Judith. Jetzt und hier.«

Judith starrt ihn schweigend an. Für einen ganz kurzen Moment läßt Unsicherheit ihre Gesichtszüge weicher erscheinen, aber dann wendet sie sich um und blickt nach Süden. Elisa spürt ihren plötzlichen Triumph: eine Linie, die sich bewegt. Doris.

»Frieden«, sagt Judith und dreht Manilo weiter den Rücken zu.

»Du kannst dir den Frieden gar nicht leisten, das hab ich dir doch gesagt. Und den Krieg auch nicht. Im Unterschied zu mir.«

Sie wirbelt herum. Der Stimmungswechsel und die plötzliche Geste sind so schnell, daß Elisa nicht mehr eingreifen kann. Judith schießt auf Manilo, er fällt wie ein Stein. Lia wirft sich über ihn und entgeht knapp der zweiten Kugel. Die dritte Kugel läßt den Staub zu Corrios Füßen aufspritzen. Elisa packt Judiths Arm. Kerri und Halter wälzen sich auf dem Boden. Corrio fällt neben Manilo auf die Knie. Abram läuft auf Elisa zu, als ein vierter Schuß knallt. Judith schreit leise auf und hört auf zu kämpfen. Elisa sieht ihr direkt ins Gesicht, in die wilden grauen Augen, als sie über ihr zusammensackt. Wie schwer diese kleine Person ist! Elisa bettet Judith auf den Boden und öffnet die wattierte Jacke. Unterhalb des Gürtels sickert das Blut schon durch den braunen Kittel. Zitternd legt sie eine Hand auf die Wunde.

Judiths Hand umfaßt ihr Handgelenk. »Wir können kämpfen. Erinnerst du dich? Ich habe dich gebeten, uns kämpfen zu lassen. Ich wußte, daß es nur so gehen kann. Die Freiheit bekommst du nicht umsonst. Du mußt sie dir erkämpfen. Das hat er nie verstanden.« Sie hustet, ihr Gesicht verkrampft sich vor Schmerz. »Verstehst du das? Verstehst du?«

Elisa schüttelt den Kopf, der Griff um ihr Handgelenk wird fester. »Doch. Doch. Er hat es verstanden. Du hast es verstanden, Hanse. Hör doch, hör doch!«

Hundert Meter vom Baum bebt die Erde unter den Hufen galoppierender Pferde. Die Hand packt Elisas Arm. Judith lächelt und bewegt die Lippen. Elisa beugt sich über sie, damit sie durch das dumpfe Trommeln verhallender Hufschläge Judiths Worte besser verstehen kann.

»Hanse, ich war doch nicht wahnsinnig, oder? Du bist gekommen. Weißt du, was ich möchte? Ich möchte Hanse *sehen.*«

Aus südlicher Richtung ist eine lang anhaltende Salve von Schüssen zu hören, der das Trommeln der Pferdehufe folgt. Erneut Gewehrschüsse, diesmal näher. Abram-Gavra beugt sich hinüber: »Elisa! Wir müssen hier weg!«

Judiths graue Augen flehen sie an. »Du *bist* Hanse, oder nicht? Zeig es mir!«

Elisa schließt die Augen, versucht, alles um sich herum zu vergessen: den Donner der Pferdehufe, der jetzt näherkommt, die Schüsse, das Geschrei der Reiter. Mit Gewalt versucht sie, ihre Atmung, ihren Herzschlag so zu steuern, daß sie den Trancezustand erreicht. Es hat keinen Zweck, es gelingt ihr nicht. »Ich kann es nicht, ich kann es nicht!«

Sie richtet ihre Augen auf Judith, die sie mit großer, absoluter Sicherheit anblickt. »Ja, du bist Hanse. Ich weiß, daß du Hanse bist. Ich habe gesehen, wie du dich verwandelt hast. Wir haben uns geliebt. Ich habe ein Kind von dir bekommen, denk dran.« Immer noch hat sie Elisas Handgelenk umklammert. Jetzt zieht sie es zu sich heran und legt Elisas Hand auf ihre Brust.

»Du hast das doch nicht vergessen?«

Nein, o nein. Das erste, das letzte Mal. Das letzte Mal. Nach dir kam niemand mehr. O nein, ich habe nicht vergessen.

»Küß mich, Hanse«, flüstert Judith. Elisa beugt sich über sie und legt ihre Lippen auf die von Judith, diese warmen, weichen, lebendigen …

Sie wird sterben, *sie wird sterben!* Der Gedanke ist wie eine schweigende, alles verzehrende Explosion, die ihr Innerstes zerreißt. Dann hört sie sich selbst schreien, einen heiseren, erstickten Schrei. Sie nimmt Judith in die Arme. *Ja ich bin Hanse ich bin ich selbst Elisa-Hanse egal in welchem Körper ich mich bewege ich kann jeden Kör-*

per bewohnen jede jeder sein und du wirst sterben und alle sind sie tot und es ist nicht meine Schuld daß ich am Leben bin. ES IST NICHT MEINE SCHULD!

Elisa öffnet die Augen, in ihrem Kopf hallt die Stille nach. Judith. Judiths Schmerz, Judiths Hoffnung, Judiths Wahnsinn. Vergangen. Sie betrachtet das bleiche Gesicht neben ihrem eigenen, die geschlossenen Augen. Von einem Augenblick auf den anderen, so als habe jemand auf den Knopf gedrückt, dringen die Geräusche wieder auf sie ein: ein ohrenbetäubendes Gemisch aus Schreien, Rufen und Wiehern, begleitet von Bildern, ein Wirbel aus Pferden, Armen, Beinen, Schwertern, Gewehren. Innerhalb des magischen Kreises rund um den Apfelbaum kniet Corrio und hält Manilo in den Armen, kämpfen Halter und Kerri immer noch schweigend. Lia und Abram-Gavra stehen beieinander und starren sie an, in den Händen halten sie die Zügel der erschreckten Pferde. Durch den Raum, der sie trennt, spürt sie Lias ungeheure, schockartige Bestürzung. Ein Pferd prescht heran und verdeckt Lia, jemand springt herunter. Fedra mit dem Gewehr in der Hand. Fedra, die Judith auf dem Boden sieht, als Elisa aufsteht. Fedra mit einem Gesicht, das vor Zorn, Haß und Verzweiflung verzerrt ist. Fedra, die das Gewehr mit einer Hand anhebt und feuert.

(Ein Schock, das ist alles. Kein Schmerz. Auf allen vieren kriechen. Eine große Stille. Alles in Zeitlupe. Hände, die sie berühren. Zu weit weg. *Wartet. Gebt mir Zeit. Wieder zu Atem zu kommen. Atmen. Schwierig. Gleich stehe ich auf. Nur eine Minute noch. Wartet. Schüttelt mich nicht. Gleich stehe ich auf.*)

Geräusche. Eine Stimme, weit entfernt. *Nein, es ist Hanse, Fedra, es ist Hanse.* Und über all dem eine andere Stimme. *Elisa, Elisa!*

Wer?

15

Elisa ist in der STADT. Sie geht umher, rennt, fliegt? Die Bewegungen ihres Körpers sind nur schwer zu bestimmen. Der Körper selbst, dieser Körper, der ihr unzählige vertraute Signale gibt, ist seltsam verschwommen und von ihr entfernt. Jedenfalls bewegt sie sich, denn der Hintergrund verändert sich. Sie ist auf dem Weg… wohin? Sie weiß es nicht. Seltsam, diese Mischung aus Gewißheit und Nichtwissen. Wenn sie ihren Körper stärker spüren könnte, würde sie sich bestimmt große Sorgen machen. Aber sie hat keinen Körper.

Sie muß träumen. Sie träumt, und sie weiß, daß sie träumt. Gar nicht so unangenehm, dieser Eindruck, ein Passant, ein Zuschauer zu sein. Sie sieht sich interessiert um. Nach all den Jahren träumt sie von der STADT? Liebe alte STADT, denkt sie mit Belustigung und Zuneigung. Alles ist vertraut. Die rollenden Gehwege, die Treppen, die Emporen über den großen, schweigenden Eingangshallen, das Honigwaben-Muster des Wohnviertels, der Park. Sie sieht alles gleichzeitig, so als schwebe sie durch die verschiedenen Ebenen der STADT, so als könne ihr inneres Auge – ihr träumendes Auge – mühelos die Schichten von Zement, Metall und Plastik durchdringen. Sie erfaßt die ganze STADT, die wie ein riesiger, vielzelliger Organismus ihre Pseudo-Extremitäten in alle Richtungen ausstreckt. Zahllose Röhren, in denen der Atem und das Blut der STADT zirkulieren. Das unendlich verzweigte Netzwerk der Stromleitungen. Augen und Ohren der STADT.

Die STADT lebt, natürlich! Ein klares, sauberes Leben, das weder Verrosten noch Verrotten kennt. Elisas nicht vorhandenes Herz in ihrem nicht vorhandenen Körper schwillt vor Liebe. Die STADT, so unendlich weise, so unendlich mächtig. Die STADT mit ihrem Schoß, der jede, jeden willkommen heißt. Die STADT, die alle ihre Bewohner und Bezwinger überlebt hat. Wie schön, wieder hier zu sein! Gern würde Elisa ihr körperloses Selbst auf die ganze STADT verteilen und es auf jede unsterbliche Zelle der STADT einstimmen.

Aber sie bewegt sich *durch* die STADT hindurch. Trotz ihrer magischen Vision ist sie *irgendwo* in der STADT, geht *irgendwohin,* auch wenn sie ihr Ziel nicht kennt. Immer noch heiter und belustigt läßt sie sich in ihrem Traum treiben. Sie ist in der STADT. Sie ist in Sicherheit. Sogar als sie den Schauplatz ihres alten Traum wiedererkennt. Sogar als sie die Straße mit den Bäumen in den grünen Kisten sieht, ihre Bürgersteige, Autos, Häuser, die bunten Fassaden, die winzigen gepflegten Rasen, die gar nicht wie Gras aussehen, die winzigen Blumenbeete und winzigen Blumen, sorgfältig zu Farbgruppen zusammengestellt.

Oh, es ist also der alte Traum? Sie ist zu Gast in einem alten Traum. Wie komisch! Sie erinnert sich an die Angst, die sie als kleines Mädchen gehabt hat. Aber jetzt ist sie erwachsen und nur ein Gast, der genau weiß, was ihn erwartet. So als habe ein unsichtbarer Zeremonienmeister das Zeichen gegeben, verflachen bei diesem Gedanken Häuser und Straße zu einer ziemlich schlechten Zeichnung. Sie muß jetzt sehen, was dahinter steckt. Hier ist die gemalte Tür, der gemalte Türgriff. Und wie früher tut sie so, als drücke sie den Griff nach unten.

Aber es ist *wirklich* ein Türgriff da. Die Tür öffnet sich und gibt den Blick auf einen roten Gang frei, von dem weitere Türen abgehen. Aber Elisa mußte sehr stark dagegen drücken und ist jetzt ein bißchen sauer und ärgerlich, weil der Traum nicht genau wie früher abläuft.

Und sieh mal an: Ihr Körper ist wieder da. Ein Körper. Sie weiß nicht so genau, welche Art von Körper das ist. Männlich? Weiblich? Ein Körper. Bestimmt weiblich. Ja, da, sie berührt ihren Brustkorb und fühlt Brüste, ziemlich große Brüste, die ein bißchen wund sind, und ihre Unzufriedenheit wächst. Schnell geht sie zur ersten Tür und drückt den Griff hinunter.

Licht in allen Farben, Wahl- und Eingabetastaturen, Schalter in Hülle und Fülle, aber alles wirkt so, als habe jemand die Szenerie mit allem ausgestattet und vermengt, was gerade zufällig zur Hand war. Nichts rührt sich, trotz des überlauten Summens und Knackens. Bestimmt ein Tonband, das die wirkliche Bewegung durch Lärm ersetzt.

Der rosa Klumpen ist nicht da. Elisa ärgert sich und geht zu einem der falschen Steuerpulte hinüber. Es steuert gar nichts und besteht nur aus Metall- und Holzteilchen und bemalter Pappe. Elisa reißt alles aus der Wand. Darunter ist die Wand rosa. Feucht, glänzend, von roten und blauen Adern durchzogen. Inzwischen fürchtet Elisa sich, aber sie entfernt auch noch den Rest. Jetzt sind da nur noch vier pulsierende rosa Wände und – ebenfalls pulsierend und rosa – der Fußboden und die Zimmerdecke.

Sie ist drinnen. Sie ist drinnen im rosa Klumpen.

Aber so war es früher nicht!

Es sollten Stimmen da sein, Großvaters und Papas Stimmen, und die alte vertraute Angst, von ihnen verschlungen zu werden, wenn sie näher herangeht. Elisa ist maßlos wütend. Der Traum hat sie betrogen, der rosa Klumpen hat sie betrogen, die STADT hat sie betrogen! Sie stampft mit dem Fuß auf, und die rosa Wände zittern wie Wackelpudding. Sie rennt mit erhobenen Fäusten hinüber, wild entschlossen, die Wand zu durchlöchern und zur STADT zurückzukehren. Sie dringt immer weiter ein, aber die Wände sind jetzt wie schaumiges, abgestandenes Wasser, klebrig, ekelerregend. Was, wenn sie plötzlich wieder fest werden?

Nein, nein. Daran habe ich gar nicht gedacht!

Sie fühlt, wie der rosa Klumpen sich verfestigt, sie festhält, einschließt, als sie mit schrecklicher Wut und Angst auf seine Wölbungen einschlägt. Jetzt versteht sie. Der rosa Klumpen hat die STADT verschlungen. Der rosa Klumpen *ist* die STADT!

Aber mich kann er nicht fressen. Ich bin in der Außenwelt gewesen. Papa, Großvater, sagt es ihm! Ich bin hier nur zu Besuch, er muß mich gehen lassen!

»Du bist einmal zu oft zurückgekehrt«, sagt eine Stimme, die sie nicht eindeutig identifizieren kann.

»Aber ich will raus!«

»Dann mußt du schneiden.«

Plötzlich merkt Elisa, daß sie irgend etwas in der rechten Hand hält. Einen *Reverolver.** Als sie das Wort denkt, sieht sie es auch schon, und das ist gar nicht seltsam. Allerdings ist es dumm: Wie soll sie mit einem *Reverolver* schneiden? Außerdem würde sie alle verletzen, denn sie sind ja alle da drin: Papa, Großvater, Judith. Aber sie merkt, daß sie schneidet, und sieht einen roten Spalt, der sich zu feucht schimmernden, rosaroten Lippen erweitert. Sie versucht, an nichts zu denken, und schlüpft hindurch.

Die Lippen schließen sich um ihre Taille. Nein, nein! Sie hält ihre Arme vor den Körper, macht sich bewußt klein und schlüpfrig, beeilt sich und … ist draußen. In der Außenwelt.

16

Es tut so weh! Durst. Hunger. Es tut so weh! Aber es ist mein eigener Körper, ich bin's, ich bin in der Außenwelt, ich bin …

Wach. Sie hört, riecht, fühlt, sieht. Ein Kontinuum vielfältiger Empfindungen, das die Wirklichkeit ist. Ein Knistern und Knacken, schwache Essensdüfte, eine harte Unterlage unter ihren Schultern, ihrem Hintern, ihren Beinen. Rauh. Die Decke ist rauh unter ihren Fingern, die Luft kalt auf ihren Wangen, der Abendhimmel

---

* Anmerkung *Reverolver:* Im französischen Originaltext Wortspiel. Zusammensetzung aus rêve = Traum und Revolver. Im Deutschen so nicht übersetzbar.

mit Sternen übersät und von zwei schwarzen Wänden eingegrenzt.

Der Schmerz ist weg, immer noch da sind Hunger, Durst und ein Gefühl äußerster Schwäche und Desorientierung. Sie dreht den Kopf zu den schlafenden, erschöpften Gestalten, die sie um sich herum wahrnimmt, und versucht herauszubekommen, wer sie sind. Sie erkennt Abram, Lia, Fedra. Noch jemand liegt bewegungslos da und reagiert auch nicht auf ihre vorsichtige Berührung. Halter? Draußen schnaubt und stampft ein Pferd. Aus der Entfernung antwortet ihm ein anderes Pferd. Vage spürt Elisa die Gegenwart von weiteren Schlafenden.

»Halter?«

Die dunkle Gestalt regt sich und kommt zu ihr herüber.

»Ich bin hungrig«, hört Elisa sich selbst sagen. Wortlos verläßt der Ommach das Zelt.

Ein Streichholz flackert auf. Plötzlich taucht Lias Gesicht auf, eine Komposition aus Licht und Schatten, die sich wie eine scharf gemeißelte Skulptur gegen den Schein der Lampe abhebt, die sie angezündet hat. Abram murmelt eine Frage, schreckt zusammen und wacht dann endgültig auf.

»Ich bin hungrig«, wiederholt Elisa so, als wolle sie sich entschuldigen. Lias Bestürzung, die sie spürt, aber sich nicht erklären kann, macht ihr zu schaffen. Das Mädchen sagt nichts, ihre Bestürzung weicht allmählich. Plötzlich fühlt sich Elisa an etwas erinnert, das sie vor langer Zeit in einem Film gesehen hat: eine völlig abgebrannte Wiese im Mondlicht, eine grauschwarze Leere, in der sich Umrisse des Grases abzeichnen, wo der Wind die Asche noch nicht auseinandergetrieben hat. Lias Seelenlandschaft ähnelt diesem Bild, sie ist wie ein erstarrtes und dennoch unberechenbares Meer, unter dem die Erde schläft.

Draußen stellen flüsternde Stimmen Fragen. Abram

hockt sich neben Elisa, sein Gesicht ist Lia zugewandt. Es ist wirklich Abram, er ist zurück, er ist wieder er selbst.

Er selbst? O nein, Elisa, das darfst du doch nicht denken. Jetzt nicht mehr.

Abram sieht Elisa ängstlich und unsicher an. Auf ihrer anderen Seite steht Lia, stoisch und stumm. Aber es gibt ja auch nichts zu sagen, jedenfalls nicht in diesem Augenblick. Nichts oder aber viel zu viel. Und mit welchen Worten wäre es auszudrücken? Was geschehen ist, ist geschehen. Es ist nicht rückgängig zu machen. Sie müssen etwas anderes tun. Später.

Elisa untersucht ihren Körper. Sie spürt, daß die Wunde geheilt ist. Mitten am Bauch, gerade unterhalb des Sonnengeflechts. Kein Wunder, daß sie sich so schwach fühlt.

»Wie spät ist es? Was ist passiert?«

»Drei Uhr früh«, sagt Fedra, die ebenfalls aufgewacht ist. Elisa spürt bei ihr dieselbe graue Verzweiflung wie bei Lia, nur dunkler, schwerer, endgültiger. »Judith ist tot. Manilo ist tot. Die Vietellis haben schwere Verluste erlitten, genau wie wir. Sie haben sich nach Vietelli zurückgezogen, aber sie werden zurückkommen. Die anderen werden bald da sein.«

Halter kommt mit einer dampfenden Schüssel zurück: Reis und Nüsse in heißer Fleischbrühe. Niemand spricht, während Elisa alles hinunterschlingt. Sie reicht Halter die Schüssel: »Mehr. Wie viele von uns sind übriggeblieben?« fragt sie, als der Ommach hinausgeht.

»Wir haben zum Zählen wirklich noch keine Zeit gehabt. Mehr als dreihundert, würde ich sagen. Viele sind verwundet«, sagt Fedra müde.

Halter kommt mit einer weiteren Schüssel zurück, und Elisa ißt wieder, diesmal läßt sie sich mehr Zeit. Sie ist körperlich so erschöpft, daß sie sich ganz leicht im Kopf und sehr gelassen fühlt. Sogar ihre gräßlichen, schmerzlichen Erinnerungen sind jetzt weit weg. Sie stellt die halbleere Schüssel ab.

»Was hast du vor, Fedra?«

Die Frau zuckt die Achseln. »Das Lager abbrechen, die Pferde und die Frauen sind jetzt einigermaßen ausgeruht. Versuchen, die *Schlimme Zone* zu erreichen. Vielleicht verfolgen sie uns nicht bis dort.«

Elisa nickt. »Halter, wie weit ist es von hier bis zu unserem Dorf?«

»Etwa hundertachtzig Kilometer«, sagt Abram, ehe der Ommach antworten kann. »Es wird schon einige Zeit dauern, wenn man ihren gegenwärtigen Zustand berücksichtigt. Außerdem sind die Pferde nicht richtig ausgeruht.«

»Aber wir werden sehr bald in der *Schlimmen Zone* sein. Da wagen sie sich normalerweise doch nicht hinein, oder?«

»Corrio wird uns verfolgen«, murmelt Lia.

»Vielleicht auch nicht«, sagt Fedra.

»Manilo ist tot.« (Immer noch diese graue, starre Leere bei Lia).

»Aber Judith auch«, sagt Abram. »Und viele der Vietellis. Vielleicht will Corrio nicht noch mehr riskieren.«

Wie schnell Abram gelernt hat, in Kategorien von Stärke und Macht zu denken. Ja, sicher wird Corrio das Beste für Vietelli wollen. Jetzt herrscht er über Vietelli. Und möglicherweise möchte er im Sinne Manilos handeln.

Elisa wendet sich zu Fedra. »Wieviel Zeit bleibt uns noch, bis die ersten Truppen der anderen Führer hier ankommen?«

»Die Callogris sind wahrscheinlich am nächsten dran, höchstens einen halben Tag entfernt. Gegen Mittag werden sie wohl hier sein.«

»Also haben wir einen halben Tag Vorsprung. Die unverletzten Frauen könnten als Nachhut hierbleiben und die Verfolger aufhalten.«

»Wie kommst du auf die Idee, daß wir mit dir gehen wollen?« fragt Lia plötzlich.

»Jedenfalls gehen wir in dieselbe Richtung«, antwortet Elisa ruhig. Sie sieht Lia nicht an (aber beobachtet, wie Lias Seelenlandschaft langsam in Bewegung gerät, beobachtet den leisen Windhauch).

»Wir könnten die Verwundeten in unserer Gemeinschaft so versorgen, wie es nötig ist«, sagt Abram.

»Wir brauchen die Menschen der STADT nicht«, entgegnet Lia stur (die innere Bewegung ist jetzt ganz nah spürbar, die Asche kräuselt sich und fliegt auf, jetzt ist sie so flüssig wie Wasser. Da und dort wird die nackte, feste Erde sichtbar).

»Die Gemeinschaft ist nicht die STADT«, sagt Elisa und wiederholt die Worte still für sich selbst, überrascht von der plötzlichen Klarheit, die sie erfüllt.

Die Gemeinschaft ist nicht die STADT. Die Gemeinschaft ist *gegen* die STADT gerichtet. Das Projekt, die Gemeinschaft, die Kinder. Zwanzig Jahre hat sie gebraucht, um diese Botschaft zusammenzusetzen und dann zu entschlüsseln: *Desprats ist tot. Paul ist tot. Die STADT ist tot. Und ich … ich bin am Leben.*

Sie hatte Angst vor diesem Wissen gehabt. Die STADT, der Schatten der STADT, war zu nah gewesen, ein willkommenes Alibi, um sie vor einer Freiheit, die ihr Angst machte, zu beschützen. Aber sie hatte es gewußt. Eine Hand hatte unermüdlich das Lügennetz aufgeknüpft, das die andere Hand ebenso unermüdlich gesponnen hatte.

Zwanzig Jahre lang, mit jedem Kind, habe ich mich der Welt gestellt, den Schoß geöffnet, die Nabelschnur gekappt, um mich von der Stadt loszureißen. Aber ich habe wie im Traum gehandelt. Wie in einem Traum, von dem man nicht loskommt, weil er die Wirklichkeit perfekt imitiert. Die vielen vernünftigen Ziele des Projekts, die Gesichter der Kinder, die so unterschiedlich sind, alle sind sie Masken desselben Traums. *Aber gleichzeitig war da diese hartnäckige kleine Stimme, die mir Angst machte und sich nicht völlig unterdrücken ließ, diese kleine Stimme, die mich nicht schlafen ließ: »Diese Kinder sind keine echten Kinder, ihr Leben ist kein wirkliches Leben, ihre Liebe ist keine echte Liebe.« Wirklichkeit. Die Wirklichkeit ist Lia. Die mein Gesicht hat und doch nicht mit mir identisch ist.*

Draußen sind Stimmen und Schritte zu hören. Die Überlebenden erwachen und bereiten sich auf den Abmarsch vor. Elisa sieht Lia an, die ihre Augen abwendet, dann Gavra betrachtet, die jetzt wieder zu Abram geworden ist, ihre Augen erneut abwendet. Auf ihre Weise hat auch Lia eine Wirklichkeit entdeckt. *Aber sie ist besser dran als ich. Sie kann nicht zurück. Sie kann nicht mehr vor der Wirklichkeit davonlaufen.*

»Zumindest könnt ihr so lange bei uns bleiben, bis ihr wieder bei Kräften seid«, sagt Abram. »Danach könnt ihr immer noch tun, was ihr wollt.«

»Wir haben keine große Wahl«, antwortet Fedra und steht mühsam auf.

Manchmal ist es besser so, Fedra.

17

Ein langsamer Aufbruch in der Nacht, im Schrittempo, unter den Sternen, die nach und nach verblassen. Fedra bleibt mit den Frauen, die nicht verletzt sind, als Nachhut zurück. Abram schließt sich den Kundschafterinnen auf der Südseite an, die weiterhin die Ebene in Richtung Vietelli beobachten. Elisa findet sich an der Spitze des Zuges neben Lia und Halter wieder. Die Dunkelheit verbirgt das Schlachtfeld und die ineinander verknäulten Leichen von Männern und Frauen. Manilo und Judith. Es war keine Zeit geblieben, sie in Würde zu bestatten, jetzt ruhen sie gemeinsam in einem Grab, das nichts anderes als ein Erdloch ist.

Judith hat tatsächlich gesiegt! Die Vietellis sind vom Schlachtfeld geflohen, und jede Hoffnung auf Versöhnung ist mit Manilo gestorben. Die freien Frauen haben über ein Drittel ihrer Streitkräfte verloren, und viele der Verwundeten werden diesen Marsch zur *Schlimmen Zone* nicht überleben ... Ein seltsamer Sieg. Aber Judith hat sich den Sieg wahrscheinlich genauso vorgestellt. Sie hatte Blut gewollt, die Bluttaufe, den blutigen Schnitt, der Männer und Frauen endgültig voneinander trennt, die Geburt einer unversöhnlichen Gegnerschaft. Sie hatte das Schlimmste gewollt, das Unheilbare, einen Pakt, den der Tod besiegeln sollte.

Aber hat Judith auf ganzer Linie gesiegt? Bei Lia, die neben ihr reitet, spürt Elisa eigensinniges Aufbegehren. Nicht mehr ganz so heftig, kein Feuer, nicht einmal glühende Kohle. Unter der Asche, die der Wind in alle Richtungen zerstreut hat, unter der rauchgeschwärzten Erde schlummern trotz allem noch Samenkörner. Aber wer weiß, was sich aus ihnen entwickeln wird?

Auch in Lias Innerem wird es langsam Tag. »Was hat deine Gemeinschaft denn so zu bieten?« fragt Lia plötzlich. Ihr aggressiver Ton kann die Neugier nicht ganz verbergen.

»Kinder«, antwortet Elisa. »Meine Kinder.«

»Und wessen Kinder sonst noch?«

»Hanses.«

Elisa rechnet mit einer heftigen Reaktion, aber sie bleibt aus. Scheinbar hat Hanses Name Lia die Sprache verschlagen. Als sie schließlich reagiert, ist es nicht mit Wut, sondern mit Skepsis. »Aber du bist doch Hanse, ich habe dich gesehen ...«

Gesehen?

»Als sie starb, hast du dich verwandelt, du warst ... warst du nicht Hanse?«

Ich habe mich verwandelt? Aber ich war nicht einmal in Trance.

Unfähig zu jedem klaren Gedanken läßt Elisa ihr Pferd im Schritt gehen. Trotzdem durchschaut sie Lias Hoffnung, Lias wachsende Hoffnung.

»Das war gar nicht Hanse?«

O nein, Lia, durch diese Hintertür kannst du nicht entkommen.

»Doch, es war Hanse. Aber ich wußte nicht, daß ich mich verwandelt hatte. Wann...« *(bin ich wieder ich selbst geworden? Nein.)* »habe ich mich zurückverwandelt?«

Lia antwortet nicht sofort, so beschäftigt ist sie damit, ihre letzte Hoffnung, die Wahrheit zu leugnen, zu begraben.

»Als du geschlafen hast, nehme ich an«, sagt sie schließlich mit sehr leiser Stimme. »Als du aufgewacht bist, warst du... Elisa.«

Der Traum. Das Schneiden. Nicht... sterben. (Aber töten, wenn es sein muß?) Die Verwandlung war also doch nicht nur mit Paul verbunden. Sie war mit dem Tod verbunden. Ein Abwehrmechanismus. Der Körper will überleben und wandelt sich. Deshalb also fühlt sie sich immer noch so schwach: Zwei aufeinander folgende Metamorphosen, wenn die erste auch nur oberflächlich gewesen sein kann. Zwei Metamorphosen zusätzlich zu der schlimmen Verletzung, der beinahe tödlichen Wunde. Fedra hatte einen blutbefleckten Mann neben einer blutbefleckten Judith gesehen und natürlich geschossen.

Und Lia – Lia hatte Hanse gesehen. Gavras Verwandlung in einen Mann und Hanses Rückverwandlung in Elisa waren wahrscheinlich nur noch Funken bei dem Steppenbrand gewesen, der Lias Gewißheiten völlig vernichtet hatte. Alle ihre Schutzschilder hatten sich zu Staub aufgelöst. Wie soll sie jetzt anders als völlig entblößt dastehen? Aufgelöst. Elisa hat grenzenloses Mitleid mit Lia, spürt ihre heftige, ungeschickte Reaktion, die Reaktion eines Menschen, der nie gelernt hat, seine Gefühle zu kontrollieren. Lias Körper gibt ihre Gefühle preis.

Während sie weiterreiten, weicht die Nacht langsam dem Tag. Elisa sieht sich um: in den Satteln zusammengekrümmte Gestalten, provisorische Tragen, die zwischen die Pferde gespannt sind, allgemeine Niedergeschlagenheit. Sie seufzt und wirft einen Blick auf Lia – Lia, die starr geradeaus sieht und die Zähne zusammenbeißt. Dieses Gesicht, das auch das ihre ist, und doch unbekannt, dieses Wesen, das sich erst noch offenbaren muß …

Es wird jetzt schnell hell. Vielleicht wird es ein schöner Tag. Im Westen und Norden ist keine einzige Wolke zu sehen. Noch einmal betrachtet Elisa Lias Profil, das sich scharf gegen den goldenen Himmel abhebt.

Plötzlich ist sie ganz aufgeregt. »Lia!«

Das eigensinnige Gesicht wendet sich ihr zu. Im Gegenlicht ist es schwer zu erkennen, aber unter der dicken, tief heruntergezogenen Wollmütze sind Haarsträhnen, die … – Elisa beugt sich hinüber und zieht an der Mütze – die ganz weiß sind.

Lia starrt Elisa befremdet an und bedeckt ihr Haar instinktiv mit einer Hand. »Was ist los?«

Elisa ist sprachlos. So ist das also. Judith. Lia. Überbleibsel des Reproduktionsprogramms, das Paul einst ins Leben gerufen hat. Das Polygen kann nicht vollständig entwickelt sein. Gerade genug Gene zur Selbstregeneration, Lia, ein bißchen zu wenig für die Verwandlung. Aber sie trägt das Zeichen. Das Herstellerzeichen.

Lia runzelt die Stirn, zieht ihr Messer heraus und schneidet ein paar Haarsträhnen ab. Sie läßt eine Hand auf den Sattel fallen und hält die Strähnen dabei fest. Einen Augenblick später senkt sie auch die Hand mit dem Messer. Unsicher hantiert sie damit herum, während sie zweimal versucht, es zurück in die Scheide zu stecken.

Lias Pferd bleibt stehen, als es merkt, daß die Zügel nur noch lose auf seinem Hals baumeln. Lia gräbt ihm die Knie in die Flanken. Elisa beugt sich hinüber und berührt sacht die Hand, die das weiße Haar umklammert. Lia reagiert nicht.

Nach einiger Zeit murmelt Lia schließlich: »Ich hab's nie geglaubt. Ich dachte, sie hätte gelogen. Aber es war die Wahrheit. Sie war nicht wahnsinnig. Ich habe sie dafür gehaßt. Aber es war alles wahr.«

Elisa streichelt ihre Hand. »Nicht alles, Lia. Sie hat sich selbst viel vorgemacht. Aber in diesem Fall nicht. Das ist alles.« Sie zögert. Ist es noch zu früh, die Wahrheit in all ihren Nuancen zu erklären? Lia sieht sie nicht an, aber hört ihr zu. »Und auf gewisse Art war sie wirklich verrückt. Nicht völlig *(nein, nicht wie Paul)*, aber vielleicht verrückt vor Empörung. Sie kam aus dem Norden, wie du weißt. Sie wollte … frei sein.«

Frei, Judith, frei! Und wie ich hast du deine Freiheit nicht erkannt, als du sie endlich hattest. Du hast die Flucht, hast die Lüge gewählt. So wie ich.

Aber wer kann schon wissen, was die Auseinandersetzung zwischen Paul und Elisa, Pauls Tod, die Entdeckung, was wirklich hinter Malverde steckte, in Judith ausgelöst hat? Vielleicht hat sie allmählich wirklich an die Lügen geglaubt, die sie den Männern von Vietelli erzählt hat. Vielleicht hat sie sich nach und nach im eigenen Lügennetz verfangen. Und wer kann schon sagen, was mit Manilo, Corrio und ihr selbst in den fünf Jahren geschah, die sie noch in Vietelli geblieben war?

Nein. Keine Geschichten mehr. Kein Licht kann diese Vergangenheit erhellen, auf diese Fragen wird es keine Antworten mehr geben. Judith ist tot. Judith existiert nicht mehr, außer in der trügerischen Erinnerung jener, die sie kannten (und vielleicht in dem ebenso trügerischen Gedächtnis der STADT, in den Videobildern auf den Schirmen, in der Illusion, man könne die Dinge nach ihrem äußeren Anschein beurteilen).

»Aber so kann man doch nicht wirklich frei sein«, wendet Lia ein. »Indem man lügt, indem man … tötet!«

Ihre Niedergeschlagenheit weicht der Empörung. *Ach Lia, du bist wirklich ihre Tochter!*

»Vielleicht kann man die Freiheit aus unterschiedlichen Perspektiven sehen«, sagt Elisa auf gut Glück.

»Aber es gibt nicht verschiedene Arten von Freiheit!«

O doch, Lia! Aber es ist noch zu früh, das zu sagen. Lia hat gerade erst damit begonnen, sich selbst freizustrampeln, sie steht noch ganz am Anfang des langen Kampfes, der erst zu Ende ist, wenn man merkt, daß dieser Kampf ziellos ist (*hoffnungslos? Nein.).* Wie Lia sich selbst hassen muß. Weil sie sich nicht verwandeln, Judith nicht zufriedenstellen konnte. Und weil sie mit Judith nicht übereinstimmen konnte. Und weil sie Judiths Tochter war. Und … Ja, diese Selbstbefreiung ist ein langer Prozeß, dieser Kampf, sich selbst zu erkennen, sich selbst zu akzeptieren, während man ständig auch noch all die anderen Schlachten austragen muß.

Halter bringt sein Pferd plötzlich zum Stehen und deutet auf den Himmel. Ein Blinklicht, das die aufgehende Sonne reflektiert, bewegt sich schnell auf sie zu. Ein Moddex.

18

Das Moddex landet fünfzig Meter vor dem Zug. Elisa zügelt ihr Pferd, das sich erschreckt aufbäumt, und sieht, wie die Tür sich öffnet. Treppen tauchen aus dem Bauch der Maschine auf, gesichtslose Gestalten springen auf den Boden und rennen auf sie zu, halten vor ihrem Pferd an. Ari, Anders. Und zwei weibliche Ommachs, Lussi und Clari.

Sie gleitet vom Pferd. Im gleichen Moment, als Ari die Arme um sie schlingt, will auch Anders sie umarmen, beide reden gleichzeitig und brechen dann in Gelächter aus. Elisa spürt ihre Freude und bringt es nicht übers Herz, böse zu sein. »Wir haben uns solche Sorgen gemacht«, sagt der eine. »Wir haben die STADT zu Rate gezogen«, sagt der andere. »Wir wollten wissen, was los ist. Francis und Florie haben uns erzählt …

Wir haben sie gesehen, die Vietellis und Halter, als sie über dich, Judith und die Schlacht gesprochen haben. Wir hatten so furchtbare Angst, du könntest… Deshalb beschloß ich…«

Sie schiebt sie mit fester Hand weg, und der Redeschwall versiegt. Jetzt wirken sie unsicher und schuldbewußt.

»Ich habe dir die Leitung der Gemeinschaft anvertraut, Anders. Du hast das getan, was du für notwendig hieltest.«

Sie kann die große Erleichterung spüren. Anders umarmt sie nochmals heftig.

»Ein paar Leute hier haben ziemlich böse Verletzungen«, sagt Ari. »Wir können sie sofort mitnehmen. Zu Hause ist alles vorbereitet. Wir könnten mehr Moddexe besorgen und alle auf einmal mitnehmen.«

Plötzlich ist Lia neben ihr. Elisa hört sie entschlossen sagen: »Nehmt die schlimmsten Fälle als erste mit… Ich zeige euch, welche… und dann kommt zurück.«

Die beiden Jungen blicken von Lia zu Elisa, ihre Augen werden immer größer.

»Sie hat recht«, sagt Elisa.

Anders geht mit Lia und den beiden Ommachs weg, als vom Ende des Zuges eine Reiterin nach vorn prescht. Fedra macht sich bestimmt Sorgen. Elisa schickt ihr Halter entgegen. Währenddessen erklärt Ari, daß er zusammen mit Anders Abram und seine Kundschafterinnen lokalisiert und ihnen gesagt hat, daß sie zum Zug zurückkehren sollen.

Deus ex machina. Beinahe jedenfalls. Warum auch nicht? Schließlich will sie ja nicht menschliches Leben ihren Prinzipien opfern, oder? Das hat sie oft genug getan. Aber dies ist nicht der richtige Augenblick, mit sich selbst abzurechnen. Später. Jetzt müssen sie ins Dorf zurückkehren, für die Verwundeten sorgen, alle unterbringen, ihnen zu essen geben.

Zu Hause ist alles vorbereitet, hat Anders gesagt. Sie

haben alles vorbereitet. Die Kinder. Ohne sie. Sie *kehrt nicht* zur Gemeinschaft *zurück.* Sie kommt in eine Gemeinschaft, die sich durch Abrams Aufbruch, ihren eigenen Aufbruch und das, was die Kinder danach getan haben, verändert hat. Sie haben die STADT zu Rate gezogen, ein Moddex besorgt und beschlossen, sich einzumischen. Sie haben sich dazu entschieden, nach ihr und diesen unbekannten Frauen zu suchen und sie zu Hause willkommen zu heißen.

Sie haben tatsächlich eine Wahl getroffen, so wie auch sie eine Wahl getroffen hat. Aber ohne sie. Indem sie gegen die einzige unumstößliche Regel, die sie jemals aufgestellt hat, verstoßen haben. Nicht, daß sie ihnen je ausdrücklich *verboten* hat, die STADT zu nutzen. Aber sie haben ein Tabu durchbrochen.

Aber sie ist nicht als Racheengel zurückgekommen. Elisa lächelt ironisch: Sie haben vom Baum der Erkenntnis gegessen, aber es ist Gott, über den hier gerichtet wird. *(Gott, Elisa?)* Sie merkt, daß es ihr halb ernst ist, und das Lächeln vergeht ihr. Werden die Kinder über *sie* richten? Zweifellos haben sie das längst getan, schon vor vielen Jahren. Sie haben sich von ihren schönen Rationalisierungen nie wirklich täuschen lassen. Sie wissen, was sie ist, was sie will, was sie fürchtet, und sie haben sie so, wie sie ist, akzeptiert. Lieben sie Elisa so, wie sie ist? Aber sie wird sich selbst richten, richtet sich bereits selbst. Nichts wird jemals wieder wie früher sein. Die Gemeinschaft, der wohlkontrollierte Traum, das Paradies der Unschuld – all das ist aus und vorbei.

Und wer, wenn nicht ich, war die Schlange? Für Luzifer hatte sie schon immer einiges übrig gehabt. Und den schlechten Ruf der Schlangen hatte sie noch nie für gerechtfertigt gehalten: Schließlich können sie sich selbst *erneuern,* indem sie ihre alte Haut einfach abstreifen! Gott und der Teufel. Alles wäre so viel leichter, wenn man sie ganz klar auseinanderhalten könnte. Schwarz und Weiß. Das Gute und das Böse. Oder auch Hanse und Elisa. Manilo und Judith hatten an ihre Gegensätzlichkeit glauben können, sie waren in verschiedenen Körpern zu Hause. Aber diesen Ausweg hat Elisa nicht. Sie ist Hanse, so wie sie Elisa ist. Weder Gott, noch Teufel. Trotz aller Fähigkeiten zur Verwandlung nur ein menschliches Wesen. Weder so fehlerhaft, noch so unfehlbar, wie sie selbst gern glauben würde.

Nicht gerade eine Offenbarung, diese Erkenntnis. Auch nicht besonders neu. Aber hin und wieder ist es anscheinend nötig, sie wieder ins Gedächtnis zurückzurufen. Vielleicht ist gerade das die Offenbarung: Lernen, daß man sich selbst ständig von seinen Illusionen lösen muß. Daß man nie aufhören darf, die Lügen aufzudecken, mit denen man sich selbst betrügt, selbst manipuliert. Und daß man sich selbst ständig neu erschaffen muß?

19

Ohne die Augen zu öffnen weiß Elisa, daß sie nicht die erste ist, die wach ist. Sie hört den ruhigen Stimmen zu, die aus dem Gemeinschaftsraum nach oben dringen. Abram und Lia, Francis und Florie. Sie kann die einzelnen Worte nicht verstehen, aber das jüngere Paar stellt Fragen, die Abram beantwortet und Lia kommentiert oder korrigiert. Das friedliche Geklapper in der Küche wird lauter, der Duft von gebratenem Fleisch stärker. Elisa streckt sich und öffnet die Augen. Es ist Morgen, die Sonne scheint. Die beiden anderen Betten, die man ihr ins Zimmer gestellt hat, sind leer, die Tür steht offen. Sie holt sich saubere Kleidung aus dem Schrank, saugt den vertrauten Geruch getrockneter Pflanzen ein und freut sich über das weiche und dennoch geschmeidig-feste Gewebe ihrer Wolljacke und der Lederhosen. Ich bin wieder daheim. Alles ist wie früher. Alles ist anders. Wie ist das möglich?

Ich bin anders.

Die Gespräche brechen ab, als sie die Treppe herunterkommt, dann lösen sich zwei von den Kleinen, den Drei- und Vierjährigen, aus ihrer Gruppe und rennen auf sie zu. Nach kurzem Nachdenken fallen ihr die Namen ein: Naomi und Nestra. Sie nimmt in jeden Arm eine, küßt ihre frischen Wangen und geht zu den anderen hinunter. Auch Lia hält ein kleines Mädchen in den Armen.

»Gut geschlafen?« erkundigt sich Abram.

»Verschlafen, wie es aussieht. Sind alle anderen schon auf?«

»Fast alle.«

»Wie geht's den Verwundeten?«

»Im Augenblick ganz gut«, antwortet Lia. Sie löst die Finger des Kindes aus ihrer Knochen- und Perlenkette. Als ihre Augen Elisas Blick begegnen, ist so etwas wie ein inneres Lächeln darin zu spüren, auch wenn sich ihr Mund nicht verzogen hat.

»Gib sie mir«, bietet Abram an.

»Sie ist nicht schwer.« Wieder macht Lia die eigensinnigen kleinen Finger los und sperrt sie in der eigenen Hand ein. »Zuerst dachte sie, ich wäre du.«

»Und jetzt merkt sie den feinen Unterschied?«

Lia spürt Elisas Belustigung, versteht sie aber nicht. Sie weiß nicht, daß die plötzliche Ironie nicht auf sie gemünzt ist und zögert. »Ja, ich denke schon.«

Eine Gruppe Frauen kommt herein, voll beladen mit Töpfen und Säcken. Sie grüßen Elisa mit einem Nicken und verschwinden in der Küche.

Es wird noch schwierig werden, dreihundert zusätzliche Personen unterzubringen und sattzumachen. Aber wahrscheinlich wollen gar nicht alle hierbleiben. Egal – die Probleme werden sich schon irgendwie lösen lassen. Elisa fühlt sich seltsam gelassen.

Die Kinder. Die Gemeinschaft. Das Projekt. Alles wird schon irgendwie klappen. Wie? Sie hat keine Ahnung, macht sich aber keine Sorgen. Die Kinder werden entscheiden. Und die Sestis. Und die Neuankömmlinge.

Und ich sage gar nichts dazu? Jedenfalls nicht so wie früher. Wenn es nach ihr geht, dann gibt es das Projekt gar nicht mehr. *Ich bin frei. Frei.*

Sie setzt die beiden kleinen Mädchen auf der Treppe ab und entfernt sich von der kleinen Gruppe, weil sie sich einen Apfel aus der Holzschale auf dem großen Tisch holen will. Zwanzig Jahre ihres Lebens – zwanzig Jahre im Leben der ältesten Kinder – verloren? Nein. Nur das Projekt – das Projekt, so wie sie es sich vorgestellt hat – ist verloren. Der Traum, die Illusion, die Lüge, die Zuflucht. Die Kinder, die Gemeinschaft existieren immer noch. Sicher werden einige Kinder fortgehen, um in der Außenwelt zu leben. Andere werden mit den Sestis zusammenleben. Vielleicht werden andere mit den Frauen, die hierbleiben, zusammenziehen.

Und sie wird bestimmt herausfinden, wie die Kinder es anstellen, sich in dieser Weise zu verwandeln. Sie hat jetzt jede Menge Zeit, darüber nachzugrübeln. Sie verwandeln sich schneller als sie – das ist leicht nachzuvollziehen. Aber in Tiere? Faszinierend! Ist es nur eine oberflächliche Verwandlung oder eine umfassende? Wenn letzteres der Fall ist, wie schaffen sie dann die Rückverwandlung? Sie zwingt sich, nicht weiter darüber nachzudenken, keine möglichen Antworten durchzuspielen.

Was die Zukunft der Gemeinschaft betrifft, da kann sie sich alle möglichen Entwicklungen vorstellen! Das, was am Projekt wirklich wichtig war, wird überleben, ganz sicher. Die Kinder werden Kinder haben. Die Gene der Verwandlung werden sich ziemlich schnell in der Außenwelt verbreiten.

Und doch ist alles anders.

Elisa betrachtet die Spuren, die ihre Zähne in der blanken Apfelschale hinterlassen haben: zwei symmetrische Kurven. Sie dreht den Apfel und beißt vorsichtig hinein: Jetzt ist der Kreis vollendet. Mit dem dritten Biß wird ein Loch entstehen. Und so geht es weiter: Mit jedem Biß sieht der Apfel anders aus. Aber er ist immer noch ein Apfel. *Die Bedeutung ändert sich, die Bedeutung, die ich dem Apfel gebe.* Dieses schöne Ding, rund, rot und glänzend, wird sich Biß für Biß in Nahrung verwandeln, dann in ein Kerngehäuse, dann in Kompost. *Aber der Apfel wird immer weiterleben, wird sich in mir weiter verwandeln, wird zu einem Teil von mir.*

Und genauso nähren wir uns ständig von Träumen, von Illusionen, von Lügen, die sich unablässig erneuern, zu Handlungen werden oder zu Wesen – ein vollständiges Gedächtnis, ein ganzes Leben, das sich und uns mit jedem neuen Eindruck verändert?

Habe ich mich so sehr verändert? Nur eine kurze Reise, nur ein Schritt zur Seite – schon hat sich die ganze Szenerie verändert und ist doch dieselbe geblieben. Und man muß einen Schritt vor den anderen setzen, um voranzukommen.

Mit leichtem Lächeln beißt Elisa in den Apfel und geht auf die anderen zu, die sie schweigend beobachten. Sie durchschaut ihre Gefühle – eine Mischung aus Zuneigung, Neugier und Unsicherheit. Trotzdem ist Abram, sind die Kinder gleichzeitig ganz ruhig. Sogar Lia, Lia mit ihrer verwüsteten Seelenlandschaft, scheint eine Art Frieden gefunden zu haben. Woher kommt diese Gelassenheit? *Von mir, weil ich zurückgekommen bin? Weil sie spüren, daß ich mich verändert habe? Weil das Leben weitergeht? Nein. Oder nicht allein aus diesen Gründen. Auch sie haben sich verändert.*

»Möchtest du, daß wir heute nachmittag alle zusammenholen?« fragt Abram.

»Es ist ein bißchen früh, meinst du nicht? Laß uns warten, bis sich die Dinge ein bißchen beruhigt haben und jeder Zeit zum Nachdenken gehabt hat.«

»Erzählen wir allen Frauen, was wir sind?« fragt Francis.

Elisa beißt in den Apfel. »Versucht nicht, es zu verbergen, das ist alles. Genauso, wie wir es mit den Sestis gemacht haben. Wenn sie Fragen stellen, beantwortet sie. Aber erzwingt nichts. Jedenfalls sind sie darauf vorbereitet.«

Aus dem Augenwinkel sieht sie, wie Lia den Kopf senkt, und spürt eine schwache Strömung.

Abram fragt plötzlich »Was hast du jetzt vor?«

In dem jungen Gesicht, das Pauls Gesicht ist – aber nicht ganz, wie sie jetzt sehen kann –, sind die grauen Augen ernst und angespannt. Elisa sieht Abram mit leicht trauriger Zärtlichkeit und Belustigung an. Weiß er, was er getan hat? Wollte er das, hatte er es wirklich verstanden? Oder war er wie ein Stein auf einem Abhang, der, einmal in Bewegung gesetzt, immer weiter rollt? Von einer Handlung zur nächsten, so daß sich sein Kurs bei jedem neuen Ereignis ändert? Sie wird ihn fragen. Eines Tages.

»Ich gehe zur STADT.«

Abram blinzelt, aber wendet die Augen nicht ab.

»Jetzt?«

Elisa ißt den Rest ihres Apfels und betrachtet das schön geformte Kerngehäuse. Zwei Bisse, und auch das Kerngehäuse ist verschwunden.

»Jetzt.«

20

Elisa sitzt im Sessel, ihre Hände ruhen auf den Armlehnen. Sie betrachtet die leeren Bildschirme. Zum letzten Mal. Aber sie fühlt sich weder traurig noch unsicher. Nur wirklich neugierig, was sie selbst überrascht.

Aber sie ist nicht überrascht, als ein Bildschirm aufleuchtet, nachdem sie Desprats' Code eingegeben hat.

Das vertraute Gesicht sieht sie an: der gelbliche Bart, das weiße Haar, die aufmerksamen Augen. Ein Bild. Der Überlebenstraum eines Mannes, der seit vierzig Jahren tot ist.

Sie ist nicht mehr wütend. Die Toten sind tot. Alle Toten. Paul. Desprats. Judith. *Und ich muß für ihre Handlungen nicht geradestehen. Meine eigenen reichen völlig aus.*

Das Bild sagt nichts, und auch Elisa schweigt. Was gibt es auch zu sagen? Es ist niemand da, nur Millionen elektronischer Impulse in einem Programm, das Leben imitiert. Aber sie hat ihn gerufen. Irgendwie existiert er doch. Sie erinnert sich an ihre Wut, an ihren Wunsch, ihn zur Rechenschaft zu ziehen. Eine Maschine zur Rechenschaft ziehen? Nein, es gibt niemanden, den sie auch nur für die kleinste Einzelheit ihres Lebens verantwortlich machen könnte. Sie kann sich nur selbst zur Rechenschaft ziehen. Alles liegt in ihrer eigenen Verantwortung, der letzte Akt, ehe sie das Buch schließt... und ein anderes öffnet.

Ist das nicht allzu theatralisch? Warum nicht alles ruhen lassen, das Licht ausmachen und gehen?

Sie lächelt ein bißchen wehmütig. Theatralisch? Vielleicht ist es einfach das irrationale, aber zwingende Gefühl, daß sie Desprats' Andenken dieses letzte Treffen schuldet.

»Warum Judith?« fragt sie schließlich.

Mühelos bearbeitet das Programm die Frage. Selbstverständlich. »Zunächst einmal deswegen, weil sie ein Gen hatte, das deinem ziemlich ähnlich war, und ein Kind von dir erwartete. Außerdem setzte sie Ereignisse in Gang, von denen ich wußte, daß sie die Außenwelt ziemlich verändern würden. Wie du weißt, hat mich die Außenwelt immer schon sehr interessiert.«

Elisa will sagen, daß es *Desprats* war, den die Außenwelt immer schon sehr interessiert hat, aber sie hält den Mund. Warum mit einer Maschine streiten? Wie soll diese Maschine die Motive eines Mannes erhellen, der seit vierzig Jahren tot ist? Es gibt keine Gewißheiten, keine Sicherheiten. Nur wohl begründete Annahmen. Aber was soll's? Will sie herausfinden, daß das Programm sie und die Kinder überwacht hat? Oder sie angelogen hat? Was macht das jetzt noch aus? Wen oder was berührt es noch?

Den freien Willen. Die Wahlmöglichkeit. So tun, als habe man frei wählen können, bewußt Entscheidungen getroffen und ihre Konsequenzen akzeptiert. Aber wer hat schon sichere Wahrheiten in der Tasche? Von welchem Aussichtspunkt aus läßt sich beurteilen, ob die Freiheit illusorisch oder real ist? Vielleicht existiert sie gar nicht. Jeder beobachtet jeden anderen, und niemand sieht das Ganze. Wir alle manipulieren und werden manipuliert, und das alltägliche Leben muß trotzdem gelebt werden, egal, was geschieht. Diese Tatsache ist wichtiger als alle großartigen Pläne und Projekte – es ist die Wahrheit hinter allen Lügen, die zum Überleben möglicherweise sogar notwendig sind.

Elisa sieht Desprats' Bild ein letztes Mal an, dann streckt sie die Hand aus und löscht es.

»Willst du alles ausschalten?«

Sie schwenkt mit dem Sessel herum. Abram. Natürlich Abram.

»Findest du das falsch?«

Zögern. »Ich weiß nicht.« Abram kommt herüber und setzt sich neben sie auf die Armlehne. »Es ist die letzte STADT.«

»Würdet ihr sie gerne als Denkmal bewahren? Oder sie nutzen? Du und die Kinder?«

Abram starrt mit gerunzelter Stirn auf die leeren Bildschirme. »Sie nutzen? Ich glaube nicht. Aber die Ommachs behalten. Und das können wir nicht, wenn wir die STADT ausschalten.«

»Nein, sie müssen sich von Zeit zu Zeit wieder aufladen.« Elisa läßt sich zurück in den Sessel fallen und verschränkt die Arme. »Und du, was willst du tun, Abram? Ich meine, mal abgesehen von der STADT, du ganz persönlich?«

Er blickt weg. »Ich habe daran gedacht, wieder fortzugehen. Mit den Ommachs und den anderen, die mit mir kommen wollen. Informationen in der Außenwelt sammeln. Hier ein bißchen, da ein bißchen. Dann zurückkommen. Ich weiß es nicht.«

»Und danach?«

Er sieht sie unsicher an. »Ich weiß es nicht. Fortgehen. Aber ich kann das im Augenblick gar nicht entscheiden. Alles ist möglich. Die Gemeinschaft, die anderen ... alles hat sich geändert.«

»Aber die Ommachs würdest du gern behalten.«

»Ich bin nicht der einzige. Die Ommachs sind sehr nützlich. Und wir sind an sie gewöhnt. Es wäre merkwürdig, wenn sie nicht mehr da wären, verstehst du?«

Ja, sie versteht. Bei ihnen ist das ganze Leben mit den Ommachs verbunden, sie sind Teil der vertrauten Szenerie, Teil der Familie. Die Kinder sind nicht mit den traurigen, schmerzlichen Erinnerungen an die STADT belastet, die sie selbst mit den Ommachs verknüpft. Glaubt sie im Ernst, sie könne diese Erinnerungen dadurch löschen, daß sie die STADT auslöscht? Die Erinnerungen existieren nicht in der STADT, sondern in ihr selbst. Die STADT ist nur die STADT. Sie kann nicht sterben, weil sie niemals gelebt hat. Was sich verbraucht hat, gestorben ist und jetzt endgültig zerfällt, ist nichts anderes als Elisas Bild der STADT, das Leben, das sie ihr zugeschrieben hat. Es gibt nichts mehr zu tun, das nicht schon getan ist.

Ich muß die STADT gar nicht ausschalten. Allerdings möchte ich vermeiden, daß die Kinder in Versuchung geraten, sie allzu oft zu benutzen.

So einfach ist das.

21

Viel später, nachdem sie der STADT alle nötigen Instruktionen eingegeben hat, steht Elisa auf, und Abram tut es ihr nach. Zusammen durchqueren sie die Gänge und Ebenen. Hinter ihnen erlöschen die Lichter. Sie erreichen den Ausgang, zum letzten Mal öffnen und schließen sich die Luftschleusen. Die letzte Tür gleitet ohne jeden Laut in die Verriegelung. Sie wird sich nur noch für die Ommachs öffnen – so lange es Ommachs gibt. Jetzt kann kein organisches Leben mehr eindringen. An der Wand neben der Tür installiert gerade ein kleiner, gesichtsloser Roboter eine Metallplakette. Eine Hand ist darin eingeprägt, die Handfläche verbirgt eine kleine, versenkbare Schneide, die Proben von Haut und Blut entnehmen kann. Über der Tür brennt ein winziges rotes Licht – der einzige Hinweis darauf, daß die STADT mit offenen Augen schläft.

Elisa und Abram gehen weiter. Ihre Schritte sind im Gleichklang, während sie sich den Weg durch das unterirdische Labyrinth bahnen, das zu den Höhlen und dann hinauf ins Tageslicht führt.

»Glaubst du, fünfhundert Jahre reichen?« fragt Abram plötzlich.

»Ich weiß es nicht.«

In fünfhundert Jahren werden die Nachkommen der Kinder die STADT bestimmt vergessen haben oder sich an sie nur noch als eine Legende erinnern. Wenn dann jemand kommt (*Jemand?* Frau oder Mann – aber vielleicht hat sich bis dahin das Problem der Geschlechtsverteilung ganz von selbst gelöst), wenn dann irgend jemand kommt, dessen oder deren Zellen Elisas Erbmasse vollständig aufweisen, wird die Tür sich öffnen. Wer in die STADT hineingelangen und sie aus dem Schlaf wecken will, der braucht weitere Schlüssel. Und bis die erneut geschmiedet sind, können durchaus mehr als fünfhundert Jahre vergehen.

Habe ich an alles gedacht? Wo ist der unvermeidliche Fehler, das Loch im Netz, das ich übersehen habe?

Sie lächelt, weil sie sehr gut weiß, daß sie nicht an alles gedacht hat. Und selbst, wenn: In fünfhundert Jahren wird sie nicht hier sein, kann nicht herausfinden, kann sich nicht davon überzeugen, wie ihre Wette mit dem Schicksal ausgegangen ist. Sie kann weder vorhersagen noch steuern, wie die STADT von jenen benutzt werden wird, die genügend Schlüssel finden, um sie zu wecken.

Sie hat es auch gar nicht versucht, hat keinen Hinweis dagelassen, der den Weg durchs Dickicht zum Dornröschenschloß beschreibt. Keine elektronische Simulation, die ihre hypothetischen Nachkommen begrüßt. Ganz kurz hatte sie daran gedacht, eine Reihe von Videobildern für die Unbekannten zusammenzustellen, die zum ersten Mal Kontakt mit der STADT aufnehmen würden. Man muß ihnen doch erklären, daß ... Sie muß über sich selbst lachen. Wie leicht sie vergißt! Wie oft sie wieder ganz von vorn anfangen muß!

Was erklären? Mein Leben, meine Arbeit? All das ist ja noch gar nicht vollendet und abgeschlossen. Und warum sollte ich einen besonders guten Überblick über mein Leben haben? Wie soll ich wissen, ob die Menschen der Zukunft diese Bilder so verstehen, wie ich sie verstanden wissen will? Diese Bilder, die ich zu einer Geschichte zusammenmontieren würde, obwohl sie bereits jetzt schon nur ein schwacher Abglanz der Wirklichkeit sind?

Wer weiß, vielleicht sieht auch sie selbst in zwanzig Jahren das Heute ganz anders. Ein Grund mehr, der eigenen Sicht des Gestern zu mißtrauen.

Nein. All diese Bilder sollen ruhig im Gedächtnis der STADT gespeichert bleiben.

Diejenigen, die sie finden, können ihre eigenen Schlüsse daraus ziehen, ihre eigenen Geschichten erfinden. Ein Körnchen Wahrheit wird immer dabei sein.

Und vielleicht wird überhaupt nie jemand kommen.